华章
传奇派

品味无限不循环的人生

乾隆百工局

千里伏杀

唐炜杰 著

图书在版编目（CIP）数据

乾隆百工局. 1, 千里伏杀 / 唐炜杰著. — 重庆：重庆出版社, 2023.4
ISBN 978-7-229-17212-1

Ⅰ. ①乾⋯ Ⅱ. ①唐⋯ Ⅲ. ①长篇小说—中国—当代 Ⅳ. ①I247.5

中国版本图书馆CIP数据核字（2022）第195940号

乾隆百工局1：千里伏杀
QIANLONGBAIGONGJU1:QIANLIFUSHA

唐炜杰 著

出　　品：华章同人
出版监制：徐宪江　秦　琥
策划编辑：张铁成
责任编辑：王昌凤
营销编辑：史青苗　刘晓艳
责任校对：王　靓
责任印制：白　珂
封面设计：吉度无限

重庆出版集团
重庆出版社 出版
（重庆市南岸区南滨路162号1幢）
北京盛通印刷股份有限公司　印刷
重庆出版集团图书发行有限公司　发行
邮购电话：010-85869375
全国新华书店经销

开本：880mm×1230mm　1/32　印张：15　字数：306千
2023年4月第1版　2023年4月第1次印刷
定价：49.80元

如有印装质量问题，请致电023-61520678

版权所有，侵权必究

序

  2021年3月至今，汤开建教授整理和辑录的大型史料汇编《清代广州十三行汉文档案文献编年校注》仍在穷搜博采编纂之中，该史料汇编收录中、英、葡、荷、法、瑞、丹、西、美、日、越等多国档案馆、图书馆所藏原始文献近400万字，秉承"竭泽而渔"的理念，将"十三行"相关史料一网打尽，实乃十三行研究之一大创举！余有幸参与这一宏伟巨作，实属幸运之至。

  恰逢唐炜杰博士拿来他的新著《乾隆百工局》一书清样向余索序，又因本书涉及一小部分"十三行"的内容，真是一种缘分。

  余与唐炜杰博士相识于五省通衢之地徐州。我二人同学三载，朝夕与共，谈天说地，至于精耕学术之景，更是历历可数。余借此抚今追昔，低徊不已，甚为怀念旧时之谊。唐炜杰博士从事文学创作多年，《乾隆百工局》一书是其焚膏继晷之作，以其庞博气势和工巧文笔，为读者朋友们奉献了一场文化盛宴。余读罢全书，只觉余音绕梁，三日不绝，是该写点儿东西。

  说起清代十大热点词，"十三行"必是其中之一，十三行源自何时？学界虽争论不休，但它作为清代商业模式下的产儿，俨然成为一个让人着迷、无法回避的重要话题。清人屈大均曾作《广州竹枝词》一首："洋船争出是官商，十字门开向二洋。五丝八丝广缎好，银钱堆满十三行。十字钱多是大官，官兵枉向澳门盘。东西洋货先呈样，白黑番奴拥白丹。"此诗作于康熙二十四年（1685）粤海关初创之后，当时的省澳两地已是商人云集、洋货汇聚之地，"洋货""番奴""白人""洋船"等事物成为当时天朝异化之风景线，"十三行"更是成为中外商人交易与生活之所，可谓是中西文化经济交流的桥梁。

十三行行商是清代特殊的商人群体，他们亦官亦私。一方面他们依托于封建官僚，利用特权，攫取利润，也因此遭受官府宰割压榨，沦为附庸。另一方面他们从事洋货贸易，与西人合作，投资南洋市场，深受西方文化熏陶。在世界贸易不断扩张的时代，行商群体利用其身份特殊性，与各国商人进行贸易角逐，周旋其中，尽力经营。

在十三行存在的百余年时间里，行商的商业故事集中反映了中国社会经济与世界市场的交融与碰撞。毫无疑问，他们在中西交往的历程中扮演了极为重要的角色，是"海上丝绸之路"的重要组成部分。随着时间的推移，十三行的历史内涵愈发厚重，它已不再特指某个地区或某类群体，而逐渐成为商业文化的一个代名词，承载着一部不同凡响的中国商业史。

唐炜杰博士的这部《乾隆百工局》是一部内涵深厚的文化悬疑小说，本书的格局庞大、结构巧妙、人物众多、故事跌宕起伏，既糅杂了风俗掌故、历史典章、民间故事、文人笔记、服饰工艺等文化元素，又富含处世哲学、家国情怀、地理人文、中西交流等思想碰撞，可谓是文艺界、学术界深入探讨民俗工艺背后文化底蕴的又一精品成果。余祝旧日同窗佳作迭出，新书大热。

是为序。

李嘉昌博士于暨南大学文学院古籍所
2023年1月14日

目录

楔子 / 011

第 一 章　大班来访 / 001

第 二 章　花青秘闻 / 019

第 三 章　赤血鬼影 / 038

第 四 章　梁记瓷彩 / 059

第 五 章　翻云覆雨 / 078

第 六 章　明争暗斗 / 096

第 七 章　新仇旧恨 / 116

第 八 章　心照神交 / 135

第 九 章　跳魁大会 / 153

第 十 章　地狱不空 / 172

第 十 一 章　驰魂夺魄 / 190

第 十 二 章　真相大白 / 208

第 十 三 章　死里逃生 / 226

第 十 四 章　十二尸王 / 244

第 十 五 章　驯兽之王 / 263

第 十 六 章　火井凶焰 / 282

第 十 七 章　峰回路转 / 301

第 十 八 章　回见天日 / 319

第 十 九 章　不厌诈伪 / 337

第 二 十 章　人眼核雕 / 354

第二十一章　案中大案 / 371

第二十二章　纸鸢盛会 / 390

第二十三章　诡计空间 / 409

第二十四章　百工迷局 / 427

第二十五章　死亡剧社 / 446

楔子

万年历

1787年8月12日

黄帝纪元四千四百八十四年

高宗 爱新觉罗·弘历 乾隆五十二年 农历丁未年 羊年

丁未年 六月小 廿九日

丁未年 戊申月 乙丑日

宜：嫁娶 上梁 入宅 作灶

忌：航海 捕鱼 破土 安葬

    凌晨，格陵兰岛。在茫无涯际的海面上，一艘双桅纵帆船正在高低错落地起伏航行。这是一艘捕鲸船，船上都是常年居住在这里的因纽特人。

    他们要在这个月捕几头鲸鱼回去贮藏。因为八月是北冰洋最暖的月份，温度能升到零下三度左右，是最适合捕猎的时机。

    帆船周围浮动着冰块，上覆白雪，一片片绿色的苔原在冰山中若隐若现，再远处是百丈高差的冰川，远远望去蔚为壮观。

在劈浪斩波的尖头甲板之上，站着一个身材不高、宽鼻子、头发又黑又直，穿着一身驯鹿皮的年轻人。他指着远方的冰山深处，大声叫道："船长大人，您瞧！"

被称为船长的是个五十多岁的白胡子老头，身材臃肿，大腹便便，白色的熊皮外套显得他更加滚圆。船长拉开一个单筒航海望远镜看了一会儿，惊呼道："哦，那是一艘商船！"

"什么样的商船？"

"好像是一艘全帆缆船。"

"可是，这里冰天雪地的，怎么会有商船出现呢？"

"这我也说不上来，孩子。不过，它是从大浮冰旁边漂出来的，我想可能和咱们一样，也是来捕鲸的。"船长呵呵笑了起来。很明显，他是在开玩笑。

众水手听说前方有商船，纷纷拥挤到甲板上远眺。他们从未离开过这里，除了本地人，几乎没有见过外来人，就连商船是什么也多是从长辈口中听说，所以非常好奇。

那艘船悄无声息地驶了过来，但船上一个人也看不到。更加诡异的是，从白帆到船身仿佛都网着坚硬的寒冰，就像一艘玉石战舰。另外，船体已严重沤腐，一片暗棕色的铁锈和一片墨绿色的霉秽层层叠叠，似乎被遗弃很多年。

船长见状，立即下令与那艘船对接，然后让四名年轻水手上去瞧瞧。水手们各执一杆捕鲸标枪，迅捷地跳了上去。他们本想打开舱门，但舱门已被冰封住了，只好用捕鲸标枪划刺缝里的冰层，这才一起用力撬开。

舱门被撬开的刹那，一团绿雾从里面喷了出来，随后嗅到一股刺鼻的腥臭味。大家不敢贸然闯入，只得站在门外适应了一会儿。直到确定没有毒，这才敢蹑手蹑脚走进去。

这艘船的舱体大得惊人，一层又一层的货架，彰显着昔日的雄姿。当拉下盖在四面的布幡时，顷刻间尘土暴涨，宛如蒙蒙浓雾。待到烟雾散去，忽见无数奇珍异宝映入眼帘。

那天蓝色的青花瓷、栩栩如生的核雕泥塑、靡丽绚烂的绫罗绸缎……太多的宝物数之不尽，早已把水手们看傻了眼。

"哦，我的上帝，这是东方的东西！"不知何时船长走了进来。他环顾着那些奇宝，眼中绽放着激动的光芒，"三十年前，我听一个水手说，他去过一个叫广州的地方。那里到处都是商铺、作坊、美食、黄金。哦，对了，还有绚烂的人文景观，简直就是人类的天堂。"船长说着，伸手抚摸那些宝贝，就像做梦一样。

水手们从小就都听过马可·波罗的故事，对于这个神秘的东方古国，自然充满了幻想。大家见船长失了分寸，料想船上一定还有更珍贵的东西，于是各自激动地翻找起来。

"船长大人，您瞧！"这时，一个中年水手抓着一个泛黄的笔记本走过来。船长拿过笔记本，吹了吹上面的尘土，轻轻捻开首页纸，只粗粗一瞧，立即摇头道："哦，见鬼，这上面的字，我一个也不认识。"

"船长大人,可以给我看看吗?"有个年轻水手自告奋勇地说。船长把笔记本递给了他,年轻水手翻到第一页,思索了一会儿,这才蹩脚地翻译道:"1775年3月5日,我们的商船从广州出发,路过了美丽的马六甲海峡和曼德海峡,一切都还顺利。伟大的英吉利人,总想着要开辟一条从南边回国的近道。可是,我们船上有个中国人极力反对。他说他去过英国,近道是行不通的,为了船上人的安全,我们必须保证万无一失地走原路。然而,没有人听这个中国人的话,勇敢的英吉利人,似乎已经被麦哲伦附上了身,也许他们都想成为第二个麦哲伦。"念着念着,年轻水手突然停了下来。其他水手们听得正入神,忽见声音停了下来,忍不住齐声问道:"最后怎么样了?快些念下去吧。"

年轻水手很惋惜地叹了口气,继续念道:"那个中国人说的是对的,我们没有成功。严寒夺走了十三个水手的生命,我也即将要死了吧?我们好像到了北极,因为这几个月来,我们从来都没有见过太阳,这是北极的冬季吧?常年住在这里的因纽特人,只怕都不敢一直住在船上,我想我们似乎比他们胆大得多。"

船长摇了摇头,表示惋惜地叹道:"是的,他们的确很伟大。"

"北极的风不停地吹动着船帆,我快撑不住了,我的手已经冻僵了,不能再写字了,我要死了……"念到最后,年轻水手的情绪已跌入低谷,他沉重地合上这篇航海日记,喃喃道:"也许,他们的船在北极风的吹动下,一年又一年在北冰洋漂来漂去,就这样被我们发现了。"船长叹道："是这样的，孩子。"

听完这段悲伤的故事，大家的心绪也跟着被拉往十余年前那段冰天雪地的行程之中，不禁纷纷黯然神伤起来。

当年麦哲伦的船队驶出圣胡利安港，沿着大西洋海岸向南驶去。经过三天的航行，他们发现了一个海湾。

那夜突遇大风暴，狂飙呼啸，巨浪滔天。麦哲伦的船队随时有撞上悬崖峭壁和沉没的风险，但在如此紧急的情况之下，船队终究挺了过来，并找到了一条通往"南海"的峡道，后人称之为麦哲伦海峡。

航海也许需要运气。麦哲伦的船队运气不错，但眼前这些人可就惨了。久经海事的船长叹了口气，也许想到了自己的水手岁月，也许在为一个个水手的离世而难过。毕竟年纪大的人，总能想到许多年轻人看不到的磨难。

"哦，见鬼！"

就在船长暗自伤神之际，船舱外忽然响起一个水手的惨呼声。众人讶然之余，船长让大家出去瞧瞧。于是，众人手握捕鲸标枪，一起踏出舱门。刚抬起头，迎面就看到一个水手挂在废船西面的一根坚冰之上，鲜血顺着冰锥汩汩流淌。

目睹这件事的水手说，此人刚打开东面的船舱，因看到了不可思议的东西，这才吓得跑了出来，不小心摔下了船。凭借多年的航海经历，船长马上觉察到危情，吩咐大家拿好捕鲸标枪，随时做好战斗准备。

众人摆好阵型，缓缓靠近已故水手去过的船舱，一人踹开门，余者火速冲进去，先用捕鲸标枪刺了刺，在感觉前方没有危险后，这才小心翼翼地往里走。

舱体的装扮很简约，除了必要的桌椅之外，舱室中央赫然立着的透明冰碑最为瞩目。冰碑上刻着一连串谁也看不懂的文字，似乎记录着天大机密。

碑的内部嵌固着一个五十岁左右的中年人，身穿三品武职豹补服，顶戴花翎，灰白色的长辫子垂在身后。年轻水手看着冰碑里的人，惊异地问船长道："这就是东方人吗？"

船长点头道："可能是吧，我也没见过。"

年轻水手凝视着这个东方人，心中泛起奇奇怪怪的涟漪。他自幼就听大人们讲述过一个叫广州的城市，也听说过关于这座城市充满冒险感的无数故事。

只是，他无缘到那里去，所有的一切都活在幻想之中。

现在，他可以近距离接触那些人，竟有万万千千的情绪在汩汩激荡。也不知出于何种原因，他开始不自觉地抬起手，颤颤地抚摸起那块冰碑，就像在跟那个东方人说话。

忽然，一阵"嘭"的冰裂声响起，冰碑仿佛被天雷劈开，道道裂纹不断炸裂，从上到下，纹路不断地碎崩开来。

年轻水手只觉手掌上有促急的震动感，赶忙收回了手。这一刻，冰碑就像被大锤轰了一下似的，眨眼之间，哗啦啦碎成了满地的冰块。

"这……这是怎么回事？"年轻水手十分惊诧。与此同时，他也没来得及看完碑上的英文，只是在炸裂的一刹，眼中隐约闪过一个人的名字：孙兴衍。

这个叫孙兴衍的中国人，并没有因为冰碑炸裂被损毁。他仍旧直挺挺地站着，满面皱纹，眼球浑浊，浮现出一张饱经风霜的仪容。然而，他身上所散发的威严，似乎也能让人感受到，他活着时也是这般样子。

年轻水手被这一幕吓傻了，打算逃跑，这时船居然上下起伏地缓缓行进起来。船长向门口挥手，下令道："我的上帝！快，快上甲板！"

众人先后地跑上商船的甲板，远眺他们的捕鲸船。船在急速前行，逆风破浪而去，宛如离弦之箭在海面上冲刺。

这太诡异了！

因为船上没有桨手，也没有任何驱动力，不可能逆行，更不可能行进得这么快！

就算久经海事的船长，此刻也给不出合理的解释，只得吩咐大家往海里跳，尽快追上他们的捕鲸船，安全返航。

海上总会发生离奇的事。他们不是探险家，不必揭开谜底。只要安全与家人团聚，就是最大的幸福。

这里到处都是暗冰，特别是海水下面隐伏着细长的坚冰。人如果跳下去很可能被冰尖刺穿，就像之前那个水手一样枉死。

可除此之外，他们实在没有别的办法——跳是唯一活下去的选择。

在几名水手不幸伤亡后,有几人成功游向捕鲸船。可就在即将到达之际,那艘早已失控的商船,先是诡异地减速停下来,而后居然朝着他们箭速飞驰过来。

大家愕然惊慌,早已躲闪不及,就这样被船体碾过身子,一个个悲烈惨叫,血如泉涌,四肢撕裂。可那艘商船并没有减速的意思,仍如一把锋利的冰刀把捕鲸船拦腰撞断!

死不瞑目的水手们,眼睁睁看着捕鲸船在深不可测的海面上缓缓下沉,犹如他们的身体也在缓缓下沉一样。

死了,全死了!

这里到处都漂浮着尸体,就连船长也不例外,仿佛一只只漂浮在海里的竹筏,周围晕开了鲜红的血。

不过,有一人还是活了下来,就是那个触碰冰碑的年轻水手。他亲睹了所有人的惨死。可他不敢跳,也不敢再回船舱,只得站在商船的甲板上观望,希冀寻到生路。

前方黑云滚滚有吞噬天地之势,一阵阵寒风宛如千万把利刀从年轻人脸上刮过。暖阳不知何时躲进了云层里,整个世界就像提前进入了无穷无尽的极夜。

不知为何,年轻人总感觉身后有双眼睛盯着自己,一如利剑顶住了他的后脊。他心里忐忑了许久,终究耐不住好奇,缓缓回过了头。

那个叫孙兴衍的中国人,此刻正斜倚着舱门,两臂无力下垂,一双浑浊诡异的眼睛死死盯着他。看到这一幕,年轻人只觉呼吸越来越急促,一双惊恐的大眼睛呆滞了须臾,只好佯装淡定地转过身。

他深吸一口气,决定孤身面向一眼望不穿的海域,祈祷会有奇迹发生。

然而商船并无任何停下的意思。它在广袤的海域上飞驰,箭速驶入了年轻人从来都没有到过的海域。这里的海域更加宽广,山川和冰层更加壮阔而无垠。

只不过,这艘商船驶往何处,无人知道。也许,永远也不会停下来了……

第一章
大班来访

1760年4月23日

黄帝纪元四千四百五十七年

高宗 爱新觉罗·弘历 乾隆二十五年 农历庚辰年 龙年

庚辰年 三月小 初八日

庚辰年 庚辰月 癸丑日

宜：除服 成服 移柩 立碑

忌：出行 交易 定盟 开市

珠江从十三行劈半穿过，向西流入花池，向东汇进黄埔。

珠江南岸主要是十三行东家的宅邸，潘、李、王、薛等家族就住在这里，勾檐错落，亭台隐隐，绿树繁茂，悠悠自在，犹如一片仙地。

珠江北岸是两座税馆，往北是广场，十里长，二里宽。

广场北面是外国会馆——丹麦、西班牙、法兰西、英吉利、荷兰等会馆依次排开。各国国旗迎风张扬，飘着异域的情调。

穿过会馆的只有一条荳栏街，道路两边开满了中国的店铺。一眼望去，行人如织，幌子鳞次，吆喝四起，纺织、茶点、瓷器、雕刻、当铺、钱庄等门头应有尽有。

再往北去是一条名为十三行的长街。道路宽阔，车水马龙，周边店铺林立，各国商铺林林总总，不胜枚举。

这是一个平常的清晨，所有店铺都在预备开市。荳栏街的腹心东侧，一家名叫"顺兴行"的牙行新造不久，雕甍插天，飞檐突兀，甚是壮观。

随着封门板一片片被挪开，走出一个瘦高的年轻人。目光清澈，面色黑黄，虽然其貌不扬，但看上去很机灵。他是这家牙行的伙计，名叫裴山。

"您好，这位先生。请问，孙东家住在这里吗？"裴山还在移挪封门板，忽然听到有个人用蹩脚的中文问自己，便放下板子，直起身来去瞧。

来者是个英吉利人。一头乌黑蓬松的卷发，一身笔挺的灰色西装，面部轮廓棱角分明，蓄着浅浅的络腮胡，英俊不失儒雅。手里捏着一个黑色圆顶礼帽，轻轻弯下腰，朝着裴山行了一个绅士礼，态度极为庄重。

裴山也想学他行脱帽礼，可摸了摸头没有抓到帽子，只有光脱脱的脑袋壳，忍不住笑道："哟，这位洋爷，您不巧，我们东家还在睡觉，估摸着，要到大上午头儿才醒。"

英吉利人戴好帽子，笑道："没关系，我可以等他。"裴山弯腰引英吉利人进来，请到上座，道："那好，您烦劳！"说完，就给英吉利人沏茶去了。

来人调整了一个舒服的坐姿，抬头扫望起店里的装潢。这个顺兴行，外面是奢华的中国建筑风格，内部却是欧洲贵族的装饰。

到中国这么多年，他第一次见到，有中国人竟敢建造这样中西合璧的房子，不禁对这位东家的超前眼光有些叹服。

看得正起兴间，裴山已送上来茶，伸手请英吉利人品茶。英吉利人喝了两口赞道："哦，不错，云南滇红。我来到广州，这已是第三次喝到了。"

裴山笑着点头说："您是行家，一口就能品出味儿来。"说罢便转身打扫店里的陈设。只见他走到一张枣红八仙桌前，抓起桌上的白抹布，轻轻揉搓着光滑的檀木桌面。

"您真是慧眼，这是我们爷儿专门招待贵客用的茶。您如果不喜欢，也甭客气，直接吩咐小的就成。咱们这里还有西湖龙井、太湖碧螺春、黄山毛峰……每种茶都各有风味，准有一款适合您。除了喝的，吃的也有。您如果饿了，我们这儿还有龙凫糍、小肥肠、烧麦等招待。"这一口流利的话术，全是裴山从孙兴衍那里偷学而来。

当年，裴山只身从京城南下十三行投奔亲戚。由于从小口吃，性情也懦弱，所以寻了十几家工作，几乎没有人用他。孙兴衍见他可怜，还不要薪资，就把他留在顺兴行当了伙计。数年转瞬，平时听孙兴衍与顾客打交道,这个经年口吃的年轻人,居然就练得说话十分流利。而今的说话水平,只怕是十三行里最顶级的报菜名店小二也不及他了。

"裴山,你瞎嘀咕什么呢?"

两人谈话间,一个声音飘了进来。英吉利人歪了歪头,看向声音飘来之处,神色有些许复杂。只见一个年轻人从侧间里,步伐散漫地走了出来。

"爷儿,您可总算醒了。这位洋大爷等您老半天了!"裴山口中称呼的爷儿,正是顺兴行的东家孙兴衍,今年不过二十五岁。

英吉利人没有想到,这位顺兴行的东家,居然是一个长相清秀的年轻人。五官宛如刀刻,一双迷人的桃花眼见人就笑,令人心中不免生出几分好感。

眼前的孙兴衍,身穿漂白绸布小褂,玄色缣丝裤,束着一条玉色丝绦,鱼白布袜,元缎袜带,还趿拉着一双京式镶鞋。一眼瞧去,不修边幅,甚至还有点儿流氓气质。

看到英吉利人时,孙兴衍呵斥裴山的怒目,转瞬绽放出了桃花弯着腰伸出双手,十分有礼貌地走过来打招呼道:"哟!幸会幸会,让先生久等了。"

这家伙突如其来的热情,着实让英吉利人吃了一惊。随即很客气地起身与孙兴衍握了手。两人分左右首,在椅子上坐定。

寒暄两句后,英吉利人直接表明来意。只见他从黑皮包里取出一个紫檀木盒子,双手递了过来道:"孙东家,我这里有一个订单,不知道您敢不敢接?"

"您这话可就小瞧在下了!"孙兴衍放下刚刚拿起的茶盏,双手接过盒子,放于自己面前。

他掸了掸裤子上并不存在的灰尘,冷着声道:"我这间顺兴行,那可是网络天下至宝的圣地!这么跟您说吧,上天飞的,水里游的,地下跑的,树上长的,无论是您见过的,还是没见过的,就没有孙某人搞不来的。"

这些场面话说完,英吉利人仍是一脸浑不在意。孙兴衍只好向他倾了倾身子,又道:"另外,不知您是否听过我孙某人的大名,在下号称百工圣手。无论是你们西洋物件,还是咱大清顶级手艺,我都能给您高仿出个七七八八。即便是个行家,也不一定能瞧出真假。"

"哦,好,好……"

英吉利人笑了笑,悠然地把胡桃木烟斗里的烟灰磕到烟灰坛中。接着又从怀里取出烟盒,添上新的烟草,若有所思地抽了起来。整个过程一直沉默,只字未言。

"在下出生于十三行,从小就跟洋人打交道。十二岁,有幸结识了传教士蒋友仁,并跟着他老人家学习西方科学技术与拉丁文。十三岁,跟随一位叫伊格纳提乌斯的西洋人前往法兰西,并在拉弗莱什公学攻读法文,又进修拉丁文一年、理学一年、神学一年。十六岁,转入耶稣会初学院,两年后转入味增爵会继续攻读。"

孙兴衍仰起头叹了口气,仿佛是一位历经沧桑的老者在回忆自己的过往，"虽然此举遭受过父亲的贬斥，却让不少洋人为之钦佩，他们认为我是大清开眼看世界的第一人。"

英吉利人轻微点了一下头，孙兴衍见他略有反馈，当即一扬手，笑道："咳！这还不算什么，至少不是本人履历之中最亮眼的一抹。"

这一段说辞，孙兴衍已跟无数生意伙伴言说过。常理来看，一些人听到这里，早已忍不住惊诧连连。可眼前这位英吉利人却几无所动，看来是个见过世面的大人物。

大人物带来的生意，一定就是大生意啦。

孙兴衍不动声色地道："当年法兰西正值大乱，国务院秘书长布里森先生及卡德特先生两人看到我卓越的见地，甚为钦佩，就特聘名师教授我物理学和化学知识，还带领我参加各个学科的实验研究。后来，我着重学习过雕刻、西方绘画等技艺。一次应法王邀请去参观里昂布厂、金银制作公司，以及圣埃滕军火厂，并得到法王甚多的赉赐。"

英吉利人低头一笑，抬手往烟灰坛里磕了磕烟灰。孙兴衍并未留意这个动作，自顾自又道："十二年的留学时光，让我看遍了天下奇珍异宝，也学会了世界上最顶级的技艺。归国后，我带来了金表、显微镜、电气机械、手提印刷机和西方书籍等贵重之物，也渐渐在十三行站稳了脚跟，并开了这间顺兴行牙行。毫不夸张地说，本人是最有眼光的牙人。整个十三行，您绝对找不出第二个与我媲美的人。无论您做什么生意，在下保准让阁下满意。您一定会，舒舒服服地来，快快乐乐地回。"

一连串的光辉事迹，虽被删繁就简，可只有他知道，当年多么风光，今日就多么无奈。自打开了这间牙行，只接过十几个小订单，且不说付不起门面租赁，就连温饱都解决不了了。他曾经考虑过，自己是不是不适合做牙人。

半个月前，孙兴衍还跟裴山说，如果再接不到单，就不打算干这行了。到时把店铺改成客栈，开个酒楼。哪里会想到，今日竟有人找上了门。

为了这单生意，孙兴衍决心豁出去了。开始业务洽谈之前，总得快速向别人展示一下业务能力吧？于是滔滔不绝地讲述起自己的风光史。

这些经历，英吉利人早已摸清。所以就算听完了，仍是在闷闷地抽烟斗，偶尔只会蹦出几个简单的字："好，好啊。"

面对来者的无动于衷，孙兴衍突然不知该如何交谈了，只得先打量起英吉利人。此人服饰华贵，举止有礼，气场很足，不显山漏水，即便不是普通商人，也是别有身份。

"不知，先生是何许人？"跟这位英吉利人说了这么多，孙兴衍这才想起来，直到现在还没有问过对方的名姓。英吉利人取下烟斗，淡淡地道："在下是东印度公司的大班，我叫郝华德。"

万历二十八年（1600年），英吉利东印度公司成立。一年后，荷兰东印度公司成立。至此而后，法兰西、丹麦、瑞典、奥地利等西北欧各国相继成立同性质的公司。

东印度公司是一家进行海上贸易的大型商业团体，如果跟他们合作，日后岂不在十三行站稳了脚跟？

如此暗想完，孙兴衍默不作声地打开面前的紫檀木盒子，一张毛笔写成的中文单子被取了出来。这是很普通的订货单，上面标注着瓷器、古玩、核雕等中国传统工艺品的名称和匠人师傅的名字，但没有标注匠人师傅的住址。

"单子没问题，您想买哪家的货，上天入地，我都可以帮您弄了来。"孙兴衍晃了晃那张单子，言辞极为自信。

郝华德摇了摇头道："不，我哪家也不买。"

"不买，那你找我干什么？"

郝华德啄了几口烟："您这家牙行，自打营业起，也有半年了吧？我听说，一个大单子也没有接到，只有零星的小生意。如果再这么下去，只怕就要关门大吉了。"

这一番话直戳要害，孙兴衍笑嘻嘻的面容，登时就僵住了。他把那个订单胡乱一卷塞进盒子，抬手推给郝华德道："先生是来羞辱我的吧？我告诉你，虽然我孙某人是个绅士，但如果被逼急了，也会和您决斗。"

郝华德哈哈大笑，伸手又把盒子推了回来，道："孙老板别误会，我没有要欺辱您的意思。我只是想说，有笔大生意，您可以考虑一下。"

"什么生意？"

郝华德又啄了两口烟，这才道："我的订单很特别，主要订购大清最好的工艺品和器物。因为是最好，所以只能去原产地买，不能经各路商人转手。一来，我怕买到赝品；二来，我喜欢订做。"

"所以，您想让我根据订单上的地址一一购置？"孙兴衍立马就捕捉到了郝华德的意思。

郝华德吐了一口烟圈，笑道："孙东家是聪明人，看来我不需要多说什么。"他皱着眉毛经过深度的思考，又道，"哦，当然，我也不强迫孙东家，您好好考虑。"

如果按照订单上去采购。自南到北打个来回，最快也要四五个月的时间，到时广州的贸易旺季早就过去了。

这虽是一笔上门的买卖，但不一定划算。毕竟到了贸易旺季，就算再烂的店铺也有生意做，他的牙行更是能回笼一笔资金。

一番合计，孙兴衍觉得不划算，当即把盒子退了回去，摇摇头说做不了。郝华德倒也没有觉得意外，伸手拿起盒子，就向外走，并说再去别家看看。

刚走到门口，孙兴衍便叫住他，咬着牙问，这笔订单给多少钱。虽然广州的贸易旺季能让他赚一笔钱，但可预估的盈利并不多。

要是这单生意给得多一点儿，他宁愿受苦受累跑一遭。郝华德仿佛看穿了他的这个心思，轻然地表示购置一件给一百两银子。单子上有三十件，可赚三千两银子。

这可是一笔不小的买卖！原以为最高也就三百两，没想到翻了十倍！这么高的价格，就算他的店开十年也赚不到。

孙兴衍暗淡的眼睛里，马上溢满了光芒。虽是喜从天降，但他还是保持着冷静的姿态，些许为难道："哎呀，这个价格，实在有点儿……"

他用搓手的状态来掩盖自己的暗喜。而郝华德的余光早已瞄到他不自然的双手，浑不在意地笑道："没关系，不够可以再加。"

"再加？还能加多少？"孙兴衍追问道。郝华德抽了下唇，伸出五根手指道："一件货再加五十两。"

这么算下来，一次生意就能赚四千五百两银子！这么多钱，比他爹的孙正考南货行二十年的收益还要高啊。孙兴衍以为自己是在做梦，两个虎口啃在一起用力顶了顶，只待有了痛感，这才知道身处现实。

"这笔生意虽是不错，可咱们是不是还得合计合计其他的款项？您想啊，这一路得吃喝拉撒吧，一路还得应酬交际吧？这一切，那可都是白花花的银子。"孙兴衍小心组织着措辞。现在能多捞一分就是一分，直到对方强硬表示不给加钱为止。

郝华德耸了耸肩道："一件货二百两，这是最后的底线。我想您应该清楚，这个价格意味着什么。如果您还不愿意做，那我只能说再见了。"

"哎，先生别急。"看对方有离开之意，孙兴衍忙做了一个请的手势，把人迎了进来道，"您上座，咱们好好聊一聊。"

好好聊的结果，当然是拿下了订单。两人约定，自今日三月十八日算起，四个月后，也就是七月十八日，孙兴衍务必把货带回来。

在此之前，郝华德会把报单投给金丝行，待货物来了以后，还会去税课司把税给交了。至于孙兴衍这边，既不耽误他参加万国贸易的开幕，也不耽误接下来的生意。为表诚意，郝华德付给他一千两的定金，两人顺利签了合约。

送走郝华德以后，孙兴衍喜不自禁地躺在扶手椅上，反复观看会票，生怕是假票。心里暗道，第一笔大生意，一定要好好干。

这张会票是用毛笔墨写，上书"凭票汇付，元宝庄规银一千两正，期至七月十八日如期务，东印度公司大班郝华德内呈，李源先生照发"。

会票是商号与商号之间私自发行的取钱凭证，拿着此票，可实现此地取票，彼地取钱，类似于唐朝时候的飞钱和宋代的便换。

孙兴衍把会票揣入怀里，先用存款给裴山支了半年牙行运营薪资，并交代了管理店铺的事宜。然后回屋收拾好行李，把布包往肩上一挎，吹着口哨去了荳栏街西南角的孙正考南货铺。

南货铺的东家孙正考是孙兴衍的父亲，这家南货铺是他们的家族产业，创设于万历年间，距今已有一百多年的历史。

南货铺是拍子顶建筑，所谓的拍子顶就是在临街铺面房前接建了一跨平顶房，拍子顶略向前仰，向后泄水，以防前檐滴水妨碍顾客出入。

拍子前檐有冰盘檐及挂檐板封护，板上满施喜鹊梅雕刻，顶上竖通面阔的木栏杆，栏杆上标写着"孙正考南货行"六个大字。

南货铺门口,孙正考站在店门外的摊位前,面朝人流众多的方向长调子吆喝道:"蜜饯哟,新鲜的蜜饯哟,绝对的甘甜爽口哟……"生意人的吆喝是基本功,就算他这样的大型货铺也不例外。

现在时间还早,几乎没有人过来买东西,孙正考吆喝了几声后,转身回到货架区,伸手抓起一杆鸡毛掸子,一遍又一遍驱赶蜜饯格子上的苍蝇。

"爹,您忙着呢?"孙兴衍大踏步跨到货摊前,在一个无货的空位坐下,正想着挑选哪一种果子吃。

这一对父子俩,因为生意理念不合,已经两年没有好好说过话了。平时孙兴衍回家吃饭,两人往往也是吃完后各走各的路。

今日孙兴衍突然喊爹,孙正考还真有些意外。只见那只驱赶苍蝇的手一顿,眉梢上瞬间挑起困惑,也不知在思考什么,又波澜不惊地呼扇起周围的糖果格子。

孙兴衍嘿嘿笑了笑,伸手抓起一颗黑色的蜜饯果子丢进嘴里,咀嚼着道:"就好这口橄榄蜜饯。爹,您的生意眼光,儿子一向很佩服。"

不待孙兴衍再去拿旁边格子的蜜饯,鸡毛掸子已敲了过来,刚好把他手里的果子打落。孙正考看也不看他,气鼓鼓地道:"小兔崽子,没事赶紧滚!老子的店,不欢迎你!"

"爹,甭生气。您的店,那也是我的店嘛。您老了,还不是要靠儿子打点!再说了,儿子我近期要离家小半年,绝不会再碍您的眼了。"孙兴衍甩了甩疼痛的右手，直起腰来发出憨憨的笑声。

这句话，猛然让孙正考浑身一震。当年，这个小子一声不告，偷偷跟着传教士在国外旅行十二年。就算后来回了国，也已成为自己心里的刺。所以他从前有多宠儿子，现在就有多严苛，正是害怕儿子再次不告而别。

孙正考怒声喝道："小兔崽子，你又去哪里疯？难道想去外国当传教士？"这话让孙兴衍愣了一下，心里不禁暗笑。老爹还真能联想，竟会想到自己去当传教士？不过随他怎么想吧。孙兴衍也不答话，只是笑着不断往嘴里送蜜饯果子，样子看上去极为欠揍。

孙正考急了，举起鸡毛掸子指着他大骂道："小兔崽子，我可把丑话说到前头。你在外面怎么折腾我不管！如果你去当了传教士，不打断你的狗腿，我就不是你爹。咱们孙家家大业大，到了你这一辈儿，不能没有人继承。你都快三十的人了，连个媳妇儿都没有，你还有脸东窜西窜。"

"守着您的一亩三分地，我能有什么出息？"因为不满老爹的斥责，孙兴衍忽然抬高了嗓门。由于嘴里已塞满了果子，只得呜呜囔囔地道："经过慎重考虑，我决心干一票大的。"

"干一票大的？"孙正考冷笑道，"我可听说，你的牙行半年没生意咯。"

"那是从前。"孙兴衍很不服气地摸出那张一千两的会票。孙正考放下鸡毛掸子，先是微怔了一下，而后接过会票端详，不可思议地问："怎么？你不会想去搞假会票吧？"

这个一本正经的老爹，有时正经地说起一些事，总让人感觉不那么正经。听到搞假会票的描述，孙兴衍嘴里的果子差点儿没喷出来，呵呵笑道："老爹！您可太了解您儿子了，我正有这个打算。"

"什么！咱们老孙家诚信天下，积攒了十几辈子的好声誉！你如果做了这般缺德事，我不一杆子抽死你，如何对得起列祖列宗？"孙正考拿起旁边的鸡毛掸子，高高举了起来，就要往他身上抽。

孙兴衍仰起脖子，闭上眼，一番英勇就义的模样："抽吧抽吧！您如果真抽死我，可就没机会抱孙子了，您想好这一掸子下去的分量。"

这小子不仅不知悔改，竟然还敢威胁自己？孙正考一咬牙，狠狠就要抽下去。眼看老爹真要下狠手，孙兴衍连忙伸手格挡，他可不想挨这冤枉的一掸子："哎，爹，先不着急抽，您要不要再瞧瞧票根？您瞧，这张会票乃黄色毛边纸制，由正副联票组成，毛笔墨写，正联票上加盖九种红色印章，共计十二处。您再瞧抬头章，只单单这个章，就是一张精美的宝戟图，还刻有篆文'远税近来'四个字。至于余下的八种章，各个复杂无比。就这样的假票，我能做得出吗？"

虽说这个儿子被坊间称为"百工圣手"，天下一切东西皆能伪造，可总有一些技术让他力所不及。比如会票的伪造，上述列举的各种关键印记，还真不容易办到。

孙正考停下打人的手，反复查看会票，发觉并非造假，这才疑惑地问会票哪里来的。孙兴衍笑说是生意定金，孙正考不信，又问他在做哪些非法生意。孙兴衍便把郝华德让他到大清各地订货的事，一五一十地说了出来。

"退了！这笔生意，不接！"孙正考把会票往孙兴衍手里一砸，态度极为强硬。孙兴衍忙问："为何？您也知道，我的牙行半年没开张了。不接这单生意，我的牙行如何运作？"

"不能接便是不能接！"孙正考也不说缘由，只是闷闷地用鸡毛掸子驱赶苍蝇，心里却是藏着各种复杂的心思。

孙兴衍知道，老爹是怕他一走，从此又见不到面了。尤其如今已是年过半百，最怕与儿子分别。想到这里，孙兴衍心里也不是滋味起来。

"您放心，我死也要回来。"孙兴衍拍了拍手，忧悒难消地起身欲走。这笔生意关乎他的未来发展，即便有割舍不下的人和事，他也要勇敢地斩断。

"兔崽子！你走，我现在就死在这里！"孙正考弯下腰，把头对准了旁边的一面墙。

"您死在这里，我也死在这里！"孙兴衍转过身，学着孙正考的样子，把头对准了同一面墙，"到时候，孙家断子绝孙，您就是千古罪人！"

这话实在可气，简直无法无天。可想到这个儿子虽然平时玩世不恭，但较起真来却什么也干得出来。孙正考只好妥协地站直了身子，一言不发地生起闷气。

激烈争吵的父子俩，突然在这一刻沉默了。

看着脸色苍白、愤愤不平的老爹，孙兴衍心下忽发酸疼。不过片刻后，他又平复了情绪，暗暗告诉自己，纵然心里再难受，此时也不能屈服，否则就真的走不掉了。

"爹！您多保重！"孙兴衍掷下一句很有力量的话，正欲狠心远走。可迈开没几步，忽然听到身后传来一个久违的声音：

"衍儿！"

这一次，孙正考没有叫他"小兔崽子"，而是用了一个多年不曾叫起，近乎陌生，又十分动容的称谓。此时，孙兴衍的双脚就像被钉子钉在了原地，一步也挪不动了。

"就算要走，也该吃一顿团圆饭吧？"孙正考的声音温和了下来，那是早已让孙兴衍记不起的父亲的慈爱，"这事，你虽告诉了我，可你娘还不知道。你是不是也要跟她好好说一说。"

听到娘这个字时，孙兴衍再也按捺不住撕心裂肺的情绪，一双血丝遍布的眼睛里登时涌上泪泉。因为害怕被老爹看到，仍是背对着他，一个人哽咽了许久，最后才假装无事地笑道："十二年前，我跟着传教士远去，您后来告诉我，娘哭了三日三夜，最后害瞎了眼睛。她要是知道我还得离开，不知闹出什么事。这件事，您还是替我瞒着吧，就说我去澳门玩儿了，小半年就回来。"

这话不无道理，孙兴衍的娘最心疼这个儿子，一旦让她知道儿子再度远走，只怕会要了她半条命。想到这里，孙正考沉默了。

良久过后，他抬起了头，轻声问道："衍儿，咱们家并不缺吃少穿,还有一片家业。我实在不明白,你为何非要在外闯荡,在家安安分分不好吗?"

"爹!"

孙兴衍拔高了嗓门,思索了很久很久,这才长长叹道,"倘若未出过国门,我也许有此念。可既已出国,您的儿子就不再仅仅是您的儿子了!我读了十几年的书,看遍了数十个国家。我深知,大清繁华的皮囊之下,正在波涛暗涌。有些事,我是该去经历经历了。不为别的,只单单为这个家,我也得多做点儿事。您要知道,一旦风雨来时,无论家业多大,我们都守不住。"

虽说没有言明自己要做怎样的事业,或许至今也不清楚该做什么。但是,他始终记得恩师蒋友仁的话,"天下大路千万条,总该有一条属于自己。"因为看不到这条路,所以才需要不断地探索。

他从来都不是一个安于享乐的人,多年的留学时光培养了他的冒险精神。不甘于平庸,不甘于平淡,他希望用一意孤行之念来成全自己。

"唉!既然你有自己的想法,那就去做吧。我只愿,你他日不后悔。"孙正考深深叹了口气。虽然不了解儿子的想法,但他欣赏儿子的敢作敢当。

想当年,他不也是跟父亲抗争,一意孤行把南货行从苏州搬到了十三行吗?一个生意人,如果不懂得打破常规,那就只会在故步自封中死去。

"这钱,你拿着。"孙正考走到孙兴衍的旁边,硬是把会票塞进他的手里，叮嘱道，"你爹年轻时也走南闯北，风餐露宿多了，悟出来一个道理。钱并非万能，但无钱便万万不能。再说了，我的铺子生意兴隆，还用不着你接济。"

"您留着吧，我有手有脚，饿不着！"孙兴衍把会票强塞了回去，然后头也不回地向前走。他倒是潇洒，一抹两眼的泪便走远了。

第二章
花青秘闻

1760年4月30日

黄帝纪元四千四百五十七年

高宗 爱新觉罗·弘历 乾隆二十五年 农历庚辰年 龙年

庚辰年 三月小 十五日

庚辰年 庚辰月 庚辰日

宜：祭祀 沐浴 谢土 移柩

忌：纳财 移徙 掘井 交易

  高岭是景德镇最有名的地方，是全国最大的瓷器生产之地，号称瓷都之都。站在高岭山上举目远眺，山环水抱，绿茵深深，鸟鸣虫叫，烟雾缭缭。

  这里的烟雾不是村烟而是窑烟。烟雾之下覆盖着一片片杉木皮屋顶的木房子，一间挨着一间，鳞次栉比，遮天蔽日，大白天都要点起桐油灯照明。木房子的周围是矿坑、矿井、淘洗坑和尾砂等的制瓷痕迹，颇有手工作坊的意味。

山顶上全是作坊，山麓下则是别样的风景，叫卖婉转，货品丰盈，当地人称之为"小京城"。这里的大瓷号影响力巨大，拿着他们独立发行的辅币，就可以到附近的集镇兑换货品，就像花真金白银一样好使。

在高岭的窑厂中要数唐、葛、梁三家瓷号名气最大，生意也最旺。唐指的是唐氏瓷号，东家叫唐阁；葛指的是葛氏瓷号，东家叫葛洪亮；梁指的是梁氏瓷号，东家叫梁靖。

唐阁的作坊建在高岭山的东端，四周绿树遮荫，别有一派烟火俗气。半个月前，唐阁接了一批活，三日后要交。为了赶工，他亲自盯着匠人们出工。

一般而言，一个瓷器要经过七十二道工序，舂泥、拉坯、印坯、利坯、画坯、施釉、开窑……样样不可缺。所以，景德镇的老匠人们一生只从事一项工作，拉坯的一辈子拉坯，烧窑的一辈子烧窑，每个技法都要求多年锤炼才能保证瓷器的静雅纯净。

此时正值暖春，唐阁舒服地侧卧在一把竹编摇椅上，手里托着一个大烟袋，吧嗒吧嗒地抽着。他的头上撑着一把牛皮遮阳伞，旁边支起黑漆小方桌，放着瓜果茶点，方便随时享受。

"快点儿！磨磨唧唧，不想干，现在就滚蛋！"唐阁往前倾了倾身子，用烟锅子指着一个黝黑精瘦的小伙子破口大骂起来。

原因是那小伙子松开了用石舂敲打泥土的手，干站着喘气儿擦汗。小伙子受了训，半个字也不敢驳，立即"咚咚咚"地敲打起来。

唐阁端起一把巴掌大的紫砂茶壶，咕咚咕咚喝了两口，啐道："拿多少钱就干多少的活儿。你们如果不服，有本事去找葛洪亮和梁靖啊！他们有的是钱，就看你们敢不敢要了。"葛洪亮是个一毛不拔的铁公鸡，在他那里干活，拿不到薪资是常有的事。梁靖年轻，手艺也好，就是生意比葛、唐差得远，往往十几天才能接到一单，经常没活干。

为了养家糊口，大家只能都来唐阁这里做工。唐阁也摸透了他们的心思，所以为人蛮横不讲理，剥人皮，敲人骨，那是常有的事。

唐阁正指挥得起兴，余光瞥见西南角的堂屋门口，一棵遮天蔽日的梧桐树之下，站着一位身穿灰色斗篷，帽子挡住大半个脑袋的神秘人。

神秘人见他发现了自己，转身就走进了屋子。唐阁低下头微微怔了怔，立即扣灭烟斗，也起身去了屋子，先左右看了看，见无人瞧见，这才放心地关上门。

神秘人背对着他，沉沉地道："计划有变，不是半个月后，改在三日后。"

唐阁倒吸一口冷气问："这么急，难道遇到了什么事吗？"

神秘人抽了一下唇，鄙夷道："有些人，知道得越多，死得就越快。不该你问的事，最好装作什么也不知道。"

唐阁连忙点头称是，只因害怕悟错了意，又很为难地道："属下……属下只是想弄清楚来龙去脉，这样行事才更稳健。否则，一旦属下迈错步子……"

这时神秘人忽然转过身，虽看不清面容，但却能感受到他身上所散发的奇诡气势。唐阁平素嚣张跋扈惯了，见谁都破口大骂，指指点点，可在这个人面前，就像羊见到了狼，身不由己地抖颤起来。

"这件事干系重大，你迈错哪条腿，我就取哪条腿！"

听闻此言，唐阁再也不敢往下问，只好战战兢兢地答道："是，是……属下一定誓死复命。"说着，低下了头。

神秘人冷哼了一声，迈步走近他，轻轻拍了拍他的右肩，径直出了屋子，就像不曾来过。这一下敲打，好似震飞了唐阁的魂魄。他不由自主地跪在了地上，浑身抖抖索索，犹如身处阴森冰冷的地窖。他知道，一旦计划开始，也就意味着他的小命要到头了。一要想到不多时日的生命，唐阁便很难受地呜呜哭起来。

"哟，东家，您这是怎么了？"此时一个中年伙计推开屋门走了进来。中年伙计名叫盛立，个头中等，一张方脸，看上去慈眉善目，为人和善。他既是唐阁的管家，也是唐阁的心腹。

唐阁擦了擦额间的冷汗和脸上的泪痕，这才发现袖子都湿透了，为了不被下属看穿，他愤怒地甩了一下袖子，呵斥道："废什么话，快扶老爷我起来！"

盛立扶起唐阁在大堂中央的官帽椅上坐定，又喂他喝了口茶。唐阁脸色渐渐好转，这才问起盛立过来何事。盛立说，外面有个人要见他。

唐阁心里正烦躁，脑袋里全是即将面临的大难，立即不耐烦地扬扬手道:"老爷我今天烦得很,就算天王老子来了也不见。你跟他说,从哪儿来滚哪儿去。"

盛立叹了口气,道:"可是,他说从广州大老远过来,就是为了找您做一个青花转心瓶。他还说,如果能做成,他愿意出五百两银子。"

广州?青花转心瓶?五百两?唐阁琢磨着这三个线索,烦躁的脸上立时掠过一丝深虑。他轻轻合上茶盏盖,琢磨了琢磨,连忙道:"快!请他进来。"

孙兴衍见到唐阁时,唐阁已侧卧在罗汉床上抽烟,几乎连正眼也不瞧他。为了不让孙兴衍看出自己的破绽,唐阁先去洗了一把脸,又架起烟枪吧嗒吧嗒抽了起来。孙兴衍确实没看出唐阁的异样,笑嘻嘻地问好并自报家门。

唐阁闷闷"嗯"了一声,端着声腔道:"你们广州人杰地灵,四海商铺云集,怎么想到来小小的景德镇订货了?"

孙兴衍揉搓着双手,嘿嘿笑道:"唐东家说笑了不是,景德镇哪里小?您瞧这山头,少说也有五百家窑厂,那可是养活了几十万工匠呐。就这规模,整个广州十三行也比不了啊。"

唐阁冷冷吐了口烟。

他算是发现了,这个家伙嘴巴挺甜,再聊下去估计也没什么实话,索性直接问:"到我们景德镇为了何事?"

"想跟东家谈一笔大买卖。"

"听管家说,你想买个青花转心瓶?出价五百两?"

"东家，好记性。"

"出手阔绰，老爷我就喜欢你这样的年轻人。"

"小的也喜欢这么有格调的东家。"

唐阁被他逗乐了，吧嗒吧嗒抽了几口烟，发现烟草已经抽光了，就往铜缸里磕了磕烟灰，重新塞好烟草，喃喃叹道："喜欢也没用，老爷我是做不了咯。"

这句话，把孙兴衍蒙住了。做不了，这话什么意思？孙兴衍呆呆了良久，才讶然问道："这……这是为何？我听说，您是景德镇手艺最好的瓷器师父。"

"做不了就是做不了，哪有什么原因。"唐阁把烟锅头往油灯上靠了靠，玉烟嘴塞进嘴巴里，就要去点火。孙兴衍微微怔了怔，双手赶紧从唐阁手里接过烟杆，亲自在煤油灯前引燃烟锅子，又递了回去。唐阁接过来，很满意地抽了两口烟，道："你既然大老远来了一趟，也不能让你白跑，是该告诉你一些原因。"说着，身子向后倾了倾，调整了一个舒适的姿势，这才又道，"本来呢，你如果早来三年，我兴许就接了你的单。可是，你也知道，这青花瓷除了需要精湛的技艺，还需要一等一的材和料。比如说咱们景德镇，为啥能成为瓷都？那是因为，咱们这儿的土好。我现在做不了青花转心瓶，不是咱技艺不到家，实在是卖青瓷料的那孙子，他不卖给我花青。你也许不知道花青，就是那孙子家传秘方配制的颜料，只有他那儿有。所以，我现在用的料，精品，但不是顶级，做个好货色没问题，却远远到不了官窑顶天儿的水准。你要的青花转心瓶，实话跟你说，乾隆爷的青花瓷御用品，也就这水准。"

孙兴衍听他说得入理，抬头反问道："原来如此，那卖花青的那孙子叫啥？您开个订单的数目，我以自己的名义找他买，成不？"

唐阁摇头道："难喽。"

孙兴衍不禁皱了一下眉，在等唐阁的解释。唐阁乜看了他一眼，冷笑道："他肯定会让你先立个字据——如果料给我用，你全家十八辈祖宗不得好死。"

"呸！果然是孙子。"

"那你还去买吗？"

"去，为何不去。他是真孙子，我可是他真爷爷。"

"有种！"

冲着"真爷爷"三个字，唐阁给了孙兴衍那"孙子"的地址。原来此人名叫陈宪，在山下五里的镇上开了一家名叫"花青行"的颜料店，是高岭大名鼎鼎的颜料王。

店内除了市面上常用的回青、浙料、平等青、石子青、珠明料等料之外，还卖自家独门研制的花青。花青是花青行的特色颜料，针对不同价位的青瓷分为十个等级。

陈宪的店铺不在闹市，而是开在一条柳树茵茵的河岸边。院外白墙环护，四面绿柳遍植。抬眼望去，三间垂花门楼，四面抄手游廊。院中甬路相衔，山石点缀，五间抱厦上悬"花青行"匾额。整个院落富丽堂皇，花团锦簇，剔透玲珑。

孙兴衍行走其间，一边赞叹陈家阔绰，一边又在好奇，颜料王的生意为何如此冷清，不仅一个客人也没有，就连个伙计也看不到。

不知不觉进来大堂，定睛一瞧，孙兴衍顿时惊出满身冷汗。大堂内到处都是血，大理石案上是血，名人法帖上是血，数十方宝砚上是血，各色笔筒上也是血……

难道这家人出了事？孙兴衍心中暗叫不好，去了侧门、偏门，绕过回廊，又去了后院。但凡进了内屋，遍地都能看到乱泼的鲜血，腥味冲天刺鼻。

现在已大体能确定，这家遭遇到了不测。只是怎么一具尸体也没有看到？这真是件怪事。孙兴衍站在院子外，双目呆滞，正想得入神，忽然远处传来一个孩子咯咯的笑声。

"哈哈哈……叔叔……哈哈哈……你是来陪我玩的吗？我好饿，我好渴，我好无聊……"孩子的声音时而高兴，时而难过，时而激荡回响，时而又仿佛在耳边低述。

在这座冷寂萧索的院子里，听到如此声音，只会令人满身起鸡皮疙瘩，仿佛无数妖魔鬼怪在身后狂舞。孙兴衍干站在这儿，虽然对未知的恐惧让他把心提到了嗓子眼儿，但他还是勇敢地问出了一句话："你……你在什么地方？"

"叔叔！"不等孙兴衍反应，一只冰冷的小手突然在他的身后一拍，吓得他一阵哆嗦，不禁回过头来看。

身后是一个衣衫褴褛的小男孩，此刻正用天真无邪的眼睛望着他。孙兴衍缓缓蹲了下来，轻轻钳住小男孩的双肩："小朋友，你的家人呢？"

小男孩咯咯笑道："他们就在屋里呀，你没有看到吗？爹，娘，李伯伯，王叔叔……"小男孩挣开孙兴衍的手，快步跑进堂屋叫了一圈。过了一会儿，他兴高采烈地跑了出来，两手牵着空气，一边儿蹦蹦跳跳，一边儿自说自话，"这是我爹，花青行的东家；这是我娘，花青行的老板娘。这是李伯伯，管家；那是王叔叔，护院……"边说边走到孙兴衍跟前，伸手指着两边的空气逐一介绍道，就仿佛两边正站着人。

这个有些疯癫的小男孩约莫五六岁。一眼看去，灰土蒙面，皮肤黝黑，一双纯纯的眸子里似乎夹杂着郁愤，又似乎氤氲着活力，总之不太像个正常的孩子。

眼见这一幕，孙兴衍只觉得头皮发麻，不知该说什么。小男孩牵起他的手，一直往后院跑。孙兴衍问他去哪里，他说要带孙兴衍去吃一顿好吃的。

两人到了一个颜料加工坊，那是一幢连成长龙的杉木皮屋顶的木房子。时至黄昏，天色沉沉，阴风乍起。望着这条仿佛长龙盘桓的加工坊，看着那数也数不尽、一眼望不到头的颜料缸，孙兴衍呆住了。

小男孩掀开一个低他半头的颜料缸，伸手往里一掬，咕咚咕咚就喝了起来。几口下去，左右一抹，只见满嘴都是血。孙兴衍吓傻了，问他在干什么。小男孩高兴地道："这是我家的花青，特别好喝,你也尝尝……"

小男孩双手掬着鲜红的血,笑着走到孙兴衍跟前。闻到那股恶心的腥臭味,孙兴衍只觉胃里翻江倒海。他再也不敢在这里久待,头也不回地跑了出去。一直跑到河边,才停了下来,单手扶着大柳树,恶心呕吐了好大一会儿才舒服。

这时圆月高照,星光点点,只怕已到了亥时。事情太诡异,他必须去找唐阁问清楚,于是快步赶去唐阁家。

两扇黑漆大木门没有关严,露出一点儿缝隙。冷风刮来,吹得门咯吱咯吱响。经过刚才诡异的场景,再看当下,孙兴衍的脑海里不自觉填补了很多可怕的画面。可为了弄清楚事情缘由,他还是推开了门,轻步走了进去。

月光洒满了亭院,衬出久违的宁静。孙兴衍踏着如水的月华,步入大堂,蹑手蹑脚地移动步子,低声问:"喂,唐东家,您在家吗?"

走着走着,他忽然感觉有液体滴在脸上,滚烫、腥臭、黏稠,很让人反感,只得不耐烦地抹了一下脸,然后放在月光下瞧了瞧手,瞬间就惊出了一身的冷汗——居然是热乎乎的鲜血。这……这到底是怎么回事?

孙兴衍的脸上已是冷汗如注,静思了良久,方才惊魂未定地缓缓抬起头。只是那一霎的观望,他就已吓得一屁股坐在地上。

此刻,十几个无头人正被白绸勒住双肩,吊于房梁上轻晃,而他就蹲坐在无头人的脚下,眼睁睁看着十余双脚飘来荡去!

死……死人了？孙兴衍吓得不停往后蠕动屁股，一直挪移到门口，本想站起来，可是一丁点儿的力气也没有。

这时，外面响起一阵齐整的脚步声。有人来了，他一激灵，双腿马上有了知觉，连忙冲出屋子大呼救命。只见十几个捕快围了起来，大家唰唰拔出长刀，仿佛认定他就是凶手。

"凶手！奶奶的，还想跑，快给老子抓起来！"随着一阵粗犷的嗓门响起，孙兴衍才算彻底明白过来。这些人不是过来帮他的，而误认他是凶手。

这种场合之下被别人怀疑，倒不稀奇。经过短时间的自我调整，孙兴衍了然处境之后，并未着急辩驳，而是先观察了四周。见来者是皂班、快班和壮班——三班衙役均已到达，看来这起案子很受重视。

通常来说，三班各司其职，互不干扰，比如地方出现了杀人案，一般都是由快班过来逮捕。今日倒好，三班汇集，阵仗挺大嘛。

孙兴衍心里犯着嘀咕，还在发怔。这时人群中拨出来一个五大三粗的糙汉子，戴着黑色圆顶皂帽，穿着黑琵琶襟马褂，身形粗犷，一字横眉，双眼遍布血丝，形如李逵。

"你这厮，杀了人还想逃吗？"来人怒目瞪着孙兴衍，大声喝问道。孙兴衍愣了一下，心神慌乱地辩解道："这位官爷，您……您还没进去，怎知里面就死了人？"

来人凶神恶煞地哼了一声，没好气地道："有人报过案，说死了十三个人，让老爷我过来缉凶。"

"既然那个人来报案，说明他比我到这里早。您不认定他是凶手，干吗说我是？"孙兴衍无奈地一摊手。

这话听起来好像也很有道理。来人愣头微想，他之前也吓唬过那个报案人，因收了那人五百两纹银，这才说不是凶手。不然，他早就把报案人抓了投入监牢，省却破案的麻烦。眼下，这个小子看起来颇有点儿来头，那就看看他能给多少钱，给得多便不是凶手，给得少直接拉去顶罪。一想到案子破起来很容易，来人不由得笑了起来。

说话间孙兴衍接着问道："还不知头翁的尊姓大名？"来人斜乜了孙兴衍一眼说道："本人高岭县的捕头李拯是也。"说罢指着孙兴衍问："你小子懂不懂规矩？"孙兴衍近前一步，上下打量着他，重复了同样的话："李头翁，您懂不懂规矩？"

李拯反问："我要懂什么规矩？"孙兴衍耍贫道："您现在最重要的不是定我的罪，而是先进去勘查现场，然后再审问我，我究竟是不是凶手。"

李拯榆木脑袋微转，笑道："对哦，那些说书的说到包青天，几乎都是这种操作。"说罢尴尬地一摆手，旁边一个瘦高的捕快跑了过来，在他的身前附耳听命。

李拯清清嗓子道："那个，你进去瞧瞧，看看有没有这家伙的罪证！"那个捕快扫了孙兴衍一眼，努了努嘴，箭也似的跑进了大堂。

过了一会儿，捕快又箭也似的冲了出来，脸上满是惊慌和冷汗,大步一跨扑腾跌摔在地上支支吾吾地道:"头儿……没……没头了……"

李拯一记窝心脚就踹了出去,那捕快连翻几个滚,待爬起来跪好后,仍不知道发生了何事,只可怜巴巴望着他。

李拯睥睨着他,骂骂咧咧地道:"奶奶的,在这个鬼地方,你诅咒谁没头了?"那捕快连磕三个头,怯怯地解释道:"不是头儿没头了,是里面的人没头了。"

明白过来其中意思,李拯遂转身望了望看好戏的孙兴衍,大步流星地冲进了大堂。他进去时还气势汹汹,出来后居然蔫了一大半,强作镇定地喃喃道:"怪哉!怪哉!的确是没头了。"

待走到孙兴衍跟前时,李拯的目光陡然一凝,发现这小子在看好戏似的盯着自己。于是伸手抽出长刀搭在他的肩上,大骂道:"奶奶的,你小子下手挺狠。"

孙兴衍摊开手辩驳道:"李头翁,您瞧见我杀人了吗?怎知里面的人是我杀的?"李拯冷笑道:"我们进来时,宅里只你一个活人,傻子也能看出来,你就是凶手。"

孙兴衍翻了翻白眼道:"哦,我说为何这般倒霉,原来头翁有慧眼。"李拯些许骄傲地道:"本官爷断案如神,高岭上下谁人不知,何须你小子逢迎?"旁边一个斜眼的捕快费劲脑汁想了想,伸手指着孙兴衍道:"李爷,这小子的意思好像在说您是傻子。"

一经琢磨完这话,李拯霎时明白深意,先拍了一下那个斜眼捕快的脑袋壳,然后抬起头冲孙兴衍怒吼道:"你小子敢骂我?"

本来只是暗讽，以为这个傻头翁听不明白。而今既已明白，那就得设法圆回去了。否则这个傻头翁动了真招，自己非栽个大跟头不可。

"不是骂，我是在夸，掏心窝子地夸。"孙兴衍嘿嘿笑着说完，自怀里掏出两锭十两的银子颠了颠，双手塞给李拯道："您请兄弟们吃几口酒，认真想一想，也许就知道凶手是谁了。我想头翁断案如神，用不了多久，很快就有答案。"

李拯接过银子，瞥了他一眼："算你小子识货。不过就一顿饭，官爷我想不明白。"这话中之意，明显是说，孙兴衍给的二十两银子就值一顿饭。

"诸位爷想吃几顿？"

李拯竖起大拇指朝身后一指，道："看到没，身后三十名兄弟，一人一顿。"

好家伙，三十多号人那得六百多两银子。别说手上压根没这么多，即便有也不能给他们。这些人，可真是狮子大开口啊。

一向机关算尽的孙兴衍，面对如此处境，也只好认栽。不过，转念一想，既然没有花青，也没有唐阁，青花转心瓶自然是做不了。如果想弄到瓶子，就得查出案子始末才行。

现在是一场死局，不妨死马当作活马医。先承认自己是凶手，再忽悠这个傻头翁查案，说不定很快就能弄清真相，也能还自己清白。更重要的是，兴许还能赚回瓶子。

盘算好一切，孙兴衍果断地献上双手，认罪道："李头翁，您还是把我抓了吧,就算您把我给宰了,我身上的肉也喂不饱诸位呐!"

李拯迈前一步,凶狠狠地打量完他,认真地问:"这么说,你承认自己是凶手了?"孙兴衍可怜巴巴地点了点头。

李拯又强调了一遍道:"你小子宰了一十三人,每个人都丢了头,这是大案,要受凌迟之刑,你可想清楚了。"这番逼问是想试试他给不给钱,无奈孙兴衍早已做好打算,一个子儿也不再给。

"小弟我命苦啊,本想着找唐东家讨债,没想到把命讨了进去。"说着说着,孙兴衍哇哇大哭起来。随后又说起,自己大老远从广州而来,路上遭遇劫匪,大部分盘缠都被抢走了,好不容易藏在脚底二十两的银子,也都孝敬给了李头翁。现在他身无分文,看来以后要沿街行乞了。听完这些卖惨的话,李拯竟毫无动容,因为他见过太多悲惨之人,早已麻木了。

"绑了吧,咱们回去交差,然后吃花酒去!"李拯冷冷地转过身,余下的衙役就要听命动手。可不待绑人的衙役走过来,孙兴衍忽然大喊了一声:"慢着!"李拯定住步,歪过头来看他,面上掠过浅浅笑意:"怎么,想清楚了?"

"不,我是在想,您至少应该问问,我为何杀他,怎么杀的吧?您想想看,这口供万一核对不实,很可能有风险哦!"

"有道理。那你说说看,为何杀他?"

孙兴衍靠近过来,做了一个砍头的手势:"是这样的,唐东家欠我一笔钱,我找他来讨债,可他一个子儿也不给我。于是,小弟我一怒之下,咔嚓咔嚓,把他全家都给宰了!"

"人头呢?"

"我也在找。"

"什么?你杀了人,竟不知头去哪儿了?不成,不成,再好好想想。"

孙兴衍佯装想了想,又道:"这样。当时太黑,屋里没掌灯。我一刀一个,咔嚓咔嚓,用力过猛,人头就像西瓜滚到地上,滚着滚着就不知道去哪里了。"

这话听来有点儿意思,李拯咧嘴一笑,就让他按照这个说法去认罪。这么毫无逻辑的说辞,这个头翁竟然觉得有理?真是绝了。孙兴衍暗想完,笑着道:"哎,头翁别急,您再想想,这可是一十三条人命,您至少还要收集一些证据,这样说辞才更充分。"

"这你就甭操心了,官爷我办了无数案子,有的是办法。"

"您以前的案子再大也大不过这个。"

一句话,忽然把李拯给噎住了。他颇为好奇地看着孙兴衍,歪了歪耳朵,听孙兴衍说道:"唐东家深受圣上器重。说白了,唐氏瓷号就是圣上的京外作坊。他如果出了事,很可能会调京官来查。京官什么人?手握尚方宝剑,可先斩后奏,那不是闹着玩儿的。"

经孙兴衍提醒,李拯忽然想起一件事。当年,唐阁给圣上制造过两件青花瓷器,颇得圣上喜欢。因而这个唐氏瓷号,也算是京外作坊了,常常承接造办处珐琅作无法制造的瓷器,朝野上下无人不知。

如今唐阁全家被灭门,这可不是小事,万一搞砸了要诛九族的。思及此,李拯忽然变得温和起来,笑着对孙兴衍道:"这位小兄弟,你可有办法?"

"也好办,我带着您去查案。"

"你什么意思?"

孙兴衍哼道:"坦白说,你是懒得查案,所以把我当个替罪羊。我呢,没钱给您,只能认栽。既然是这样的情况,我不得不赌一把。"

"怎么个赌法?"

"七日内,如查出真凶,您依法办事。查不出,我就伏法,如何?"

李拯抬起头,摸着下颌扎手的胡茬,暗暗琢磨了琢磨。这是个好办法,如果一直耗下去,万一被京官责罪,上司必迁罪自己,定落不下好。若跟这小子合作,查出来更好,查不出自己也能按时交差,简直是再好不过的买卖。

孙兴衍余光瞄着陷入沉思的李拯,心里也有自己的盘算:你个呆瓜!我到时故意露出破绽,那时派来的京官肯定比你这个榆木脑袋聪明。京官一查,你徇私枉法,而小爷我没事,就等着看你这个恶吏被收尸吧!

两人互相一对望,各怀心思地笑着说了两个字:"成交!"达成合作意向后,二人一起进了凶杀房间。镂空的雕花窗棂之中,斑斑点点投射过来皎洁的月光,阴郁不定地浮过那一具具无头尸,唯有森森诡异之感。

孙兴衍先让衙役去掌灯，然后让人把尸体平放下来，他再去验尸。断头处一刀斩落，非常平整，如此刀功要么是屠夫，要么就是刽子手。尸体伤口血疤凝结，附近流血也不多，只有浅浅的几片，说明杀人地点不在大堂，另有他处。孙兴衍端起一盏油灯，顺着血迹出了大堂，走着走着，忽然在一棵桃树旁边寻不到踪迹了。他四下又细看了看，仍没有发现线索，也不见大片的血迹，只是看到几处鲜血结块，再无他物。

看来桃树旁边不是原始作案地点，至于在什么地方仍是个谜。思及此，孙兴衍只好先回到大堂，将油灯移向大堂中央，观察起一件件陈设器物，希望能找到凶器。

这时一个捕快惊叫道："找到了！"众人围过来，循着那捕快手指的方向看去，东侧客席的一把官帽椅下面，赫然躺着一把钢刀。孙兴衍走过去拿起钢刀，放于月光下观摩。

刀长二尺五寸，环首样式，刀柄有两道金箍，刀背上还有一行错金铭文，大体是"百折百炼"的字样。刀柄下有刀绳，系着一个水晶猪的饰物。

这是一把唐刀，名叫环首金箍刀，为军中战刀，主要是作战用。它的制造工艺极高，采用了包钢之法，以百炼钢为外皮，中夹熟铁，部分刃口局部淬火。刀身韧性高，不变形，而且耐用。如此好刀，难怪一刀下去断头处平整无刺。

"奶奶的，总算找到凶器了！"李拯看着孙兴衍手里的刀，笑了起来。孙兴衍先扫了一眼李拯，后把目光落在刀上道："不错，这把凶器是唐刀,年代有些久远了。"李拯冷笑一声,冷冷地道:"管它糖刀、盐刀,还是醋刀,只要是杀人的刀,就是凶器,拿走画押便是。"

这话刚说完,两三个捕快马上过来取刀。孙兴衍当即拦住他们,看向李拯问道:"李头翁,您知道这把刀来自哪儿吗?"李拯不感兴趣地摆摆手道:"这不重要。"

孙兴衍极力辩驳道:"不!这很重要!"李拯拗不过他,就问哪里重要。孙兴衍把刀交给了旁边的捕快,煞有其事地说道:"以我在古玩行的知识推断,迄今为止,从未听说有哪个行家出手过唐刀。这说明,唐刀除了在《旧唐书》《唐书》等古籍中有记载外,只是活在文字里的东西。"

无论是李拯也好,还是周围的捕快也罢,大家都未上过私塾,不曾听说过《旧唐书》《唐书》是什么东西,还道是"旧堂叔"和"堂叔"。听他说得像模像样,大家假装听懂似的跟着点头。

"甭废话了!你就说,咱们去哪里查?"李拯虽说也听不懂,但知道这家伙是想引着他们去别处查案。孙兴衍一笑,道:"还是头翁高见。不错,我虽是第一次见到唐刀,但凭我的经验断定,这或许是把真刀。如果是真刀,多半来自地下交易场所。不知头翁,是否知道高岭鬼市在何处?"

"原来你要去鬼市。这好办,今晚子夜,随我来吧。"李拯对鬼市向来熟知,曾去那边查过几起案子。简单思索过后,他同意带孙兴衍去鬼市查案。

第三章
赤血鬼影

1760年4月30日

黄帝纪元四千四百五十七年

高宗 爱新觉罗·弘历 乾隆二十五年 农历庚辰年 龙年

庚辰年 三月小 十五日

庚辰年 庚辰月 庚辰日

宜：祭祀 沐浴 谢土 移柩

忌：纳财 移徙 掘井 交易

高岭的鬼市几乎是照搬的京城鬼市，就连规矩也一模一样。不过，高岭的鬼市也有不同，它有个好听的名字，叫"阎罗铺子"。

阎罗铺子分散在高岭的八个区域：西区倒卖古董文玩，东区卖牲畜活人，南区卖绫罗绸缎，北区卖兵器火器，西南区卖药石金丹，西北区卖皇家禁品，东南区卖西洋杂货，东北区卖禁书禁画。总之，一切在明面上不能销售的东西，阎罗铺子里都有。

老高岭人说去鬼市不能说去，也不能说上，更不能说逛，得说"趟鬼市"。"趟"字的学问可就大了，水深水浅，水急水缓，自个儿琢磨，有点儿摸着石头过河的味道。

孙兴衍要去的鬼市在西区，位于高岭城西二里地外的一棵老柳树边，以柳树为基点，一字摆开，由北向南，兴旺时可以摆出五里路。大家的摊位不固定，谁来得早谁先占地。

鬼市的鬼主要是说东西有真有假、来路不明、非法禁售等，一旦出手，是好是坏，自己掂量。鬼市都是子夜开张，天刚微亮就像晨风吹雾一样散了。另外，鬼市没人组织，也没人管理，仿佛荒地里的野草。谁也不知道怎么就长在这儿，怎么就长了这么一大片。

为了装扮成古董商人，李拯和两个衙役都穿上了较为华丽的绸缎，还各自戴着一顶瓜皮帽，看上去斯斯文文。钢刀绑在大腿上，用前襟遮挡，不细看瞧不出端倪。孙兴衍就不用打扮了，因为他看起来就像个古董商人。

时至深夜，这片荒郊野外只亮着一盏盏橘黄色的灯笼。冷风吹过，仿佛一团团鬼火。大家没有人说话，只能听到叮叮当当瓷器拿起又放下的声音，还有一些人的脚步声。这是鬼市的规矩，谁如果坏了规矩，以后就再也不能混鬼市了。

孙兴衍在西边一个摊位前蹲下身子，拿起一个宋代哥窑出产的青瓷，端在掌心瞧了瞧。只见这件青瓷，釉面开出断纹，如丝成网，有一种天然的缺陷美。

面前的摊主是个四十来岁的中年男人，米粒眼，两撇小胡子，戴着一顶黑色瓜皮帽，一看就是个精明的商人。他见孙兴衍是个"上货"的人，而且是明眼老手，便立马伸出袖子。孙兴衍自然明白规矩，伸进手去摸了摸，发觉是三根手指，顿时明白了老板的意思。

一根手指是一百两，也就是说，这个青瓷三百两。孙兴衍抽出手来，摇了摇头，太贵了。摊主啧了一声，仿佛是问能给多少。

孙兴衍又把手伸到他的袖子里，出了一根小拇指，这代表一百两绰绰有余！那摊主立时不乐意了，随即抽出手挥了挥袖子，让他赶紧滚。

就这样，几人又逛了十几家，有些乏了。由于没有看到卖唐刀的摊位，不免有些犯愁。这时，一个年轻人吸引住了孙兴衍的目光。

此人戴着绛紫色瓜皮帽，身穿绀色马蹄袖箭衣，肩上扛着褡裢，下身是紧袜，深筒靴。个子清瘦高挑，一派文弱书生的模样。不过，年轻人跟书生不同的是，嘴里叼着一个胡桃木烟斗，手里还提着一个巴掌大的泥塑人头。

孙兴衍走了过去，弯下腰来，伸手提起那个泥塑人头，先摊在掌心瞧了瞧，发现这只是个样品，并非真货。年轻人知道买卖来了，但依旧不给看真货，也不让验货，只是把肩上的褡裢卸下来，让孙兴衍伸进手去摸，怎么摸都行，就是不让拿出来瞧。

孙兴衍先摸了摸，不禁惊出一身冷汗。因为里面有三颗陶瓷人头，整个烧制工艺与真人头别无二致，只是摸起来光滑细腻罢了。他怕手感有误，又把头也伸进去深入的感觉了一番，更觉得那人头是真的，急忙拔出头来深吸了一口气。

孙兴衍瞪向年轻人一眼，那是在问，这些东西哪里来的。年轻人也回他一眼，仿佛是说究竟买不买，废什么话。只这来回地相望，孙兴衍就已发现，这个年轻人不是男人，倒像个女扮男装的姑娘。尽管这个姑娘没有擦脂涂粉，素雅的淡妆，但那皓齿朱唇、仙姿佚貌，还是流露出了万千风情。

看着这个漂亮的小姑娘，孙兴衍一时痴呆起来。小姑娘也看着他，但脸上却是恼怒和不耐烦，仿佛把他当成一个令人厌恶的登徒子。

这一幕幕全被李拯看在眼里。于他而言，这分明是两个大男人在眉来眼去，瞬间激起一身的鸡皮疙瘩。他用力拍了下孙兴衍的肩膀，大睁着虎目，仿佛是在提醒他男色为轻，任务为重。孙兴衍回望了李拯一眼，冷冷笑了笑，伸手指向那女子手里的泥塑人头。

李拯虎目一凝，马上会意，立即撩起前襟，大手拔出长刀指向那女子，大声断喝道："奶奶的，真没想到这么快就抓到了你！原来你就是凶手！"

一见有人拔刀，摊主们仿佛惊弓之鸟，一个个把奇珍异宝卷裹入竹编席子里，也不管有没有碰坏，往肩上一扛便开溜。

鬼市毕竟是非法之地，这样手握官刀的人，多半是捕官，大家能跑多快便跑多快。此时，两个衙役也已拔出大刀，三人把女子团团包围了起来。

"喂，你们什么人，上来说什么凶手？我卖的是陶瓷人头，不是真人头,你们可别诬赖好人!"女子扫看着众人,一脸的恼怒。

李拯冷笑道:"是真人头还是假人头,不妨拿出来瞧瞧!"女子怒哼道:"凭什么给你瞧,你算哪根葱?"

这句话着实起劲,孙兴衍忍不住竖起大拇指,表示很佩服。女子并不领孙兴衍的情,侧目看他一眼,尽是傲然。

李拯脸色一黑,长刀已架在了女子肩上,自报家门道:"老子行不更名坐不改姓,李拯是也。"

整个高岭,无人不知李拯的大名。此人横如李逵,莽如张飞,断案无数,几乎件件都是冤假错案——只因为他好收贿赂,又懂得巴结县令,加上此地天高皇帝远,无人管束,使得他更加为虎作伥。

女子知道惹不起此人,两指夹住钢刀,轻轻挪到孙兴衍的肩上,嘿嘿笑道:"哟!原来是李头翁!哎呀,有话好好说嘛。"

李拯先瞟了眼孙兴衍,又看去女子,道:"我看你们眉来眼去,只怕是联手犯案吧?"

听到这话,孙兴衍真想一头撞死。这个李拯的分析,总是出人意料。不过,女子倒是从中捕捉到一二的讯息,笑问道:"李头翁,如此说,这小子是杀人凶手咯?"

李拯道:"不错。他杀了一十三人,每人都丢了头。本官爷心想,这小子文文弱弱,一人断做不来,你定是帮凶,褡裢里面是不是人头?"

女子神色微凛,余光在褡裢上轻顿,而后看向孙兴衍,大口啐道:"您说得不错,我看这小子也不像好人。买个东西,东瞧西看，动手动脚。我虽与此案无关，但我敢断定，他定是凶手无疑！"

最毒妇人心，果真不错！孙兴衍苦笑着摇了摇头，一个李拯太蠢，一个姑娘太精。太蠢的人交流不了，太精的人又会经常算计人。

心里如此想着，只好无奈地摊开手，叹道："李爷，您再不出手，我们就要起内讧了。"话中之意，分明是在告诉李拯，这个女子就是自己的同伙。他犯不着跟两人为敌，倒不如先让他们斗一斗，自己看好戏便是。

女子察觉到他的心思，妙目中杀出一句话——你竟敢诬陷我？孙兴衍一勾唇，也甩给她一个白眼，这是在说——是你先得罪的我。

李拯见他们又眉来眼去起来，还以为是在打暗话，遂不去管女子是不是帮凶，直接按照他的第一原则处理——搞不清身份的人绑起来带走顶罪。

两个衙役领了李拯的命令，正要取下身上的镣铐去捆绑少女。这时孙兴衍挪开了刚才落在肩上的大刀，笑着把双臂插入怀里，道："两位兄弟，你们下手可要轻着点儿，这是个姑娘，细皮嫩肉的，别绑出伤。"

李拯不好女色，只爱钱权，所以瞧不出是个女子。两个衙役就不同了，全生着一双桃花眼，一听年轻人是女子，立即上下打量起来。果见是个女子，顿时色心大起。

女子知道中了孙兴衍的算计，怒目扫他一眼，双手扶着褡裢步步缓退。李拯见状眼疾手快，朝女子用力一刀劈去。

043

那女子侧身避过，忽抬右手，一把匕首自袖子里现出，稳稳出现在女子掌心，左刺右划，和李拯过上了数十招。

斗着斗着，李拯的长刀翻转过来，猛地一撩，划向女子的衣服。霎时间，只见布绸被强大的力量撕碎，女子外衣脱落。

皎皎月华之下突显一个身量颀长健美的女子，身着浅红绸地镶边氅衣，披着绣花云肩，上束旗髻，一头黑发自然垂腰。纵然光线灰暗，瞧不清细貌，但只那模糊的轮廓，也足已让人看得痴痴呆呆，宛如仰望仙颜。

李拯把刀斜横在身前，收手歇了口气，冷冷地道："奶奶的，母老虎终于现身了。"女子俏笑道："那是，母老虎还会吃人呢！"说着，匕首再一次斜刺里杀出。

李拯的刀又大又重，女子的匕首轻灵快捷。十几招过后，女子没有讨到好，反而被李拯虚晃一招抢走了褡裢。女子只好也出虚招，实招去抢夺褡裢。

李拯看出她的想法，先是故意卖了一个破绽，眼看女子伸手过来抓褡裢，长刀马上把她挟持。这一招太快，同时阴险诡诈，不太像一个心思粗糙的人所为。

孙兴衍对此深感困惑，正想得出神，忽听李拯哈哈大笑道："好俊的功夫！本官爷所猜不错，咱们之前应该交过数次手。只可惜都是在夜里，没有瞧到面容，所以让你给逃了。奶奶的，今日官爷运气不错，到底是抓到了你。"

"若你不使诈，咱们真刀真枪地动手，你还是抓不到我。"

李拯不屑地道:"一个小小女飞贼,技艺不精,何须不认?官爷一生追捕贼人无数,交手千余次,从未输过,又岂会使诈?"

一来二去的谈话间,孙兴衍终于了解到——这个女子乃是高岭鼎鼎大名的女飞贼,名叫夜千茉。她偷盗手段高明,作息极为不同。

一般飞贼都是晚上下手,白天休息。而她则是白天下手,晚上倒手。她不仅明偷,偶尔也会暗骗。多次在官府眼皮底下逃走,从未失手。

李拯出动过数次缉捕任务,结果都是无功而返。这次不仅抓到了,如果再从褡裢里找到其他证据,就可以把唐家灭门案也扣在夜千茉和孙兴衍的头上,岂不是一件得来全不费工夫的好事?李拯得意洋洋地计划着接下来的安排,不料夜千茉闪电般抢过褡裢,平举着一动不动。

"还我褡裢!"李拯怒喝道。

"你先放了我。"

"你试试看,官爷的刀要的是你的命,到时褡裢还是我的。"李拯长刀一转,绝不肯给她机会。

夜千茉不屑地瞥了他一眼,做了个抛手的假动作,然后才哼道:"实不相瞒,这褡裢里都是一等一的青花瓷人头,我问过行家。就这做工,一个至少值五千两。我如果把它们摔了……"

李拯微怔,缓缓收了刀:"官爷就是给你让条道,你也跑不了!"夜千茉一抿唇,笑道:"哦,是吗?"

话音刚落,只见她忽然朝孙兴衍看了一眼,顺势做了一个把褡裆裤抛过来的动作。孙兴衍心下慌乱，刚要作势去接，岂料裆裤竟丢向了反方向。

大家赶忙去接裆裤，可终究晚了一步，但听叮当一阵碎响，裆裤落在了地上。李拯也顾不得去追夜千茉，赶紧跑到裆裤跟前，俯身撑开口袋。只看了一眼，霎时呆住了。那些摔碎的陶瓷人头里面，居然嵌固着一个烤熟的真人头！

此时的夜千茉早已跑到距离他们很远的白雾之中了，乍起的风吹起那一头乌黑的长发，就像是仙女在腾云驾雾。眨眼之间就消失不见了。

四人折腾了一整个晚上，并未找到售卖唐刀的摊位，只好打算折返回去。由于那个裆裤里装着烤熟的真人头，两个衙役都不敢挎在肩上，互相推诿不接。李拯呵斥之下，他们才走一段路换一个人，一路上战战兢兢，几乎吓破了胆。

孙兴衍跟在他们旁边，倒是不害怕，只是觉得又累又困，自言想找个客栈休息。李拯仿佛早料到他会这么说，大刀往肩上一扛，冷冷地道："睡什么客栈，还要花钱。牢房那儿宽敞。案子没结果之前，你先在里面待着吧！"说到钱的时候，李拯忽然想到，这小子出手阔绰，说不定身上带了不少银两。反正此人是个重大嫌疑犯，而查获嫌疑犯身上的"赃款"，岂不是他李大捕头分内的事？

一想到此节，李拯连忙吩咐旁边的两个衙役搜他的身。可哪里会想到，他们几乎快把孙兴衍翻了个底朝天，甚至连底裤和鞋底都翻了个遍，仍是一无所获。

"你小子身上倒是干净。"李拯话里有话地说道。

孙兴衍把衣服整理好，又把头上的瓜皮帽扶正，嘿嘿笑道："李头翁见多识广，阅人无数，肯定瞧得出来，小的我不仅身上干干净净，就连灵魂和人格也纯美无瑕。如果小的是一块美玉，那李头翁一定是能够看穿美玉的鉴玉圣手呀！"说着，弯腰竖起大拇指。

"你小子少来溜须拍马！"李拯扬高了嗓门，不耐烦地打量了他一遍，"你从广州大老远过来，身上怎么也不多带点儿钱？"

孙兴衍卖惨道："头翁这话可就不对咯。您应该记得，我在唐家的时候给了您二十两银子。对于您来说，二十两不过是一顿饭钱。可对于小的来说，二十两足够我从广州到景德镇打个来回咯。小的家贫，从小吃不饱穿不暖，到了十八岁，还要捡人家剩饭吃。好不容易熬到二十岁，接了一单小生意，也挣了一点儿钱。谁又知道，路上遭遇劫匪，我只好去找唐东家要欠款。可这家伙偏偏死了，您还抽走了我仅有的二十两银子，甚至说我就是凶手。别说钱了，小的我现在连命都快没了。"孙兴衍张口就来，说到动情处更是声泪俱下。

旁边两个衙役听了，纷纷觉得这小子不容易，有个衙役还因此动了恻隐之心。李拯也被这段托词给说服了，只好悻悻地挥手，吩咐两名衙卒把人押去牢房。

直到拜别了李拯，孙兴衍才舒了一口气。原来就在从鬼市回来的路上，他假借撒尿，偷偷把一百多两的现银埋在了老槐树之下，并在埋藏地压了一块青石。

李拯这家伙见钱眼开，上次没有在唐阁家搜自己的身，那只是侥幸。而今从鬼市回来，大家一无所获，这尊罗刹为了缓解心里的沮丧，指不定会来搜刮自己。既然风险随时会发生，那何不提前未雨绸缪？

　　幸好银子全藏好了，不然自己真就身无分文了。孙兴衍在心里暗暗想着，不知不觉被两名衙卒带到了高岭监牢。没住牢房之前，孙兴衍觉得至少比牛棚好点儿。进来之后才发现，牢房简直就是猪圈。

　　这里到处弥漫着古怪的味道，整个空间灰暗压抑，油灯屈指可数。这里的牢头是个中等身材，四方脸庞，眉毛浓黑且整齐，眼睛闪闪有光的中年男人。头顶红穗黑边圆帽，内套灰色长袍，外穿蓝纹黑马褂，腰间挂着佩刀，手里总是端着一个巴掌大的酒壶，走几步嘬一口，看上去无比清闲自在。

　　从其他犯人口中得知牢头名叫杜康，果然是人如其名。孙兴衍一早就看出来，这个杜康手里有点儿权力，于是给他写了一张十两银子的欠条，提出换个干净的牢房。

　　新换的屋子虽然比之前的好很多，但看上去还是有点儿脏。孙兴衍又写了一两银子的欠条，请人置办了一桌酒菜，他要跟牢头杜康喝一顿酒。杜康刚好也没事做，就答应了这个要求。

　　不一会儿，一张八仙桌上就摆上了一碟花生米、一盘酱牛肉、一盘炒笋。孙兴衍笑嘻嘻地给杜康斟上酒，又写了一张二十两银子的欠条，想再换个雅间。

杜康拿起欠条瞅了一眼，冷笑道："我说孙兄弟，要不是看在你这身行头值点儿钱，同时从大老远的广州而来，应该颇有点儿家底，所以我信你能拿出银子。不然，一个将死之人，也不给咱现银，只是写欠条敷衍，就想让咱办事，那可不成。"

在牢里任职多年，杜康已养成一个习惯。哪怕知道犯人没有现钱，还是会想方设法地让他们写欠条。这样犯人出了狱，找犯人要。犯人若是死了，那就找他的家人要。总之，能盘剥一分是一分。

孙兴衍晓得他的主意，一直点头哈腰地说是，看上去规规矩矩。杜康收好欠条，瞥他一眼又道："孙兄弟啊，你来自广州，爱整洁，咱理解。可是，新给你换的屋子已算最干净的了。虽说床铺不松软，但至少有床，总好过睡草料吧？还有，你这儿有桌子，有长板凳，还有油灯，你还想怎样？要不，你再加一百两，我把兄弟们的房间腾出来给你睡。"

孙兴衍觉得这很有趣，惊问道："这也可以？"

杜康波澜不惊地道："这算啥子！只要有钱，无论你干了什么，我都能把你捞出来。"孙兴衍敬了杜康一碗酒，饮下之后，幽幽叹道："不瞒老哥，我犯的可是死罪，无法赦免的死罪。我跟你说，兄弟一刀一个咔嚓了十三个人。你说，就这恶行，至少要凌迟吧？"

杜康用捏起一粒花生米，随手抛进了嘴里，一面咀嚼，一面司空见惯地道："咳！不就是杀了十三个人？只要你拿得出一万两银子，再加五千两打点。我保证，一个月内准把你捞出来。"这话听着新奇，孙兴衍就问如何操作。

杜康发觉自己说过了，便不再发言。孙兴衍见状也就不提此事，只是东拉西扯说些有的没的。一碗一碗的酒水下肚，杜康是真喝，孙兴衍则偷偷倒掉。

半个时辰后，杜康喝得酩酊大醉。孙兴衍见时机成熟，就递过去一张三两银子的欠条，问他如何能把自己捞出来。

杜康打了个酒嗝，大手把银子塞入怀里，红扑扑的方脸上微醺着醉意："这也不难，我另准备一份判决词，原文不用改动，只需把一个没有亲属犯人的名字换成你的，就可以了。反正，那人死了也没人给他喊冤。"

孙兴衍点了点头，觉得这个方法不错。不过他很好奇，万一主审官发现了怎么办？杜康脸色醉红，双眼迷离地笑道："这有何难？他要发现的话，就得重新上奏请示，重新写判决词，我们这些人固然活不成，但主审官也得一个个罢官走人。对他们来说，这只不过是一个不相干的人，又没人喊冤，多一事不如少一事，他是不会认真管的。嘿嘿，对他们来说，保住那顶乌纱帽，远远比同归于尽划算得多。"

这真是骇人听闻的事，没想到一个小小的牢头，就能随便决定他人的生死。孙兴衍想着想着，忽然有点儿慨叹起来。

这时他又想起，一个狱友说过，牢里隔三差五就有人死，也非常好奇。杜康见他什么也不懂，笑着道："今年气候不错，死的人不多。要是往年发瘟疫，每天要死十几个人呢，你就庆幸吧。"

说着吃了几口酱牛肉，又咕咚咕咚喝了一碗酒，又继续道："咱们高岭的监狱有老监四座，每座五间房子。牢役们只开当中那间的窗户和天窗透光透气，旁边四间都不开窗。你可能不知道，这里面关着二百多个犯人。每到晚上，牢门落锁，天亮才开，谁也甭想出去。犯人们拉屎撒尿全在里面，气味特别难闻。"说到这儿，杜康自己都觉得有些犯呕了。孙兴衍吸了一口气，果然闻到恶心的味道，身上的汗毛也都快呕吐了。

杜康接着说："到了冬天，一些穷犯人没有被褥，就在地上睡觉。又冷又潮，哪能不生病？深更半夜时，如果有人死了，活人也只得和死人脚靠脚、头靠头地躺着。所以啊，牢房里疾病传播很快，死的人自然也就越多。"

孙兴衍摇头叹了口气，闷了一碗酒。杜康瞥他一眼，冷哼道："这算什么，还有一种手段更有意思，叫宰白鸭。"

孙兴衍自然不知道什么叫宰白鸭。

杜康波澜不惊地道："说白了，就是顶凶认罪呗。比如，当地的有钱人作奸犯科后，经常花钱买人顶替自己坐牢，即便杀了人，只要肯出钱，就会有贫苦的人前去抵罪，这就是宰白鸭。"

酒肉穿肠，酒精上头一下子撩起了杜康的分享欲。他抬起了头，颇为感叹地道："说起这儿，我忽然想起半个月前发生的一桩事。一个月前，西城发生了一起谋杀案。因为牵连甚广，总督府派了赵大人过来提审。他看过案卷后，发现死者是一个彪形大汉。奇怪的是，凶手竟然是十六岁的瘦弱少年。赵大人很疑惑，就派人仔细去查死者的尸体，发现他的身上至少有十六处伤痕，绝不可能是一个人所为，便觉得里面的问题很大。"

孙兴衍接过话来道："也就是说，那个少年是白鸭？"杜康点头道："没错。但复审时，少年对犯罪过程叙述得几乎和原判决书上写的一模一样。赵大人很惊讶，让他再说一遍，少年仍旧倒背如流，一个字也不差。此时，赵大人已断定，此人一定是白鸭。他就告诉少年，这个案子疑点很多，他如果说出真相，可以免除一死。然而，少年不为所动，仍坚持原供。赵大人审查再三，少年才含泪说自己是冤枉的。于是，赵大人就把案子驳回原县重审。"

孙兴衍露出了暖意，笑道："这么说，少年得救了？"杜康白了他一眼，仿佛像说他天真幼稚，"不料，驳回重审以后，原县里依旧做出同样的供词和判决。赵大人很纳罕，又去提审，他问那个少年，'你才刚满十六岁，怎么下如此毒手？'少年却说，'我对此人恨之入骨，不共戴天。'赵大人再三警告，是想让他说出真相，但那少年这次坚定地咬定就是自己杀的人。无可奈何之下，赵大人只好依从原判。翌日，赵大人便服出城，刚好看到城门口有辆囚车经过，于是追了上去。少年见了他，含泪挥手道，'小人对大人的大恩大德实在感激不尽，但我被押回原县重审后，县太爷恨我翻供，对我又打又骂，施加酷刑，打得我皮开肉绽，求生不得，求死不能。押回监牢后，我的父母探过监，不仅不心疼我，甚至还说，'卖你的钱早已用完，你现在翻供不是把全家逼上绝路吗？你就算翻案出来，也是死路一条。''我心里想，既然进退两难，倒不如顺从父母之命，死了算了。'赵大人听到这里，眼泪簌簌而下，心里想法外有法，天外有天，又岂是一个人所能改变的？"说到这里时，杜康那张醉醺醺的眼睛居然也泛起泪花。

听到杜康说的这些，孙兴衍心里难过，喝了一碗又一碗的酒，叹道："这么说，杜老爷也算个好牢头。只不过，世道至暗，只能随波逐流罢了。"

杜康呵呵笑道："你小子先管好自己吧。"说罢拿起酒坛晃了晃，见一点儿酒也没了，就随手一放，问孙兴衍道："想好了没，有没有钱，麻溜儿的。如果有的话，老哥哥我这就去张罗救你的事。"

一万两银子，再加五千两打点，他上哪去弄这么多钱。看来要救命，还得靠自己啊。孙兴衍心里想着，刚要开口说话。

这时，一阵急促的脚步声传了过来。杜康虽说好酒，但并不误事。听到声音立即站了起来，笑着弯腰把外面的人迎进来道："哟，李爷，您来了。"

李拯闷闷地嗯了一声，右手压住腰间刀柄，大步流星地进来，身后跟着一个衙役。杜康用袖口擦了擦旁边一个长条板凳，李拯一声不吭地坐在了上面。看到杜康和孙兴衍吃喝的酒菜，竟当没看见。

只见那名衙役，双手端着一个蒙着黑布的托盘，轻轻放到八仙桌上。李拯一抬下巴，那名衙役明白过来，伸手把黑布一掀，登时露出三颗人头。

杜康吓了一跳，险些一个跟跄摔倒。只见左首一颗人头，半面是青瓷，半面是烤熟的人脸；中间一颗人头，颧骨高凸，面容干巴，只是眼珠化了；右边那颗是最完整的青花瓷人头。

李拯思索片刻，冷冷问孙兴衍道："几个时辰前，你说这个青花瓷人头的烧制手法诡异？如何诡异法？我问了景德镇最好的工匠师傅，他们都说从来没见过这种青花瓷人头。"

听了这话，孙兴衍在心里立即无奈地笑起来。人家哪里是不知道，分明是不愿说出来。毕竟这位官爷抓人毫无逻辑，如果说得太清楚，只怕就会当成凶手给抓起来。唉，这群工匠师傅，每个人的算盘都打得叮当响啊。算了，还是由我来说吧。

孙兴衍轻咳了一声，端详着那三颗头颅半响，这才道："这个手法很讲究！"一听很讲究，李拯很严肃地点了下头。他点头，大家也都跟着点头。

孙兴衍目光扫过认真听话的众人，又道："凶手先采取了制瓷七十二道工序之一的拉坯，手工揉泥，把泥放于轮盘，泥和轮盘一定要在同一圆心，这招叫抱泥头。泥头正不正，直接决定了能不能拉成坯。然后，凶手在泥团上面的中间部分扣出一个窝来，并上提把窝拉高，左手放窝里边，右手放窝外边。两手四指里外相对挤拉窝泥，向上边或外边扩展，使窝泥薄成适当厚度的坯体。当完成这一步，凶手就要开始最关键的一步了！"

说到关键时刻，孙兴衍故作神秘地僵了一会儿。李拯榆木脑袋飞转，马上接过话来道："莫非他们再把人头放进去，然后将顶封死,做出一个泥人头?"

孙兴衍用力一拍大腿:"说得真好!"听到夸赞,李拯了骄傲的神色,梗着脖子环顾四周,放声哈哈大笑。不过等他笑完,却发现孙兴衍正用漠然的眼睛盯着自己。

"说得好,但不对。"孙兴衍把目光移向桌上的陶瓷人头,"烧制一个高温瓷,那温度,足以把骨头烤成烟气。如果这个时候把人头放进去,再进行高温烧窑,啧,显然里面啥也没有。"

"那……那这个陶瓷人头究竟是怎么做成的?"李拯忍不住发问。孙兴衍道:"别急,容我慢慢说。"他掰开手指,一一数着分析,"做好坯体以后,还有印坯、利坯、挖坯等工序,再经过雕坯的手段,将瓷器精修出人头的样貌,然后用画笔蘸着青花料在坯胎上画坯。从手法上看,此人的画技非常高超,只怕还精通西洋技法。画完坯就该圆器刹合坯,也就是上釉,即在坯的外面上一层玻璃质釉,这样烧出来的瓷器表面会非常光滑。"

"可你还是没有说,陶瓷人头里面为何会有真人头。"旁边一个衙卒挠着后脑勺提醒他。孙兴衍轻轻一勾唇,弯下腰指向陶瓷人头道:"如果我所猜不错,凶手应该先把陶瓷人头烧制好,随后用刻刀把人头劈半切开,就像切开一个西瓜,再把烧烤过的真人头放进去。由于陶瓷人头跟真人头差不多大,所以很容易卡合。为了让人瞧不出破绽,凶手又把被切开的部分,先用勾砣按纹路在陶瓷上面刻出阴线,然后用漆胶粘合,再经过一系列的刮磨、打光和擦漆等处理,最终呈现出来的是一颗完美的陶瓷人头。"

听完这些，李拯叹为观止地道："你小子还真行，说起来头头是道，老子觉得你就是凶手。"孙兴衍连忙道："李头翁，这玩笑开不得。"

李拯拍了一下他的肩膀，哈哈大笑道："知道知道，孰是孰非，本官爷自有决断。既然制瓷手法都知道了，那你接下来有什么打算？"

孙兴衍皱着眉，煞有其事地道："凶手用这么复杂的手法制作陶瓷人头，甚至不惜伪造陶瓷与人头一起烧制的假象，只怕别有目的。"他仿佛包青天附身，拿腔作调地分析起案情，"他们明明可以销毁证物，可最后为何会把真人头镶嵌进了陶瓷里？只要是个景德镇的学徒，一眼就知道，如果真人头和陶瓷人头共同烧制，高温一定会把真人头烤化成气。可偏偏凶手丝毫不规避这么大的破绽，仍旧伪造一起烧制的假象。那么，他们的目的是什么呢……"

当推理进行到这里的时候，孙兴衍忽然不说话了，而是把目光转向了李拯。他在心里暗暗想到，莫非凶手这么做，一来是想留下证据，二来是想嫁祸他人？

景德镇的学徒看不看得出来破绽不重要，重要的是要让李拯发现线索。这家伙向来武断，就像刚才，正是他提出的真人头与陶瓷人头共同烧制的假想。

如果是这般推论，那凶手提供的真人头线索，刚好可以误导李拯去抓获那个他们想嫁祸的人，岂不是一出好计？不过这些想法过于复杂，孙兴衍并没有说给李拯听，省得再引来那尊罗刹的刁难。

"头翁有没有核查人头身份？他们是不是唐家的三个无尸头？"孙兴衍回转过神，率先抛出来一个至关重要的问题。李拯拍了拍胸脯道："你说了这事，我立马就去核查了，他们的确是唐家人。"

孙兴衍点了点头，又问："您确定问过所有匠人师傅，大家都说不知如何制作？"李拯道："问过了！这群老油条还号称什么大师，我看还不如你小子说得像模像样。"

这时李拯带来的那个衙役歪了歪头，近前一步，插了句嘴道："李爷，咱们好像落下一人。"李拯问是谁，小衙役忙说："李爷，是梁靖啊。"

李拯拍了下脑门，哎呀一声，道："奶奶的，我怎么把他给忘了。"孙兴衍问谁是梁靖。李拯说，此人是高岭有名的匠人师傅。年纪与孙兴衍仿佛，但制瓷手法已到了官窑顶尖儿的水准。当年乾隆爷下江南，曾到景德镇看制瓷，见梁靖虽小小年纪，可制出来的青花居然比造办处珐琅作的还好，于是打算让他进宫承做活计，还许下年俸十金的待遇。

哪知梁靖拒绝了乾隆爷，还说要一辈子在这里当个手艺人。乾隆爷不但没怪他，还很欣赏他不贪慕虚荣的骨气，就赐了他一个梁记瓷彩坊的字号。从那以后，很多人都冲着万岁爷这个金字招牌去买梁靖的东西，就这样，梁靖的生意越来越好。

可后来，他的那个字号金匾竟被人偷走了。丢了万岁爷的金匾，那可是杀头大罪。官员一级级上报了宫里，万岁爷却说，罢了罢了,由他去吧。

自此梁记瓷彩虽仍被列为三大瓷号之一,但终究是差了很多。此外,孙兴衍还从李拯口中得知另外一件事——梁靖是唐阁的徒弟,后来翅膀硬了,飞离了唐氏瓷号,遂创制了梁记瓷彩。

由于唐阁的打压,梁记瓷彩的生意极不好做。如果是这样,梁靖为复仇,杀了自己恩师,也似乎有道理。敲定这个推断后,孙兴衍觉得有必要去拜访梁靖。李拯没有意见,甚至还说,如果梁靖是凶手,他第一个就把这家伙给抓起来,绳之以法,为民请命。

李拯带着孙兴衍出了监牢,又去衙门点了几十名帮手,浩浩荡荡地奔赴梁记瓷彩坊。赶路途中,大家刚好路过孙兴衍埋钱之地。眼看逮住机会,孙兴衍灵机一动,便借口拉肚子,先到老槐树下取了那一百两银子,偷偷缝进衣服里面,又把每个银锭用棉花隔开,不至于走动的时候发出声响。

第四章
梁记瓷彩

1760年5月1日

黄帝纪元四千四百五十七年

高宗 爱新觉罗·弘历 乾隆二十五年 农历庚辰年 龙年

庚辰年 三月小 十六日

庚辰年 庚辰月 辛酉日

宜：祭祀 沐浴 谢土 移柩

忌：查案 出访 翻案 缉凶

梁靖的瓷彩坊位于高岭山西北方向，门前是一片碧波荡漾的湖水。"鉴瓷堂"三个烫金大字匾额赫然悬挂在垂花门上面，堂前除了几棵芭蕉树，有些还是名贵树种。

顺着"鉴瓷堂"的小路走过"古瓷堂"，再跨过石门，果真如匾额上所写的"天外有天"：三四丈高的大假山气势雄伟，山下荷池曲径，小桥流水叮咚。

在池塘边，一个身形挺拔的年轻人，背对着他们。年轻人面前是一张长方桌，上面摆满了没有画坯的青花瓷，好像都在等他着墨。

这个年轻人身穿玫瑰紫翻毛皮马褂，腰间佩饰繁琐，金银牌上垂挂着数十件小玩意，耳挖子、镊子、牙签、刀枪剑戟等模型应有尽有。很显然，他的穿着很讲究。

李拯近前一抱拳道："梁靖先生，别来无恙。"

叫梁靖的年轻人没有理睬他，仍是背着身子画坯。李拯直起身来笑道："我有位朋友想跟先生探讨制瓷术，不知可否赏光？"

一听有人要来拜见自己，梁靖竟无半分回应，依旧自我忙碌。李拯抬了下下巴，孙兴衍会意，轻步走到梁靖的桌子前。他先扫了一眼桌上的瓷器，随后笑道："梁先生，我是广州来的商人孙兴衍，想跟您做笔买卖。"

谈话间，孙兴衍发现梁靖右手执狼毫，左手擎瓷碗，正在碗壁上绘制卖炭翁画像。点画眼睛的蘸料竟是苏麻离青。

这种钴料产自波斯卡山夸姆萨村，就算是瓷都景德镇也少有人用。那些青花瓷人头上的眼睛，梁靖此时用的都是这种钴料！

难道是巧合？还是梁靖本就是凶手？一切太过诡异，孙兴衍暗自思索起来。

这时梁靖回过了头，孙兴衍抬眼瞧去，竟是一位清冷的俊美少年，脸庞白皙无血，浑身散发着睿智与冷峻。尤其那双明亮的眼睛，散发着迷人光泽。

"这位孙先生想跟在下谈什么买卖？"梁靖上下打量完孙兴衍，不等他搭话，随即把目光落在了李拯身上，问道，"难道李大人也对生意感兴趣吗？"

李拯见问，愣了一下，朗声笑道："本官爷并无兴趣，只是这位孙老板，他找到了本官爷，希望由我代为引见，结识一下梁先生。"

梁靖冷笑道："如此说来，二位可算官商勾结的典范了？"这话犀利如刀，仿佛极为厌恶眼前的两人。孙兴衍噎了一下，不知如何回答。李拯气得紧皱眉梢，右手压在刀柄上，随时准备动手。

"哈哈！"一看自己的话哄住了来客，梁靖仰头便是大笑，似乎想用笑声抒发自己的自得和骄纵。

虽说对方颇有骨气，但孙兴衍也不示弱，立马跟着哈哈大笑，直到强烈的笑声盖过了梁靖。此刻，李拯压在刀柄上的手缓缓松开，困惑不解地盯着他，梁靖也用诡异的目光看向他。

眼看掌握了主动权，孙兴衍连忙收起笑声，不要脸地说，自己想订购一件青花转心瓶，如果梁东家愿意做，自己可以先付一百两的现银定金。

这话让梁靖突然一惊，问他为何要订购这件器物。孙兴衍不好提及郝华德，随口编了个谎言，说自己原本在十三行当牙侩，后来因为对工作的不满，辞了牙侩，现在一家洋货行担任中国采办。

洋行东家想购置一批中国器物，但又不想找牙侩买现成的货品，一来害怕买到赝品，二来也想做一些独到的器物，方便开展买卖。于是，这位洋行东家就让他到大清各地寻访顶级匠人，再依照订单订购一些纯手工打制的器物。

这番说辞并无纰漏，至少梁靖听来一点儿问题都没有，唯独李拯觉得他实在废话连篇，心想：询问案情就询问案情，怎么跟嫌疑犯聊起了天，还真以为是过来做生意的了？这小子难道忘了，他目前还是狱中之囚？

这边李拯暗暗忖度，那边孙兴衍又笑嘻嘻地说道："听闻您是唐阁的徒弟，曾经研习过青花转心瓶的制作技艺。而今唐阁已死，会这项技艺的人，想必就是您了。我是真心想求真货，您开个价，只要我能承受得起呢，咱们就合作一次，怎么样？"

李拯越听下去越按捺不住——这小子不是来破案的，分明是过来谈生意的啊。这家伙心可真大，明明都快成死囚了，居然还有心谈生意？

一念及此，李拯大步往前一跨，面朝梁靖冷哼道："梁先生，实不相瞒，本官爷过来，可不是听你们谈生意的！"话锋一转，歪了歪头，极为冷厉地道："你可知，你师父唐阁一家，一十三口惨遭灭门之事？"言及此，李拯的虎目死死盯着梁靖，那凶恶之光想从他的眼中剜出破绽。

哪知梁靖听罢，只是不屑地一笑，仍去添补瓷器上的画作。孙兴衍见二人剑拔弩张，也收起了笑意，很为难地道："梁先生，我也实不相瞒地说一下吧。"一说起来，他就把不住口，的确对得起"实不相瞒"四个字。

孙兴衍把自己如何找唐阁制作器物，如何找陈宪买颜料，如何撞上了两桩谋杀案，如何被这位李拯大爷给抓了，如何帮他破案等事，字字不落地说了个遍。

最后还说，现在自己进退两难，如果梁靖不帮忙做瓶子，他只好狠心拉梁靖下水了。因为在孙兴衍看来，脱离李拯的魔爪容易，购置到瓶子反而是难上加难的事。所以见到梁靖后，一直在谈瓶子，反而对破案之事漠不关心。

梁靖很厌恶别人威胁自己，更不喜欢孙兴衍这种巧舌如簧的人，当即大手一挥，厉声掷下逐客令。孙兴衍见梁靖很不配合，只得对李拯道："好吧李爷，那我就言归正传了。梁先生用来点画眼睛的蘸料叫苏麻离青。那些青花瓷人头上眼睛的用料，也是此物！现在，咱们是不是人赃并获了呢？"

这段话昭然若揭。

李拯唰一下拔出长刀，大喊一声，"奶奶的，原来你就是凶手。"就招呼门外的衙役们过来抓人。几个护院见状，个个手持棍棒，迅速把李拯围了起来。

片刻后，门外冲进来的衙役们也把护院给围了起来，两伙人形成对峙的局面。

"住手！"

这时人群之中传来一名女子的尖叫声。李拯看向声音传来之处，只见一曼妙的少女大步冲了过来展开双臂把梁靖护在身后。

孙兴衍和李拯互相对望一眼，他们很快认出来，这人正是昨晚的女飞贼夜千茉。

李拯举着刀，哈哈大笑道："奶奶的！我想明白了！梁靖杀了唐家一十三口，原因有二：一来，他的生意越来越不好做，为了独揽制瓷权，先灭了唐氏瓷号，再吞了葛氏瓷号，到时整个景德镇只剩下梁氏瓷号，岂不是大买卖？二来，他杀了人还不痛快，又把一十三人的首级做成人头陶瓷，然后跟这个女飞贼合作，拿到鬼市上去卖。如此下来，还能赚一笔大钱，这个算盘打得可真够叮当响的！"

事情经过李拯的分析竟然毫无破绽，哪知夜千茉极为恼火，开口骂道："放屁！姑奶奶虽是飞贼，但也懂得盗亦有道。如果我知道里面是真人头，打死也不会偷的！至于你说的什么垄断生意，梁东家他……他根本不是那样的人！"

夜千茉似乎很想为梁靖辩驳，然而话到嘴边，却又咽了下去。李拯才不管他们有什么关系，一口咬定，他们就是凶手。毕竟，眼下线索太明显，他也懒得再往下审理了。此时结案，交了差，完成任务，皆大欢喜！于是，李拯大呼一声抓人，外围的衙役们就要动手。

"慢着！"孙兴衍高声喊道。李拯虎目瞪大，厉声喝问他要干什么。孙兴衍冲李拯一笑，随即看向梁靖道："李头翁别急，我去说服他就范。"

李拯听得这话只觉好笑，可转念一想又觉得有趣。自己的人就在旁边，大打出手还有伤亡，不妨等等看。

"梁先生，我刚才已经说啦，你只要给我做了瓶子，咱们啥事也没有。你偏偏不听，还非要惹这个罗刹！你看，这个局势咋收拾嘛！"孙兴衍走到梁靖的跟前，用只有两人才听到的声音说道。

梁靖冷冷一笑："我原以为你们是官商勾结，只做些违心的生意。现在看来，你们不只是狗官和奸商，只怕还是狼狈为奸的恶吏与刁民！你被人诬陷，困于危局，为了洗刷冤屈，就拿我来做替罪羊，这手段真够毒辣！"

"非也非也！你如此看我，实在太小瞧在下了。"孙兴衍摇了摇头，淡淡地道，"从杀人动机上看，你和唐阁不仅有复杂的师徒之谊，还是生意竞争，作为凶手，很吻合；从杀人手法上看，你懂得制瓷术，还跟这个售卖陶瓷人头的女飞贼有牵扯，也吻合。所以，就算我不诬陷你，你自己能说得清吗？"

听到这里，一向沉稳的梁靖，目光里竟也有了一丝忧惶。孙兴衍又道："我本来想着，你答应给我做瓶子，我就偷偷去帮你查案。如果你是冤枉的，我会想尽办法帮你洗刷冤屈；如果你就是凶手，我也愿意多花点儿钱，舒舒服服地伺候你上路。也算是报答你帮我做瓶子之恩。哎，谁知道，你嘴巴里就像吃了火药似的，呛完这个罗刹，又反过来呛我！你说，你要我咋办嘛！"孙兴衍两手一摊，一副很无奈的样子。

今日在牢房里，孙兴衍发现凶手采用了多此一举的手法烧制陶瓷人头，很明显是为了留给李拯线索，并引导他去抓获凶犯。

换句话说，这个梁靖，可能是凶手专门用来嫁祸的人。如果真是这样，梁靖便是被冤枉的。不过以上全是猜测，只有查清证据才好下结论。

既如此，自己何不拿此做文章，好好跟梁靖谈笔生意呢？孙兴衍想得出神，脸上尽是泰然。梁靖却咬牙看着他，良久过后方问道："如果我帮你做瓶子，你真的有本事帮我洗刷冤屈？"面对眼前的局势，自己也没有更好的选择，只能跟这个油嘴滑舌的嫌疑犯合作。

孙兴衍嘿嘿笑道："这就对了嘛！我之所以掏心掏肺，将所有事都告诉你，就等你这句话呢。"其实他早已算到，坦白身份，说明目的，再把梁靖拉入嫌疑犯的队列。为了洗刷冤屈，梁靖不得不考虑合作，那青花转心瓶岂不就拿到手了？毕竟相信至少有点儿希望的人，要比一点儿希望都没有好太多。如果被李拯给抓了，那就真的一点儿希望都没有了。

梁靖苦笑了笑，道："你这个小子，盘算得可够深的。就冲这点，我倒是可以信你一回。"深深叹了口气，又道，"目前来看，这个罗刹一口咬定我就是凶手，只怕要进牢里待几天了。如果我算得不错，十日之内，他一定会想办法给我定罪，然后结案。所以，你的瓶子能不能做出来，全在这十日。我想你也知道，整个景德镇，只有唐阁会做这个瓶子。而今，唐阁死了，只剩下我还会这门手艺。为了你的瓶子，我相信，你会查出真相的。"

孙兴衍微微笑了笑，点头道："不错！你很聪明嘛！不过，话又说回来，如果你真是凶手，我宁愿不要那个瓶子；如果你不是，我必然还你公道。"

梁靖笑道:"这件事,就拜托孙兄弟了。"说着,向孙兴衍抱拳行了一个礼。须臾过后,他看向旁边的夜千茉,方道:"你一个人去查,未免不方便,不如让舍妹陪你一起去?她是本地人,武艺也算高强,有她在,可护你周全。"说着就向夜千茉招了招手,夜千茉附耳过来,听完梁靖的吩咐,充满厌恶地扫了孙兴衍一眼,冷哼道:"这家伙油嘴滑舌,一点儿也不靠谱,我不跟他一块儿!"言及此,转过傲娇的脸,似乎很嫌弃孙兴衍。

梁靖一把拉住夜千茉的手,安慰道:"此人既然被认定为两桩案子的凶手,还能哄骗着李拯过来查我,必是有些本领。你虽与官家为敌,但从未做过伤天害理之事,他们不会加害于你。再则,我相信,有此人在,一定会保你无虞。"

夜千茉神色未变,适才的倨傲收敛起不少。梁靖见她有了些许释然,又道:"为了那个青花转心瓶,他兴许能帮我洗刷冤屈,眼下也唯有相信他。不然,此案落在李拯手中,绝无希望可言。小妹,不瞒你说,无论是杀人动机,还是杀人手法,我均有重大嫌疑。若无人援手,这就是一场死局啊!"

这番话语重心长,夜千茉听来心下惶然。她虽极为讨厌孙兴衍,但为了兄长的安危,也只好答应跟他搭伙查案了。

孙兴衍原本挺怕这个母老虎,一开始也想拒绝,可考虑到自己没有向导,孤身查案必然困难重重。如果带上这个"飞贼",说不定会容易一些。

然而，为了保证自己的安全，他跟夜千茉约法三章。但内容只有一条：无论发生什么事，夜千茉都要听自己的。

夜千茉可是整个景德镇独来独往、从未失手的女飞贼，早已习惯了自由自在，怎会愿意给一个柔弱的商人打下手？两个人聊着聊着，就吵了起来。

这时，正在跟手下梳理案情的李拯听他们吵得刺耳，忍不住仰起脖子骂道："奶奶的！你们嘀咕什么呢？实话告诉你们，这案子已破了，本官爷已把作案细节都想好了，简而言之，梁靖就是陈家灭门、唐家灭门的凶手。所以啊，你们也不用吵了。如果实在想说话，那就到狱中来说，有人会找你们聊天。"说着，大声呵斥散了那些护院，转身大手一挥，就要衙役们把梁靖绑了带走。

孙兴衍笑嘻嘻走过去，搓着手问道："李头翁！您看，您都抓到了凶手，我是不是就没事了？"李拯停下步子，不无鄙夷地打量着他："你小子……"只说了一半，手指不停地揉搓。孙兴衍知道他要钱，马上从怀里摸出五十两银子，双手恭敬地递了过去。

"你小子不是没钱了吗？这钱哪来的？"李拯原本只是下意识地做了个揉搓手的动作，真没想到这个抠门的家伙会给钱。

孙兴衍凑到李拯耳边，神神秘秘地道："我跟梁靖那家伙说，您把他抓走后，我有法子把他捞出来。他为了收买我，于是偷偷塞给我了一百两银子。"

这话听来很有道理，李拯也不再怀疑，而是先瞭了瞭四周，随后大手飞快地把银子揣入怀里，笑着拍了拍孙兴衍的胸口："没事了，你可以放心地走了。"

孙兴衍忙不迭地道谢，过了一会儿，又塞过去二十两银子，偷偷瞄向身后的夜千茉道："实不相瞒，我看上那小妞儿了。她虽是个女飞贼，曾经也得罪过头翁，可她也没犯过大罪吧？至少人不是她杀的。您看在小弟的面上，想想法儿把她捞出来，如何？"

李拯回身瞥了一眼夜千茉，冷笑道："你眼瞎了？这娘们动起手来，十个你加起来都不能近身。你看上有什么用，人家不一定愿意跟你。"孙兴衍低头笑了笑，又塞过去三十两银子："这您不用管了，我会好好调教。"

虽说想不明白，孙兴衍为何会看上一个女飞贼。但考虑到，自己赚了一百两，这个家伙的钱也被刮光了，何不成人之美？反正女飞贼不是自己的目标。虽说李拯同意了这个请求，但他还是很值得玩味地反复叮嘱孙兴衍，一定要看好夜千茉。如果再发现她偷东西，违了律条，日后绝不会手软。

孙兴衍的脑袋瓜点得像拨浪鼓，恭恭敬敬地应了，并亲自送走了李拯以及逮捕梁靖的衙役们。夜千茉不舍得兄长，就要追上去解救。孙兴衍连忙踏前一步拉住她："哎哎哎，刚把你捞出来，你怎么又往刀口上撞？"

这话才说完，眼看着夜千茉泪光盈盈，他心里一软，只得平和下来语调劝道："行啦！你哥没事，就是委屈一下蹲十天牢。那里我待过，环境虽差了些，可只要你乖乖听话，我就让我的杜老弟，好好服侍你哥十天。你呀，就想着，你哥是去休假了，也就十天。等下次再见，我想一定是个白白胖胖的公子哥。"说着竟乐了起来。

夜千苿转过身，柳眉一竖，凶狠地瞪着他道："你这个泼皮！明明是自己被诬陷了，脱不开身，反而陷害我哥入狱！哼，如果你救出我哥，那还罢了。如果救不出来……"她从腰间拔出一把匕首，明晃晃地亮在孙兴衍眼前，咬着牙发狠道："如果救不出来，我就学哪吒，剥了你的皮，抽了你的筋，再把你的头吊在城外晒个十天半月！"

这一番话，直听得孙兴衍双腿打颤。他完全相信，这个女人发起狠来，确能做出这样的事情。不过他也没捞到好，为了那个青花转心瓶，自己已送出去近二百两银子上下打点。现在他身上一分也没有了，如果想取现银，只能拿着缝在衣服夹层里的会票去各地钱庄取钱。

两人为了各自的目的，免不了一番唇枪舌战。吵了半个时辰，大家都累了，彼此坐在回廊木栏上生闷气。为了缓和气氛，孙兴衍只得耸了一下肩，圆场道："好吧。这事怪我，你放心，如果你哥是被冤枉的，我就算丢了脑袋瓜子，也一定会把他给捞出来。但事先说好，如果他真是凶犯，我绝不姑息。我这个人呢，虽然嘴上欠了点儿，但正义之心万万不能被践踏！"

夜千苿没有料想到，这个油嘴滑舌的小奸商还挺有原则，不禁对此人多了几分好感。两人聊起来愈加消除了对彼此的偏见，关系渐渐被拉近。

这时，孙兴衍问夜千茉，陶瓷人头哪里来的。夜千茉想了想说，三月十五日那晚，她潜伏到了葛洪亮的窑厂，本想偷几件宝贝卖钱。

可当时大家都休了假，几乎无人做工，也就没有值钱的东西。本以为就此空手而回，这时听到窑洞里有人说话，靠近了才知道，原来有三个家伙在神神秘秘地烧制瓷器。

他们把一间窑洞用黑布遮了起来，所以她起初没有看到有人烧火。就在夜千茉想要掀开黑布帘，去看三人烧制何物时，不小心弄出了声音，于是马上有人出来寻她。

为了脱身，夜千茉只好用了调虎离山之计，诱骗三人走远。随后，她才摸黑翻进窑洞，并用麻袋偷了三个瓷器。直到把东西拿到家中她才发现，也不是稀奇宝物，竟是三颗栩栩如生的陶瓷人头！起初，她吓了一大跳，本想扔了这三个不吉利的玩意。

可后来一想，鬼市经常收购奇怪货品，这三个陶瓷人头说不定能卖个大价钱，何不拿到鬼市上碰碰运气？所以，她就伪装成商人到鬼市去卖，哪知道碰见了孙兴衍等人。

后面的事情，孙兴衍都知道了，也就不再追问。孙兴衍想了想，转而问起，葛洪亮是什么来头。其实，早在到达景德镇之前，他就已知道，葛洪亮是与梁靖齐名的三大瓷号的东家。不过，有关此人更确切的消息，反而无从所知。

"要想知道葛洪亮是何人，就得先了解江西的商贸掌故。"夜千茉双手插入怀里，身体轻轻靠在墙上，缓缓地道，"江西共有四大镇，分别是景德镇、樟树镇、吴城镇和河口镇。每个镇都有各自的金字招牌，比如樟树镇有药都之称，吴城镇号称西江巨镇，河口镇是闽浙和大清纸商的重要集聚地。至于景德镇，自不必说，是大清的瓷都。"

夜千茉瞄了他一眼，又道："这个葛洪亮相当厉害，不仅是江右商帮中的理事，还是景德镇行会的会长，手下经营着粮行、鱼行、典当行、钱庄、瓷行、笔行、砚行等三十余个门面。其中，瓷行是他所有产业中的核心，涉及民间五彩、珐琅彩、斗彩、素三彩等品种的青花瓷店铺，遍及四大重镇。他的瓷号总部就建在景德镇，位于高岭城西。现在，景德镇普遍认同一种说法：唐氏瓷号擅珐琅彩，我哥的梁氏瓷号擅斗彩，葛氏瓷号擅素三彩。葛洪亮最大的野心，就是吞并所有瓷号，吸纳各家瓷技精粹，一家独大，并把店铺开遍天下。我哥虽与葛洪亮并不熟稔，但很早就看出他的野心，也常与我说起这些事。"

听完夜千茉的描述，孙兴衍越来越觉得有必要去会一会葛洪亮。他仰起头微想片刻，问道："除了这些，你还知道哪些？比如葛洪亮是个怎样的人，他有哪些爱好？"

夜千茉紧紧皱起柳眉，轻轻摇了摇头。这个葛洪亮鲜少见外人，也很少在公共场合露面。他就像个神秘的暴发户，一直活在大家的谈论之中，她也不太了解。

孙兴衍有些遗憾地叹了口气。虽说对葛洪亮不太了解，但案情梳理到这里，也算有了一些线索。景德镇一共有三大瓷号，唐家被灭门,梁靖是真凶还是被诬陷尚不得知,唯有葛洪亮还幸存。所以无论他是不是幕后真凶,都有必要去调查一番。

一番深思熟虑之后,孙兴衍拟订了两个计划:其一,入夜后,他们先偷偷探查夜千茉去过的那间窑厂,看看是否还留有线索;其二,他们再找个机会,设法会一会这位江右商帮的理事葛洪亮。当面了解清楚对手,也许会有全新的发现。

让两人想不到的是,远在高岭城西的葛洪亮早已沉迷在歌舞升平中。葛洪亮年过半百,身材矮胖。红茶色的额头下面,长着两条灰白夹杂的眉毛,一双又细又长的眼睛,别有一种神韵。笑起来像弥勒佛,凶起来像屠夫。一喜一怒之间,变幻出两副嘴脸。此时正在品着婺源茗眉,看着高岭采茶戏。

赣南采茶戏把当地方言与曲调融合,形成了赣东、西、南、北、中五大流派。戏台上,两姐妹在表演上山采茶。她们手持茶篮,边唱边舞,男丑角则站在半山腰,手持纸扇,不停地插科打诨。这种小曲生动活泼,委婉动听,赏心悦目。

管家吴歌站在一旁,心不在焉地看了一会儿戏,然后在葛洪亮耳边道:"唐阁一家全死了,梁靖被当作凶手给抓了。整个景德镇,要说最大的瓷号,那可不就是您的了!"说着竖起了大拇指。

葛洪亮的手指有节奏地敲打着桌面,整个脑袋跟着戏曲乐器的声音摇来晃去,并不答话。吴歌微顿,又笑道:"您放心,这个李拯只看钱办事。唐阁是万岁爷钦点的宫外匠人,他的死,那可是弥天大案。如果李拯破不了案，万一上达天听，只怕会派钦差大臣过来审查，后果将不堪设想。李拯虽然糊涂，不过现在倒也算聪明。他如此急着结案，正是考虑到，就算此事传到了万岁爷那边，一见案件已破，逻辑清晰，也就不会追责了，最多是派人慰问一下罢了。至于那个梁靖，只怕会被判个斩立决。"

听到这话，葛洪亮忽然睁开了眼睛，不痛不痒地吐出一句话："好啊！很好啊！"吴歌想了想，又很谨慎地道："眼下有件事很棘手，那个陈宪……"一句话还未说完，葛洪亮立地抬起手，示意他不要再说。吴歌知趣地住了嘴，躬身退到一侧。

这时，一个伙计进来说，门外有个叫威尔逊的洋人行商求见。葛洪亮的目光一沉，略微眯了眯眼，叫伙计把洋人引进来，然后一挥手，那些唱采茶戏的人全都散去了。

不多时，门外走进来一个瘦高的西洋人。他戴着一张银色诡笑面具，穿着笔挺的黑西装，手拄一根金手杖，旁边还跟着两位俏丽的西方女子。

威尔逊朗声大笑着走了进来，周围的人皆被这个打扮怪异的西洋人吓了一跳，纷纷退避让道，看着他走近葛洪亮。

葛洪亮背对着他，既不起身，也不迎客，只是冷峻地在远眺早无人影的戏台。面对葛洪亮的无礼，威尔逊并不见怪，兀自寻了个靠近他的位置坐下，双手叠压在金手杖上，开门见山地问道："不知葛老板考虑得如何了？"

听闻此言，葛洪亮面容肃然一僵，扬手否定道："不行！那事风险太大，我不做。"

"我这可是最后一次寻你，你想清楚再说！"威尔逊几乎带着杀意。这种开山劈石的恐吓，自然也让葛洪亮为之一震。

葛洪亮额上浮起一层冷汗，随后紧绷的肌肉骤然松开，仿佛是坚定了信念，用力一拍桌子，怒喝道："威尔逊先生，今日葛某人也撂下一句话，就算我赔光了整个家族的产业，也绝不会助纣为虐！"

随即又转换语调道："当然，我听闻过先生的事迹。只要你想杀一个人，千里万里也能取其首级。数年间，不少商人朋友皆受到了先生的报复，这事已闹得人心惶惶。但先生应该也看到了，放眼天下，并无几人愿与先生合作。说到底，我们骨子里都还装着一个人，那就是老祖宗。威尔逊先生有没有老祖宗，葛某人就不知道了。可在葛某人看来，如果威尔逊先生有老祖宗，只怕绝不会做荼毒子孙的事！"

这一番话着实锋利如刀，威尔逊从中听出了葛洪亮的强势反抗和不合作。他轻轻拍了拍手杖，冷笑着摇了摇头，随后站了起来，凝着杀气道："那好，但愿葛老板的决定是对的。"说完已迈步走到门口，两位西洋女子也随即跟上。

不过刚迈出门槛，威尔逊忽然定住脚，声音诡异地道："哦，对了，我有个习惯，但凡拜访一位朋友，总要送他一件大礼。好朋友送好礼，坏朋友就送坏礼。葛老板不妨等收到礼物后，再做决定吧。"说完，便脚步轻快地走远了。

这时数名护院围到葛洪亮身前，询问要不要动手。葛洪亮此时的心绪无比杂乱，喝退了护院。双手背在身后，神色复杂地远望着那三个离去的身影。

虽说私底下不少江湖泼皮已被威尔逊收买，正在做着荼毒同胞的勾当，但作为延续了六百多年的江右商帮，绝不肯受此玷污。

因而，无论威尔逊怎样威逼利诱，葛洪亮都是严词拒绝。在他看来，偷奸耍滑也好，狡黠诡诈也罢，那都是生意往来中比较常见的手段。可如果一笔生意要毁人灭国，他就万万不能容忍了。

今日把事情与威尔逊挑明了，他日必定会遭到报复。也不知道这个威尔逊究竟会耍怎样的花招？还有，他临走之前撂下的那句话，说是要送给自己一件大礼，这又是什么意思？葛洪亮想着想着，心里越来越发虚，渐渐没有了底。

这时，一阵轰天雷声响起，仿佛是发生了地震，只感觉屋子在地动山摇。葛洪亮矮胖的身躯晃了晃，四五个人才把他扶住。他料想是出了事，马上询问周围的人是怎么回事。

大家互相观望，因不曾出去，自然不晓得缘由。正跨踌间，一个伙计大步跑了进来，趔趄两下差点儿摔倒。不待站稳，他已叫道："不好了！东家不好了！窑厂出事了！"

葛洪亮眉头一皱，叫上吴歌等人飞步赶去窑厂。窑厂距离葛洪亮的住所很近，不过才半刻的脚程。

众人赶过来时，窑厂已是一片狼藉。青砖碎石散乱丢弃，黄土更是厚积成堆，一缕缕黑烟在坍塌的窑洞废墟上袅袅飞升，一如硝烟过后的战场。

这片窑厂西南隅的杉木皮棚顶废墟的正前方，站着两个狼藉的人，浑身乌黑，显然是受到了刚才爆炸的摧残。

"你们是何人？这里究竟发生了什么事？"吴歌仔细打量完两人，发现除了看到两张黑面之外，就只能看到两排整齐的白牙，于是忍不住怒喝。

面对吴歌的喝问，孙兴衍一时呆住了，只结结巴巴说了两句"我们"，下面的话反而不知如何言说。他能说什么呢？总不能说自己跟夜千茉过来查案，目标直指葛洪亮吧？

第五章
翻云覆雨

1760年5月2日

黄帝纪元四千四百五十七年

高宗 爱新觉罗·弘历 乾隆二十五年 农历庚辰年 龙年

庚辰年 三月小 十七日

庚辰年 庚辰月 壬戌日

宜：祈福 安床 成服 祭祀

忌：出行 治病 作灶 开光

此时，有工匠们从四面八方赶来，如果被人发现了身份，孙兴衍他们可就全完了。

短暂的思索后，孙兴衍尴尬的面容忽然一扫而空，取而代之的是一张哭丧的脸。

夜千茉还在不明所以，孙兴衍已用右手袖口擦着眼泪，哭哭啼啼地道："哎呀，东家！东家啊！我们是这里的匠人啊，您认不出我们来了吗?"

听到这番话,夜千茉方才明白过来。此时的她和孙兴衍已被之前的爆炸炸得满身乌黑,早就辨不清样貌。再则,就算辨得清,葛洪亮也好,吴歌也罢,也不一定识得窑厂所有匠人的样子。因此孙兴衍的这番操作还真哄住了吴歌和葛洪亮。夜千茉不禁暗暗在心里慨叹:这个奸商也不是全无是处,遇到危机,倒也有些手腕。

看着满面狐疑的葛洪亮,孙兴衍知道,这番假扮有了起色,于是哭声更大起来,仿佛经历过一场惨绝人寰的天灾。

葛洪亮很想了解事情的来龙去脉,反倒无暇去管两人的身份,便让孙兴衍一五一十把爆炸始末说清楚。

为了不露出破绽,孙兴衍表面上先说起一些有用无用的事,想暂时稳住葛洪亮等人。至于他心里,则在回想着刚才发生的种种,以求想出一个完全的回答方案。

半个时辰前,夜千茉弄来两身匠人服饰。他们换上以后躲在窑厂附近,蹑手蹑脚来到西南隅的杉木皮棚顶之下,意外看到有两个身形与他们相像的人在烧制器物。

待那两人把器物摆到木桌上,孙兴衍才发现,居然是另外十颗陶瓷人头!于是和夜千茉商议,由夜千茉把匠人们引开,孙兴衍去把人头取走。

待到夜千茉引开人,孙兴衍上前刚查看完人头,忽见里面藏着慢炮。他急忙转身避闪,夜千茉恰时又跑过来。二人迎头撞在一起，双双卧倒，随后一阵巨响轰鸣，惊起漫天灰土。

这是事情真实的经过。

如果按照真实描述，只怕他和夜千茉的小命都不保。孙兴衍想了又想，立即又有了一个方案——反正他已把自己设定成了葛洪亮匠人身份，索性就以匠人的身份编段故事吧。想到这里，他那张不自然和恐慌的脸色，瞬间就变得活泛和充满了激情。挺直身板，手势起伏有序，一句句慷慨激昂地歌颂起他与夜千茉的大公无私、热血担当，简直就是葛氏窑厂最卖力的好匠工。还颇有文采的描述起刚才的爆炸，以及他和夜千茉如何虽万死也要英勇抢救器物的壮举。

这一席话下来，听得众匠人们纷纷汗颜，也听得葛洪亮尤为感动。正当孙兴衍以为他的计谋已成时，吴歌忽然转过身，询问旁边的监工道："这两人是你的匠人？"

眼见此举，夜千茉欢喜的面容一沉，心道："完了，小奸商嘴巴说得再好听，一遇到识货的，还不是原形毕露？"孙兴衍瞧出了夜千茉的眼中之意，嘴角一撇，也在心里犯起嘀咕："我这身脏兮兮的样子，最多骗一骗葛洪亮，哪能骗得过这个监工？这老家伙如果揭穿我，小爷只能先跑为妙了。"

两人一交换眼神，彼此在心里盘算好了逃跑这条后路。监工是个五六十岁的老头儿，身形佝偻，瘦骨嶙峋。挤眉弄眼凑到他们脸前，近距离扫了一个遍，立即气呼呼地道："你们两个臭小子！我让你们好好烧窑，怎么就把窑厂给炸了！"说着，就要动手抽打。

孙兴衍愣了一下。他万万没有算到，老天爷居然天降一个高度近视的老头儿帮他。不仅把他们认错了，甚至还以为是那两个被炸死的匠人。

孙兴衍表面沉着脸，心里却在暗自窃喜。就在这时，一阵仓促的脚步声响了起来。老头儿放下手，一个光着膀子的年轻匠人，肩上搭着汗巾，大喘着粗气跑过来禀报道："不……不好了……"

葛洪亮连忙追问何事。年轻匠人说，陶土坑附近发现两具尸体，全已烧焦，估计是刚才的爆炸所致。众人闻言，蜂拥去了尸体跟前。果然如那位匠人所说，尸体早已没有人样，就像两块黑乎乎的焦炭。对于这两具尸体的来历，众人各有说辞，一时议论纷纷。

葛洪亮微怔之余，一脸困惑地看向孙兴衍，希望他能给个满意答复。孙兴衍对上葛洪亮凌厉的目光，心里犯起难——鬼才知道烧死的是什么人。

正当一筹莫展之际，孙兴衍忽然看到，尸体旁边散放着匣钵和垫饼。这条线索让孙兴衍眼前一亮。他先前还在担心，万一那两个神秘匠人出现，他和夜千茱的身份不就曝光了？

现在倒好，那两个匠人已死，今后将再无人知道他和夜千茱是冒充的，刚好可以把匠人身份继续扮演下去——真是上天保佑！

"这两人一定是贼无疑了！"孙兴衍挺直腰板，伸手指着地上的两具尸体，神色极为严肃。

这话哄了众人一跳，纷纷追问为何认定是贼？孙兴衍转念微想，就把他和夜千茱如何偷换匠人衣服，如何潜伏在窑厂附近等事，全部扣在了两具尸体身上。最后还不忘补充说，发现这两个贼以后，他和夜千茉立即追了出去，因见窑炉起火，只好折返抢救器物，所以才与两贼失之交臂。这席话真假莫辨，若非亲身经历，断分不出个所以然。

众人听完他的描述，无不唏嘘。葛洪亮并未亲眼所见，倒也信了七七八八。孙兴衍见大家差不多都信了自己，于是有了新的计划。

他迈前一步，走到葛洪亮身旁说道："东家您来！我有事要跟您说。"葛洪亮沉思了须臾，心想这个小匠人也许看到了一些不好宣之于众的事，于是跟他一起来到偏僻的窑炉边。孙兴衍四下里张望了张望，这才附在他的耳边说了一番话。葛洪亮越听越惊讶，最后晃了晃肥头大耳，十分慌张地反问道："什么？你说是我让你们烧制的陶瓷人头？"

这件事可不算小！两日来，唐家一十三口已被人灭门，凶手还把他们的首级做成陶瓷人头，拿到鬼市售卖。这在坊间，早已是人尽皆知。

这个小匠人忽然过来说，陶瓷人头是自己让他烧制，岂不是在告诉大家，他葛洪亮就是幕后真凶吗？现在梁靖已被捕，不日就会升堂宣判。这个节骨眼上，如果此事被风传出去，他是无论如何也逃不过追查的。

事情越来越棘手了。葛洪亮双手负在身后，目光死死凝望着远方坍塌的窑厂，长长叹了口气。趁着双方沉默的空当，孙兴衍在心里分析起葛洪亮的微表情。

那是一种惊慌无措的样子——这似乎已能断定,陶瓷人头并非葛洪亮烧制,只怕另有凶手。因为如果是葛洪亮所为,定不会这般恐惧。

可有件事说不明白。那两个已死的匠人为何会在葛洪亮的窑厂烧制人头,又为何偷偷摸摸?这究竟是受了谁的指示?难道是有人刻意陷害葛洪亮,抑或是葛洪亮在演戏?

无论出于哪种情况,孙兴衍都觉得,现在必须先取得葛洪亮的信任,再卧底到葛洪亮的身边,兴许会有收获。

一番计较过后,孙兴衍又编了一套全新的说辞,于是像模像样地描述起来:他和夜千苿是亲戚,原本在窑厂老实做工,勤勤恳恳,早出晚归。

今日晌午,他们看到货篮里多了十个陶瓷人头,以为是葛洪亮安排的活计,就拿去烧制了。当时,他们还十分担心火候不好,辱没了宝贝。说着说着,孙兴衍编造的话越来越多,听来仿佛真有其事。一些脱口而出的漏洞,也在他的言说之中给圆了过去。

可不等孙兴衍说完,葛洪亮猛然一抬手,孙兴衍马上住嘴。葛洪亮微微抬起下巴,眼神里透露着难以捉摸的诡异之色。他忽然想起来,也许有人构陷自己,故意设下此局,就是为了把案件线索引到自己身上。只要梁靖一日不定罪,他的危险就一日不可除。

难道这个人就是威尔逊?因为自己没有答应他的计划,所以遭到此人的报复?葛洪亮目光亮了起来,又想起威尔逊临走之前说过的那句话——要送给他一个大礼物——这个大礼物,莫非就是现在种种诡异的事?

　　一些不可思议的事,经此回想,立即串了起来。葛洪亮越想越觉得后脊发麻,他打算好好去问问那个威尔逊——这一切究竟是不是出自他手。

　　眼见葛洪亮要离开,孙兴衍当即叫住他道:"东家,您别急。我还有事要说。"

　　葛洪亮定住脚,回过半张脸来看向他,厉声喝道:"什么事?快快说来!你休要再藏着掖着,若是让我得知你隐瞒实情,决不轻饶!"

　　那是一双遍布杀气的眼睛,孙兴衍只是瞄一眼,浑身一哆嗦。不过,他这种本能的惊怕,反倒让戏做得更足。

　　"我……我似乎看到了往筐子里放陶瓷人头的人了。"孙兴衍怯怯地道。葛洪亮连忙问那人什么样子。孙兴衍胡诌说,好像是个身形偏瘦的年轻人,因为当时只觑了一眼,他没看清。不过,如果有机会当面对质,他也许能认出来。

　　这一席话,反倒点醒了葛洪亮。他现在进退维谷,几乎是被幕后之人牵着鼻子走,如果就此被牵制下去自然不成。另外,整个窑厂的伙计都是他的人在监管,绝无可能混进来其他人。每个器物的烧制,也都有核查小队反复斟酌。所以,如果真有人把货物混淆进来,只怕是出了内鬼。简而言之,有人背叛他。

　　倘若如此,他就必须想一想退路了。这个小匠人既见过内鬼的模糊轮廓,就让他指出内鬼是谁,总之要尽快找出这个叛徒!葛洪亮这样想着，眼神忽明忽暗，阴郁不定。这时，他无意间瞥了孙兴衍和夜千茱一眼，霎时目光一缩，惊出满身冷汗。

不对！眼前这两个匠人，手指光滑细嫩，指甲也无灰黑，不像是工匠。那个身材修长的匠人，眉清目秀，双眼叠皮，唇彩隐隐，耳洞浅浅，只怕是个女子。至于这个油嘴滑舌的匠人，脚上虽是穿着黑布鞋，里面却露出白袜边，干干净净，哪里像个贫苦匠人？

莫非，他们是威尔逊的人？

一念及此，葛洪亮心里立马有了确信。僵化的面容须臾荡开一抹笑容，轻轻拍着孙兴衍的肩膀道："这样，自今日起，你就到我的宅子里做护院吧。至于薪水，翻倍，做得好了，我再提升你做护院长，以后吃香的喝辣的。"

葛洪亮之所以这般言说，主要是想用请君入瓮之计，彻底粉碎威尔逊的奸计。这是葛洪亮的一计，孙兴衍哪里会晓得？还道是自己临时设计的卧底谋划得逞了。于是，孙兴衍激动地跪了下来，连忙对葛洪亮叩头感激，十足像个从匠人提升为护院的贫苦人。

"另外，老爷我再吩咐你一件事。"葛洪亮低下头一勾手。孙兴衍霍然站起身来，弯腰踏前一步，伸长脖子把耳朵附在了葛洪亮的唇边。

"你好好留心一下院子里的来客。如果认出来那个神秘人，及时向我报告。"葛洪亮沉声说道。孙兴衍边听边点头回是，并谎称夜千茱是他二大爷家的堂弟，也希望葛洪亮能把她招入府里当个帮手。葛洪亮自然没有意见，笑着应允了此事。

为了找到威尔逊,葛洪亮几番打听,终于得知此人住在一座破旧的天主教堂之中。这座天主教堂原是意大利传教士利玛窦来江西时,路经高岭,发觉此地风土民貌尚佳,就通过赠送礼物、改移儒服、蓄须、乘轿、刊行书籍,以及天主教与儒学相结合等方式,逐渐获得了大批官员和士绅们的支持。后来,大家在此建造了一座天主教堂,以纪念利玛窦为传教事业做出的贡献。

随着康熙颁布禁教令,这座天主教堂就此荒废,而今成了一派颓靡之状:十字架锈迹斑斑,高耸的钟楼已无昔时与天穹相接的气魄,徒留下满目沧桑之态。

堂内雕塑遍布,彩绘无数,可经过岁月的洗礼,早已古旧不堪。至于结了蜘蛛网的天蓝色屋顶,亦是渗透着一种诡异的神秘宗教气息。

葛洪亮自踏进屋门的那刻起,心中就悬起种种惊恐,直到看到前方微微亮起的象征教区主教权力的长明灯,以及被灯光照亮的神父宝座时,他那颗忐忑的心才稍稍平复一些。

"听脚步声,好像是葛老板来了?"阴森诡异的前方,飘来了威尔逊的声音。此地光线昏暗,隐伏着大片幽暗的地带,葛洪亮根本瞧不到威尔逊身在何处,只好挖讽道:"你如此鬼鬼祟祟,藏在这样晦暗的地方,莫不是做了亏心事,怕见人了?"

威尔逊哈哈大笑道:"葛老板做的亏心事,我想不比在下少吧?我说过,我们会再见面的。真没想到,咱们的面,见得如此之快。"

葛洪亮冷哼一声,道:"我那窑厂爆炸案,究竟是不是你所为?"

威尔逊充满挑衅地反问:"证据呢?冤枉人也要制造一些伪证的吧?"

看到眼前的洋人如此诡诈,葛洪亮的怒火就不打一处来,怒哼道:"如果你想用这些手段逼我就范,只怕打错了主意。你要知道,这里是大清的地界,就算你是外夷之人,官府瞻前顾后,不好出手,我也有办法揪出你的原形。"

这时前方的黑暗之中走出一个身穿灰色连体衣,大帽子遮住整个轮廓的神秘人。完全看不到那人的样子,只能勉强看到一个魁梧身形。

"好啊,葛老板不妨试一试。不过,我可要提醒一下你,"威尔逊转过身,双手张开,摆出一副洋洋自得的样子,"就像现在,你连我的样子都看不到,如何揪出我的原形?"

葛洪亮胸有成竹地冷冷笑道:"我既来寻你,自然做足了准备。"

威尔逊微微一笑,马上否定道:"不不不,你还没有做足准备。"说完低头一笑,又道,"门外来了二十七名衙役,他们都在等你号令。只要你身边这位向门口抛一个石子,他们就会蜂拥而至,先把教堂里的蜡烛点亮,再把我团团围住,是不是?"

看到自己的计划被看穿,葛洪亮低下头,半晌无言。威尔逊充满得意地笑道:"实话告诉你,整个教堂都有我的人。我的人能看到你们的一举一动，但你们只怕连他们的影子都看不到。不信，你可以试试看。我有千万种方式杀你，也有千万种方式救你。你选择生，还是选择死，可要好好考虑。"

字字杀机。葛洪亮听罢，一个踉跄，险些没有站稳。既然此人算无遗策，多半也能说到做到。就在他思索未定时，威尔逊又提醒他道："我给你的考虑时间也是有限的，二十六日之前，你如果还想不通，我也许什么都做得出来。你是聪明人，应该知道二十六日意味着什么。简单地说，二十六日之后，府衙就会宣判梁靖案的结果。如果你乖乖听话，梁靖一死，唐阁也死了，整个景德镇的瓷器可都是你的了；可如果你不听话，非要为了什么家国大业，舍弃掉这一身的荣华富贵，那我只好把这个案子轻轻逆转。到时，梁靖出狱，为我所用，一样可以大展宏图。"

葛洪亮无不鄙夷地道："如果梁靖任你摆布，只怕不会落得此等下场；如果唐阁任你摆布，也不会全家被灭口。他们可以为大义牺牲，我死又何惧！"

威尔逊没有想到，葛洪亮居然猜出梁靖和唐阁是不听从自己的计划，故而才落得这个下场的。不过，这些都不太重要。眼下通过心术战，一点点儿瓦解葛洪亮，击得他溃不成军，最后不得不任自己摆布，这才是应该考虑的问题。

"葛老板真是好谋断啊！这番分析，我是不是该给你鼓掌呢？"威尔逊忽然阴鸷地转过身，尽管仍看不清面容，但却听他一字一句地道："既然大家谈得不愉快，那就各走各的路吧。路上遇到何种问题，咱们各安天命。"

威尔逊转过身，就要往神父座位的方向走。葛洪亮微微鼓了鼓眼袋，伸手掏出腰间的手枪，朝着威尔逊的身后放了一枪。

门外的李拯听到枪声，立即率人冲了进来，大家全都举着火把，整个教堂瞬间灯火通明。大教堂顶上的十三尊雕像威严肃穆，手持十字架的耶稣孤立中间。大圆顶下方祭台上是青铜华盖，由四根七丈高的螺旋铜柱撑起，巍如高山。华盖上面又有四根凤尾铜柱，柱头合拢，顶部支撑着一个镀金青铜球体和十字架。华盖正中镶着白鸽，四周雕刻着守护天使。祭台四周围着九十九盏长明灯，已全部点亮，只有神父才能在祭坛上举行弥撒。

可诡异的是——屋子里无人，也看不见血迹，更听不到一丝声响。此时破败的窗户里吹入一阵阵冷风，让这阴森萧索的场景更加可怖。

葛洪亮心神杂乱地问李拯，是否听到自己与威尔逊的谈话。李拯抱怨距离太远，没有听到。葛洪亮了然是这个结果，不过他还是希望李拯去抓捕威尔逊，并说只要抓到他，愿出五百两犒劳。李拯纵然好钱，可也知道这不是好差事。因为他到现在都还没有见过威尔逊，更不知此人来历如何。万一是个夷人要员，岂不犯了大错？搞不好脑袋搬家。因而无论葛洪亮提出给多少钱，李拯就是不接这一茬子事。葛洪亮盯着这个白痴班头看了一会儿，怒甩衣袖，大步扬长而去。

众人散去后，夜千荞才翻窗户跳了进来。她蹑手蹑脚地查看完周围环境，并未发现特异之处。可当来到祭坛后的一扇红漆大木门前时，发现门中央扣着一把铜锁，出于好奇，她用钢针别开，偷偷溜了进去。这里像是一间黝黑深邃的地下酒窖，但闻不到酒味，只有刺鼻的恶臭气味迎面扑来。

夜千茉暗道，小奸商不跟踪葛洪亮，反派自己过来，还专干这样的苦活累活，实在可恶。她一面想一面走，走着走着，忽听周围响起怪异的哭笑声，夜千茉不敢再往前走了，连忙转身就跑。

当快要跑到门口时，突然想起，总不能什么也不拿就走吧，不然，小奸商肯定会说自己敷衍。这时她看到门口方桌上放着一沓记事簿，顺手抓起一本揣入怀里，然后出门复原锁具，跳窗逃离教堂。

葛洪亮从教堂出来以后，匆匆回到葛宅，步伐急促地走向一间卧室，护院长崔成林则紧随其后。葛洪亮边走边吩咐崔成林，一定要把卧室周围看护好，任何人不得进来。崔成林当即领了任务，要求护院们打起十二分的精神，不得有一丝马虎。

葛洪亮打开卧室的铜锁，走进去后，又在里面反锁，而后走到一架靠墙的多宝格橱柜前，双掌压住柜壁，朝右推开一段距离，即见地上是横向错缝铺砌的长条青砖。他从柜子里找出一根钢钩，撬开十余块青砖，显出一扇两页门，门上扣着一把铜锁。他再用钥匙打开铜锁，又起身从八仙桌上取了一盏油灯，小心翼翼地沿着密道拾级而下。

随着深入腹心，只觉阴风阵阵袭来。葛洪亮行了许久，几经转弯，终于来到一扇铁门前，又开了上面的铜锁，向前走了几步，方缓缓蹲下来，将油灯照在一张蓬头垢面的中年男子的脸上，勾唇笑道："老朋友，我又来看你了。"

那个中年男子见是葛洪亮，仿佛一头饿兽扑过来，由于身上拴着铁链子，前方也有铁栅栏阻隔，所以根本不能触及葛洪亮半分。

中年男子似乎想到了这个结果，只好平趴在地上，双手不停地捶打地面："畜生！你这个狗娘养的畜生！我就是化作厉鬼，也绝不会给你秘方！"

葛洪亮冷笑道："不着急，我想你会给的。实话告诉你，再过两日，就是跳魁大会了。本来呢，这是一场普通的跳魁大会。只可惜，自从唐家一十三人被灭口，每个人的首级都被做成陶瓷人头，甚至拿到鬼市出售以后，整个高岭闹得沸沸扬扬，人心惶惶。大家晚上都说能看到鬼，更有人因此得了失心疯。这可不是一件小事，县令立即让李拯提前在傩庙举行跳魁大会，希望尽快驱鬼逐疫，让百姓们过上安稳的日子。"

中年男子冷哼道："你说这些，跟我有何干系？"葛洪亮哈哈笑了起来，良久以后，这才诡异地笑道："你要知道，这祭祀总要有祭品吧？如果把你们家那位当作祭品，献给四方神灵，你猜会怎样？"

中年男子呆滞了一会儿，这才惶然无措地道："不……不……你不能这么做……你这样做会遭天谴的……你……"

葛洪亮冷冷地站起来，俯视着这个趴在自己脚下的男子，哼道："你好好想想吧！究竟是乖乖给我配方，还是眼睁睁看着你们家那位被当祭品给烧了？我可没有耐心，也最不愿意等。这两日，你认真反省反省！"

葛洪亮拂袖而去，整个密室一下子又恢复了昏暗。不会有光，不会有希望，更不会看到人来。一切的一切，都在绝望里滋生和发芽。

自从孙兴衍来到葛洪亮的宅子里，几乎成了最逍遥的一个护院。他白天跟着护院长崔成林四下巡逻，嬉笑打闹，聚众吃酒，很快就跟一些护院混成了异父异母的亲兄弟。

可只要到了晚上，孙兴衍便转换成一副谨慎的形容，偷偷开始暗布计划。他让夜千茱去跟踪葛洪亮，一来要把他的行踪烂熟于心，二来着重探查他有没有奇怪的行止。

这段时日，孙兴衍把夜千茱偷来的那本记事簿看了又看，并未瞧出太大的问题，只是看到了一些令人摸不着头脑的人名。循着这些线索，孙兴衍又让夜千茱去调查这些人名的来历，他则继续在宅院里好吃好喝地玩着，查案与享受两不误。

葛宅是一个非常大的建筑院落。十几幢屋子连成片，清一色的青砖灰瓦，马头墙高峻挺拔，半遮半掩的屋顶在重重叠叠的马头墙后面若隐若现，十足好看。马头墙的造型各异，翘首长空，既可防火，又能防风。入内是二进三开间，一堂一厅，面阔三间，明间厅堂，次间卧室，左右对称。屋内外还有木雕、石雕、木刻、石刻、彩绘和镏金字画等装饰,衬着阴凉压抑的青砖墙,既有富贵之家的豪奢,又有灭绝人性的冷意森森。

好在,孙兴衍非常活络。他只花了半天的时间,就搞定了葛宅的护院长崔成林,也从他那里打听到更多关于葛洪亮的事迹。

原来,葛家世代从商,家境殷实。葛洪亮的父亲葛昆因为经商失败,又染上了鸦片,只能靠卖祖上留田度日。葛洪亮十六岁时,恳求父亲戒掉鸦片,不料遭到父亲的毒打,愤然离家前往南昌,并在南昌御合钱庄当了六年学徒,因为机缘巧合,意外获得呈凤祥钱庄老板谢卫东的赏识,进而被挖到了呈凤祥钱庄,当了两年的管账。

后来,野心勃勃的葛洪亮,眼见庆安钱庄势头很盛,遂投入庆安钱庄,升任为副经理。又是六年,葛洪亮与友人集资开办了亨德钱庄,生意越做越大,又陆陆续续开了典当行、布庄、瓷号等四十余家店铺,一跃成为江右商帮之中最耀眼的商人。

崔成林无不骄傲地说,他们东家虽只是江右商帮的理事,但无论是财力,还是贾德,那都是有口皆碑。另外,他们东家最痛恨吸食鸦片者。窑厂里的匠人们如果遇到了困难,他能接济就接济。可如果得知谁吸食鸦片,不仅不会接济,还会把他解雇,甚至掷下严令,任何人都不能接济这样的烟鬼。所以说,这个葛洪亮也是禁烟的好手。

孙兴衍本想听一些葛洪亮的恶评,谁知问一个人,那个人就会说他有多好,反而与外界传闻的很不一致,这让孙兴衍很意外。

这日夜里，孙兴衍又来到窑厂南面的山坡旁，静静地等待夜千茉的到来。夜千茉倒也迅速，三刻以后，如约找到了孙兴衍。这次，夜千茉主要去调查了两个地方——陈宪家和唐阁家。原本以为，这个身手虽不错但脑袋不太好使的女飞贼，应该不适合查案。谁知让孙兴衍大为意外的是，他只是略微指教了一下，夜千茉就查到了三条极为关键的线索。

第一条线索：夜千茉拿来一块指甲盖大小的头盖骨，一沓亨德钱庄的会票，一沓葛氏瓷号订购花青的货单。夜千茉讲起，四个时辰前，她翻墙进了陈家院子，依旧是萧索阴冷，宛如鬼宅。她也跟孙兴衍一样，见到了那个鬼娃娃。不过，夜千茉并未跟鬼娃娃当面遇见，而是绕道去了陈宪的书房，经过反复查找，从书桌抽屉里面翻找到一个青瓷罐，打开后又从里面掏出一张白帕，包裹着的正是这块头盖骨。除了这块头盖骨，她还找到了一沓亨德钱庄的会票，以及葛氏瓷号的订货单，所订物品全是花青。

第二条线索：夜千茉翻入唐阁家中，同样翻找了唐阁的书房、卧室等地方，不过找了很久，她只找到三沓信纸。每沓信纸用木架子夹着，第一页写得非常简单，主要是某项工作安排提纲，余下的几十页就是对这页提纲的详细开展记录了。第一页的字迹健硕有力，余下几十页的字迹潦草，显然是两人所写。孙兴衍经过比对唐阁以前的字迹，可以断定，余下几十页是他的字迹，只是这个提纲是谁写的呢？

第三条线索：那本记事簿所录人员名字，全是本地的失踪人口。这些失踪人口皆患有臆想之症,由于家人不认为这是患病,反而以为中了邪,所以不少被遗弃到荒郊野外,另有一些安置在了天主教堂。每个被遗弃的人背后都刺了名字,就算走丢,抑或者意外死亡,只要查看后背就知姓甚名谁。可让人费解的是,教堂的地下酒窖里,为何会有这本记事簿?夜千茉深入酒窖所听到的诡异哭笑声,是不是这些人发出来的呢?

虽说线索很清楚,但并没有给孙兴衍豁然开朗的感觉,反而更像是闯入迷雾重重的森林。不过他似乎又感觉到,这片森林虽广袤无边,却也在一步步接近光明,于是安排夜千茉继续去探查这些线索。

第六章
明争暗斗

1760年5月3日

黄帝纪元四千四百五十七年

高宗 爱新觉罗·弘历 乾隆二十五年 农历庚辰年 龙年

庚辰年 三月小 十八日

庚辰年 庚辰月 癸亥日

宜：安床 竖柱 上梁 纳财

忌：会客 出行 入宅 查案

夜千茉对此倒无抱怨，只是觉得这家伙太懒惰，时常支配自己去查案，他反倒在院子里转来转去，还跟护院长崔成林简直混成了兄弟。

"我去做这些，当然没有问题。只是，"夜千茉眨着一双充满幽怨的大眼睛，没好气地说道，"你呢？又去打牌？赌博？喝酒？然后跟你那群狐朋狗友耍子？"

孙兴衍嘿嘿笑道："当然，当然……"笑完以后，忽然听到夜千茉把声音抬高，似乎极为不满和气愤，立即义正词严地道："不是，你说什么呢？我那也是在查案！"

夜千茉冷哼一声，无不鄙夷地问："你也在查案？查的什么案啊？"孙兴衍向四周瞄了两眼，见无人在附近，就拉着夜千茉避在黑暗里，小声道："这两日，我跟他们称兄道弟，那是混个脸熟，混个信任。果然不出我所料，他们很快就告诉我，葛洪亮有个神秘的去处。"说到这里，很得意地笑道："他每隔一日，就会鬼鬼祟祟地到书房，还让崔成林在门口守着，无论是谁找他，都不能进来打扰。自从唐、陈两家发生灭门惨案后，他几乎天天去那间屋子。他出来后，还会用特制的铜锁锁门。至于里面到底是什么，谁也不知道。我估摸着，这个葛洪亮一定藏着秘密。"

夜千茉一听来了精神，激动地笑道："这敢情好啊！咱们可以一块儿去那里查案，开门撬锁，我可是样样精通。"

一见她笑靥如花，孙兴衍马上泼了一盆冷水，嘲讽道："得了吧你！现在的问题不是开门撬锁，而在于，那间屋子周围全是护院。这些人后背都长着耳朵，个个兢兢业业，连只苍蝇飞进去都能听得到。咱们俩往那儿去，明摆着找死啊。唉，我这两日天天在那个门口溜达，酒钱、赌钱、蜜饯果子钱全搭进去了，就是为了摸清他们的守卫情况。可是直到现在，我还是没想到好主意。"说着说着，孙兴衍哭丧着脸，两手一拍，抱怨起来道："我从来没做过这么失败的生意，赔了夫人又折兵不说，连丈母娘也搭进去了。"

夜千茉大力推了他一把，怒嗔道："差不多就行了，你跟那些人卖卖惨，他们兴许哭得稀里哗啦，怎么还跟我来这一套？喂，小奸商，咱们要不要双剑合璧。"

孙兴衍上下打量完她，嗤了一声道："咱们可不是什么双剑合璧。我自己，那叫直捣黄龙，加上你，那就成了破釜沉舟。你还是做你的专业飞贼，帮我收集一下案情线索，这件事也非常重要。至于我这边，哼，"说到这里，孙兴衍撸了撸袖子，伸出右手向天虚空一抓，佯装霸气地说道，"管他是龙潭虎穴，还是十八层地狱，我都要给它来个犁庭扫穴，毁天灭地！"他的手势跟着字句跳动，活脱脱像个唱戏的武角。

夜千茉被他逗乐了，双手捂着肚子，哈哈大笑了起来。她算是发现，这个小奸商不仅懦弱、自私、油嘴滑舌、谎话连篇，有些时候，还很可爱。

孙兴衍察觉到了夜千茉的嘲讽，面容一转，用力敲了一下她的瓜皮帽。那帽子向下一盖，刚好遮住夜千茉的眼睛。她双手扣住帽檐戴正，刚要对孙兴衍发脾气，小手已握成铁拳，高高举起。可下一个瞬间，孙兴衍已恢复常色，淡淡地道："行了！我不跟你扯了，说正事，咱们俩还真得联手，这计谋啊，我刚才倒是想到了一个。"

一听是正事，夜千茉刚刚举起的发怒手势渐渐放了下来。她贴过来耳朵，听孙兴衍说起了一个有趣的计划。这个计划越听越觉得好玩，夜千茉忍不住又咯咯笑起来。

跳魁又叫跳馗星和魁星点斗，这是一种源自先秦时期，中原一带的驱逐瘟疫、遭灾纳福的祭祀傩礼。李拯自从接下组织"跳魁大会"的任务以后，整日里忧心忡忡，茶饭不思，就连牙疼病也犯了。皂班的一个叫肖山的堂役给他捶背，壮班的一个叫吴牛的力差给他捶腿，快班的一个叫杜建的捕役给他捏肩，三班会集，各有事做。

李拯斜躺在长条椅上，手中端着紫砂茶壶，轻轻啄饮了几口，大骂道："奶奶的！这算个什么事，老子不去逮犯人，居然要去调整会场，岂不是大材小用？再说了，就咱们高岭，只傩神庙就有十九座，傩班更是七八十队。这样的规模，老子怎么能管得住啊！"

肖山嘿嘿笑着道："李爷，您也别急。依小的看，这么多人，一座小小的傩庙，怎么可能装得下？倒不如，咱们换个地方，所谓因地制宜，就地取材，兴许就奏效啦。"

李拯一琢磨，也是这么回事。如果把"跳魁大会"安置在傩庙，届时远近闻名的人都过来参会，少说也有数万人之多。

万一出现状况，且不说是否抓得到贼犯。只人们拥挤起来人踩人，也足以闹出大事故。这可不是闹着玩的，若死的人多了，他不仅保不住乌纱帽，只怕还会受到重罚。

一想起这些棘手的事，李拯就感觉脑袋壳疼。现在肖山提出因地制宜、更换傩庙的方案，倒是可以改善一些问题。

李拯马上来了精神，就问肖山可有想法。肖山想了想说，他们可以把会址选在一个密闭且不便人们出入的地方，一方面安排衙役们到周围把守。另一方面,所有参会人员都要逐一严格核查身份。如此下来,兴许就能保证整个"跳魁大会"的安全开展了。

只是,这个会址应该选在什么地方呢?李拯思索着,一时摸不着头脑。吴牛提议,不如在山顶上布置会场,到时,他们派人把山下包围,一一核查来往人员。如此,岂不就是一个密闭且不便人们出入的地方了吗?李拯听来很是那么回事,倒对这个意见也很满意。

杜建思索良久,不停地摇头,认为此方案虽易操作,但不宜实现驱鬼除疫的效果,而且把整座山包围起来,显然也需要大量的役丁,可他们根本就没有这么多人。李拯问他有何高见,杜建忖虑良久提出,不如在龙瞿洞里开展"跳魁大会"。

龙瞿洞是高岭西南隅的一所地下溶洞,全长近九里,崎岖蜿蜒,三回九转。洞内有溪水潺潺,水随洞转,庭廊相连,最大洞庭高约十丈,可容纳千余人。

洞内岩景奇诡,乳石似人似兽,若物又若影,可谓惟妙惟肖,形成一道波澜壮阔的自然风光。洞内飞瀑的落差为三丈,宽三丈,只听得涛声如雷,澎湃回响,真乃洞中一绝。

如果将"跳魁大会"安排于此,他们只需派人把守在入口和出口,就能把所有人困于溶洞之中,不需要安排太多的人手,也能顺顺利利地完成这项任务。

溶洞处于地下,有地狱之意。在此驱鬼除疫,真是再合适不过。肖山听完,立即补充了一个有意思的想法——他们可以印百十张"报条"四处发放,上面就写:"龙瞿洞跳魁大会,奉求远近君子光顾，灾者减灾，困者除困，永葆康健。"

李拯听罢，拍手叫好道："妙哉！妙哉！如此一来，我们不仅能控制好会场，还能大赚一笔！奶奶的！太妙了！到时赚了钱，咱们除了分县太爷一笔之外，你们每人也都少不了，就等着吃香的喝辣的吧。"

三人互看对方一眼，心下喜不自禁，笑着过来给李拯行礼道："以后全凭李爷关照。"一场关于"跳魁大会"选址的问题讨论，就这样定了下来。

李拯享受着三个衙役的捶腿揉肩，兀自小啄着茶水，美滋滋算计着这场"跳魁大会"所带来的丰厚回报，还以为能大赚一笔。殊不知，强中自有强中手，一山还比一山高。

远在龙謦洞高耸的穹顶之下，站着一位身披灰色连体袍的洋人，正是威尔逊。只不过，他的旁边此刻还跟着两个长得一模一样的西洋女人。

这两人穿着同款黑色的束腰紧衣，上覆蕾丝褶皱和缎带，马甲一直长及大腿中部，很好地连接着上下身。简单看去，既像两位英武的男子，也有一种女子的飒爽气势。

威尔逊踩着一块蘑菇状的钟乳石，手里把玩一根金色手杖，随意扫看四周奇诡的自然景观，思索着一些心事。

这里远处是飞溅的瀑布，近处是造型怪异的石头。晦暗不明的光线在凹凸起伏的穹顶上跳跃，弥漫着别样阴森的气息。

此外，无边无垠的山洞腹腔里，还能听到厚重低沉的狼嚎鬼叫,也不知是风吹石洞所发出的自然声响,还是真有不可言说的生物在远处低吼。

过不多时,一阵清亮的脚步声响起。威尔逊并无所动,两位女子齐齐抬头,看向了洞口。洞口那抹明亮的光幕上跳动着一个黑影,步伐轻快地走了过来。他站到威尔逊所伫立的高处之下,仰起头来先问了声好,随即汇报起李拯已答应在龙矍洞举行"跳魁大会"的事。此事虽在威尔逊的意料之中,但当得知一切都很顺利后,还是忍不住笑出了声,点头道:"好!很好!你完成得不错。以后,衙门的事就全靠你去盯着了。"来人不住地点头,笑着逢迎道:"是!是!能为您效力,那是在下的荣幸。"

威尔逊微微勾了下唇,自怀里掏出一张会票,随手一抛。那张会票在半空之中飘飘荡荡,轻轻落于地上。来人弯腰捡起,双手撑开一瞧见是真的,方得意地揣入怀中,一番叩头道谢,就像参拜财神。威尔逊挥一挥手,来人喜滋滋地退了下去。

看着那人远去的背影,威尔逊脸上露出了无穷无尽的鄙夷。他发了会儿神,方看向旁边的两个女子。她们全是高鼻深目、白皙皮肤,身材高挑,渗透着异域独特的情调。

"杰西卡,格蕾丝,你们派人给我盯好他,这种见利忘义之人,只怕留不住。一旦有变,立刻除之。"杰西卡和格蕾丝一起朝他躬身低头,回了一声"是"。让人想不到的是,刚才那人竟是李拯的手下杜建。

威尔逊想了想,又道:"另外,跳魁大会在即,咱们也该送葛洪亮一份大礼了。不，只送他还不够。据我所知，江右商帮的会长吕有德也会到来，到时也送他一份。哼，这二人不是都很有骨气嘛，咱们就让他们看一看，这骨气能不能当饭吃。"

杰西卡和格蕾丝低头应是，但面上却隐隐透着困惑。主人布下这场局，目的是什么，她们实在想不明白。如果不了解主人的目的，万一不小心打乱了计划，岂不很糟糕？威尔逊并不理会疑惑的两人，只是抬手举起金杖，缓缓扫过这片广阔的山洞，道："你们说，如此美丽的山洞，要是忽然变成了炼狱，那会怎样？"

杰西卡和格蕾丝互相看了看对方，满面皆是不可理解。威尔逊放下手杖，余光扫了两人一眼，微笑道："别急，你们想不明白不要紧。等跳魁大会到来的那日，我会给你们看一出好戏的。"说完转身而去。两人知道，不到最后关头，主人绝不会言明计划，也就不再过问，齐步跟上威尔逊。

葛宅的后院里，寂静无声，灯光点缀。十几团悬挂在屋檐上的橘黄色光晕亮起，映着穿石绕檐的奇草仙藤，以及池塘里的蓼花苇叶、翠荇香菱，似有曲径通幽之貌。葛洪亮尤爱岭南园林的风格，于是把后院建设成了一个小巧的岭南院落。

这片院落主要分为三大类别：一是以平地花木为主的平庭；二是以水域为主的水庭；三是以观石为主的石庭。叠山和理水完全融合于庭院之中，拜月台、兰台、金鱼池、观鱼筱等精巧布置，造景手法巧夺天工，堪称完美之作。

孙兴衍带着夜千茉穿过长廊，沿着无人的小径，一路来到虎山之下，小心谨慎地观察着一扇通往后院书房的月门。

当下，他们只有一个目的，那就是潜入葛洪亮的书房，伺机搜寻一些线索。可是，这间书房周围分布着十二名护院，如果想进去，就必须伪装成护院的样子才有机会。

伪装首先要解决一个问题，即要先搞到两件护院的衣服。

这十二名护院，全穿着精心设计的苏绣款十二生肖，前绣生肖，后刺生肖名字。一看到服饰，不必去看面容，一眼就知道对面是谁。

因此，他们的解决方案只有一个，就是诱骗两个护院到柴房，寻机把他们打晕，再一通捆好。随后夜千茉和孙兴衍换上这两个护院的衣服，偷偷接近葛洪亮的书房，并由夜千茉开锁入屋。

然而诱骗护院的办法，孙兴衍想来想去，也只想到了一条美人计。于是，他把这项意义重大的勾引任务，艰巨地压在了夜千茉的肩上。

夜千茉哪里会想到，这家伙竟让她扮成青楼名妓。这一颦一笑不仅要搔首弄姿，还要勾人魂魄，至少两名护院见了她就要有男人的冲动。

这可太难为她了！因为她自认英气十足，装扮男人尚可，怎愿扮演一位风尘女子？

就在夜千茉柳眉紧皱死也不肯时，孙兴衍双手握拳，眼睛缓缓地闭上，充满鼓舞地打气道："为了咱哥，这点儿苦，不碍事。"

不知为何，每当看到孙兴衍那张与己无关、正气凛然的虚伪面容，夜千茉就有杀人的冲动。当然，为了大局，她还是不情不愿地接受了这个任务。

只不过，夜千茉在执行任务之前，狠狠碾了碾孙兴衍的脚背，算是给他一个警告——以后无论遇到怎样的事，她可以扮男人，但绝不可再扮风尘女子。

这一脚委实厉害，孙兴衍疼得面色铁红，青筋暴突，可也不敢发出声，生怕被附近的护院听到，只得点头表示认同。

两人敲定计划以后，孙兴衍取下身后背着的包袱，把早先准备好的衣服取了出来，薄絮背心、青兴布裈裤、大红洋绉夹套裤、百褶裙等，颇为全备。

夜千茉微怔，咬着牙小声逼问他道："原来你早就算计好了？"孙兴衍做了一个"嘘"的动作，伸手请她去换衣服。夜千茉努了一下嘴，只好把衣服一卷，躲到一个黑暗的角落换去了。片刻后，一个身形俏丽的女子自黑暗中走了出来。

皎洁的月光，温柔地倾洒着那张清秀俊美的面容。映着朦胧的光晕，就像看到一位天仙降临人间。由于是初次穿上青楼女子的服饰，夜千茉还不太习惯，容止因而有些忸怩，脸上不自然荡开一抹赤霞。女人这样的娇羞，最是惹男人喜欢。

孙兴衍呆呆地看着她，失神了片刻。夜千茉花容一僵，嗔怪着问："我就说了，我不适合装扮风尘女子，你非要我如此打扮。若真出了事，我可不会回来救你。"

"哎呀，适合！简直太适合了！就算有人说，你是八大胡同里的花魁，只怕也不会有人怀疑！"孙兴衍轻轻拍了一下手，希望用玩笑来掩盖内心的小鹿乱撞。其实早在看到夜千茉靠近自己的一霎，他的心里就已撩起一丝悸动。

夜千茉不知他的反应，还道是在挖讽自己风尘味很浓，正要出手教训，这时两个打着灯笼的护院正朝着月门走去。孙兴衍抬手抓住夜千茉将要落下的手腕，面向灯笼处一抬下巴，夜千茉会意，这才收起打闹的姿态。

孙兴衍认得那两个护院，一个姓李，一个姓郑。他俩是恶习均沾之人，主要有三大喜好，吃酒、聚赌、女色。

就在昨日，孙兴衍便已摸清十二名护院的性情，李、郑二人的习性自然也不在话下。只要夜千茉略微勾引，巧施诱惑，他们准能上钩。孙兴衍想罢，伸手拉夜千茉躲在一片阴影处，目光始终跟踪着两个护院。

"我已打听过了。葛洪亮虽是个年过半百的小胖老头儿，但是尤为喜欢狎妓。平素无事，有时去打茶围，有时开戏局和酒局，还有时广交友朋去吃花酒。今晚，他从小迷楼叫了一个名叫小文的姑娘来家中过夜。你今晚就假扮小文便是。"孙兴衍小声叮嘱着夜千茉，生怕她不懂规矩，弄出什么乱子。

事实上，夜千茉入府之前，本是女扮男装，尽管看上去柔弱纤瘦，可无人把她当女子看待。今日她扮成女子，模样大变，就算护院院长崔成林见了也不一定能认得出来。

"你就瞧好吧。"夜千茉站起身,轻轻拍了拍孙兴衍的肩膀,而后扶了扶发髻上的钗子,就像个刚刚从青楼出来的名妓,一路扭着水蛇腰走向月门。

行至门口,夜千茉忽然定住脚,神色一凛。她可是顶尖的盗贼,只需通过望风、听音、辨景等,就能很快捕捉到守卫的巡察规律。

书房处于一个极小的独辟院落,周围植满松柏和花卉,还有一座小型的狮子山,而出入口仅有一扇月门。此刻月门的门口,李、郑两个护院手持长棍,挑着灯笼,哈欠连连地来回走动。穿过月门再往里去,还有十名护院需要对付。

现在最重要的一事,就是把这两个护院诱骗到柴房,再让埋伏在附近的小奸商把他们打晕,然后塞口捆绳,就可以换上他们的衣服,混进里面去了。

夜千茉这样想着,很快生出一计。她佯装被石头绊了一跤,嘤嘤了两声,侧身扑倒在地。两个护院困得正紧,忽听有女子的声音,顿时来了精神,齐齐打着灯笼走出来。

柔和澄明的光晕,照在一张擦脂涂粉、楚楚动人的脸上,只看得人心血澎湃。李护院弯下腰,把灯笼移到夜千茉那张倾城的面容之上,轻声问:"这位姑娘,你究竟是谁,怎会出现在这里?"

夜千茉缓缓就地坐起来,用袖子轻遮玉面,梨花带雨地道:"奴家是小迷楼的小文,今日被葛东家请到府上做客。只因葛东家出去办事许久不回,我闲来无事来院子里闲逛,不曾想院子太大迷了路,走着走着就被绊倒了。"说着竟委屈地哭了起来。

李、郑两个护院听说过葛洪亮的狎妓嗜好,自然信了夜千苿之言。再说,如此寂夜之中,忽逢倾国之姿的女子,他们心间满是痒痒的心绪在激荡,又怎会再多虑其他呢?

更何况,葛东家不在家里,也无人撞见此事,他们的淫心就更盛了,纷纷想着送她回寝室,路上如果能一番揩油,那就是极好的了。

"小文姑娘,不如让我送你回去吧?"郑护院色眯眯地说道。然而还不等夜千苿回答,李护院立即推了郑护院一下,十分不悦地道:"什么?你送她回去,我怎么办?"

"你留在这儿看门。万一有人混进去,捅出娄子,咱们吃不了兜着走!"

"我……我不!凭什么你送,反而让我在这儿看门。我又不是狗,我也要去。"

两人说着说着,你推我搡吵了起来。争吵声越来越大,只怕就要动手相向。夜千苿怕引来其他护院,连忙打断道:"两位……两位公子。奴家可能崴了脚,走路不便。如果……如果两位愿意,可否一起护送奴家回去呢?"

这个提议让两人瞬间安静了下来。李护院想了想,先问夜千苿,她居住的房间在哪个位置,夜千苿说在不远处的一个叫砚香楼的地方。郑护院心想,砚香楼离此不过才百八十步,只半刻就能打个来回,于是跟李护院商议起来。

两人决定一起护送她回去，于是一人一只手把夜千茉拉了起来。三人沿着青石小路缓步直行，夜千茉被夹在中间。只要抓住时机，他们就会伸手乱摸。幸亏夜千茉身手矫捷，利用各种走姿荡开他们的咸猪手。

行至柴房门口时，夜千茉余光瞥见孙兴衍藏在一棵大榆树背后，双手握紧一根扁担，小心谨慎地比量。由于他是个文弱书生，并没有与人动手的经验，所以只看到他挪着小碎步，迟迟没有冲过来。

夜千茉心道："你这个小奸商！计划到了这一步，如果生出任何差错，我看你如何收场！唉，算了，还是我来助你一臂之力吧。"想罢，她立地站住脚，右手轻扶前额，佯装头昏，道："哎呀，两位公子，适才……适才奴家被摔得头昏眼花，现在走不动了，我想找个地方先歇一歇。"

"小文姑娘，我们还得回去守卫，你要不忍一忍，马上就到了。"李护院率先说道。郑护院则转过身，一扫附近的建筑，发现旁边有间柴房，心头一跳，偷偷瞄了瞄李护院。

李护院当即了然，笑着一点头。郑护院见已通了意图，便道："也好，也好！小文姑娘，你看这样可否，旁边是一间柴房，要不我们扶你到那边歇一歇？"

这话言外之意，分明是要在柴房对她动手。别说是两名护院，就是两名衙役，也不是夜千茉的对手。不过当下不易撕破脸，夜千茉笑道："眼下只能如此了。"

李护院和郑护院嘿嘿一笑,一起护送着她往柴房走。李护院先推开门,郑护院则扶着夜千茉往里走。就在两人准备关门,试图对夜千茉动手之际,孙兴衍高举着扁担冲了过来,迎头就朝李护院后脑门砸了下去。

李护院脑袋一蒙,不及回头就软绵绵倒地。郑护院察觉到不妙,立即转过身厉喝道:"什么人!"他刚看到倒地的李护院,就已感觉后脖颈酸疼,随即两眼一黑,也昏倒了。

"刚刚明明有那么多机会,你怎么不下手?我们差一点儿就暴露了!"夜千茉怒目瞪着孙兴衍,满脸嗔怪。

孙兴衍放下手里的扁担,蹲下身子检查完两人的鼻息和眼睛,发现已全昏迷了,这才放心地站起来道:"他们两个人四只眼,我只要失了手,准被他们瞧出来。到时就算全部把他们打昏了,等醒来还不得找我麻烦?"

"身手笨拙还不承认,即便无你相帮,本姑娘也能解决了他们。"夜千茉活动了活动手腕,倨傲地抬起了下巴。

孙兴衍没空与她斗嘴,只是撇嘴冷笑一声,随后把两人的衣服扒下来,再从一堆柴草里找出麻绳,把两人背靠背捆好,用布团塞口,独自闷声不响地去换衣服。夜千茉也不再理他,兀自换上了衣服。两人一前一后出来,轻轻掩上门,打着灯笼前去了月门。

李、郑两人只是看守月门的护院,根本去不了院子里面。孙兴衍和夜千茉站在月门门口守了一会儿,发现护院一共分成了三批:门口两人,院子里面五人,书房门口五人。

"这个葛洪亮,心思可真够缜密的。"孙兴衍拳掌一击说道。

夜千茉乜斜着他,冷冷地道:"小奸商,我可把丑话说在前头,如果你今晚成不了事,回去后,姑奶奶一定拧断你的耳根子。不信你可以试试看。"言罢做了个拧耳朵的动作。她受了这么多苦,险些被两名护院玷污,就是为了潜入书房找寻线索。这个节骨眼上,要是因为孙兴衍的失误酿成大错,她自然不能接受。

孙兴衍扫了一眼夜千茉的钳手,苦笑道:"哎呦,姑奶奶,您就饶了我吧。您以为我不想把计划搞成功吗?要怪只怪葛洪亮心思忒毒,布局谨慎,您得容我好好考虑考虑。"

夜千茉急道:"还考虑?你再考虑,等那崔成林来了认出你我,咱们可就全完了。"这确实是一个致命的问题。

只不过想解决这个问题,眼下并不容易。孙兴衍沉默了片刻,忽然右手猛拍了两下锃亮的脑袋壳,笑道:"对了,咱们可以把院子给烧了。只要引起火灾,里面的人就会出来救火,到时咱们趁乱溜进去。"

"有道理。这附近全是树叶和干枝,只要烧起来,这火势可小不了。"夜千茉说完,提着灯笼走到一堆树叶旁边,轻轻倒转灯笼杆。

灯笼里的蜡烛掉了下来,刚好引燃纸糊的笼壁。直到火舌舔舐了整个灯笼,变成一团火球。夜千茉见时机到了,这才抬手把火球丢进了树叶堆里。

"姑奶奶,您急个什么劲嘛!您总得听我把话说完吧?"孙兴衍赶忙跑过来，因为害怕被人听到，他的声音很低，低到只有两人才能听到。

夜千茉还在不明所以，孙兴衍已去踩灭了火球，又急又气地道："这大晚上的，树叶上有露水，不好燃。您这样不仅点不着，估计还会引来周围的护院。到时，我们怎么脱身？"孙兴衍沙哑着声音，看得出来气愤异常。

"你以后想清楚再说。不然，你只说了一半，我可没时间全部理解！"虽是犯了错，但夜千茉就是死不承认，只是嘟着嘴站在一旁抱怨。

孙兴衍发脾气不是，说也不是，管又管不住，正在暗自气恼。这时，一个男子沉重的吼叫声从他们身后响了起来，瞬间让两人一个激灵。

"你们两个干什么呢？"这个声音，夜千茉与孙兴衍太过于熟悉，以至于熟悉到害怕，熟悉到手足无措。真是该来的不来，不该来的到底是来了。

这个吼叫者不是别人，正是孙兴衍和夜千茉最害怕遇上的崔成林。崔成林是个中年男人，个子很矮，皮肤黝黑，相貌丑陋。因为娶了一个年轻漂亮的老婆，故而大家都在背后叫他崔大郎。

眼看是崔成林过来了，夜千茉连忙给孙兴衍使眼色，大意是赶紧开溜。孙兴衍摇了摇头，从他苦涩的表情可以看出，这次是溜不掉了。

夜千茉花容一变，缓缓蹲下身子，捡起刚才丢掉的灯笼杆，轻轻做了个挥打的动作。孙兴衍马上领会，这个姑奶奶是想把崔成林打晕。

可她下手没有轻重，打不晕是一种情况，把人打死是另外一种情况，如果打晕了被人发现，那可是最糟糕的情况了。

孙兴衍还在想着，夜千茉已悄悄把灯笼杆藏在身后，只待崔成林走过来就下手。孙兴衍害怕夜千茉弄巧成拙，于是在崔成林认出他之前，赶忙踏前一步，伸手勾住崔成林的脖子，寻了个夜千茉无从下手的位置站定。

"崔大哥，嘿嘿，崔大哥，是我啊！"孙兴衍笑嘻嘻地说道。崔成林一愣，转身扫过四周，方才问道："咦，原来是孙兄弟，你怎么在这儿？老李和老郑呢？"

孙兴衍略微迟疑，当即转换了面容，叹了口气道："唉，他们两个今日昏时多喝了点儿酒，有些瞌睡，但是护院任务是一刻也不能丢，就让我和小夜过来替一替班。郑大哥和李大哥都是责任心极强的人，如果不是实在醒不了酒，早就过来了。"

崔成林对这个理由打了一个大大的问号。毕竟他曾下过死命令，两个月内，任何人不得请假、酗酒、擅自离岗。如违此律，只怕就会被轰出葛宅，永不录用。离开了葛宅，大家再也找不到更好、更体面、更赚钱的工作了，所以都很重视这个机会，也都不敢渎职。

"他们两个到底怎么回事？你是不是有事瞒着我？"崔成林很严肃地盯着孙兴衍，怒声喝问道。

孙兴衍一噎，脑袋登时大片空白。他们把老李和老郑打昏的事肯定不能说，那应该编个什么理由呢？正想得出神，忽见身后的夜千茉高高举起手中的灯笼杆。此时再不找个理由，只怕这个傻姑娘就要下狠手了。

"他们家里有事！"孙兴衍马上提高嗓门道。崔成林本要回头，听到他如此回应，于是正过身来问，他们家遇到了何事。

孙兴衍想了想，随后说起，老郑前些日子生了个儿子，全家都很开心，所以没事偷着乐。老李亲娘前几日刚病故，心情非常糟，总是哭丧着脸。

为了工作，他们不得不聚在一块儿看守月门。老郑嫌弃老李晦气，老李看到老郑满面堆笑就觉得欠扁。后来因为一句话不合，两人大打出手，结果打得彼此鲜血横飞，鼻青脸肿。他们意识到犯下大错，可又不能浑身是伤过来守门，只好委托他和夜千茉过来接班。

这两件事虽是孙兴衍临时添加，但却都真实存在。崔成林听完信了大半，于是叹道："也是，这两个家伙平时毛毛躁躁，忽遇一喜一忧之事，难免会掐架。不过，他们犯错虽情有可原，但执勤期间打架生事，难辞其咎！明儿一早，我非找他们算账不可！"说完，先侧过身，怒甩衣袖冷哼一声，想了须臾，随后又转过来，拍了拍孙兴衍的肩膀道："这一晚很是辛苦。你和小夜有劳。待明日一早，我就去向葛东家提一提给你们加薪的事。"

孙兴衍点头哈腰地说"谢谢崔大哥"，一直目送崔成林转身离开。这一夜虽然风波不断，但好歹也算是有惊无险，孙兴衍很满意。

　　然而，崔成林刚走到一棵松树跟前，正准备转弯，忽见暗处中闪过一道黑影，紧跟着听到崔成林"呃"的一声呻吟，软绵绵地倒了下去。

第七章
新仇旧恨

1760年5月5日

黄帝纪元四千四百五十七年

高宗 爱新觉罗·弘历 乾隆二十五年 农历庚辰年 龙年

庚辰年 三月小 二十日

庚辰年 辛巳月 乙丑日

宜：婚嫁 访友 恋爱 旅游

忌：囚人 布局 暗访 查案

　　幽深而肃穆的天主教堂的大门缓缓被拉开，杰西卡和格蕾丝齐步走了进去。随后把大门反锁，并用火折子引燃屋里所有的白蜡，四面破败古旧的欧式装潢轮廓赫然映入眼帘。

　　两人踏着清亮的花岗岩地板，走至祭坛身后的一扇红漆木门前，互相对望一眼。杰西卡打开门锁，格蕾丝拉开门，两人进入后反手上锁，每人手执火把，一步步拾级而下。

火光渐渐照向越来越深的景致，道路两旁一间挨着一间的铁牢，由模糊慢慢变得清晰。铁牢里面关着一群蓬头垢面、身子脏乱的囚徒，他们把双手伸出铁栅栏，仿佛每个人都想抓住那一缕缕希望之光。毕竟，他们好久没有见到光了。

此处原本是教堂的酒窖，后来经杰西卡和格蕾丝的改装，每个储藏室都换成了铁栅门，就成了现在的铁牢。

铁牢里的囚人很特殊，并非是十恶不赦的狂徒，而是别有来历。囚人类别宽泛，男女老幼不限，善恶美丑也不限，只要他们异于常人，就会被收押于此。

这些人都很怪异。他们见到有人进来，不仅没有任何怨怼和呼救，反而每个人都在鼓掌欢迎，自说自话，还有的人故意发出冤鬼索命的声音，活脱脱是一群疯子。这些疯子不断地撞墙、砸门、翻跳等，铺天盖地响起了怪异的声响。

"我一直不理解，主人为何要咱们收集这些妖魔鬼怪。现在，我算是明白了。"杰西卡看着这些奇奇怪怪的人，发出了一声冷笑。

格蕾丝摇了摇头道："可是，我却不太明白。"

杰西卡讶然反问："我们的任务，主人已清晰告知，你哪里不明白？"

格蕾丝瞟了杰西卡一眼，目光转而投向那些囚中之人道："我自然知道我们的任务，只不过，我有时也在想另外的事。比如，这些人由于犯了臆想之症，所以每个人都疯疯癫癫。可是，偏偏此地的百姓，要么认为他们是鬼上身，要么认为是丢魂失魄，真是可笑。于是亲人们把他们丢到山上自生自灭。如果不是咱们把他们囚困于此,管口饭吃,只怕这些人早就被渴死饿死了。这个世道既然将他们抛弃,现在是时候绝地反击了。"

适才杰西卡并不知道格蕾丝要说什么,而今听完,终于理解了格蕾丝的话中之意,不禁冷冷笑道:"他们如此模样,空有躯壳,毫无灵魂,与那丧尸有何异样?就算是反一反这个世道,行为上抗争,心理上却永远也体会不到抗争。如此而言,抗争还有何意义?我知道,你以前是修女,所以来到了教堂,难免会生出悲悯之心。可是,这种思想很危险,也很致命。如果你的这种想法,不小心被主人知道了,绝无好下场。"言及此,杰西卡郑重地看着格蕾丝,每句话都像是经过深思熟虑:"我想你很清楚,主人之所以重用我们,就是因为,我们下手狠,效率高,绝情无义,这才是成大事的关键。"

此言非虚,自从她们跟随威尔逊以来,就已不把自己当人,而是当作一把可以做任何事的刀。格蕾丝忖度须臾,就像说服自己似的长叹道:"是啊,你说得没错,我太悲悯众生了,反而无法为自己而活。有时想想,这些众生与我何干呢?"

杰西卡见同伴明白了自己的意思,很欣慰地拍了拍她的肩膀道:"眼下,不要再想这些不切实际的事了。就算你想帮他们,他们也不能因此解脱,兴许还会陷入更大的危局。你的好心,也许会变成恶意。有时,你要多想想自己。如果太把这些人当人,主人就不会再把你我当人了。"

这番话非常中肯,也让怜悯心泛滥的格蕾丝猛然意识到自己的错误。她噙住唇角,呆呆思虑了良久,忽然抬起了头,早已是坚定无疑的模样,说道:"那我们开始行动吧。"

杰西卡见同伴已恢复心智,轻轻点头道:"现在,所有的饭菜已喂好药,就等他们全部吃完了。到时,咱们先帮着他们更服易装,再把他们打扮成平民样子。待到跳魁大会开始的那晚,马车就会过来接应,这些人全都要运往龙瞾洞。"

这个任务是她们早已计划好的,格蕾丝并无意见,她只是忽然想起了另外一件事,于是问道:"咱们何时去见烟火师?"

杰西卡把目光探向远方,微忖后方道:"等做完这件事,咱们马上过去,事不宜迟。要做出主人想要的东西,还是得费些力气的。"

处理完教堂的事后,两人马不停蹄地赶去浮梁,前去寻找烟火师。浮梁处于景德镇南部,位于六山二湖之心,历史悠久,人杰地灵。

两人到达浮梁时已近酉时,她们又几经辗转才来到昌江河畔的红塔底下,仰望这座九层大圣宝塔。此塔建于宋建隆二年,每层都用青砖搭檐和平台。平台外侧不设护栏,看上去恢弘苍劲,别有韵味。

由于此塔荒废许久,无僧人过来看护,俨然成为一片废弃之地。两人推开蜘蛛网遍布的木门,踩着木板梯子拾级向上,历经两刻才到达塔顶。

塔顶四壁点着十余盏油灯,柔和的光亮下一位瘦弱的老者佝偻着腰，一头稀疏的银发，显得那条银白色的辫子也极为单薄。他的上身穿着黑色马褂，下身是二蓝竹布袍子，此刻正坐在一张枣红色的方桌前，优哉游哉地吃饭。

桌上的菜品不算多，只有一盘酒糟鱼、一盘三杯鸡，还有一个瓦罐煨汤。老者右手捏着一只青瓷酒杯，左手用筷子夹菜往嘴里送。即便听到有人来到了塔顶，甚至站在了他的面前，依旧没有任何反应。

"你就是山魈？"杰西卡走到老者面前，开门见山地问道。山魈啄了一口酒，余光一扫她们，随即说道："你们是谁？我见过各种生意朋友，唯独没见过两个洋妞儿。"

杰西卡并不理会老者的无礼，再一次冷冷地问老者究竟是不是山魈。山魈笑了笑，反问道："是如何，不是又如何？"

"这位先生不要误会，我们只是想跟您谈一笔生意。"格蕾丝相对圆润一些，她说想从山魈这里买点儿花炮，数量比较多，品类比较杂，时间也很紧，最好今晚交货。

首次听到这样做生意的人，就算是定制，一个晚上也不一定完成所有任务，她们太过于异想天开。格蕾丝知道山魈不会轻易做事，于是拿出一张一百两的会票，拍到他面前的桌子上，还说这只是定金。待事情完成后，她们还有重谢——至于重谢，至少要翻十倍。

老者见她们做事很痛快，果断地应下这个活计。原来，这个叫山魈的老者原名李森，跟花炮师祖李畋同宗。

李畋是上栗麻石人，生于唐武德四年。麻石隶属南蛮之地，古木参天，瘴气弥漫，瘟疫横行，是个非常诡异的地方，经常闹鬼，也经常莫名其妙地病死人。李畋就以小竹筒装硝，导引点燃，利用硝烟祛除山岚瘴气，减少了瘟疫流行，从此爆竹很快推广开来，李畋也成了花炮师祖。

山魈的经历与老祖宗李畋差不多，最初也是自制爆竹祛除瘴气。随着他不停研制新的爆竹，直至十七岁时，在麻石开了第一家烟火行，除了售卖市面上常有的烟花爆竹之外，还会售卖他独门研制的烟花。

二十七岁时，山魈背井离乡，辗转到了浮梁，并在浮梁重新开设了一家烟火行，陆续扩张到十几家烟火行。

然而，山魈并不满足眼前的明面生意，偶尔也会承接一些地下生意，比如帮助别人设计专用烟花，无论是烟花炸裂的外观形式，还是爆炸威力，经过他的妙手改造，几乎都能呈现出各种匪夷所思的视觉奇观。

威尔逊一早就听说过山魈的这些绝技，于是安排杰西卡和格蕾丝过来定制一百五十箱烟花，其中涉及线穿牡丹、水浇莲、飞天十响、五鬼闹判官钟馗、匣炮、天花灯等小型烟花，还有炮打襄阳、火烧战船等主要用于展现两军交战、炮箭交驰场景的大型烟花。

虽然这些烟花都不太常见，但在山魈的各个仓库都有成品。两人在山魈的带领下，花了两个多时辰，自各处仓库拼拼凑凑，一共拉了满满五大马车烟花。

分别之时，已是亥初一刻。将圆未圆的明月爬上夜空，一片透明的灰色云层遮住了淡淡的月光。一条狭长的泥路两边满是高高的芦苇荡，芦苇上面仿佛笼罩着一片轻烟。

山魈佝偻着腰，手中托着一杆长长的烟袋，先吧嗒了一口烟，冷笑道："东西可还满意吗？"杰西卡让跟来的赶车人检查完最后一车烟花，在得知烟花已全备后，轻轻一扬手，这个赶车人就坐到了马车前方，一甩马鞭，催着马车吱吱呀呀地驶入茫茫迷雾。

"多谢山魈先生援助，下次若有机会，期待继续合作。"格蕾丝笑着朝山魈拱了个手。山魈赔笑道："好说好说，以后如有需求，还可以再来寻我。"言及此，他顿了一下，忽然发问道，"货已付清，余下一千两银子，是否也该给我了？"

杰西卡笑着走上前，把手里攥着的一张会票递给山魈。由于光线太暗，山魈就把会票放在烟锅上看了一眼。

只是这一眼，他猛然睁大眼睛，怒不可遏地问道："这是什么……"他还没说完，只觉胸口刺痛，下意识地低下头。一把匕首已把他的胸口穿透，而行凶者正是杰西卡。

杰西卡扭转了几下匕首，直到察觉到他气息微微，这才附在他的耳边道："感谢李先生相助。主人说，无论做任何事都不要留下活口。尤其干我们这一行，更要谨慎。"随着匕首的拔出，山魈一个踉跄倒退数步摔倒在地。

杰西卡和格蕾丝回望了一眼死不瞑目的山魈，彼此蔑然一笑，各自骑上马，向着浓浓雾色中飞驰而去。

葛宅后院的月门口外,周遭的环境沉寂如死。门上垂挂的两盏灯笼随风轻轻摇晃,柔亮的晕光在青石板上缓缓扫过。

孙兴衍蹲下身子,一探崔成林的鼻息,发现还有气出入,方知道人没有事,这才放心地缓缓站了起来,心力有些疲惫地质问夜千茉道:"姑奶奶!你干吗打晕他?我不是已经说服了他?咱们现在是光明正大的护院,不再是夜闯别人院落的贼。"

这话听来倒也不错,适才太慌乱,反倒忘记这些了。夜千茉尴尬地歪了一下头,脸上顿时感觉火辣辣的。可她觉得不能在孙兴衍面前失了威严,于是明知犯了错也不愿服软,遂硬着头皮撒娇道:"人都砸了……我还能……还能怎么样嘛!大不了,大不了我把他叫醒?"说着俯身去喊崔成林。

孙兴衍两眼一愣,赶忙过去拉住她,急也不是气也不是地道:"哎哟,我的姑奶奶,您先消停消停,余下的事我来想办法。"

过去喊人不过是夜千茉的一次玩笑,她不过是想用这种方式来转移孙兴衍对自己的责怪,然后再眨着一双无辜的眼睛,就仿佛自己也很委屈似的。

孙兴衍最受不了女人对自己撒娇,只得不再追究。更何况他的心思全扑在眼前这场困局上面,无暇再去计较其他小事。

夜千茉虽说由着性子来,干了不少错事,但这件事反过来想,不见得很糟糕。如果按照他之前的计划,先放一把大火,待大家救火之际,他们悄悄靠近书房,再设法开锁进去——这显然是危险重重。

毕竟他们是代替李、郑两人执行任务，职责是看守月门，并不能擅自闯入院内。一旦擅闯，就会引起他人怀疑。再说崔成林死守书房，除他之外，余下护院皆不得靠近。如果无法过崔成林这一关，也就无法进入书房。现在倒好，崔成林被夜千茉打晕了。那他刚好可以换上崔成林的衣服，再模仿崔成林走路的样子，神不知鬼不觉地靠近书房。如此一来，岂不是良计？一念及此，孙兴衍忽然乐呵呵地笑起来。

虽说计谋已成，但当孙兴衍看到夜千茉嘴硬且不服管的样子时，心里登时不悦。他很快转变了一张面容，就像遭逢了重大变故，叹道："原本，我设计了一个绝妙的计划，不仅可以救你哥，还你哥清白，还能非常省时省力地完成任务。现在倒好，你一棍子下去，也许你爽了，我的计划全泡汤了。唉，我也是无能为力了。"

这话听来极为沮丧，一字一句配合着他的唉声叹息，流露出无法弥补的遗憾。夜千茉一想到兄长梁靖还在牢中受苦，心下极不是滋味，这才想到是自己的冲动冒失误了大事。

她倨傲的面容转瞬变得娇柔，轻轻噙着樱桃小口，十分羞愧地抬头来道："都是我的错。我千不该万不该不听你的话，擅自行动。以后无论发生任何事，我……我都听你的，好不好？你快想想办法。"

说这话的同时，夜千茉双手抓着孙兴衍的右胳膊，撒娇似地晃了晃。这张楚楚可怜的面容，任凭是谁看了都会心下一软，只怕为她去死也心甘情愿了。

虽说小飞贼平日里飞扬跋扈，动不动还要跟他动刀子。不过她倒是个善良真诚的好姑娘，孙兴衍心里也很清楚。可这数日以来，他受够了夜千茉的莽撞和无理取闹，总该要好好教训教训这个姑娘。

想到这里，孙兴衍轻咳一声，定下规矩说，在案子没破前，无论公共场所还是私密空间，她都要叫自己兴爷。

听了这句话，夜千茉摇晃孙兴衍胳膊撒娇的双手一僵，用力把他推开，怒吼道："小奸商！你趁机占我便宜！"

"也算便宜，也不算。你心里很清楚，自己就是个风风火火、自我膨胀的小飞贼。我不定下这条规矩压一压你，你还不上天？"孙兴衍一撇嘴，双手抱臂道，"以后，你只要想到我是你兴爷，你脑袋里就会想起今天的事，也就不会再胡作非为了。"

"你……"夜千茉握起拳头就要锤他。孙兴衍把头伸过来，仿佛让她去捶打，贱兮兮地道："你可想好了，咱们不能在这里久待。一会儿护院们过来，谁也跑不掉。"

一想到兄长生死未卜的命运，夜千茉终于放下了拳头，强收起怒火，假装温柔地说道："成！兴爷，您老发话吧！"

尽管夜千茉说得不甘不愿，但好歹也是按照孙兴衍的想法做了。孙兴衍舒了一口气，也就不再跟她虚语，简单交代起自己的计划。

随后，两人合力把崔成林拖进了柴房，先用布团塞口，再用麻绳捆绑，手法干脆利落。而今柴房关着李、郑和崔三人，他们醒来一交谈，孙兴衍和夜千茉的身份必会暴露。

不过退一步来看，无论这三人何时碰面，这件事都会被捅出去，只是时间问题。既然如此，孙兴衍也就不再去想被发现后该怎么办了，反而只剩下一个念想——破釜沉舟。

只要潜入书房，查询到了屋子里的秘密，他就带着夜千茉离开葛宅，再也不返回了。待到葛洪亮发现他们不对劲，两人早已逃之夭夭。

两人统一了意见后，孙兴衍换上崔成林的衣服，夜千茉还是保持那身装容。两人一前一后，大摇大摆地从柴房出来。他们锁好门后，径直赶赴书房。

就在两人离开片刻，阴暗的角落里，一个矮胖的中年男子渐渐走了出来。他的目光转向刚被锁好的柴房，一挥手，三个护院火速冲上前打开房门。中年男子驻足，朝着房内眯了眯眼，旋即大步迈了进去。

孙兴衍和夜千茉穿过月门后，踏入了空旷的后院。那些正在巡逻的护院们，一见是崔成林过来了，无论是正在打瞌睡的，还是忍不住打哈欠的，纷纷抖擞精神重返岗位，反倒无人过来向崔成林汇报情况。

已近亥时，所有人都身心困乏，谁不想偷一偷懒？如果没有非汇报不可的事，无人愿意过去找他谈话。毕竟崔成林是个要求苛刻，同时又脾气急躁的人，大家能不理他便不理他。

这反倒给孙兴衍创造了机会。他学着崔成林的步伐走到书房门口，先佯装淡定地四下里看了看，发现无人往这边来，于是蹑手蹑脚地趋近门口。

夜千茉从头发上拔出一根细钢针，三五下就别开了铜锁。两人见已得手，相互对望一眼，轻轻推门溜了进去，然后合上了门。

屋子里十分黑暗，窗户紧紧闭着而且拉上了帘布，一丝光亮也渗不进来。只能看到书架、书桌、茶几等家具的剪影，余者皆不可见。

这种情况之下，他们不能用明火照明，因为一来不知附近有没有人埋伏，二来也怕被外面的护院看到。于是两人只好如履薄冰地走着，不小心撞到一起后，笨拙地散开，再去寻找线索。期间他们不是踩到对方的脚，就是冲撞了对方的身体。

夜千茉嫌弃孙兴衍多次踩到自己的脚，一怒之下狠狠地推了他一把，孙兴衍踉跄后仰撞了一架柜子，后背立即把柜子推出几尺远。

一个柜子为何能如此轻松地被推动？孙兴衍从地上爬起来，先是愣了愣，随后连忙俯下身子，拔亮一根火折子扫过地板，在看清构造后立即吹灭。

地板上的方砖有几块被撬过，似乎里面藏着秘密。孙兴衍微想，一块块轻轻掀起来，一间竖井大小的圆形密室门赫然浮现在眼前，门上扣着一把铜锁。

夜千茉蹲下检查了一下锁具的类型，在确定是一把花旗锁后，果断地自发髻上抽出一根钢针,两三下就捅开了。两人拉开门,沿着斜梯走了下去,孙兴衍顺手合上门。

这是一条逼仄狭深的密道,沿途幽暗无垠,不可见底。密道两边是青砖石墙,一阵夹杂着腥臭和呛鼻石灰味的冷风自下面窜上来,只让人喉咙犯呕。

孙兴衍拔亮火折子在前面引路,夜千茉手里攥着一把匕首横在身前,紧随其后,以防敌人偷袭。两人一路走到最底部,这才接近一个平整的青石砖地面。

冷峻的火光四下扫过这间密室后,孙兴衍才发现密室并不大,不过是一片两三丈见方的凹字形空地。左右两边是石墙,只中间开了一扇铁栏栅门。

出于好奇,孙兴衍举着火折子渐渐走近了那扇门。门内靠墙的石板床上盘坐着一个披头散发的人,刚好背对着他们。那人蓬头垢面,身形消瘦,手上和脚上都拴着铁镣。

也许听到了脚步声,那人忽然抬起头,开口道:"你不要再来了!我说过,就算你拿冰儿的命来威胁我,我也绝不会违背祖训!冰儿生来命苦,如此一死,倒也解脱了。"

那人言辞刚毅,字正腔圆,仿佛受过莫大的欺辱。孙兴衍充满疑惑地看了夜千茉一眼,夜千茉忙站到他的旁边。有了夜千茉的保护,孙兴衍似乎有了底气,双手托住火折子近前几步,小心地问道:"敢问阁下究竟是谁?"

听到有人说话,而且并非素日常闻之音。那人挺拔的躯体微微一颤,旋即转过身来,手上和脚上的铁链子因拉扯而发出哗啦啦的声响。

"你不是葛洪亮?你是谁?"那人侧过半张面容。孙兴衍轻轻抬手,把火光移近去瞧。那是蓬头垢面的半张脸,三道黢黑暗红的鞭痕如同车辙刻在了上面。

天主教堂内部幽暗无光,外面的月光透过高高的花窗照进来,映在了光彩夺目的白色大理石上,衬出一种严肃厚重的氛围。

威尔逊伫立于屋子中央,双手压着金色的手杖,微微弓着腰,只露出一个神秘莫测的背影。杰西卡和格蕾丝齐步走到他的身后,双双定住脚。

格蕾丝先道:"主人,我们已按您的吩咐,先去找山魈购置了一百五十箱烟花,再去三庆班购置了幕幔、水法、绣幔架子、影戏、托吼等必备之物。一切物事,俱已完备。"

"好,很好。那些人都怎么样了?"威尔逊右手轻轻拍打着左手,虽没有回过身,但一字一句听来都让人有些发怵。

杰西卡抬起头暗忖须臾,冷凛地道:"一个活口不留。"威尔逊笑道:"不错。你们现在做事,我很放心。"

一语尽,他忽然想到了什么,又道:"对了,我早年在宫廷如意馆任画师,曾经结识过在鸦鹘处、鹰鹞处、庆丰司、百兽房等处任过要职的一位驯兽师,名字叫高义。此人既善驯豺狼虎豹等猛兽,也可驯金钱鸡、白鹤、文雉、貂鼠等珍禽。后来因为一次喝酒误事,被清廷辞退,当下应该回到了家乡玉田湖,听说创办了一个叫青蛇会的社团。你们替我走一遭,请他过来帮一个忙。"说到这里,自怀里掏出一封信,朝后抬手一抛,杰西卡连忙伸手抓住,只看了一眼便塞入了怀里。

威尔逊又交代了一些事,就让她们把货物分门别类运往地下仓库去了。两人回了声是,刚离开不久,一阵踏着地砖而响起的稳健脚步声便传了过来。

那阵声音越来越近,最后在威尔逊的身后忽然停住。威尔逊知道来者是谁,不由得笑道:"你终于来了,我以为你怕见我呢。"那人道:"先生有大才,我不来见你,如何能拿到我想要的东西?"

"如此看来,你倒也知趣。"威尔逊点了下头,转过身走到那人面前,一张诡笑面具上浮动着谁也瞧不出的神秘,"我这边的东西都已准备好了,接下来就看你了。我的要求很简单,无论你想什么办法,一定都要保证我的东西顺利运入龙瀣洞。你是知道的,从今日起,龙瀣洞就已被那群衙役封锁,几乎连只苍蝇也飞不进去,更别提往里运几十箱子货了。这件事很棘手,我相信,你有的是办法。"

那人微想,道:"此事你放心,只要花点儿钱,有的是法子。不过……"他的话锋一转,旋即问:"我的事,你打算怎么做?"

威尔逊笑了笑,低下头揉搓着一副黑皮手套,漫不经心地道:"一切都要看明晚了。明晚顺利,你的事就顺利;明晚发生意外,你的事也会发生意外。哦,对了……"

言及此，他抬起头，似玩笑又威胁地道："我可要提醒你，如果发生意外，不仅你的事办不成，就连你的人也会身败名裂，你可要想清楚。"

这个威尔逊是个狠角儿，除了下手狠辣之外，还会用各种手腕施以报复，逼人就范。那人很清楚威尔逊这话的分量，静思良久，哼了一声大步远去。

身处葛宅密室的孙兴衍难以置信，眼前这位神秘人，竟然是花青行的东家陈宪。发现这个秘密的并非孙兴衍，而是夜千茉。

那日夜千茉潜入陈家，除了翻出一块头盖骨之外，还翻查过一本手写的书卷，名字叫《卫斋日记》，此书实际上是陈宪记录生活的笔记册子。

书中写到，陈宪自幼便患了一种奇怪的病，两手五指长在了一起，就像两只鸭掌。眼前这位神秘人也是如此模样，再联想到陈宪一家不明所踪，自然想到此人是陈宪无疑了。

"陈东家，您怎会被囚禁于此？"孙兴衍用火折子把铁牢墙壁上的一盏蜡烛点燃后，蹲在陈宪身前说道。

陈宪先看了一眼孙兴衍，而后又看向夜千茉，冷哼道："你们是葛洪亮的人吧？之所以如此假扮，只怕想套出花青的秘方，是也不是？"

夜千茉道："你这老头儿，真是不讲道理。我刚才重申过好几次了，我们怀疑葛洪亮是主导唐家灭门惨案的凶手，所以冒险过来查案,这才与你相见,你怎就不信呢?"

陈宪哈哈笑了起来,无奈地摇着头不言。这番行径分明是不信他们,更不愿再说下去。如果无法说到陈宪的心坎里,只怕两人仍会被怀疑是葛洪亮的人。

孙兴衍想到这里,朝着夜千茉一抬下巴道:"陈东家,您知道她是谁吗?她是梁靖的妹妹。梁靖被诬陷是唐家灭口惨案的凶手,而今被李拯关押入狱。为了救出兄长,这位夜姑娘便与我过来查案了。实不相瞒,我们怀疑葛洪亮就是幕后真凶。"

为了彻底说服陈宪,孙兴衍就把自己从哪里来,何时见了唐阁,怎样去过陈家,如何见了怪异的小男孩,如何去调查梁靖,梁靖又是怎样被李拯带走,他们如何潜伏到了葛洪亮的身边等事,原封不动地告诉了陈宪。

陈宪听到怪异的小男孩的情况时一阵欢喜,他那时才知道,原来葛洪亮并未抓到自己的儿子,前些日子拿儿子要挟自己,不过是虚张声势罢了。可眼下孙兴衍所言是否属实,以及他究竟是不是葛洪亮安排的人,这一切尚未可知,陈宪也不敢贸然相信。

说到最后,孙兴衍补充道:"我知道,即便我全交代了,你该不信还是不信。但我可以告诉你,除了花青秘方我不想知道以外,有关葛洪亮的其他罪行,你可否相告呢?"

虽说陈宪对孙、夜二人并未放下警惕,但他也知道,万一这两人真是来查案,他错过了这次机会,岂不是追悔莫及?反正也是揭露葛洪亮的罪行,并无不可言说之处,于是经过一番纠结过后,他终于同意讲述起自己被囚禁在这里的经过。

陈宪抬起头来,看着墙壁上唯一亮着的烛光,神色黯然地道:"我父陈谷,曾在宫里担任颜料匠。十年精研,他掌握了三百九十五种颜料的调配,几乎可算得上独步天下。"一个颜料匠,一生如果掌握百种颜料的配制,就已算上顶尖儿的水准了。真没想到,陈宪的父亲竟有如此神通,孙兴衍不禁很钦佩地点了点头。

陈宪不去看他,又说道:"宫里在绘制彩画之前,每种颜料的用量都要精心称取,一钱一分都不能差,比如水胶三钱、白矾三分、二绿五钱、大绿一两等,大抵是这种配比。我父当年已练就一项本领,用手抓取颜料,不必称就能达到每种颜料合理的用量。这项绝技曾让万岁爷深深折服,于是让我父掌管整个造办处的颜料用度。十年前,我父生了重病,告老回家,从此不再去宫里谋职。万岁爷念在我父为宫里奉献了一生的分上,于是恩赐了一座院落,就是你去过的陈宅。我父回家以后,整日琢磨是否可以创新颜料的配制,于是有了集百花之色融于一料的想法,随后发明了一种可以食用的花青颜料。"

听完这段陈家的光辉史,孙兴衍心里忽然想到,怪不得景德镇出了那么多瓷器、颜料等界的大师,原来他们都在宫里任过职。一个民间匠人,也许可以创造冠绝天下的技术。可如果技术不去与顶尖的人才交流和提升,只怕也算不上好技术。这些前往宫中任过职的匠人,因为学到过最先进的技术,再融合到自己的创作之中,所以才能有如此成就吧?

"为了得到陈家祖传的颜料,也就是花青配方,葛洪亮可谓煞费苦心!"孙兴衍还在想着,不承想陈宪已说到重点,他只得摇了摇头清醒过来,认真听陈宪说道:"此人工于心计,不惜把我与夫人囚禁于此。他还利用我儿冰冰得了臆想之症的话头,故意制造陈家有恶鬼盘桓的谣言,所以自从我与夫人被抓来以后,陈家上下的奴仆一哄而散,只剩我儿留在家中。"

闻听陈宪讲述,孙兴衍才知道那天遇到的小男孩名叫陈冰冰。说来也巧,那日葛洪亮再度派人连夜闯入陈家,当时四野漆黑,无人找到陈冰冰。然而这事陈宪并不知道,还以为陈冰冰已落入葛洪亮之手,故而受尽了葛洪亮的百般刁难。

夜千茉抬眼搜索了一下,并未在牢中看到陈宪夫人,不禁问道:"那,陈夫人呢?"陈宪深吸了口气,长长叹道:"她死了。"

第八章
心照神交

1760年5月5日

黄帝纪元四千四百五十七年

高宗 爱新觉罗·弘历 乾隆二十五年 农历庚辰年 龙年

庚辰年 三月小 二十日

庚辰年 辛巳月 乙丑日

宜：婚嫁 访友 恋爱 旅游

忌：囚人 布局 暗访 查案

孙兴衍和夜千茉俱是一惊，还没等他们反应过来，又听陈宪道："我夫人被抓进来之前，硬是不从，叮嘱我道：'我死后，你一定要照顾好冰儿！此外，你要好好活着，陈家基业不可丢！'我夫人是担心葛洪亮利用她来威胁我，所以才撞墙而死。她叮嘱我好好活着，也是希望我能保住花青秘方，保住我父辛苦创办的基业！"

"陈东家，有件事，我还是不明白。上次我们去你家搜查证据,意外发现一小块头盖骨,这是怎么回事?"孙兴衍问道。

陈宪看了他一眼,道:"我刚才说过,冰儿患了臆想之症。实际上,他并非天生如此,而是后天突发意外所致。"

陈冰冰幼年乘坐马车时,不小心从里面甩了出来,结果后脑勺撞击了一块路边青石,从此患上了臆想之症。为了治好儿子,陈宪访遍了天下名医,终不见好,后来一个洋人医生说,可以尝试开颅术治疗。可洋人医生切开了陈冰冰的头盖骨后发现根本诊治不了,又只好缝了回去。自那时起,陈宪一直保存着那块头盖骨,也就是夜千茱找到的那一块。

陈冰冰很喜欢喝花青,由于花青是从一百五十二种红花中提取出的颜料,本身没有毒,食用还有延年益寿之效。所以,陈宪就在窑厂附近安放了两大缸花青,陈冰冰什么时候想喝了,就能去那边喝上几口。只是没想到,他这个无心之举,反倒让儿子捡回一条命,不至于没有东西吃而饿死。

这段故事实在太不寻常,孙兴衍听完五味杂陈。由于此处不宜交谈,孙兴衍打算把陈宪放出来,大家找个安全的地方再细聊。

正要去找铜锁的位置时,陈宪叹道:"孙兄弟,你的好意,我心领了。我已是将死之人,只要我儿还活着,我就再无遗憾了。明晚就是跳魁大会,原本葛洪亮说,他要拿我儿子去祭祀,以此要挟我,逼我交出花青配方,我硬是不从。如今他没有找到我儿,真是老天爷造化啊！我希望孙兄弟能帮我儿脱离苦海，设法把他送到位于万载的外祖母家。如此一来，我也心安了。至于报酬，我愿把花青的配方赠送于你，如何？"

如果要做青花转心瓶，就必须用这个配方。孙兴衍起初欣喜不已，本想应下来，可转念一想，乘人之危不太好，于是果断拒绝了陈宪的报酬，只说君子为义，分文不取，一定会帮他把儿子送到万载去。

虽说这短暂的交往，孙兴衍表现得非常有分寸，但陈宪仍旧不敢信任他，于是就提出了如果孙兴衍帮忙救出陈冰冰，他就赠送花青秘方的答谢计策——这不过是一次试探。

谁知孙兴衍并不为所动，执意去救他儿，但不愿索要花青秘方，还说如果要了，那与葛洪亮有何分别。只此一句话，忽然让身处绝地的陈宪选择了相信。他不仅告诉了孙兴衍花青配方的所藏之地，还说了陈冰冰的生辰八字，并希望孙兴衍转告陈冰冰的外祖母，即便陈冰冰长大了，也不要忘记生辰。因为那是一个特殊的时间，将来会影响他一生。

孙兴衍默默记住了这些事，刚要让夜千茱去开锁。这时身后的石梯上传来了一阵急促的脚步声，有人下来了。孙兴衍赶忙让夜千茱停下手，两人跟陈宪一经对望，立即四下去急寻地方躲藏。

这扇铁栏栅门的西边有一架石桌，兴许是看管陈宪的仆人休憩的地方。孙兴衍先蹲下身子，钻了进去，随后夜千茱也进来与他并肩藏身。

"你们究竟是何人？为何假扮我窑厂的匠人？又为何偷偷摸摸来此？"随着这阵声音渐渐清晰，一个大腹便便的中年男子自石梯上走下来，一步步趋近铁栏栅门前。此人满面横肉的脸上端着肃穆与怒意，正是葛洪亮。他的身边还跟着管家吴歌，一名仆役，以及崔成林和李、郑护院等人。

陈宪听到这番厉喝，方才知道孙兴衍所言不虚。为了吸引住葛洪亮的注意，从而帮助孙兴衍和夜千茉脱身，陈宪忽然诡异地傻笑起来，右手捻着兰花指对葛洪亮暗讽道："这里哪有什么人？不过是一个冤死鬼，一个恶毒鬼而已。葛东家，你是不是做了很多恶事，导致怨鬼过来找你索命了？你寻不到那怨鬼，所以来这里寻我？嘿嘿……哈哈……"

昨日晌午，葛洪亮来找陈宪，再一次逼问他花青的秘方。陈宪受不得严刑酷打，不知何种原因头疼欲裂，昏死了过去。待到他醒来后，整个人发生了很大的变化——他不再很有骨气地顽强抵抗，反倒时而疯傻时而清醒。

葛洪亮起初不信，遂让仆人多次进行变态试探，仍旧没有发现破绽，这才相信陈宪已得了疯魔之症。

可葛洪亮仍觉得陈宪是一个对自己狠心的人，为了隐藏花青的秘密，就算是死也不怕，小小的屈辱自然肯忍受。这时仆人提醒他，陈宪之子陈冰冰患有臆想之症，只怕就是遗传于陈宪。前些日子，陈宪精神状态还好，所以并未激发。

这数日来，他长时间待在黑暗潮湿的地牢里，心里万分绝望，一时难受想不开，诱发了潜在的顽疾，也未可知。听完这话，葛洪亮倒是信了七八分。

"陈东家，咱们的事容后再说，先让我除一个小心病。"葛洪亮说着一挥手，身后的两三个护院就跑了过来，一起把石壁上的油灯全部点燃了。

在明亮光芒的映照之下，四周原本简陋的空间一览无余。葛洪亮扫看完可隐身之处，发现石桌底下猫着两个人，于是弯下腰，笑道："孙老弟，夜老弟，快出来吧？免得大家动起手来，刀剑无眼。"

眼看已被发现，孙兴衍和夜千茉只好一前一后爬了出来。他们站直身子，环顾着周围满眼敌意的护院，这些人一个个持棒拿棍，横眉怒目，好似一群杀手。

"东家，这么……这么巧？"孙兴衍强作镇定地笑道。葛洪亮打量完他，也不做回应，伸手指了指旁边的三位手下，眯着眼问："孙老弟，你还认识他们吗？"

这三人分别是李、郑两名护院以及崔成林。他们被葛洪亮泼醒以后，如实交代了事情的来龙去脉。三人虽各有各的说辞，但线索直指孙兴衍和夜千茉，暗指他们来历不明。

孙兴衍算到会有这天的到来，可没想到会是现在，一时不知如何回答。葛洪亮盯着他，淡淡地道："你不会是想告诉我，你和这位女扮男装的姑娘，原本是想找个地儿逍遥快活，结果找了半天，发现这里最合适吧？至于这三人说的话，全部都是误会？"

这一席话，葛洪亮明显是模仿孙兴衍说的。他早已算到，孙兴衍会找个借口为自己开脱，于是提前为他想了一个理由。

"东家啊！您这般想，可就误会小的了。您当初让我追查那名神秘人，我一直在查。就在半个时辰前，我发现那人闯进了此地，于是就带着小夜跟了过来，哪知那贼子狡猾，我们竟然跟丢了。"孙兴衍一边焦急地应付，一边在脑子里飞速想着对策。

"你追查神秘人，用得着打晕他们三人吗？"葛洪亮回身指了指崔成林等人，冷哼一声，算是给他警告——不必再耍嘴皮子，自己已然不会信他。

当然，葛洪亮也知道孙兴衍狡黠，不花些工夫套不出实话，于是就把目光投向了易冲动的夜千茉，冷冷问道："你女扮男装，所谋为何？"

眼下这个局势，夜千茉也不知如何应答，只是怔怔地盯着葛洪亮，一脸的平淡无波。葛洪亮见她不言语，微忖片刻才道："你们不说，我也猜得出，你们是威尔逊的人吧？"

就在孙兴衍无计可施之际，忽然听到了这么个名字，瞬间感到头脑一热。他脑袋快速转了转，立即大步走到夜千茉跟前，一改适才的焦灼不安，故作高深地叹道："没想到，我们伪装得这般深，到头来，还是被东家看出来了。既如此，也没什么好隐瞒的了。"

这个威尔逊是谁，究竟跟葛洪亮有怎样的瓜葛，孙兴衍自然不了解。不过，俗话说得好，敌人的敌人便是朋友。葛洪亮越忌惮谁，只怕就会越往谁身上怀疑。此时如果顺着葛洪亮的推断进行下去，假扮一次威尔逊的人，不仅可以隐藏了身份，兴许还能伺机溜走。

"你们果真是威尔逊的人?"葛洪亮神色一紧,厉声问道。孙兴衍点头说是,可葛洪亮不相信孙兴衍的话,又把目光转向夜千茉,一双杀人的眼睛里遍布着复杂的意图。

孙兴衍害怕夜千茉说漏嘴,暗示道:"葛东家已知你我身份,再瞒下去也无意思,你就实话实说吧。"虽说夜千茉不知道孙兴衍葫芦里卖的什么药,但她觉得生死攸关之际,相信这个小奸商也许会峰回路转。于是她挺起胸膛义正词严地回答:"是。"

葛洪亮逼视了他们一会儿,忽然眯了眯眼笑着问:"威尔逊机关算尽,又是安排你们炸了我的窑厂,又是让你们博取我的信任,继而潜伏到葛宅中来,究竟想做什么?"

早在窑厂事件时,葛洪亮就怀疑他们是威尔逊的人,于是将计就计把他们引入府中,便是在等今日揪出他们的狐狸尾巴。

然而时至今日,孙兴衍才明白葛洪亮的算计,不禁对这个手腕高深的对手暗暗佩服。可他们连威尔逊是谁都不知道,哪里清楚威尔逊要干什么?

不过,孙兴衍转念一想,威尔逊这名字一听就是个外国人。既然葛洪亮如此忌惮威尔逊,想必他们之间藏着不可告人的秘密。

莫非这两人是生意伙伴?因为某个项目没有谈妥,所以才会生出嫌隙?孙兴衍想到这里,很快就有了注意——索性就以谈生意为幌子,诈一诈这个老谋深算的葛洪亮。

"还能有什么事,自然是为了那笔生意。"孙兴衍轻描淡写地一提,一个字不多,一个字也不少,先探一探葛洪亮的底。

葛洪亮听到"那笔生意"四个字时浑身一震，陷入了片刻的沉思。这数个月来，威尔逊一共找过他三次，每一次都会提及那件毁人灭国的生意，要么威逼，要么利诱。一旦葛洪亮拒绝，他最近的生意就会遭遇挫败。

如果没有威尔逊从中作梗，也许他早已当选江右商帮的会长，又怎会有吕有德什么事呢？可他就算再精于算计，也不愿做被钉在历史耻辱柱上的千古罪人——这是他们葛家的家训，也是他个人的原则。

今日威尔逊仍不死心，居然安排两名手下过来给自己添乱，想把唐家灭门惨案与陈宪家的案子，悉数扣到他的头上。这样就能彻底把他毁灭了？

葛洪亮想到这里，愤愤不平地道："我说过，那笔生意无论开多少钱，许我多少好处，我都不会做！"这段话既表明了自己的态度，反而也证实了孙兴衍的揣测。

孙兴衍立即想到，这个叫威尔逊的洋人，一定是威逼葛洪亮去做不想做的生意。至于这笔生意是什么，他短时间内还想不到。不过，他却能看得出来，葛洪亮虽是一副盛气凌人的样子，但嘴上的话已丢了气焰。这说明，葛洪亮的心里有所忌惮。

这种忌惮只可能来自于一个人，就是威尔逊。只要自己端足架子，再把话说得含糊其辞，偶尔加重语言的分量，也许就能把葛洪亮彻底掌控于手中了。

"我们主人说了，你不做那笔生意也无碍，到时自然有人做。

你别忘了，江右商帮不只有你葛洪亮，还有会长吕有德。"孙兴衍反应很快，将矛头转而引向了吕有德。

因为夜千茉曾跟孙兴衍说过，当年葛洪亮与吕有德一同竞选江右商帮的会长。那时所有人都以为是葛洪亮稳操胜券，谁知胜出者竟是吕有德。

自那而后，吕有德与葛洪亮的关系变得很微妙。他们表面上和和气气，实际上却是明争暗斗。今日孙兴衍直戳葛洪亮的伤疤，就是想再试试葛洪亮的心思。

"有什么事，你只管冲着我来便是，万万不可伤了吕会长的性命！如果他出了事，我定与你们纠缠到底！"葛洪亮提高了嗓门，一眼望去正义凛然。

如果葛洪亮与吕有德是挚友，这番说辞倒无不妥。可他们明明是势不两立的仇敌，葛洪亮再如此言说，只怕就别有深意了。

孙兴衍想着，忽然脑海炸出一个念头。这个葛洪亮压根就不是为吕有德担忧，他嘴上说保住吕会长的性命，心里莫不是盼望着吕有德遭殃，他好接任会长之位？

这明显是一招借刀杀人啊！

坊间传闻，吕有德是个比葛洪亮还有骨气，同时也很讲原则的人。葛洪亮不愿做的生意，吕有德只怕连眼睛也不会眨一眨。

所以，结果只有一个——威尔逊一旦去威逼吕有德，只会愤然杀了他。吕有德一死，这会长之位不就落在葛洪亮的手里了吗？

这个老狐狸，三两句话里处处藏着杀机，步步浸着算计，实在可怕至极!

不过,孙兴衍也想到,如果葛洪亮想利用威尔逊的手除掉吕有德,就不会对他和夜千茉动手了,这对他们来说,反而是一招脱身之计。

孙兴衍道:"我们做生意最讲究和气生财。既然大家道不同,那就不相为谋。葛东家心意已决,我们也就不好再叨扰了。现在大家敞开天窗说亮话,葛东家究竟是放我们一马,还是另有打算?"

所谓另有打算,自然是把他们灭口。葛洪亮本不想与威尔逊为敌,听完孙兴衍的话,了解到威尔逊已把目标锁定在吕有德身上,倒也是化解了他的愁虑。

若是放这两人走,也便是让他们去传达自己的态度,这将有利于化解他和威尔逊的紧张处境,也能借威尔逊之手除掉吕有德。

从这层来看,放着两人走,利大于弊,只不过……葛洪亮把头一歪,看向了铁栏栅里被囚禁的陈宪,又想到陈宪虽已疯傻,可如果这两人认出来了陈宪的身份,到时再告诉威尔逊,反将自己一军,那就不妥了。为了安全起见,只能把他们给宰了。一念及此,葛洪亮的目光里浮上来一层杀意。

孙兴衍并未捕捉到这层杀意,可早已被陈宪捕捉到了。他认真听完了孙兴衍和葛洪亮的谈话,虽不知他们是什么关系,威尔逊又是谁,但他却知道,葛洪亮的敌人就是自己的朋友。况且他的儿子陈冰冰还在家中,急需有人过去照顾,眼下只能把希望压在孙兴衍的身上,于是痴痴傻傻地笑了起来,那一副疯癫的模样比长吕有德了。夜千苿曾说过，吕有德是个硬骨头。葛洪亮不答应的事，吕有德自然也不会同意，难保这个洋人不会恼羞成怒把吕有德给杀了。到时坐收渔翁之利者，必是葛洪亮无疑——这也是葛洪亮放他们走的原因之所在了。

事情越往下查越复杂。孙兴衍猛然察觉到，如果想帮梁靖洗刷冤屈，那就不仅仅是破获陈、唐两家的案子这么简单了，兴许还会牵扯出江右商帮和那个叫威尔逊的洋人。

这里面的关系错综复杂，已不单纯是谋杀，还可能涉及各个商团的利益往来，当真是牵一发而动全身。到时就算破了案，救出了梁靖，也会因为一着不慎得罪不该得罪的人，从而引来他人的蓄意报复。

如果不幸埋葬他乡，赚再多的钱有什么用？再说了，自己帮梁靖洗刷冤屈仅仅是希望梁靖帮自己做个青花转心瓶，横竖只赚个几百两银子，为了钱赔上命实在不划算。

孙兴衍想着想着，忽然停下脚步，郁郁不乐地道："歇会儿，歇会儿再走。"夜千苿随即也停下脚步，侧面看向他。一袭月光映着那张清秀白皙的面容，衬出美艳绝伦的轮廓。

"你不想再查下去了，是吗？"夜千苿问出了孙兴衍心中所想。原因无他，只因她从孙兴衍的眼中，早已看不见从前的激情。

孙兴衍也不瞒她，叹道："是啊。我原以为，这只是普通的谋杀案。查来查去，最大的嫌疑人顶天儿是葛洪亮了吧？现在看来局势有点儿复杂，已牵扯到江右商帮，还有那个叫威尔逊的商人。江右商帮是江西第一大商帮，那里面有复杂的人际关系，兴许日后还会跟我的买卖有关，我可不想得罪这帮大爷。另外，如果我所猜不错，这个威尔逊很可能是东印度公司的商人。你要知道，在整个广州十三行，东印度公司是第一大外夷商帮，得罪了他们，日后别想在广州十三行混了。为了一个破瓶子，为了几千两银子，小爷我丢掉未来的饭碗不说，还有可能搭上命，实在太不划算了。我思前想后，决定不接这个案子了。"

这番抱怨，如果站在孙兴衍的角度考虑，似乎很有道理。然而，对夜千茉来说，要是这个小奸商不再查案子了，兄长岂不是会白白送死？

夜千茉咬着红唇，纠结许久，忽然拔出匕首架在了他的脖子上，威胁道："你……"这个"你"字刚脱口而出不久，夜千茉竟不知接下来该说什么了。

孙兴衍接过来她的话，就像深谙她的小心思般道："你是想说，如果我不查这桩案子，你就杀了我，是不是？"夜千茉虽没有这个念想，但却想逞口舌之快吓一吓孙兴衍。毕竟这几日来的相处，她发现这个小奸商倒也有趣，并不令人厌恶，遂不舍得下辣手。

"你……你如果不再查案，反正我哥也要死，那就提前送你去陪我哥吧！"说着，匕首强逼一寸。孙兴衍白了白她，冷笑道："那好，你就下手吧。反正查明白案子是死，查不明白也是死，我反倒不如现在就死算了，也免得再奔波。"说完这话，他如同无赖一般懒散地蹲坐在地上，任由夜千茉摆布。

夜千茉连说了三个"你"字,就在将要下狠手的刹那,终究是不忍心,气愤地把匕首掷在地上。她那两颗水汪汪的大眼睛里,蓦地滚下珍珠大小的泪花,一颗一颗映着月光,滴滴答答摔碎在地上。

孙兴衍怔了一下,见她不杀自己,于是拍拍屁股站了起来道:"你既然不杀我,那我可要走了。"说着走,可他脚下就像生了根。虽是转过身去了,但就是拔不动腿。

夜千茉也不理他走与不走,只是背过身去,不停地抹着眼泪自说自话道:"唐家一十三名主仆惨死,大案惊天,世人愤恨。某人明明是嫌疑犯,可为了自己活命,竟把罪行转移给他人,狡诈之极,还不如一头猪;阿兄委托重任,某人明明口头答应,而今说不干便不干了,实不守诺,还不如一条犬;陈宪委以重任,宁死救某人于水火,某人活转过来,竟然拍拍屁股走人,忘恩负义,自私自利,还不如一只猫⋯⋯"夜千茉一口气把孙兴衍骂个痛快,分明就是说他连畜生也不如。

听到如此难听的骂人之语,孙兴衍忽然不想走了。也许让他不愿走的并非是这些话,而是夜千茉一颗颗落下来的眼泪。

这个小飞贼,平日里刚硬坚强,哪怕受了伤也不会皱一皱眉。今日却因为自己要走,她竟然哭了,实在让人有点儿意外。

孙兴衍很清楚,夜千茉之所以伤心落泪,主要是因为自己放弃了破案,从而舍弃了梁靖的性命,这才难过。可就算是这个自私的原因,孙兴衍也愿意报以理解。

每次碰面，他们少不了斗嘴，这样的吵闹已成为了孙兴衍的习惯。少却了这段习惯，他自觉生来无趣。除此之外，虽然他贪生怕死，趋利避害，可他也知道一诺千金，这是他做生意的原则。就冲这个原则，他也不会轻易放弃查案。

自从夜千茉落泪，并开始逐一骂自己罪行的那刻起，他心里就已有了决定，无论如何都要把这件事弄清楚。

坚定了信念后，孙兴衍变得厚脸皮起来。只要夜千茉骂一句，他就会不要脸地接下一句"骂得好"。待到夜千茉骂痛快了，回头怒嗔着看他，孙兴衍才笑道："怎么停了？你继续骂。我从小到大，还从来没见过哪个女人恨我如此入骨，你可是第一个。"

"你不走了？"夜千茉忽然冒出这一句话。孙兴衍吊儿郎当地答道："我走？我去哪里？放着几千两银子不要，难道去做乞丐吗？再说了，我如果离开了，可就再也听不到你这个小飞贼骂我了。你不骂我，我睡不着。"

夜千茉被他逗笑了，嗔怪道："你真是贱！下贱的贱！"孙兴衍竖起耳朵，做出认真听她开口骂的动作："你说什么？我听不到！"

夜千茉站了起来，朝着前方不断赶路，笑着骂道："孙兴衍大傻瓜！"孙兴衍就像个山谷里的回音也跟着骂道："孙兴衍大傻瓜！"

夜千茉又骂道："孙兴衍是个贪财好色的小奸商！"孙兴衍又重复起这段话。两人骂着骂着，忽然转恨为喜，笑了起来。

一路上，月光漫洒，春风正浓。人世间的悲欢离合全在路上，人世间的爱恨情仇也全在路上，人世间的一切都在路上。

在路上，他们摒弃了之前的怨恨，然后沿着那条通往郊区的街道，径直赶赴陈家。再度来到这座熟悉的院子，他们隐约嗅到了一股诡异的气息。浓重的血腥味夹着晚风，毫不保留地飘进他们的鼻腔——这种味道源自花青。

陈宪临终前曾告诉过孙兴衍，花青有十余种颜色，其中一种是血红色，不仅颜色如血，就连味道也如血。凭借从前的记忆，孙兴衍来到了那片盛放花青的大缸之前。当时，陈冰冰就是拉着他来这里喝花青的。

晚风吹着一条条垂挂在棚顶上的布帘子往复招展，宛如无数柳条起伏摆动。月光穿过木头搭建的棚顶及布帘子，照在了大缸碎片与红颜料交叠的地上，仿佛是被敌人扫荡过后的染料坊。

这里原本有十余口大缸，而今全被人敲坏，狼藉之状，犹如被强盗洗劫一空。夜千苿缓步走了进去，小声叫了几遍陈冰冰的名字。可无人回应，一切皆是静悄悄。孙兴衍则俯下身子，观察起一片片在地上散乱交汇的颜料及陶缸碎片。

这些大缸如果是被陈冰冰砸坏的，一定是因为他喝不到缸中的花青。可从地上残留的颜料看，泼洒范围很大，似乎证明缸内盛有满满的颜料。陈冰冰既然喜欢喝花青，就不会糟蹋饮品，就算用勺子舀也不会砸缸。退一万步来看，就算砸缸也不可能把十几口大缸全部砸碎。当然，鉴于他患有臆想之症，这种可能倒也存在。

可如果是他所为，那地上几处杂沓的大人脚印，以及几个小孩的脚印又该如何解释呢？孙兴衍盯着地上的脚印，良久思索过后，脑海里瞬间炸出来一个推理——不好！陈冰冰被人抓走了！一定是有人过来抓陈冰冰。由于他害怕极了，只好四处躲闪，最终藏到了一口颜料缸里。那些人为了抓到他，就把所有大缸砸碎，这才抓住了人。

只是，这些人是谁？他们抓陈冰冰究竟为了何事？难道是葛洪亮的人吗？孙兴衍直起身来，若有所思地想着，一时陷入了难解的困顿。月光照着陶瓷碎片上的赤红颜料，红彤彤地映在了孙兴衍的脸上，衬出一张变幻莫测的神情。

第九章
跳魁大会

1760年5月10日

黄帝纪元四千四百五十七年

高宗 爱新觉罗·弘历 乾隆二十五年 农历庚辰年 龙年

庚辰年 三月小 廿五日

庚辰年 辛巳月 庚午日

宜：纳采 开市 治病 动土

忌：驱鬼 安葬 出火 分居

  经过三天的安排，跳魁大会如期召开。这些日子里，李拯忙前忙后，不可谓不累。高岭民间素尚歌舞，跳魁星在各场演出中尤为瞩目，往往是打头阵、拔头彩。

  今年的跳魁大会与往年不同，地点安置在龙瞽洞，进出都有衙役管制，不像之前把会场建在广阔之地，只要人们看到了，就能随时参与。除此之外，人们蜂拥给跳魁星塞红包，也是比较常见的一种风俗。

当然，李拯已与五十三家傩班商议好，但凡收到了红包，一定要分他三成。为了扩充收入，李拯把入场费定得奇高，每家只许去一人，每人出银五两。即便是如此高昂的入场费，仍有不少家庭会选派人过来抢票。这些家庭并非是看热闹，而是来向诸位神灵祈福，以求未来的年岁里家庭美满，无灾无难，故而就算昂贵的价格也会有人趋之若鹜。仅仅只花了半天，三百七十二张门票便售罄了。

李拯细细算了算，一共收到银子一千八百六十两。交付县令一千两后，再拿出六十两分给手下，自己能捞个八百两，倒是个不错的买卖。

正当李拯在衙门的值房里喜不自禁地盘算时，威尔逊忽然到来。刚一见面，威尔逊就让杰西卡给了他数张会票，共计两千两，比所有门票收入还高。

这番操作着实吓了李拯一大跳，也让众衙役极不理解。威尔逊当着众衙役的面高调宣称，如果他们答应自己的要求，这些银子就是大家的了。

看到银子，谁不会心动？众衙役不敢草率应下，纷纷看向李拯。还未等李拯问明原因，威尔逊就很痛快地表示，他的目的很简单，就是让自己的傩班不仅要顺利进入龙薶洞，还要进行最后一场压轴表演。

这期间，衙役们要对他的傩班客客气气，不能随意翻看他们的箱子，不能跟他的人说话，更不能向任何人提及此事。此外，他的人可以随意进出龙蓥洞，任何人都不能拦阻。

面对白花花的银子，即便对方的条件很苛刻，但李拯还是答应了。原因是参会的人员都是老百姓，唯一有点儿身份的人，也不过是江右商帮的会长吕有德。此人虽有钱，但不是当政者，因此李拯等人并不把他放在眼里，于是放心地收下了这笔钱。

这次，李拯仍旧拿大头，即抽走一千五百两，余下的五百两分给了知道此事的衙役们。并且还千叮咛万嘱咐，任何人都不能说出此事。谁如果说漏了嘴，谁就要担下后果。大家都很爱钱爱权，无人愿做傻事，因而各个守口如瓶。

跳魁大会是江西地区极具特色的驱鬼除魔大会，一般以鬼神故事为主，通常在专祀傩神之庙里举行，而且还有完整而严格的傩祭仪式。

远古时期，跳魁大会有驱鬼逐疫之用，发展至乾隆年间，随着景德镇一带经常暴发瘟疫，也有不少人得了臆想之症，所以大家都希望经跳魁大会洗去污浊，重新开始生活。

唐、陈两家的命案发生后，景德镇周边的不少村寨出现了可怕的瘟疫，民间纷纷谣传是鬼神作祟。为了安抚民心，高岭县令提出，将原本在过年期间举行的跳魁大会，调到了三月廿一日。

整个跳魁大会有着严格的组织形式，主要分为下殿、起傩、演傩、搜傩、圆傩、安座六大程序。以往要花二十日才能完成准备工作，今年比较特殊，只用了三天的准备时间。

三月二十日是下殿和起傩。各个傩班子弟，首先要在清晨太阳未升起之前，拜祭傩神太子、土地和太尹公，再取出傩仔放于神龛中央。

傩面经茶水洗干净之后，依照规定的顺序悬挂在神龛的木橼之上。

中午时分，傩班弟子为傩仔换好衣服，跪拜念《傩神太子鸣词》请神，并进行判筶，以求吉利和出行旨意，再给附近的寺庙、道观、坛庙等地方送香烛，聊表诚心。

与此同时，大家要留下一枚开山面具守庙，余下的均取下要起马[1]的众神，俗称出发。大家在福主殿、老傩神殿等处参拜完神灵后，百姓们就能到这些地方许愿和还愿了。

三月廿一日是演傩、搜傩以及圆傩。

以往过年时，初一至初八，傩班都是在本村跳傩，初十至十六则会到外坊跳。演傩期间，每日跳傩的地点、程序、结构、表演顺序等都有严格的规定。

这次比较特殊，大家全在龙瞾洞跳傩，一共有五十三个傩班，全是从数十个村子里精挑细选而出，代表了高岭最高的水准。

完成演傩后，晚上举行搜傩，包括合傩、参神、下马、添粮、

1　起马：湘西民间方言，即"上马"之意。实是"请神"的代名词。出自：石启贵编著《民国时期湘西苗族调查实录·还傩愿卷》，北京：民族出版社，2009年，第366页。

请神起马、傩神搜傩、上马参神、各家搜傩、搜房间、参牌坊等内容。[1]

搜傩完毕后，傩班弟子稍作休息，马上就要举行圆傩仪式，有报饭单、参圣相、判筶、回殿、谢师、吃傩饭等内容。

三月廿一日是最辛苦的时候，大家却都忙得不亦乐乎。

不过，只要挨到三月廿二日的安座，也称为上殿，那就算是熬到头了。这一日，主要由风水先生择吉时进行，包括总结、捡拾和上殿等几个仪式。

天主教堂门口，一队队傩班敲锣打鼓着远去，直赴龙覃洞。民间流传着一句俗语：一面鼓，一面锣，爆竹一响就跳傩。孙兴衍和夜千苿从街道南边走过来时，刚好遇上这些傩班，不禁跟在其后行了一段路。

他们找寻了一夜，始终没有陈冰冰的下落。如今，陈宪已撞墙而死，葛洪亮这时再去抓陈冰冰作要挟，似乎没有道理。

就在一筹莫展之际，夜千苿自顾自道："小奸商，你说我们要不要去龙覃洞瞧一瞧？"这句话，一下子点醒了孙兴衍。毕竟葛洪亮曾威胁过陈宪，如果不给他花青的秘方，就让陈冰冰在跳魁大会上充当祭品。

换句话说，陈冰冰也许在跳傩大会。即便他不在，届时葛洪

---

[1] 出自邰乐：《南丰傩乐文化审美意义研究》，《北方音乐》，2016年第16期。

亮、吕有德以及那个叫威尔逊的洋人恐怕也会前往。这些人跟唐家灭门惨案、陈家惨案等都脱不开关系，只有过去一探究竟兴许才会破解种种谜团。

只是如何进入山洞呢？整个龙薴洞前后门皆有衙役看管，所有人凭票出入，无票者一律轰出门外。说白了，要参会就得有票。孙兴衍虽然确定了参会的打算，但是他想来想去一直没有想到好办法。直到无意间瞥到夜千荣，他才猛然有了一个主意——偷票。

两人跟着拥挤的人潮，自龙薴山的北面山麓向上徒行。这些人来自各行各业，既有倡优、娼妓、乐人等，也有皂隶、理发、修脚、捶背、船工、摊贩等。

大家分作三列长队，井然有序地稳步前行。行至半山腰时，夜千荣忽然假装趔趄摔倒，左摇右晃，一撞一挤之间，信手偷来两张票。孙兴衍眼见得手，悄悄给她竖起一个拇指。夜千荣得意地把票往掌心一拍，揣入怀里。

两人退回原处，依旧跟着队伍前行，本以为一切会非常顺利。可就在达入口时，他们傻了眼——因为李拯竟在门口亲自监看。

这扇通往龙薴洞的石门四余丈高，仅有一丈宽，门顶上有一块石匾，上书"龙薴洞"三个赤红大字。门口两边各站着三名衙役，他们手里托着花名册，正在一个又一个的核对入场人员的票具，绝不会放任何一名无票之人擅闯。

石门右侧的一张黑漆木方桌上摆着一摞花名册。桌子的正前方，李拯左腿踩着长板凳，右腿蹬得笔直，斜扛一把唐刀，满脸皆是蛮横霸道。如果不是因为他身穿官服，怎么看都会令人以为是一个劫财劫色的土匪。

"唉，怎么就这么倒霉？"孙兴衍连忙垂下头，伸手遮住自己的面容。夜千茱近前一步，贴在他耳边问，发生了何事。孙兴衍朝李拯一抬下巴，叹道："有这个罗刹在，有票咱们也进不去啊。依我看，你不如把票还给人家吧，我再想个别的办法。"

听到这句话，夜千茱唰地一下变了脸色，那双妙目瞪得滚圆。她费尽心机偷来的票，说还回去就还回去？这也太不把她的心血放在眼里了吧？

这时一个五十多岁的白发老者跑了过来，急得满头冷汗直冒，见人就问有没有捡到一张票。夜千茱被老者搅乱了情绪，正失神的一瞬，忽见孙兴衍走了过去，顺手就把票给了老者，还说是他捡到的。这位老者刚刚丢了票，恰好是被夜千茱所偷。但他并不知此事，以为孙兴衍出于好心，不仅一番感激，另外送了五两银子答谢。

就算李拯不让他们进去，只要有票在手一切都好说。再退一万步讲，李拯横加阻拦，他们大不了在门口闹腾，就说手中有票为何不让进？也总能逼迫着李拯放行吧？现在倒好，手里没有了票，就连个闹腾的合法理由也没有了。

一想到是这个结果，夜千茱气就不打一处来。她伸手拧住孙兴衍的耳朵往下一拉，孙兴衍高大的身躯立即弯了下来。夜千茱踮起脚，把樱唇贴到了他的耳边，小声咒骂起来。

这时孙兴衍趁势夺过夜千茉手里的票,又给了另外一个找票的年轻人,这人的票也是被夜千茉所偷。那年轻人仍不知缘故,还以为是孙兴衍的好心,也千恩万谢地给了五两酬谢银。眼看这一幕,夜千茉顿时快气炸了。

疯了!彻底疯了!支持偷票的是这家伙,现在偷到票了又还回去的还是这家伙!这家伙莫非脑袋有病吧?夜千茉强压着怒火,厉声冲着孙兴衍耳朵吼了起来。这种吼声虽然很大,但也只有他们两人听到。孙兴衍只觉耳朵里聒噪得厉害,仿佛有无数细针扎来刺去。

"哎呀!好了,山人自有妙计,你跟着我混便是了。"孙兴衍双手掰开夜千茉拉拽自己耳朵的手,一边揉搓着刺痛的耳垂,一边似怒非怒地道:"刚才我让你偷票,那是因为,我以为李拯不在这里。而今,这尊罗刹既然在此,小爷只能另想高招了。这票是用不着了,倒不如还回去,免得让丢票之人难过。"说完,成竹在胸地拍了拍胸脯。

夜千茉似信非信地歪了一下脑袋。这家伙虽然平时吊儿郎当,可一旦到了关键时刻,也算大有用处。再说,不信他还有更好的办法吗?目下只能如此了。如果再出意外,自己非把他耳朵拽下来不可。这样想毕,夜千茉已不知不觉跟着孙兴衍趋近门口。

两人正要往人潮里拥挤,企图趁乱溜入洞内。这时在方桌前巡视的李拯,虎目一睁,发现人群里畏缩着两个人,于是扛着大刀走了过来。边走边把刀插入腰间刀鞘,然后大手一左一右薅住两人的衣领，就把夜千茉和孙兴衍拉出了人群。

"嘿！奶奶的，原来是你们俩人！"李拯标志性的口头语又响了起来。孙兴衍笑嘻嘻地上前一抱拳，道："李头翁好！"

"孙老弟，你不去做生意，怎么跑这里来了？"

"瞧李头翁说的，来这里，不就是做生意吗？"

"你来这里做什么生意？"

孙兴衍嘿嘿一笑，神秘兮兮地向四处看了看，然后拉着李拯来到一处偏僻的地方。这里是山岭的夹角地带，两面皆是山石，四周更有草木遮阴，无人到这边来。

"我可听说了，江右商帮的会长吕有德老爷子也来了。"

"你打听得可够详细的。"

"吃哪碗饭，办哪桩差嘛。您说，这个千载难逢的机会，我要不要来？"

"是该来。"

孙兴衍一拍手掌，道："可是啊，您搞的这个什么跳魁大会，一共只有三百七十二张票，我没有抢到票，进不去啊。李头翁您瞧，咱们也算是老相识了，要不给通融通融？"

"实话跟你说，别人拿票进，那是应该。"言及此，李拯一双虎目冷冷地眯了眯，哼道："你就算有票，那也得看官爷的心情。上次，我让你请三十几个弟兄吃饭，你抠抠搜搜，一个子儿也不出。这口气，官爷胸口压着呢。今日想进门，可不简单。"

这话再明显不过，李拯这次是要狠狠宰一宰孙兴衍。这样的结果，孙兴衍早有预料，不然不会把票还给别人。因为在他看来，一旦被李拯发现自己，必定少不了一次盘剥。

"您看，咱们这样好不好，"孙兴衍把手伸入腰间摸了很久，终于摸出两块银币。他先四下一扫，见无人在，这才把李拯的大手拉过来塞了进去，小声道："您也知道，我一般都是跟洋人做生意，所以咱们大清的会票不好使，我们使的是银币。"

李拯费解地看着他，抬手掂了掂两块银币："就是这玩意儿？"孙兴衍笑道："对喽。这玩意叫双柱银币，是两枚纪念币，乃是墨西哥所造，那可都是限量版。它跟咱们的铜币不一样，人家是用机器切割铸造，每道工序都很繁琐，就像咱们打造的精美玉器。您看，银币上刻着双柱，双柱中间还增加了两个地球，象征东西半球，所以这银币也叫地球双柱。最下面还有这块银币的铸造时间，一千七百三十二年，也就是二十八年前。它的边齿是麦穗纹特征，因此在我们广州十三行，也俗称它花边。像这样昂贵的钱币，景德镇应该从未出现过，您如果到了咱们广州十三行去耍，就能碰到了。"

虽说听不太懂孙兴衍所说，但李拯在心里叮嘱自己，越听不太懂的东西就越昂贵。再说了，大清的铜币都是纯手工制作，圆润度不够，花纹单一，价值当然不高。

这样的外夷银币，他是头一次遇到，又见花纹精致，还是款限量版纪念币，就问多少钱。孙兴衍随口就说，一枚银币价值五百两，两枚也就一千两。李拯听闻，顿时来了精神，马上问他如何兑换成大清的现行银两。

孙兴衍笑着指向旁边刚走进去的一位洋人，道："等您有空了，随便找个洋人问一问，不就清楚了。"说到这里，孙兴衍的笑脸微僵，顿时生出一丝不悦，叹道："我可提醒您，这两枚是外夷纪念币，金贵得很，一枚五百两都是贱卖。唉，只因小弟我很想结识吕会长，上几次去他家拜访，愣是不见我。这不没有办法，我才不得不把宝贝送于你，只为见吕会长一面。若非如此，我绝不会生此下策。"

这话听来发自肺腑，李拯已信了大半，双手捏着两块银币，就像看着奇珍异宝。孙兴衍余光瞄了他一眼，又好心提醒道："对了，您要卖给洋人，可要好好抬抬价，说不定还能多赚个几十两银子。"

只待看得差不多时，李拯才收起了见钱眼开的喜色。他把两块银币塞入怀里，一双虎目打量着孙兴衍和夜千茱，冷冷地道："咱们之间的人情债算是还完了，如果想要进洞，你们还得出两张票钱。没办法，这是规矩，希望孙老弟谅解。"

"唉！成，大钱都出了，不差这笔小钱。"孙兴衍抱怨着，就把刚刚赚到的十两银子给了李拯。李拯掂了掂散碎银子，一抬下巴便让两人进去。

这时孙兴衍眼前忽然闪过一本蓝皮花名册，封皮上的字很眼熟。他低头一瞧才发现，这本花名册正别在李拯的腰间。

"哎呀，真没想到，李头翁的书法如此了得。"孙兴衍低下头看着李拯腰间的花名册。李拯这才明白孙兴衍何意,大手一拍那本册子,哼道:"行了!你少来奉承!本官爷虽粗鲁了些,可也上过几年私塾,书法自然不赖。"

这么看来,花名册上的字确是他所写。只是这个字迹像极了夜千茉从唐阁家搜到的那三沓信纸中的首页字迹。难道李拯与唐阁之间,暗藏不可告人的秘密?

这件事太过于蹊跷,只怕并不简单。此怀疑在孙兴衍心中一闪而过,当即跟夜千茉一起踏入洞中。

路上,夜千茉问,那两枚银币真值一千两银子吗?孙兴衍笑称,如果是纪念币,差不多这个价值。可那两枚是普通的货币,顶多就值二两银子。

夜千茉也想到了,一向抠抠搜搜的小奸商,怎会把那么值钱的宝贝给李拯呢?虽说这个结果全在意料之中,但想到小奸商能把李拯哄骗得团团转,她就觉得很痛快,不禁看孙兴衍的眼神里也布满了光芒。

经过三天的布置,龙瓘洞焕然一新。众人走完冗长的木栈道,忽见一个巨大的天然溶洞口,仿佛庞大怪兽张开的嘴巴。

整座山洞有十余丈高,越往里走越幽暗深邃。虽说看不到更深处的景致,但是大家却能听到里面传来振聋发聩的瀑布撞击水潭的声音,还能嗅到一阵阵清爽的水草香味。

众人沿着凹凸起伏的石壁拐弯而下,穿过一座石桥,一股股水汽迎面扑来，顿时让人身心清爽。若是此刻抬头遥望，就能看到一条急湍瀑布呼啸而下，奔腾汹涌的水花冲击着一面光滑的山石，犹如排山倒海之势汇入水潭，又如九天银河倾泻而下。

这一幕幕壮观的景象，只看得孙兴衍目瞪口呆。他看过瑞士的莱茵瀑布，也看过法兰西的大加莱瀑布，还曾看过英吉利的福耶斯瀑布。然而这些国外的瀑布无论多么秀丽壮观，似乎都不及龙曇洞内的这一片瀑布来得震撼。

众人绕过大瀑布以后，主会场便映入眼帘。会场中央是由钟乳石天然砌成的广场，约十丈长，五六丈宽。四面一根根钟乳石，就像广场的护栏。钟乳石护栏上垂挂着一盏盏彩灯，五彩斑斓，闪烁不定，十足好看。

一圈圈优美的光晕向着周围延伸，照在千奇百怪的石头上，映出倒挂竹笋、擎天巨柱、珊瑚、塔、葡萄、雪花等造型，仿佛来到一座富丽堂皇的地下水晶宫殿。

在没有看到傩班之前，孙兴衍最大的感觉是美轮美奂，犹如人间仙境。可见了傩班的鬼脸和布景后，他反而感觉像是来到了人间地狱。

大溶洞四壁挂着各种各样的驱鬼除魔面具，也许是傩班人数太多，要穿戴的面具也非常驳杂，所以大家随意悬挂，只为方便取用。

少部分的面具还算温和，重点突出驱鬼除魔，上半张面具气势雄伟，鼻梁直通天庭，极具威慑力；下半张面具态度和蔼，有护佑万民之意。

大部分是开山面具，全是双角直立、怒目圆睁、獠牙狰狞等恐怖造型，很难不让人产生恐惧之感。

在百姓们看来，如果想要震慑鬼怪，面具就必须比鬼怪还可怕，只有这样才能达到威慑效果，因而傩班的面具基本上全是凶神恶煞之态。

夜千茉虽说见过不少演傩，可从未在如此奇怪之地，观看如此诡异的表演。因而一向大胆的夜千茉，也要揪着孙兴衍的衣袖战战兢兢地向前走。

这时广场周围已站满了人群，一个个摩肩接踵，你推我攘，好不热闹。为了寻到合适的观看位置，有人不惜爬上塔形钟乳石，卧趴于山石之上；有人登上峭壁绝巘，远望舞台；还有人不停地踮脚、跳跃，使出浑身解数，尽全力看清表演。

午时三刻将至，广场上顿起一阵锣声。霎时，烟雾弥漫，火光乍现，云雾腾腾，一支神秘粗犷的上古傩舞队伍，于隐约朦胧之间浮现，渐渐趋于清晰。

他们个个面目狰狞，抖肩邪笑，舞剑吐火，满口咒语，哭盛笑衰，几乎在上演一场狂魔乱舞的大戏。就在这诡异的烟雾之中，一位豹头环眼的虬髯老翁缓步走出。只见他手持金光剑，竟与一群妖魔厮杀起来。

虽说气氛很诡异，但由于充斥着唱腔和舞蹈，大家还是权当百戏看了起来。看到激动处，也不忘鼓掌叫好。

几十个傩班在舞台上一场场连演着《钟馗醉酒》《判官钟馗簿》《捉殷郊》等故事。夜千茉和孙兴衍看得正带劲,忽见两个高挑的女人从他们身边挤过,径直去往后台。孙兴衍轻耸鼻头,嗅到了一种奇怪的味道,似乎来源于叫"女王之水"的香水。

当年他留学欧洲时,曾有幸见识过这种香水。据说是三四百年前,由一个意大利佛罗伦萨圣玛丽修道院的修女研制而出的。

此香水在几十年前,几乎风靡整个欧洲,以至于就连菲迷尼家族的成员纪梵尼·帕尼,也试图通过引诱女修道院院长的方式打探香水的配方。

适才走过去的那两人,身形苗条修长,凹凸有致,尽管穿着汉族女子的衣服,可也难掩盖魁健之气,还喷了"女王之水",想必是西洋女子无疑了。

若是西洋女子,不好好看演出,为何偏偏往后台跑?这里面一定有文章,须得过去瞧一瞧。孙兴衍在心里盘算完,蹑手蹑脚地跟了过去。

龙謩洞相当宽阔,广场后方有不少空地,主要是让傩班们在此化妆、准备道具、练习念白等。为了照顾广场前的观看效果,每个傩班只能点一盏油灯,看到大家的样子即可。

行至偏僻的一块阔地时,两个女子停下脚步。这里同样只点着一盏油灯,微光照不到人脸,不知道有多少人。

"马上就要到我们上场了,东西都准备好了吗?"格蕾丝询问道。过了一会儿,只听黑暗里回复了一个怯怯的声音:"准备好了。"

格蕾丝旁边的杰西卡满意地点了点头，笑着道："很好。在演傩时，你们一定要清楚的记住每个环节。谁若犯了错，将永生永世不可见圣母玛利亚！"

黑暗里的人们窃窃私语了一会儿，纷纷左手握拳，小声高呼道："圣母玛利亚万岁！圣母玛利亚万岁！"

听到这样的呼喊，孙兴衍只觉冷汗直冒。这个傩班的人全是天主教的信徒，实在是匪夷所思。他们如此大胆，并选在这个节点来演傩，只怕另有所图。

不好！这群人不简单，得赶快想办法撤。孙兴衍慌张地转过身，正要轻手轻脚地离开，忽然不小心踢到一颗石子，这阵小小的声响立即在如此封闭的山洞里被无限放大。

杰西卡和格蕾丝听到后，疾步朝他追来，动如脱兔，奔如猛虎。

孙兴衍只好沿着坑坑洼洼的石路狼狈逃窜，好几次冲入其他傩班之中，不是推翻了人家的化妆台，就是碰倒了货台。

为了阻止追击，甚至随手抓起东西，就朝身后不断抛掷。反应矫捷的杰西卡和格蕾丝一一避开，腾挪跳跃，如履平地。

三人追奔了半刻，孙兴衍忽然脚下一滑，跌倒在地。待他再爬起来时，两根火折子已照在了他的身旁。冷光之下，两个漂亮的高个子女人正望着他，一前一后将其围住，再无逃路。

"啊，伟大的圣母玛利亚！求主神光永远照耀他，希望圣神的力量助佑他……"孙兴衍实在没了辙,忽然扑腾跪在地上,双手交叉抱胸,大声地念诵起祈祷语。如果对他并不熟知,还以为他是一名虔诚的信徒。

"你是天主教信徒?"杰西卡和格蕾丝互相对望一眼,异口同声地问。孙兴衍眼珠转了转,连忙点了点头,无比深情地叹道:"是啊,我早就看出你们是传教士了。大清禁止传教,你们就想在跳傩大会上散布教义,这是个好方法啊,可借此感召更多的人入教。我之所以跟随你们,也是想投入贵教门下。求你们,收了我吧!"说着,深深鞠了一个躬。

然而面对孙兴衍的真诚,格蕾丝反而抬高嗓门问了一句话:"你究竟是谁?"这话带着杀气,似乎并未有招收信徒之意。

孙兴衍突然蒙了,心想:"她们难道并非天主教信徒?还是我刚才说得太多,露了破绽?"正当他想得入神,忽见杰西卡拔出匕首,逼近他的脖子,冷冷地道:"勿要跟他废话。主人说过了,任何人都不能破坏咱们的计划。若遇不明来历者,格杀勿论!"言罢,格蕾丝已伸手捂住他的嘴。杰西卡举起匕首,就要往他的心脏刺去。

孙兴衍两眼一闭,心跳加速,心想这下完了,难道就这样死了吗?这种忐忑的情绪纠结了片刻,忽听黑暗里传来一句意大利语:"此人还有用,先留下性命。"杰西卡一听主人用意大利语和她对话,立即回了一句意大利语:"一切听主人安排。"

杰西卡放下匕首,孙兴衍这才睁开眼。他发现自己没有死,四面还是阴森诡异的场景。虽说孙兴衍留学多年，也掌握了不少外语，可从未学过意大利语，自然不知他们说了什么话。正当疑窦千千时，格蕾丝叫人取来麻绳、布团和木箱子。

孙兴衍被两名大汉五花大绑，嘴里塞了布团，进了一口木箱子里后盖上盖子，上了一把铜锁。

众人刚忙完，一人清亮的脚步声在身后响起。来者正是威尔逊，他看了一眼木箱子，唇角一勾，这才抬头遥望起灯光闪耀的广场。

这片广场下面是正在演出的傩班，上面的看台上还坐着两个重要人物。一个是江右商帮的会长吕有德，一个是江右商帮的理事葛洪亮。

威尔逊曾无数次描绘过自己的梦想，那就是垄断广州十三行的贸易，击垮东印度公司，再造一个举世瞩目的商业帝国。

为了完成这个梦想，他不远万里从瑞士来到中国广州，甚至又从广州来到江西，日后还要踏遍大清的三山五岳。他的目的很简单，就是希望大清的十大商帮助他完成这场伟业。谁如果挡他的道，他就除掉谁。吕有德也好，葛洪亮也罢，全是他的棋子。

盯着看台上的两人，威尔逊心里思索着复杂的布局。这时黑暗中响起脚步声，他听出来了是谁，回转过神，朝声音的方向歪了歪头。

"该做的我都做了。接下来的事，就全交给你了，我们之间的约定依旧不变。毕竟，你的敌人也是我的敌人。你我联手，各取所需，康庄大道，指日可待。"那人笑着说道。

威尔逊虽未回身，但也笑着回应道："原本，我只是想帮你拓展业务。而今看来，这盘棋还可以下得更大。"

"愿闻其详。"

"比如，你只想要一处宅院，我反而能送你一座镇，一个县，一个省，甚至一个国。只要，你愿为我效力。"

这里的宅、镇、县、省、国等概念，主要是指大的生意蓝图。如果威尔逊真有此能耐，日后与之合作受益无穷。

可若没有，不过是画一张大饼，那也无妨，大不了利用完就扔掉嘛。总之，暂时跟此人合作，绝对是利大于弊。那人思索完，笑道："以后，全凭威尔逊先生援助了。"

过了一会儿，那人忽然发问道："你把陈宪的儿子抓了来，可是打算今日当场祭祀？"威尔逊道："不错！不过不是当场祭祀，而是想办法帮你拿到花青的秘方。"

那人一惊，问道："你怎么知道花青的秘方在那个孩子手里？"威尔逊笑了须臾，道："葛洪亮找了这么久都没有找到秘方，想必秘方并不在陈宪之手。可这秘方又不能不传世，总要有人帮着继承。陈冰冰虽有臆想之症，好歹也是陈宪之子，也许秘方就在他的身上也不一定呢。"那人听罢，朗朗大笑起来，时隔好久才抱拳道："若是找到秘方，在下可就又欠先生一个人情了。"威尔逊笑了笑，不再言说，一挥手那人便下去了。

第十章
地狱不空

1760年5月10日

黄帝纪元四千四百五十七年

高宗 爱新觉罗·弘历 乾隆二十五年 农历庚辰年 龙年

庚辰年 三月小 廿五日

庚辰年 辛巳月 庚午日

宜：纳采 开市 治病 动土

忌：驱鬼 安葬 出火 分居

  主会场对面有一处天然的钟乳石平台，就像一座向外延伸并悬浮于半空之中的断桥。经过能工巧匠的精心打造以后，这里俨然成了绝佳的观众看席。

  平台腹心的一张枣红八仙桌上摆着瓜果茶点，两边各安置一把官帽椅。左首端坐的是葛洪亮，右首端坐的是一位年近半百的中年男子，一身西湖色洋菊熟罗衫，脚踏粉底皂靴，胸膛宽阔，脸廓略胖，一双黑色的眼睛炯炯有神，尤其他鼻梁右侧长了颗痣，看上去颇为有特点——这位就是大名鼎鼎的江右商帮会长吕有德。

葛洪亮手中端着茶盏，身子向后微仰，虽是远眺着广场上的演傩大戏，但眉宇之间却浮荡着忧心忡忡的思绪："原来不只是我，您也接见过那个威尔逊？"

吕有德正端起茶盏来抿了一口，听到这句话后，立即把茶盏放在了桌子上，直震得茶汤乱溅。他愤愤不平地道："不错，他一早就来找过我。听他的口气，大清人口众多，市场庞大，只要咱们肯做那笔生意，日后必定财源滚滚。"

言及此，吕有德的那双大短促眉紧紧皱了皱，词锋犀利地道："可他忘了，咱们华夏子民最讲究一个德字。做官有官德，做人有人德，经商有贾德。只要有德在，就有信义在。他们西洋也许人为财死，数典忘祖，可咱们绝不能做对不起老祖宗的事。"

葛洪亮脸色微僵，神情不太自然。吕有德朝葛洪亮倾了下身子，又道："葛老弟，你可别忘了，咱们有四五千年的文化，他们洋人哪有这些？"

这番话吕有德既是说给自己听，也是说给葛洪亮听。因为在他看来，葛洪亮为人奸诈狡猾，只怕会为了眼前的利益，从而视民族大义于不顾。葛洪亮何尝听不出话外之音？他虽是个人为财死鸟为食亡的商人，但最起码的底线还是有的。

这么多年来，尽管他与吕有德争斗不断，但那都是为了各自的商业利益。为了商业利益最大化，使尽奸诈手段，葛洪亮不会觉得有问题。可若一些生意有违家国大义，他自然是绝不会做。吕有德此言讽劝，分明就是不了解他。

不过，葛洪亮也无须吕有德的了解，于是苦笑道："您这形容，实在是贴切。可是，全国有十大商帮，每大商帮之下有几十个甚至上百个小商团。就算咱们不做这笔生意，难保剩下的人也不会做。"

这段话切中了肯綮，吕有德未想好如何回言，只是端起茶盏，心思重重地品起茶。葛洪亮看他一眼，道："这个威尔逊，也曾三番五次地找过我。我严词拒绝以后，他不仅派人监视我的一举一动，甚至还制造各种悬案加害。兄弟每日都诚惶诚恐，担惊受怕啊！"

这几日，窑厂发生了爆炸案，由于葛洪亮并不知孙兴衍和夜千茉的身份，在听完孙兴衍的哄骗后，当真误以为他们就是威尔逊的人。所以聊起威尔逊时，他也是憋着一肚子的火。听完抱怨，吕有德略有所思，余光瞥了他一眼，忽然笑了起来道："葛老弟，你也别急。这件事，我已让两广总督卢大人秘密奏呈万岁爷。万岁爷已获悉，另派了钦差大臣来查此案。这名钦差大臣很特殊，他是微服私访，只怕就在这三百七十二人之中啊。"说着，拿着茶盖的手指向了广场上的观众群。

葛洪亮被这话吓了一跳，刚刚喝入口中的茶水差点儿喷了出来。如果万岁爷得知了此事，并派钦差大臣秘密造访，岂不是很快就会查到唐、陈两家的灭门惨案？万一牵连到自己，可就麻烦了。

如果这位钦差大臣早已和吕有德暗中勾结,而且算准了威尔逊会在跳魁大会上动手,也许现在就是设局来抓威尔逊的。那他借威尔逊之手杀吕有德,并顺势登上江右商帮会长之位的计划,只怕不易实现了。

原因无他,吕有德跟自己年纪仿佛,威望很高。只要此人不让位,这个位子永远也轮不到自己。葛洪亮合上茶盖,微微向后躺去,只觉心口郁结着一口气,咽不下去,也吐不出来,就这么卡在喉结里。

此刻,看台之下的夜千茉站在人群之中,正在手舞足蹈地为精彩的演傩欢呼。虽说刚进来洞内,她曾被傩班的装束吓了一跳,但当发现这些演傩与幼时看到的本无不同时,又自在地观赏起来。看到兴奋处,也不忘激动地去拍旁边人的肩膀分享快乐。

她本以为那人是孙兴衍,还笑着拉拽那人的胳膊,蹦蹦跳跳地指向广场上的钟馗,大声叫道:"快看快看!钟馗要伏魔啦!"开心得就像个孩子,仿佛没有比这件事更开心的了。可这种快乐的氛围没有维持多久,很快就转化为凝重。

因为她忽然意识到,那个话多的小奸商一字不发,甚至连冷嘲热讽也没有了——这很不像孙兴衍。夜千茉怔了一下,赶忙转身,即见一个身穿大团花二蓝线绉长袍,天青缎灰鼠马褂,怀中抱着一把宝剑的男子,正不可思议地望着她。

夜千茉连忙松开了手,讶然问:"你……你是谁?"那男子笑道:"在下宋宽,京城商人。"这名男子二十岁出头,举手投足儒雅绅士，文质彬彬，似乎是个读书人。同是商人，几乎和孙兴衍判若两人，简直是天壤之别。

另外，此人生得皮肤白皙，大眼浓眉，风流洒脱，倒是一个俊俏的公子哥，也绝非吊儿郎当的孙兴衍可比。不觉间，夜千茉对他生出一分敬意。

"宋公子，实在不好意思，我认错了人。"夜千茉道了个歉，微微向后欠了一下身。宋宽满不在意地笑了笑，道："夜姑娘不必客气。"

"你怎知我的名字？"

"姑娘和刚才那位孙兄弟，半刻前曾小吵了一架。在下听你吼他叫孙兴衍，又听他吼你叫夜千茉。所以，这才知道了二位的名字。"宋宽平和地说道。

一席话，瞬间让夜千茉想起来，就在刚才观看演傩时，孙兴衍曾故意捉弄过她。夜千茉盛怒之下，冲他吼了声"孙兴衍"。片刻后，孙兴衍也趁她不注意吼了声"夜千茉"。

两人争吵不断，全被一旁的宋宽看在眼里。回想起刚才的糗事，夜千茉不禁脸色微红，低头暗忖须臾，而后踮起脚四下看了看，因没有发现孙兴衍，这才问道："你有没有看到那家伙去了哪儿？"

宋宽抬眼往戏房一瞧："我看他去了戏房。不过，那里物事杂乱，只怕不太好找。要不，我随姑娘一起去吧？"

"这就不烦劳宋公子了吧。"夜千茉谢绝了宋宽，就要到戏房去。宋宽忽然叫住她，又道："姑娘不必怕欠我情。实不相瞒，我初来江西，诸多掌故人情皆不知道。如果姑娘能告知一二，那就再好不过了。"

听到宋宽如此说，夜千茉方才知道，这家伙原来是想从自己这里打听一些有关江西的风土民貌，以便他未来开展生意。

这种目的性虽说可以理解，但夜千茉很好奇，他怎么知道自己通晓江西掌故。宋宽说，就在刚刚观看演傩时，夜千茉曾向孙兴衍讲述过每个傩班的来历，甚至精准到每个傩神的来历，就连每种仪式的开展步骤都了如指掌。若非当地人，断不会有此认知。

言谈至此，夜千茉这才信了宋宽的话。整个龙鼟洞场地宽阔，人员芜杂，寻找起人的确费些事。既然宋宽愿意相帮，夜千茉反而觉得轻松不少，于是就答应了他的要求。两人从观众席一路摸到了后台，也就是跳魁大会临时的戏房。

这里是各大傩班更换戏服和道具的地方，本来极少掌灯，再加上四面黑暗幽邃，阴森诡异，反而加重了一种恐惧的氛围。

如果演员们戴上焰眉獠牙、凸目兽角的面具，再穿上披红挂彩的衣袍，手中拿着大斧或双锤，就更有如临地狱的感觉了。

虽说场面十分诡异，但两人为了寻找孙兴衍，还是一个傩班一个傩班地问了下来。然而每个傩班的优伶都说，他们并未看到闲人闯入。

正当两人站在戏房中央，一筹莫展之际，广场上响起了密集的锣声。随后听到有人大声喊，请最后一个傩班演出。

须臾,只见火戏师、傩舞队、置景师等从戏房里往广场赶去。大家身着五颜六色的奇装异服,个个妆容骇人,犹如一群猛鬼出没。这些人三五成群,抬着一口口各式各样的木箱子,应该是他们表演所用的道具。

宋宽起初并未觉得这个傩班有什么问题,直到这支队伍从他身旁擦肩而过时,他隐约觉得,队伍里有两个女人的个子出奇的高,他们身上的香味也很奇特,并不像大清女子。

由于提高了警惕,宋宽认真打量起这些人所抬的箱子,竟从队列的第三口箱子里,无意间听到了连续的撞击声。

这种撞击并不像路不平时,内部的货品因颠簸而冲撞箱壁的声音,反而像有人在刻意敲打。清脆之余,还有种特定的规律性。

莫非箱子里装着人?

宋宽如此想罢,轻轻拍了下夜千茱的肩膀,然后朝着那口箱子指了指。夜千茱当即会意,就要上前去抢箱子。

宋宽拉住了她,小心提醒道:"我们还不知道箱子里是不是孙兄弟,切勿打草惊蛇。"听闻此言,夜千茱看了一眼那些傩班的优伶,了然这些人不仅会些功夫,而且人多势众。一旦动起手来,他们俩讨不到好。

于是,夜千茱听从了宋宽的意见,两人悄悄跟着傩班走了几十步,伺机寻找机会。终于,傩班在戏台后墙的左侧停了下来。

宋宽和夜千茱寻了个宽大的钟乳石,整个身子藏在了石头后面。只待这些优伶们冲上戏台,他们就过去打开箱子。

戏台之上，一团团烟雾自地面上冒了出来，就像置身于云海之中。须臾之间，云海里缓缓凸起一座十余丈高的险峰，宛如阴云缭绕的鬼山，屹立于广场腹心。

此时，四个身穿红花布便衫，衣背和腰下开叉，下着便裤的凶神，把一个人高高举起，抬手抬脚，自鬼山后转出，于云雾之中轻轻飘行。

那人披头散发，裸形徒跣，针贯其舌，流血竟体，仿佛是个受过无数刑惩的罪人。四凶神身后，还有两个手持大杖的人在催促，一个是傩公，一个是傩婆。

一行人来到铁床铜柱跟前。只见烈火熊熊，通体赤红，烧之洞然。四凶神齐声吆喝，将那人向空中一抛，那人平直地飞落于铁床，才一触及滚烫的床板，就听到惨烈嘶叫。

傩公和傩婆丢掉手中的大杖，变出两把黑长斧。两人围着铁床，怒晃头，笑抖肩，口中念着无人懂的咒语，弯手勾脚，旋转腾挪，仿佛是在作法。

那名平躺在铁床上正被烈火炙烤的罪人，不禁面露狞色，大声呻吟，一阵阵凄厉之声宛如地狱里的鬼哭。

但这种抗争仍是无效的。大火慢慢蚕噬着他的躯体，饱满的血肉渐渐化作干瘪的尸骸，随后自双脚到头颅一点点炸成星花。

夜千茉和宋宽亲眼看到了整个过程。

他们不敢相信，一场驱鬼祛疫的跳傩演出，竟然会如此惨烈恐怖。更加匪夷所思的是，所有优伶皆会腾云驾雾，甚至还能凭空变出法器，也能施法惩处罪人。

一般的跳傩演出，如何能有此等效果？莫非他们真的来到了地狱？夜千茉这样想着，忽然感觉周围袭来一股阴寒之气，不禁让人打个寒战。

夜千茉听说书的人说过，一旦无限接近地狱，温度就会变得冰冷。如果到了十八层地狱，若非是鬼神和魂灵，常人顷刻便被冻成冰块，再由牛头马面过来勾魂。她和宋宽虽然没有被冻成冰块，但却能感受到冷风砭骨，这种变化实在诡异。

除此之外，这里是宽阔的大溶洞，无论是怪异山石，还是幽闭环境，几乎都像极了地狱。难道说，这次跳傩大会本想驱鬼，不曾想反被鬼怪上了身，从而把大溶洞变成了地狱？这些地狱来的妖鬼，为了惩治人间驱赶他们的人，于是过来蓄意报复？经此分析，夜千茉渐次说服了自己，已然确信这里就是地狱无疑。

宋宽对于江西掌故不甚了然，听闻夜千茉的一番介绍，也以为是傩班招引来了真的鬼神，于是拔出宝剑，目光谨慎地环视起周围。这时，白雾茫茫之中忽然传来一阵阵敲击箱子的声音。宋宽神色陡凛，不禁寻声搜索起来。

戏台正前方的看席上，葛洪亮和吕有德连忙起身观望，面容上全都笼罩着一层阴云。他们已发现戏台上的种种不对劲之处，一时被奇诡的场景震住了。

但见戏台上的烟雾腾腾翻滚，一片如艳丽多彩的万朵杜鹃，一片如轻摇漫荡的雪白纱帐，一片如湍急不息的江流瀑布，一片又如硕大无朋的乌龟行者。

万丈霞光在这片浓雾里忽隐忽现，时而刺目如灿阳，时而晦暗如皎月。一阵阵电闪雷鸣也在这片浓雾里激荡回旋，听来格外振聋发聩。

这片浓雾渐渐爬升，直到云雾升上看席，一点一点侵入葛洪亮和吕有德的足下，低头扫去，犹如身处腾云驾雾的天宫之中。

"莫非……莫非这就是魇镇？"吕有德惊恐万状地看着诡异的戏台，额上已浸出颗颗冷汗。魇镇[1]是流传于木匠、瓦匠中的黑巫术，又被称为"魇术""魇魅"。

民间传闻，谁家盖新房子，如果支付给木匠或瓦匠的薪资不高，无意间得罪了他们。为了报复这家，匠人们会在一切不引人注意的角落，或者是房顶，偷偷安置一个小木人，还有的是孝子头巾等，再施以诅咒，这些东西就会散发出死亡的魔力。

盖新房的这家，一旦被工匠们施加魇镇，主人若是住了进去，不是病就是死，一切怪事皆因施术不同而发生。诸如工匠暗设木偶太监，这家就会绝人绝育；暗设摇鼓，令人感觉有摇鼓声；暗设破碗木棒，则是诅咒这家要当叫化子。

魇镇的传说在高岭极为风行，葛洪亮也有所耳闻。他抬头遥望着变幻莫测的山洞，浑身颤抖，半张着嘴说道："这座龙覃洞刚翻新不久，恰如一座新房。也许建造这座山洞的工匠们，不知在何处

1　魇镇：出自明代杨穆撰写的《西墅杂记》一卷载《梓人魇镇》。

安置了来自地狱的木偶人,所以此地中了魇术,我们所有人……所有人皆会死于魇镇。"

这座山洞叫龙䰡洞,䰡字意味深长。民间传说,人死以后为鬼,鬼死以后便为䰡。此洞之名,莫不是在预示着这里是鬼死之处?吕有德和葛洪亮越想越觉得古怪诡异,两人仿佛受了电击一般,神色霎时处于半痴半呆之态。

此刻,看席四面八方的云雾之中,飘浮着数之不尽的鬼怪妖魔。他们个个手持大杖、长斧、阔刀、铁索等武器,凶态毕露,鬼哭魔泣,似有断人骨、食人血、吃人肉之貌。

葛洪亮蓦地回想起来,他看过一本成书于雍正爷时期的《玉历宝钞》,书中记述了一名法号"淡痴"的修行者游历地府,目睹了种种诡异之景。

眼下这些妖魔鬼怪,几乎与书中所写完全一致。除了玉皇大帝、东岳大帝、酆都大帝、地藏菩萨和十殿阎罗没有出现之外,城隍、土地、黑白无常、鬼王、判官、牛头、马面、日巡游、夜巡游、孟婆神等全都现了身。

一切种种的鬼怪荒诞,由不得葛洪亮不信,这里就是地狱!

随着一架黑色的云桥铺向了看席,一位身着紫袍,怒目圆瞪,双唇紧闭,看上去凶神恶煞的判官气势赳赳地腾云而来。这位便是掌罚恶司的判官钟馗,他的身边还环护着一众手持武器的狰狞恶鬼。

葛洪亮对钟馗颇为熟稔。相传冥府有四大判官,分别是赏善司的魏征,察查司的陆之道,阴律司的崔珏,以及罚恶司的钟馗。

一般而言,凡是来地府报到的鬼魂,先要在孽镜台前映照,验明善恶好坏。生前作恶的坏鬼,全由钟馗来处置。

钟馗会根据阎罗王制定的"四不四无"的原则量刑。四不:不忠、不孝、不悌、不信;四无:无礼、无义、无廉、无耻。

按照刑惩,轻罪轻罚,重罪重罚,到时交付阴差送往罚恶刑台,受完大刑,即刻押送十八层地狱。直到刑满后才能交轮回殿,分类拉去变牛变马、变虫变狗等等,重返阳世。

只见那判官钟馗,右手执阴阳笔,左手托生死簿,腾云于两人面前停驻。他抬起执笔的手指向两人,大声问道:"你们可是那葛洪亮和吕有德?"

两人对望,暗忖须臾,当即跪了下来,不停地磕头道:"钟馗爷爷,您怎么来了?"

钟馗怒瞪圆目,喝声道:"你们机关算尽,坑害平民,争权夺利,有伤贾德[1],阎王命本官来取尔等性命,可有不甘之处?"

葛洪亮微想,先抬起头来问道:"钟馗爷爷,您所言也许不假。可是,世上之人,比我们恶行百万者,不可胜数。您公务繁忙,怎就专来取我们的性命?"

钟馗睥睨着二人,冷哼道:"据生死簿记载,你们还有五年阳寿,所以,本该是五年后,由牛头马面勾你们入地府。可巧,今日

---

1 贾德:江西商人的经商原则。贾指买卖,德指品德。

龙瞽洞举行跳魁大会，十几个傩班又念动了招魂令，故而将我等呼了出来。阎王觉得，多留你们在世一日，地府就会多一桩冤魂，倒不如早早取你们的狗命，免得祸害人间！"

两人听罢，连呼求饶，还说日后再也不会祸害人间，一定重新做人，并求钟馗向阎王求情，可否再宽限五年？

钟馗听罢，厉喝道："将死之人，竟也敢与本官讨价还价？若是再推诿，尔等将受到不可超生之惩，永生永世化身为瞽，镇于十八层地狱之下！"

如果化身为瞽，岂不是连投胎之权也被剥夺了？这可是滔天大刑，他们万不愿领受。两人头挨着头，低声议论了片刻，纷纷垂下了头，皆是浑身战栗，诺诺而不敢言。

钟馗见他们吓得胆战心惊，又不敢言语，这才冷冷笑道："我已把地狱众衙司都召了来，姑且把这座龙瞽洞里所有罪者，全部移交受变形城[1]。现在，你们可俯身去瞧，下面就是此地了。"

钟馗指向平台下的云雾之所。此地位于烟雾缥缈的地底深处，而就在那烟雾森森之中，暗藏着土瓦屋数千座，各有坊巷，地狱各衙署、鬼怪囚所、瞽怪之地……不胜枚举。

正中就是受变形城，瓦屋高壮，亭台隐隐，栏槛采饰，阔达雄伟。

这里有百余名局吏任职，大家全在伏案校对文书，每日每夜都

1　受变形城：地狱里的一座城池，出自《太平广记钞》卷六十一。

要审讯成千上万种鬼魂。每个鬼魂,由于生前作恶不同,所受惩戒也不同。

大抵是:杀生者,判为蜉蝣,朝生暮死;盗窃者,充当猪羊,受人屠割;奸淫者,判为鹌、鹜、獐、麋;两舌者做鸱枭、鸺鹠;捍债者为骡、驴、牛、马。

……

判官钟馗介绍完这些,吕有德忽然抬起头来,颤颤地问,像他们这样的罪人,应该受到怎样的惩处?判官钟馗没有答言,而是缓缓转过身,将手指向受刑台。

此刻,受刑台上已架起一口巨型炎炉,各色火焰正在炉窗口灼灼燃烧,十足凶烈。

炎炉前面站着一个牛头鬼身的地狱狱卒头领。他双臂大张,左手执铁叉,右手握空拳,冲天呼号魔咒。周围的牛头鬼随着他一起高呼,仿佛在进行某种仪式。

就在某种仪式进行的关键时刻,宋宽和夜千茉已猫着腰来到了那口有声音的箱子跟前。两人打开箱子,即见五花大绑的孙兴衍,塞了口,蜷曲在箱子里面。

两人讶然之余,正想把他救出来。这时牛头马面忽然走了过来,应该是来抬这口箱子。于是,两人合上盖子,将盛放孙兴衍的箱子与旁边的箱子悄悄调换了过来,然后转身躲在了石壁内侧,想着等牛头马面抬走了错误的箱子,他们再去救孙兴衍也不迟。

半刻后,牛头马面的脚步声已走远,二人这才敢来到箱子跟前，小心翼翼地打开，谁知箱中之人，并不是孙兴衍，竟是个被五花大绑的孩童。

这个孩童口中满是鲜血，仿佛嗜血成瘾。夜千茉联想之前的种种经历，再想到陈宪的儿子喜欢喝花青，而花青正是血红色，大体猜到，这个孩童应该是陈冰冰。

毕竟，葛洪亮也曾威胁过陈宪，如果他不交出花青的秘方，就把他的儿子送去跳魁大会祭祀神灵。如果真是这个设想，孙兴衍岂不要遭殃了？

这个小奸商虽说无往不利，但并不是个坏人，心中知道维护正义，也明白诚信和贾德，平时虽说说大话和谎话，但都是在救人和不得已的前提之下，算不上大奸大恶之人。牛头马面将他抬去了受刑台，也不知要对他进行怎样的惩处。一想到这里，夜千茉就感到后脊发麻。为了救出孙兴衍，她果断地把陈冰冰交给了宋宽。

随后，夜千茉拔出两把捆扎在小腿上的匕首，左右各持一柄，径直跑向受刑台。受刑台上站满了牛头马面和狱卒鬼怪们，一旦被发现后果不堪设想。思及此，夜千茉只好猫着腰隐没在了烟雾深处。

此时，牛头马面已把关押着孙兴衍的箱子抬到受刑台中央。那位手执铁叉的牛首头领，在看到木箱子后，骤然停下念动的魔咒。他大瞪赤目，俯视着木箱子，呆了片刻。

周围的牛头鬼随着他的目光一同看向那口木箱子，大家握紧拳头，高高举起又放下，齐齐呼喊道："烧死他！烧死他！"这阵奇诡的声音一浪高过一浪，不停在山洞里盘桓。

牛头马面相互配合着打开箱子，孙兴衍蜷曲着身子，刚刚直立起来，就被牛头鬼的大手薅住衣领，仿佛拎一只鸡一样给拎了出来。

马面鬼伸手取下塞入孙兴衍口内的白布，大喝一声问道："你可知犯了什么罪？"这话问得既奇怪又不着边际。孙兴衍怔怔地看着这些妖魔鬼怪，眼中倒没有惊慌，只是遍布着讶然和怪诞。

"大家别闹了。不就是跳魁大会吗？我懂，驱鬼除疫的嘛，我来充当一下优伶倒是没有问题。只是能不能不要捆我这么紧，我的手都被捆麻了。"说到这里，孙兴衍先晃了晃被捆住的手脚，又抬头看了一眼木箱子，抱怨道："还有啊，你们把我放箱子里就放箱子里，何必盖这么严实？我差点儿没喘上气。要是我憋死了，谁还陪你们继续往下演呢？"

跳魁大会一般都是由傩班优伶假扮鬼神，随后再进行鬼神戏演绎。孙兴衍以为，这些人还是那些傩班的优伶，当下正在演出鬼神戏，所以才这般断想。

牛头鬼被孙兴衍的话说得摸不着头脑，愕然看了一眼马面鬼。正待牛头马面不知所措之际，那位牛头鬼首领走了过来，举起铁叉指向孙兴衍，喝问道："你是何人？"

孙兴衍咦了一声，上下打量完牛头鬼首领，不忿地问道："你又是何人？"牛头鬼首领把铁叉往地上一拄，高傲地仰起头，冷哼道："我乃崔府君是也。"

听罢这话,孙兴衍不由得咯咯笑了起来,反问道:"你是崔府君?我可听闻,崔府君神采秀美,聪敏好学,仪表堂堂,乐善好施,怎会如你这般,是个地地道道的牛头怪?"

崔府君崔珏是阴曹地府驰名在外的头号人物,左手执生死簿,右手拿勾魂笔,专门执行为善者添寿,让恶者归阴的任务。眼前的这位牛头鬼首领,全然不是崔府君的做派。这也难怪孙兴衍会质疑。

然而牛头鬼首领并不愿与他过多解释,用力朝地面一拄铁叉,勃然大怒道:"不识好歹的孤魂野鬼!初来地府,竟敢质疑上仙?来人,将他投入炎炉,烧够七七四十九天。再取其鬼灰,投入寒冰狱中,永生永世化作厉鼙,受尽千劫万险,不得再投胎为人!"

这些话虽然听起来惊心动魄,可孙兴衍依然觉得是傩班艺人在演戏,不禁笑着奉劝道:"各位大哥,咱们做戏归做戏,这言语可不能如此狠辣!您瞧,这座岩洞阴气森森,邪祟遍布。您出此言,多么晦气!我虽不信鬼神,可也觉得不吉利啊!"

牛头鬼首领算是发现了,眼前这个鬼魂并不相信自己已死,还道是仍在跳魁大会的会场呢?他没有说话,也无须跟这样一个小鬼解释。

倒是旁边一个鬼面狱卒冷冷笑了笑,抬手随意指向四面八方,道:"小鬼,你不妨瞧瞧看,这儿是什么地方?你以为还在龙薴洞举行跳魁大会呢?实话告诉你,这里可是地府,真真正正、如假包换的地府!"

这话让孙兴衍身躯一震。他待在箱子里有些时间,眼前漆黑一片,什么也看不到,并不知道外面发生了何事。莫非他被闷死在了箱子里,孤魂游荡无处去,就来到了地府?想到这里,孙兴衍抖了个激灵,立即四下张望起来。

这片岩洞已非当初模样,到处是云雾缥缈,还能看到雾色之中山峰林立,茫无涯际。烟雾并非单色,青光红影在白雾里熠熠闪现,红光如血,绿光如魄。单单是光影效果,就已让人如临地府了。

更何况,远处还有鬼神幽浮。一只只恶鬼衣着褴褛,头发散乱,人无人样,兽无兽样,提刀携叉,一派杀气腾腾之势。若是看那近处,一口口油锅支了起来,锅内黄油翻滚,似乎是油炸之刑之地。

不近不远处,一棵棵剑树拔地而起,高广而无尽头。大树上的根茎枝叶皆长剑,锋刃之快可开山劈石。众人沿着剑树争相攀爬,若是走神,立地身首割截,碎尸万段。那些断肢残体自树上纷纷掉落,宛如飘然落地的树叶,坠入茫茫云雾之下不可见。

这到底是怎么回事?孙兴衍紧紧皱起了眉,努力回想着刚才发生的事情。他明明记得,自己先去暗查了两个外国女人,结果被她们发现。

几番追踪之下,自己不敌,从而被擒。而后,这两个女人把他打昏,五花大绑,关进了木箱子之中。等他醒来后,仍在木箱子里,这并无奇怪之处啊。莫非他不是被两个外国女人打昏,而是被打死了?难道他死了?所以来到了地狱?

189

第十一章
驰魂夺魄

1760年5月10日

黄帝纪元四千四百五十七年

高宗 爱新觉罗·弘历 乾隆二十五年 农历庚辰年 龙年

庚辰年 三月小 廿五日

庚辰年 辛巳月 庚午日

宜：采纳 开市 治病 动土

忌：驱鬼 安葬 出火 分居

孙兴衍摸了一下后脑勺，发现后脑勺肿胀成包，还有鲜血渗了出来，可他就是感觉不到疼。人死之后便不再受疼，莫非他真的死了？

想到这里，孙兴衍已确定来到了地府，只是他有点儿不甘心。毕竟像他这样的大好人，怎么着也该升入天宫，位列仙班，怎就来了地狱，还要受人审问，甚至即将面临酷刑？

不甘归不甘,他的态度还是一如既往地欺软怕硬、恭迎奉承。他扑通跪在了地上,双手相扣不停地行礼,哭述道:"这位崔大老爷,小人有眼不识泰山。您也知道,小的是第一次死亡,生前可从未见过您,自然不知道您是牛头鬼身。您可千万别怪了小的!"话已至此,孙兴衍忽然转换了焦灼的模样,嘿嘿笑着道:"其实,您这牛头鬼身的打扮,那也是十足英俊。在这地府里面,可不就是最神采秀美的一位了嘛。"

一席话尽管洗白了自己,又拍了崔府君的马屁,但崔府君并不领情,也不计较孙兴衍的失过之举。他瞪大了眼睛,严词喝命孙兴衍,一定要把生前罪行一五一十悉数一遍。

这下孙兴衍学乖巧了不少,不再跟各位鬼卒瞎掰,就从五岁偷了邻居家的一块砖说起,一直说到长大以后,心情不好了就骂别人几句脏话。有时骂得难听了,不幸被泼皮听到,还要挨几顿揍。

不过,他又解释说,后来自己学聪明了,不仅会编故事,还能见什么人说什么话。反正是一通瞎忽悠,就能免打免罚。以上所列种种,他认为是今生所犯的最大错误了。

他言辞诚恳地说,如果各位牛头马面的大老爷们,认为这是罪大恶极,就给他来一次痛快的吧。他怕疼,受不得火烤油炸。如果实在要罚他,要不考虑一下,下半辈子让他投胎做个阿猫阿狗,体会一下被人当宠物的感觉?

这一段絮絮叨叨之言,就算是见惯了各种鬼魂诉苦的崔府君,也不免觉得甚是聒噪。他大手一挥,喝令旁边的鬼面狱卒道:"这个小鬼废话太多，吵闹至极！且由本官来宣判他的罪行吧！"

一句才尽，但见崔府君取下腰间别着的一卷巾帛判词，双手展开朗声念道："兹有恶徒巧舌如簧，耍奸偷滑。凡人间十余载，行不义之举，言丑恶之事，夸无边海口，累万事罪行。今奉阎罗王之命，特将其投入炎炉之中火炼，永生永世不得超生！"

这下倒好，孙兴衍本以为能逃过刑惩，结果反而雪上加霜。他何曾想到，自己的鬼命到头来，竟如此草草结束？他不停地叩头求饶，扬言就算不把他变成阿猫阿狗，哪怕变成花草树木也行，只要不受油煎火烤之刑。可面对孙兴衍的求饶，崔府君并不为所动。

移时，两个狱卒挟持铁叉，用力刺入他的两肋之下就把他抬了起来，晃晃悠悠走到炎炉跟前。崔府君举起铁叉指向炎炉，大声高呼道："开炉！"

话音刚落，忽见青铜炉盖冲天飞起，三四丈高的火焰立即蹿上天际，奔腾如逆流之瀑布，井喷之山泉，蔚为壮观。

再看炎炉之内，皆是灼灼烈火，一张张阴森可怖的鬼面上浮下沉，更让孙兴衍觉得这是地狱无疑。他现在就像任人宰割的羔羊，任何挣扎都于事无补。

鬼卒们停步须臾，忽然连连吆喝，齐呼一声："起！"孙兴衍便被挑飞了起来，而后坠入大炎炉之中。伴着盖子应声落下，人已被熊熊烈火吞噬。

从审判到刑惩，不过才三刻光景。钟馗让跪在自己面前的葛洪亮和吕有德看完这一幕后，方才转过身来俯视着两人，冷冷地道：

"看到了吗?你们的罪愆,也如此了断吧。"

炎炉之火来自地狱,可焚烧世间任何躯体。一旦被炎炉炼化,再也无法投胎为人。葛洪亮和吕有德了然这个下场的骇人之处,一起叩头高呼冤枉。

葛洪亮甚至声称,如果钟馗放了他,他就在阳间为其重塑金身,世世代代子孙都会为钟馗供奉香火。这些鬼神不要阳间钱财,也许这种香火供奉可以贿赂几分。

哪知钟馗仰头笑了起来,片刻后才道:"重塑金身,本官有何稀罕?但凡来此受刑的孤魂野鬼,哪个不说要回阳间为我塑金身?呵!尔等无须贿赂逢迎,本官一概不理!"

这话坚定地表明了态度,分明是在告诉两人,他们的死期已到,绝无翻盘之可能。当初得知要受刑惩时,吕有德虽有惶恐,但并非真心委曲求全于钟馗,只不过是想讨一个活命。而今得知命已不保,自然再无可惧之处,于是扬起了脖子,随时准备赴死。

"不过,你们若真想活命,也不是没有办法。"钟馗淡淡地说道。吕有德已不再如先前那般委曲求饶,倒是葛洪亮一口一个钟馗爷爷叫着,希望他能指点迷津。

钟馗冷笑道:"想这地府之中,关押着亿万的恶鬼,累累罪行,不可胜数。诸位有所不知,地狱之中,讲究罪种平衡。每种罪恶的数量,也要达到某种平衡,方能实现地狱大同之道。所以,奸淫者十亿,偷盗者十亿,杀人者十亿,乱伦者十亿……现在,地狱之中还少了一类烧烟者恶鬼,眼下不过区区五亿。余下之数,尔等或可凑齐。"

所谓烧烟者，也就是抽鸦片的烟鬼。两人闻言，不知如何作答。因为于他们而言，行鸦片生意就是最后的底线，他们生前就不妥协，死后焉能更改执念？

吕有德心意已决，就算永世不得超生，也不愿再祸害苍生。葛洪亮就不如此想了：只要答应了钟馗，一来可回阳间继续享受数年富裕的生活；二来就算死后重返地府，也能赚得投胎轮回之权，何乐而不为呢？

"你们应该知道，姜子牙封神之时，不仅封了哪吒、李靖、杨戬等，也把纣王封为天喜星。妲己虽未被封神，可肉身死后被女娲娘娘收为关门弟子，在月宫里继续修炼，可谓大造化。"钟馗注视着陷入沉默的两人，微微笑道："所以，为善可成神，为恶也可成神。只要你们帮我平衡恶鬼罪种，我就会在阎王面前帮你们说说好话。将来位列仙班，可不是大造化吗？就算升不了天，在这地府之中做个书吏，也好过受那六道轮回之苦吧？"

这话听来极有蛊惑性，葛洪亮不再纠结，当即叩头恳求道："小的愿为钟馗爷爷成此宏图伟业，还望数年以后，小的再来地府，爷爷可庇佑二三。"

钟馗满意地点了点头，笑道："好说好说！葛先生有此觉悟，将来必然位列上仙之位。"说完这话，他看向葛洪亮旁边跪着的吕有德，问道："吕先生呢？可是想好了？"

良久良久，吕有德只字未言，一双坚毅果决的眼睛里，似乎暗藏着不满和愤恨，同时也激荡着正义与公理。

葛洪亮看了出来，这个很轴的吕有德，只怕宁愿永世不得超生，也不会妥协于钟馗。这倒是个好机会，可伺机除掉他。只要吕有德公然顶撞钟馗，宣泄种种不满，大计可成。

"吕大会长，依我看，您不如识了时务，当个俊杰。待回了阳间，只要咱们按照钟判官的话去做，不仅吃香喝辣，就算再返回地府，那也是一介天神。"葛洪亮的手心手背轻轻一拍，既像是劝诫又像是拱火道，"这，多好的事儿啊！世间无数的人都想生前享福，死后也享福。您说，哪个人像咱们这般造化？此番天赐良机，咱们可要牢牢抓住啊！"

生前的吕有德就极为看不惯葛洪亮，而今来到了地府，葛洪亮仍是挑拨离间、背后使诈，他自然非常不满，于是站起身来，一脚把葛洪亮蹬翻在地，伸手指着他骂道："生前你兼并商铺，存心不良，我念你是商帮理事，故而一忍再忍。而今生死已定，我岂能再容你鼓唇弄舌！"

这一番话说得慷慨激昂，直听得葛洪亮愤然不平。他踉跄着站了起来，刚要打算回击吕有德几句。哪知吕有德已面向钟馗，一身正气地说道："我原本以为地府之人，当兼顾天下生灵。为恶者惩恶，为善者升仙。殊不知，地府判官竟也如地上贪腐之辈，为了凑够刑狱之数，竟然枉顾他人性命？如此恶念，是鬼神如何？是上仙又如何？天道不公，万民皆为蝼蚁，你们想如何玩弄就如何玩弄，那还要这天道干什么！若是如此，我活着还是死去，又有什么意思？"

一个来自人间的孤魂野鬼，竟然敢指责自己？钟馗登时怒睁圆目，火眉暴跳。葛洪亮适才就想回击吕有德几句，而今见他顶撞钟馗，恰是最好之际，当即过河拆桥，大声斥责道："吕有德！你冲撞判官，罪大恶极，当打入十八层地狱，永世不得超生！亏我当年如此崇敬于你。原来，你竟是个不识时务之辈！"

这番话既是恣意抱复，又是葛洪亮想除掉敌手的借刀杀人之法。只要逼迫吕有德彻底反抗钟馗，钟馗必然将其严惩。

"你别以为我不知道，这些年，你究竟干了什么勾当！"吕有德侧转过身，目光里杀出一道凶狠。

吕有德心想，这个葛洪亮知道自己身后有军机处高官撑腰，若是用计杀了自己，军机处高官只怕首先会怀疑葛洪亮。毕竟自己一死，直接坐上江右商帮高位的人，必是葛洪亮莫属了。

为此，数年以来，葛洪亮都活得小心谨慎。眼下自己得罪了地府判官，那可要比得罪阳间的朝中大员还可怕。一着不慎，定然会永生永世不能超生了。

葛洪亮的这些心思，吕有德全了然于胸。只不过今时今日，再逞言语之快已无意义。于是，吕有德苦笑着摇了摇头，喃喃道："天也不公，地也不公，人活于世，究竟为何？人活于世，究竟为何？"

吕有德大声控述着，步伐踉跄着走到平台边缘，闭上缓缓流泪的双眸。一想到人间众生各个钻营趋利，就连地府也没个可申诉的地方，不觉间心痛欲裂。

他心里想着，不得超生便不得超生吧。反正做人无法干净，做鬼也无法干净，何不就此永久地死去呢？想毕，吕有德再也不犹疑，纵身便跳了下去。

下面是翻腾的云雾，不可见底，更不知深浅。这一纵身跃下，吕有德觉得所有的苦痛都得到了冲洗。人世间的畅快与不畅快，且随着这一跳而终结吧。

他闭上了眼，以为自己会坠入无穷无尽的深渊。可他没想到，片刻的坠落，居然落在了一个硬邦邦的物体上。原来那些鬼卒们早在见到他起跳时，就已腾云驾雾飞了过来，十几把铁叉搭作鸟窝状接住了他。

钟馗绝不允许他这么容易死掉，于是大手一挥，喝命这些鬼卒们把吕有德押赴受刑台。一阵飘飘然飞行过后，鬼卒们把吕有德带到了受刑台前，用力一抛就把他抛到了地上。吕有德爬了起来，直面一身鬼样的崔府君。

崔府君的鬼面看上去凶恶万端，任何鬼魂见了，只怕都要一哆嗦。可吕有德并无惧意，满身皆是刚正不阿。崔府君狰视着这个顽固的老头儿，再度喝问道："吕有德！你还有最后一次机会！"

吕有德一挺身板，大声道："我意已决！天道轮回何惧？魄散魂飞何惧？化身豐怪又何惧？天上地下若没有一个公道，死则死矣吧！"

经办过无数鬼案的崔府君，第一次见到有魂怪竟如此不识时务。他打量着吕有德，微想须臾，哈哈大笑，道："好好好！你如

197

此执迷不悟,那就休要怪本官手段残忍了!来人,将此鬼打入炎炉,熬炼九九八十一日,到时再投入寒冰狱!"说着,右手提朱笔,左手翻了翻生死簿上的名册,最终在吕有德的名字上画个血红大叉。

听到喝令,众牛头马面的鬼卒们纷纷上前应是,齐齐用铁叉把吕有德给叉了起来。鬼魂一旦先在炎炉里熬炼八十一日,再投入寒冰狱。到时不再是魂飞魄散,永世不得超生这般简单了,而是要永久承受冰与火两重摧骨挖心的折磨。届时,生不得生,死不得死。

吕有德哪里知道这些?不过就算知道,只怕也会如此选择吧。就在鬼卒们高高举起铁叉,正要把吕有德抛进炎炉时,忽听远方传来一声高呼:"且慢!"

众鬼卒回身去瞧,一位满身金光的人走了过来。此人头戴帝王紫金冠,身穿黄色龙袍,手中提着一杆金攥提芦枪,俨然是一位上仙。

这位上仙的旁边,还跟着一位凶神恶煞的上仙,大耳火眉,吹胡瞪眼,右手竖持斩妖剑,贴于胸前,有着睥睨天下之态。崔府君将铁叉向前一指,厉声问:"来者何人?"

那位凶神上仙傲视着众鬼卒,冷冷地道:"这位掌管三百五十六路诸神,乃是阴曹地府十殿阎君和十八层地狱的主宰,你们说是何人?"

崔府君吓了一跳,颤颤地反问:"他……他……他就是东岳大帝?"

那位凶神点头道:"不错,这位就是东岳大帝。"崔府君又问他姓甚名谁,那位凶神仍是端着倨傲,哼道:"北阴酆都大帝,可有耳闻?"

听到这个名字,且不说崔府君了,就算是剩下的众鬼卒,也都吓得丢了铁叉,一股脑儿齐齐跪拜下来。

在整个阴曹地府,哪个鬼卒不知道东岳大帝位列首位,其次是北阴酆都大帝,然后是五方鬼帝、罗酆六天、十殿阎君等众神。

至于他们的首领秦广王,就是十殿阎君之一的小神,岂敢与上仙争锋?如今东岳大帝都过来了,想必是摊上了大麻烦。

东岳大帝见制服了崔府君和众鬼卒,方用空灵且极具穿透力的嗓音道:"吕有德维护天道,信奉公理,实乃人间良鬼,当封为上仙!尔等如此愚昧,岂是为神者之道啊?秦广王何在?叫他过来!"

听完这句呵斥,崔府君算是明白了,东岳大帝这是在责怪上司。如果自己就此搬出上司,只怕不妥;如果一字不说,又怕受惩。这边还在踟蹰间不决,东岳大帝又已掷下吩咐道:"算了!不去管秦广王了。众鬼神听本仙号令,先将罪神钟馗打入十八层地狱,再把孽鬼葛洪亮擒来,交由本仙亲自审讯!"

东岳大帝之令,众鬼神自然不敢怠慢,齐齐应是,一个个全站了起来。可待到大家手持铁叉、大刀等武器靠近钟馗时,又忽然止住了步子。

钟馗是何许人也?法力无边,神通广大。他的身上有三大法宝,一把伞,一盏灯,一把剑,均是由阎王所赠。这些鬼神只怕还近不了他的身，就会被三大法宝制服。

一边是东岳大帝之命，一边是钟馗上仙之怖，这些鬼卒们全没了主意。酆都大帝见这些鬼卒各个战栗无胆，厉声恫吓道："你们再不动手，我可就对你们动手了！"这一番威胁之下，众鬼卒们不敢再有犹豫，一起手持武器杀向钟馗。

"住手！"

两拨人马刚欲交战，一阵浑厚的叫停之声又响了起来。众鬼神本就不想跟上仙钟馗动手，一听有人叫停，也不管是谁了，立即住了手，转身看向声音所传之地。

前方烟雾缥缈深处，渐渐浮现出三位神仙的身姿。一位穿着九龙暗袍，脚蹬蚕丝青月靴，头戴紫晶冠，这是玉皇大帝。

玉帝左首，站着一位魁梧挺拔，手托宝塔的中年男子，此乃李靖。玉帝右首，站着一位开了三只眼，手执三尖两刀枪的英俊男子，正是杨戬。

众鬼卒们一时傻了眼。今日本该是再普通不过的鬼魂审判，就连上司秦广王都没有莅临。可巧行至最后关节，不仅东岳大帝和酆都大帝来了，就连天界的上神玉皇大帝等人也来了，真是地府千百年来未有之大事。

"两个妖孽，竟敢冒充仙者？若非朕洞悉此劫，亲自前来降妖，只怕尔等要大闹地府了吧？"玉帝抬手指向东岳大帝和酆都大帝，一脸的庄严肃穆。

玉帝为上，就算东岳大帝和酆都大帝，也要忌惮三分。既然玉帝指出，这两个并非上仙，而是妖孽幻化，想必就是妖孽无疑了。

众鬼神你看看我，我看看你，全都没了主意。他们心里很清楚，两拨上仙大战，自己就是最后的牺牲品。既如此，那就先坐山观虎斗，且看看是谁胜出吧。

大家还在想着，不承想玉帝已掷下命令道："尔等神鬼小仙，且去把这两个妖孽擒了。谁若擒了妖，立地封为天宫小仙，从此远离地府。"

这个诱惑可谓不小。

众鬼神皆厌倦了地府，人人都想到天上过一段舒服自在的生活。为了这个梦想，他们拼了一辈子命，最多也就混个土地爷，可以在人间与地府来回穿梭而已，升天为仙几乎是想也不敢想的事。

今日玉皇大帝发了话，必是能帮他们实现此等夙愿。大家纷纷握紧了手中的铁叉和大刀，一双双杀气腾腾的目光转向了东岳大帝和酆都大帝。

一场大战，似乎在所难免了。酆都大帝手持斩妖剑，虽已做出了对战的手势，但头却偏向了东岳大帝，道："这么多人，我没有把握赢。"

"打不赢就跑，我不是教过你吗？"东岳大帝言毕，晃了晃金攥提芦枪，径直杀将出去。酆都大帝实在无法，只得挥剑上前迎敌。

众神鬼见东岳大帝与酆都大帝已动手，再也无甚顾虑，提刀握剑，持叉用棒，一窝蜂地招呼过来。那东岳大帝不惧分毫，冲至众神鬼面前时，忽然定住脚。

众鬼神不知何意，也跟着止了步子。东岳大帝双手握枪，忽然使了一招横扫千军，断喝道："魂飞魄散！"

一呼之下，众鬼神纷纷愣住了，怔怔地看着他，以为马上就要中招毙命。谁知刹那过后，大家并未有恙，这才意识到上了当，于是再度猛攻过来。

"行了！老子不跟你们玩了！"

眼见一招不中，东岳大帝赶忙丢掉手中的金攥提芦枪，转身就跑。他在奔跑途中，急速扒掉外衣，摘下金冠，顺势扯去傩面具，露出了原身的模样。

原来此人并非东岳大帝，竟是一身清爽打扮的孙兴衍。旁边的北阴酆都大帝见孙兴衍现了身，也跟着脱去外衣，顺手摘掉傩面具，正是英姿飒爽的夜千茉。

这个变化实在太大了！堂堂的东岳大帝和酆都大帝，居然是一个油滑的小子和一个纤瘦的姑娘，这是一众鬼神万万不敢想的，更不知他们是何等来历。

一时之间，大家全僵在了原地，仿佛在等玉皇大帝下达二次命令。于是在命令没有下达前，各自手持武器呈对战之势。

孙兴衍见他们收敛了攻势，先是停下步子，转过了身，而后弯腰大喘了几口气，这才站直身板说道："哎！小爷我原以为，这里是真地府，于是诚心忏悔，几乎把诸位奉为上仙。谁又知道，你们竟然是在演傩，真真无趣！"

原来，孙兴衍被两个狱卒用铁叉高高举起，就在即将投入炎炉的刹那,只因狱卒们用力过猛,居然把他丢到了炉子的另外一侧。而此时,恰好四面有烟雾遮蔽,盖子也急速落下,大家才误以为他掉进了里面。

这两个狱卒不是别人,正是由宋宽和夜千茉假扮——这是宋宽的主意。当发现舞台上的人是孙兴衍后,宋宽急中生智,先打昏了两个鬼卒,再和夜千茉偷换了他们的衣服,这才把孙兴衍顺利救了下来。三人会面后,一通合计,总算研究明白了这地狱是如何建造的。

这些狱卒之所以会腾云驾雾,皆是因为岩洞四壁有滑道,而他们身上又系了钢丝,可升可降,再经舞台后面的人配合牵拉,于是呈现出鬼怪临世的荒诞之景。

至于奇诡的光束、烟雾、爆炸画面等,则是用到了烟火术、置景术等手法,就像南宋时期的诸军百戏一样,不过是打造了一个似真似幻的舞台而已。这个舞台的最大特点,就是大家不再只是观众,而是实实在在的参与者。

这一番解惑虽然有理有据,可玉帝听罢,仍旧毫无反应。他始终不改天神的赫赫气势,低头俯视着孙兴衍,厉喝道:"大胆妖孽,既已现身,休再挑拨离间,扰乱天界秩序!尔等小仙,还在等什么?快快把他们擒了,一起投入炎炉,焚火除妖!"

这可是玉帝的指令,众鬼神哪敢违拗?又见孙兴衍和夜千茉现了本身,更觉他们是妖怪,遂围上来擒拿他们。

大家冲至孙兴衍跟前,一柄柄铁叉才举过头顶,正要朝他刺来。只见他立即扒开胸口，白色中衣立地凸现出一个赤红的十字架，正是天主教的标志。

眼见此标，众鬼神诧然悚惧，无不顶礼膜拜，齐齐高呼圣母玛利亚。玉帝大声喝令站起来，还说这是孙兴衍的妖术。可无人响应，一个个双手贴地，头压在掌背，虔诚安详。

"你利用他们之前，就该想到，这些人既易被你控制，也易被他人控制。"孙兴衍一合衣服，抬起头，看向焦灼的玉帝，一笑又道："毕竟，只要有人拿来红色十字架，他们就会下意识地朝拜和崇奉，这就是臆想之人最大的特征。"

听闻此言，玉帝骇然变色，再无从前的帝王之气。孙兴衍唇角勾了勾，踏前走到鬼神们跟前，低头一扫他们道："如果我所猜不错，这些人就是天主教堂里的那些囚徒吧？他们原本是患了臆想之症的可怜人，你们觉得他们还有用，就囚禁到了教堂的酒窖。其目的，就是为了策划今日之局。"

不待玉帝等人反应过来，孙兴衍已把一本记事簿甩在了地上。这本记事簿上不仅明确记载了这些臆想之症病人的姓名及来历，还记录了他们数月以来所受到的教化与训练。

"那日你们与葛洪亮会面，彼此剑拔弩张，无人注意到我的存在。所以，我偷偷溜进了酒窖，并且偷……"因想到偷字极为不雅，于是夜千茉换了一个"拿"字说道，"总之，我拿到了这本记录簿。你们这群丧心病狂的罪证，全在于此了。"

当初，孙兴衍给她安排这个任务时，夜千茉还觉得受了劳累。

直到今日她才知道，原来这家伙的每一步谋划，全在此时应验了。

对于两人的说辞，玉帝不置可否。他只是冷冷笑了笑，随后佯装从容地说，孙兴衍这是在胡编乱造，并要求那些患了臆想之症的人，立即对他们迎头痛击。

"我就知道，你们是不见棺材不掉泪。"孙兴衍摇了摇头，几分无奈地解释道："这些人先被灌输了天主教唯命是从的思想，而后又被植入了冥府思想，算是默认自己就是地狱鬼卒。可你们别忘了，天主教唯命是从才是这些人的核心思想，冥府思想不过是附庸。他们既已见了赤血十字架，焉能再听命于你的召唤？"

"一派胡言！尔等小仙若再受妖人蛊惑，不辨是非，朕今日就将尔等统统打入寒冰狱，受那永世折磨之苦！"玉帝虽然充作威严不可犯，但声音明显有些气势不足，分明已知计划败露。

这种情形之下，众鬼神自然不再听命，仍旧在地上叩拜，无一人抬头，更无一人答言。夜千茉低头看他们一眼，而后抬起头来，一拧斩妖剑，扬手指向玉帝道："该说的都说了，你们现在已无帮手。要么下来跟姑奶奶打一架，要么姑奶奶上去把你们踢下来。你们自己选吧！"

"小飞贼！几日不动手，你是不是手痒了？"孙兴衍转头看她一眼，打趣道。夜千茉莞尔一笑，道："小奸商，你还别说，今日这一架，我还非打不可了！"

这话刚说完，两人一同看向飘浮在半空云层上的玉帝、李靖和杨戬三人。孙兴衍撸了撸袖子，说道："既然你们喜欢高高在上，那小爷就亲自把你们拉下神坛！"说着，大步冲了过去。

这时，忽见杨戬举起三尖两刃刀，瞄准了孙兴衍。不待他有所防备，一道绿光直射过来，刚好击中了他的右肩。孙兴衍刚觉肩部灼热，人已后仰倒地。夜千茉见是烟花枪所致，赶紧过来扶他，不料也被一道绿光击中，随之倒在一侧。

眼见夜千茉因救自己倒下，孙兴衍一下子怒火暴涨，先是踉跄着站了起来，而后伸手指向玉帝，大声骂道："奶奶的！老子跟你拼了！"说着他自三人脚下冲了过来，伸手抓住一根绕过岩洞横梁，斜向下延伸的细钢丝。这根钢丝的另一端，正被隐藏在烟雾里的人拉着，所以玉帝、杨戬和李靖才能在半空之中飘浮。

孙兴衍双手抓住拴在玉帝身上的钢丝绳，用力摇荡起来。玉帝因失去了平衡，仿佛是被大风刮过的柳枝，登时剧烈晃动，无法平衡。

"我让你们以神自居，诓骗世人！"孙兴衍咬牙大骂的同时，自腰间摸出一把铁钳，先把玉帝身后的钢丝剪断，随后也把李靖和杨戬身后的也剪断了。

三位上仙失去钢丝牵拉，直直从半空中掉了下来。夜千茉见状冲了过来，手中长剑立即贴于玉帝脖颈。杨戬和李靖后退几步，本想逃走，反被宋宽的长剑劫持。

孙兴衍扔掉手中的铁钳，大步冲过来。此时玉帝平躺倒地，孙兴衍就站在他的腰间，先是用力踹了一脚，随后弯下腰，拳脚也招呼过来，把那玉帝一通乱打。

"小爷我都已提醒你了，假便是假。没想到，你演戏还演上了瘾？你别以为我不知道，你想控制这些患了臆想之症的人来除掉老葛和老吕。实话告诉你，这些人见了十字架，就像孙子见了爷爷，你断然无此机会了！"

说到孙子面见爷爷时，孙兴衍忽然停下来击打的拳脚。他站起身来，大喘了一会儿粗气，嘿嘿笑道："这样吧，你先给你孙爷爷请个安！我们老孙家，一千多年前，曾有个孙大圣捅了你的凌霄宝殿，今日孙大圣的重重重孙又来教训你了！来啊！起来给你孙爷爷叩头！"说着，薅住那人的衣领，就把他拉了起来。

那人虽是狼狈万状，可仍咧开嘴不甘地冷笑道："早知今日，当初我就该把你宰了！"听闻此言，孙兴衍松开了手，夜千茉立即横过长剑，把他牢牢挟持。

"想宰我？那也得凭本事！"孙兴衍用大拇指擦了擦鼻头，满脸不屑地哼道，"当年，你孙大圣祖爷爷何等威风？玉帝老儿不也想把他雷劈电砍，甚至投入炼丹炉给烧化了吗？到头来，差点儿丢了凌霄宝殿。小爷我有幸沾了老祖宗的光，怎会轻易死于你手？"

那人知道孙兴衍爱贫嘴，只是撇嘴一笑，不再言语。沉寂了良久后，那人忽然看向他，问道："话已至此，你只怕已知我是谁了吧？"

铺垫这么久，就等着这家伙问这个问题了。孙兴衍嗤笑了笑，几分痞里痞气地道："你不是玉帝，你是唐阁。"

第十二章
真相大白

1760年5月10日

黄帝纪元四千四百五十七年

高宗 爱新觉罗·弘历 乾隆二十五年 农历庚辰年 龙年

庚辰年 三月小 廿五日

庚辰年 辛巳月 庚午日

宜：纳采 开市 治病 动土

忌：驱鬼 安葬 出火 分居

这话脱口而出的刹那，那人僵住了，宋宽和夜千苿也僵住了。大家都没有想到，他竟然会说出这样一个意外的推断。

孙兴衍了然会是这个结果，就在众人全部愣神的须臾之间，他扬手揭开玉帝的傩面具，不承想此人竟是李拯，并非他口中的唐阁。

"他……他不是李拯吗？怎么……怎么会是唐阁呢？"夜千苿

看傻了眼，凭她千想万想也没想到，此人居然是李拯！

孙兴衍把面具朝身后一抛，拍了拍手笑道："不错，他的确是李拯，但他也是唐阁。"这话有点儿绕，难以理解。

大家还是满脸茫然，全在等他一个合理解释。孙兴衍补充道："简单来说，已死的那个唐阁是李拯的替身，也是他的管家。整个唐氏瓷号的真正掌舵人，其实是李拯。"

这个出人意料的结论要想得出，可费了孙兴衍不少工夫。他依据夜千茉在唐家搜到的三沓信，已做出如下推断：

首页书写简单，字迹健硕，且是提纲；余下几十页内容详实，潦草飞驰，可见是对提纲内容的扩充。这不仅表示，字迹为两人所写，也可表明，首页出自真正掌舵人之手，所列提纲为商号发展总规划，乃是决策文书。这样的决策文书，必为幕后之人。

只要确定了字迹，就能对整个商号的运作情况有一个较为粗简的概括了。经过对比核验，唐阁的字迹基本和余下几十页的吻合。

唯独首页字迹不知是谁。直到见了李拯所书的花名册，孙兴衍觉得很像首页之字，就让夜千茉偷来详细对比，果然出自同一人之手。

由此不禁让人怀疑，这个李拯究竟是不是唐阁的上司呢？为了查明这件事，孙兴衍布下了两个计划。首先，他让夜千茉前往衙署，偷来有关李拯的谱牒记录，简单查看完了李拯的履历。然后，夜千茉每日都要去牢中看望梁靖，孙兴衍也跟着同去。只不过，他主要是去找杜康吃酒。两人推杯换盏之间，他打听到了不少有关李拯的事迹。

经过整理谱牒信息，再融合杜康的说辞，孙兴衍脑海里浮现出了这样一个李拯的形象。很多年前，李拯是福建德化的一个瓷器商人，主要经营着青叶瓷号，所产瓷器色泽饱满，手感光滑，敲打清脆，质地坚固，画面与釉面结合非常好，乃是轰动一时的好货色。

数年后，他的商号被一位当地权贵看上，便提出收购。李拯不从，权贵就联合官员落井下石，诬告他制造赝品，投身入狱。

家人经过多方走动，总算把他捞出来，可自己的瓷号早已被那位权贵抢走。从此，李拯成为两手空空的无用之人。

自那时起，李拯就发誓，一定要把所有失去的东西，一点一点夺回来。于是，他毅然决然离开了伤心之地福建，独身奔赴景德镇，因见高岭招募衙役，遂报了名。

他从值班巡逻、拷问犯人、看守钱粮等三班衙役做起，一直做到六房衙役，再后来是现在的班头，可以说非常励志。

这是旁人眼中的李拯，但孙兴衍不这样认为。李拯既然经过商，同时也做大、做成功过一个瓷号，本身应该是精明之人。可是，他为何表面上看来却憨憨傻傻，一点儿也不颖慧呢？大概只能说明一点，他在隐藏一些事。

也许，从前的经历告诉李拯，一个商人如果没有官府做靠山，就算做得再好、再大，早晚也会被别人抢走腰包。

于是，他当上总捕头后，定下这样一条发展思路：明里做官，暗里打造自己的商业帝国。这样，他就能用官场上的资源来养护自己的产业，简直是一箭双雕！

不久，李拯想尽办法招募来了一个制瓷高手唐阁，并许诺把整个唐氏瓷号交由其打理，唐阁的家人也可以搬进来住。

起初，两人相处融洽，合作愉快。然而不久后，看似祥和的环境之下，处处弥漫着不信任。李拯多次对唐阁的管理设想提出过批评，尤其到了后来，两人几乎天天针锋相对。

与此同时，李拯感觉唐阁应该生了异心，就让盛立去监视他的一举一动，结果发现唐阁正在秘密收集李拯的罪证，甚至想找机会除掉他，独揽整个唐氏瓷号的大权！

自己还未动手，对方就有别念了，岂能容忍？李拯遂决定一不做二不休，将唐家一十三口全部灭门，就连盛立也被铲草除根，并把所有人的首级做成陶瓷人头。

整个陶瓷人头案，伴着孙兴衍一点点地剥茧抽丝，总算有了些许眉目。他的陈述之中，既有证据也有推断，论述详备而无懈可击。

李拯听罢，心里也甚为钦佩。他满面透着阴邪，咧嘴冷笑道："不错，人是我杀的。"事已至此，也就没必要跟孙兴衍虚与委蛇。既然这家伙已查到了所有案情，那就告诉他们真相又能如何？虽说他已落入了孙兴衍之手，但李拯并不觉得计划失败，因为他手里还握着一步要棋。这步棋不急，他打算适时再走。

"我原本设想过，先抓了唐阁的家人以示威胁，再逼他继续为我做事。后来，我又在想，这种下三滥的手段，虽然短时间内有效，但长期运作起来，只怕会有闪失。就在我愁虑不定之际，有个朋友找到了我。"李拯说到这里时，孙兴衍眼前一亮。他知道李拯要提到关键人物了，这个人物，孙兴衍很想了解，但却苦于没有线索。

"这位朋友告诉我，他有一计，无论是除掉唐阁，还是帮我拿下江右商帮，几乎都不是难事。只不过，这一切都基于一个前提，我必须听这位朋友的话。"

首先，此人不仅能帮李拯除掉唐阁这枚眼中钉，还能为他拿下江右商帮。日后，他若有幸掌控江右商帮，那将是一项多么伟大的事业，这可要比兼并三大瓷号还要有意义得多！

起初李拯对这位朋友的能力表示过怀疑。可经过一系列的调查和分析后，他发现这位朋友确实有些能耐，于是秘密与之开展合作。

"说得也是，你虽然诡计多端，可如果没有帮手，却也不成。"孙兴衍双手插在怀里，暗自叹了口气。思索良久后，他把目光投向了李靖，一抬下巴道："如果我所料不错，你的那位朋友，就是托塔天王吧？至于另外的这位杨戬兄，我实在猜不出是谁了。"

李拯听他颇有见地，忍不住反问："哦，你怎知这位托塔天王，就是我的朋友？"孙兴衍走到托塔天王的身前，认真打量了一个遍，平和地笑道："这位朋友，你可知道，咱们的托塔天王，究竟是左手托塔，还是右手托塔？"

李靖微怔了一下，脸色变得紧张起来，不知该如何倒换手中之塔，说明这人对大清文化并不熟稔。孙兴衍笑了笑，又看向那人左手中指，道："虽然你很低调，行事风格也都相当谨慎，可你也别忘了，有些不起眼的东西，也许会要了你的命。就比如这枚戒指，其中心的十字形纹饰，可不就是十字架吗？由此可见，你应该信奉天主教。"

这些话，每个字都掷地有声。那人听在耳中，犹如受万蚁噬心，可就是不置一词。孙兴衍也料到他不会开口，耸了耸肩道："好吧，我再赠送你一些线索。"说着，他撇了撇嘴道："你应该是穿不惯我们大清的鞋，所以脚上穿着一双黑皮鞋。如果我没有猜错，这应该是牛津大学开始流行的牛津鞋。牛津鞋的楦头与鞋身两边，一般会做出雕花翼纹图案，鞋面则要打三个以上的孔眼，再以系带绑绳固定。这不仅有装饰性的变化，也能表现出低调古典的雅致风味。啧，真是不错，看上去就很高端嘛。可是，你这一身的西洋打扮，再穿上我们神话世界里的天神战衣，实在有点儿违和了。"

由于事出紧急，那人没来得及更换鞋子，所以才会无形中暴露。那人见身份被人识破，下意识地向后侧身。宋宽一震剑锋，嗡嗡之声仿佛在提醒他，切勿轻举妄动。

"不要着急嘛，我还没把话说完呢。"孙兴衍双手抱臂，就像个旁观者，笑着走到那人跟前，略微顿了顿又道："你的戒指和皮鞋，绝非普通的外夷商货，应该源于东印度公司。毕竟，这种牛津鞋，只有东印度公司的高层才有资格穿。"

那人踉跄了一下，眼神犹疑不决，显然是被料中。眼见此人的阴谋昭然若揭，孙兴衍挑了挑眉毛，嘴角微微地向上扬起，又趁势说道："你之所以找到李拯，应该是想利用他，彻底打通与江右商帮的合作关系。于是，你就哄骗李拯说，可以帮他除掉唐阁一家，甚至还能帮他拿下江右商帮的主导权。至于计谋嘛，应该是连环计。即通过杀死唐阁一家，将线索引到江右商帮理事与葛氏瓷号东家葛洪亮的身上。你之前应该已调查清楚，葛洪亮为了得到花青，将陈宪囚禁在了地下密室之中。如果此事爆出来，再加上唐阁一家的死，梁靖是被冤枉的，真正幕后凶手，可不就是葛洪亮吗？他就算有十张嘴也说不清啊。葛洪亮被除掉后，李拯设法扭转身份，向世人证实自己才是唐氏瓷号的东家，再编造多年前曾被唐阁夺走家产。后来自己当上捕头，也只为了严惩唐阁，夺回家产。时至今日才沉冤得雪，多么令人感动啊！自此以后，刚刚拥有唐氏瓷号的李拯，不日就能取代葛洪亮，坐上江右商帮理事之位，从此成为江西第一大商帮的重要掌舵人之一。这，真是一招大棋！就算丢了一身的高官厚禄，那也是在所不惜吧？"

那人没有说话，眼中似露诡色，移向李拯。李拯迟疑了须臾，道："听你的口气，应该很早就开始怀疑我了吧？"

这话倒也不错。其实，早在前往鬼市寻找线索时，孙兴衍就从李拯与夜千茉的交手中感到不对劲。

李拯此人，莽勇直率，不会精于算计，但那次交手却频频卖破绽给对手，再使出致命一击。比武若会设局，只怕为人也不会逊色。

此时，孙兴衍已对李拯开始怀疑。

经过多日的相处，孙兴衍发现，李拯不仅不急着把他定为凶手，设法扫清麻烦，甚至还给予了他无私的帮助。他本以为，这是李拯急着寻找真相，故而如此。直到后来孙兴衍才想明白，李拯只是把他当一个推手。

这个推手很重要，首先要把李拯的整个计划串联起来。这样，李拯就能以捕快的身份参与案件的侦查，再以一种置身事外的态度，彻底掌控整个局势的走向。

孙兴衍的出现，既符合所有预期，也是一个绝佳的推手人选。

为了布好此局，李拯先立起一个憨傻的人设，再通过哄抬孙兴衍的睿智，借以诱骗他为自己查案。

实际上，李拯才是最精明的谋划者！

他通过摆布调查对象和线索，从而诱导孙兴衍查出梁靖和葛洪亮，这样就能借孙兴衍这把刀，轻松把对手一网打尽，拿下三大瓷号的经营权，坐收渔翁之利。

然而整个计划并非李拯一人谋划，只怕那位东印度公司的某位高层也出了不少力。换言之，这场跳魁大会是李拯和那位东印度公司高层一起布下的局。

孙兴衍说完这些推测时，李拯没有矢口否认，只是仰天大笑道："就算你知道了真相又能如何？今日这座山洞里的所有人，无一例外，皆要命丧于此。"

一语刚尽，孙兴衍、夜千苿和宋宽等人皆是大惊。李拯并不理会他们的讶然，而是满面挂着阴邪，目光扫过众人，咧开嘴冷冷地道："实话告诉你们，龙鼟洞周围，已被我埋下一百石的火药。如果全炸了,就算大罗神仙也插翅难逃。我虽落入你们手中,但如果你们想活命,还是得乖乖过来求我。否则,咱们大不了一块儿同归于尽!"

听闻此言,夜千苿立刻把长剑逼近寸许,哼道:"龙鼙洞有两个出口。杀了你,我们完全可以从那里逃走。"

"当然了,你们可以这般设想。"李拯摊开手,又黑又粗的眉毛上跳动着桀骜,"不过,我也可以告诉你们。那两个出口已被我用巨石封死,现在连只苍蝇也飞不出去了。"

这个结果无疑很让人震惊。龙鼙洞本就是封闭性极好的洞穴,由于天然的石砌水护,最终形成一个与外界隔绝而又独立的广阔空间。

正如李拯所言,整个洞穴只有前后两个出口,并无其他路径。高岭的祖祖辈辈们,曾试图开凿新出路。可付出了几代人的心血,牺牲了一位又一位高岭人,仍没有如常所愿。

这座天然形成的奇诡洞穴,仿佛被下了魔咒,俨然成为集结着神秘与邪戾之气的地方。如果山洞里被埋藏了火药,出口又被巨石封死。一旦火药爆炸,他们必定会被乱石活埋,再无生还之路。

"你为了布下这个局,当真下了血本。"孙兴衍双手叉腰,稍稍环视了一圈,而后说道,"最后一场演傩刚开始不久,广场上就冒起烟雾。一来这些烟雾起到了戏台置景的效果;二来里面也混杂了迷烟。不少看客,只怕就这样被你们迷昏了吧?大家四仰八叉躺在地上,烟雾很快漫过他们的身子,所以看上去就像他们凭空消失了一般。至于这些患了臆想之症的演傩优伶,你们应该在他们的食物和茶水里提前掺杂了解药,所以他们平安无事。"

李拯不屑地斜看着他,只是勾唇冷笑,并未回言。孙兴衍踏前一步,先看了看宋宽,这才盯着李拯道:"多亏宋兄足智多谋,认真验看了演傩优伶的饭食,这才识破了你们的奸计,偷了一些解药与我们服食。不然,只怕我们也倒地不起了。"

这一些啰唆的解释,李拯早已听得不耐烦了。今时今日,他等了太久了,只要此地爆炸,所有人命丧于龙瞥洞,世间将再无人知晓他的计划。

到时,他可以用手中权力翻云覆雨,也能彻底把自己洗白重新来过。至于龙瞥洞惨案,大家完全可以归结为一场意外,所有人的死也都会归结为得罪神灵,天降大祸。只要他还是高岭的班头,就没有人会查出真相,真相只会被深深掩埋。

"小子,咱们不妨做笔交易。"李拯看了一眼用剑挟持自己的夜千茉。害怕他使诈,夜千茉把剑身一抖提醒他不要乱来。

李拯蔑然一笑,目光转向孙兴衍,正欲开口再说,忽听孙兴衍马上笑着道:"你想让我们放了你,条件是,你也会带我们离开。"

"不错!现在只有我知道出路。"话说到这里,李拯顿了顿,一双冷意森森的眼睛在孙兴衍、夜千茉和宋宽身上停驻了良久,方才笑道,"这里的看客全已昏迷,那些疯子们不必管生死。所以,我想带走的人不多,也就你们仨了。"

轻描淡写之间,这些话里玄机满溢。孙兴衍扫了一眼两位同伴，唇角微微一笑，迈前一步，伸手拍了拍李拯的肩膀道："这是个好主意，我也是这个想法。"夜千茉道："小奸商！你疯了，此人诡诈多端，我们不能相信。"

"你看，我想信你，可我的伙伴，她不信你。"孙兴衍向后一倾身子，抬手指了指夜千茉，一张满堆笑容的脸上渐渐浮现出了怀疑，道，"不过，我这位伙伴说得不错。你这人诡计多端，万一把我们带入死胡同，再算计致死，反而自己逃命，又该怎么办呢？毕竟，你这个计划知道的人越少，就越安全。"

此话不假，李拯也是如此想的。他并非真心要带三人走，不过是为了脱身，这才提出此意。一旦自己逃走，他的第一个念想就是除掉他们。真没想到，这小子一眼就看穿了他的心思，遂冷冷地问："说吧，你还有什么条件？"

"我没有条件，而是想送你条件。"李拯微怔，不知道他这话何意。孙兴衍近前，附在李拯耳边说了一句话，而后轻步倒退，双手抱臂，意味深长地盯着他看。

李拯先是浓眉紧锁，片刻过后，脸上荡漾出一丝诡笑。孙兴衍觉得差不多了，朝着夜千茉挥了挥手道："行了，放开他吧。"

这话实在突如其来。放了他？为何要放？这家伙究竟跟李拯说了什么？夜千茉十分疑惑地望着孙兴衍，似乎在讨一个合理的解释。

"小飞贼，你是了解我的，没有把握的事，容易丢命的事，任何不利于我的事，我是绝不会做的。"孙兴衍侧过头，浅浅笑了笑，眉目之间流露着自信和胸有成竹。

数日以来，夜千苿已对这个小奸商十足了解。此人偷奸耍滑、自私自利、胆小怯懦，人性的弱点他几乎全集结了。假如遇到危险的事，他要比自己还懂得明哲保身，岂会心甘情愿涉险丢命？虽然不知小奸商跟李拯谈了何事，但夜千苿始终觉得，小奸商应该谋划好了一切，于是收起了手中的斩妖剑，一步一步退到孙兴衍的身畔。

"你刚刚跟他说了什么？"夜千苿满是杀气地盯着李拯，头微微歪向孙兴衍。

"我告诉他，我知道花青的秘方。他是一个瓷痴，为了花青秘方，一定会想办法带我们出去。拿不到东西之前，他绝不会下辣手。"孙兴衍用只有他们才能听到的声音答道。

"可他为何相信你？"

"我说，咱们这次来跳傩大会，就是为了帮陈宪救出儿子。只要我们成功把陈冰冰交给陈宪，就能拿到秘方。"

"可是，陈宪不是已经死了吗？"

听到夜千苿问出这个问题时，孙兴衍低头笑了笑。良久过后，他才把嘴唇贴到了夜千苿的耳边。夜千苿感受到了他温暖的呼吸，身子下意识地一颤，只觉心里有无数蚂蚁在漫爬。伸手推开他不是，由他留在自己身边也不是。

"可是，他不知道呀！"这一句话，孙兴衍是钻进夜千苿耳心说出的。温暖的气息，酥麻的声音，坏坏的挑逗，一时烫红了夜千苿的脸颊。

一众人在山洞里疾走穿行,步伐轻健,整齐而无人交流。山洞内漆黑辽阔,阴风嗖嗖,让人不禁毛骨悚然。暗河里一如死去的水流,仿佛尸体上流出来的黯黑冰冷的赤血,经过光的反射,照于凹凸不平的洞壁,闪发着粼粼波纹。各种奇石异岩仿佛神怪鬼魔,一个个全都瞋目龇牙,骇人万分。

杰西卡和格蕾丝率领几十名手下,一路在黑暗里秘密行动。他们就像是黑夜里的行者,皆是一水黑色的夜行衣,黑布蒙面包头,只露出一双眼睛。

轻不可闻的脚步声,于这片极为高耸的山洞里幽幽地回荡。除了脚步声之外,水滴顺着四面奇形怪状的钟乳石,一滴一滴流了下来,打在地上,还能听到更为清亮的滴答声。

众人行到一处偏狭的洞口时,先是凉气忽然扑面而至,随后飘来腥臭混杂着腐尸糜烂的怪味,呕吐感霎时从胸腔涌到了嗓子眼。

杰西卡轻轻抬手,一阵阵紧凑的步子立即戛然而止。众人取下腰间挂着的钢弩,随后又从牛皮箭囊里抽出一枚枚钢箭安置好,只待首领下达指令。

"再往前会有蝙蝠群,那是一些吊挂于黑暗之中的怪物,不仅嗜血有毒,而且视力极弱。一旦乱飞乱撞,咬到了人,顷刻便会毙命当场。我们遇上了,务必要谨慎。"杰西卡小心翼翼地朝着洞内看了一眼,叮嘱着众人。

所有人虽积极回应着"是",但一个个面容上却流露着痛苦和煎熬。毕竟洞外的怪味都已这般大了，要是闯入里面，那还不知要忍受怎样的折磨。

"这片山洞密闭无门，要是找不到出口，大家都得死。所以，为了活着，再难克服的困难，你们都要咬牙吞下去！"格蕾丝冷冷地提醒道。

片刻后，眼见众人渐渐下定决心做事，这才又道："我们的人经过跟踪，已查到李拯的手下就躲在附近。也许，这里有唯一的出口。现在我们的任务是，先控制李拯的人，再夺取暗河出口，迎接主人的到来。"

下达完安排后，杰西卡和格蕾丝率先朝着洞口深处走去，余者紧随其后。众人隐匿于黑暗里，就像与黑暗融为一体，全是猫腰急行，平端钢弩，并未发出一丝大的声响。

众人到达一片伸手不见五指的黑暗地带时，全迷了路，不知该去往何处。杰西卡说，他们的手下就是追到了这里，李拯的人才忽然消失不见的。

"看来，我们别无去路了。"杰西卡遥望四周，忧心忡忡地说道。这时一股诡异的风呼啸过来，寒得彻骨，不禁让杰西卡浑身一冷。

格蕾丝毫无表情地环顾起周围，她不相信没有路，只是大家还未找到。这时，她捕捉到正前方有一丝光亮，嫣然笑过，伸手指了指道："不！杰西卡，你瞧，那是什么？"

"难道，那里就是暗河的出口？"

格蕾丝收起了手势,笑道:"应该是。整个龙薹洞的密闭性非常高,除了正常的入口和出口,就只能走暗河。那丝光亮,也许来自在暗河出口静候的接应者。"这一番推论,倒也并非空穴来风。

早在半个月前,威尔逊与李拯达成合作关系,设计了跳魁大会。李拯还曾秘密带着威尔逊参观过龙薹洞,并把计划说与他听,就是希望他能助自己一臂之力。为了各自的利益,两人一拍即合。

可谁能想到,李拯不过是在利用威尔逊。眼见计划已成,李拯便想到了过河拆桥,一并把威尔逊也除掉。然而威尔逊是何等狡猾,自然也早就想到了这一点,故而才安排杰西卡和格蕾丝秘密跟踪李拯的手下,方才一路摸索到这里。

寻着光亮的来源,众人行至一片坚硬的钟乳石墙体的一侧。这座墙的右下方,暗藏一个大小如狗洞,三丈狭长的密道。人一旦钻入,想要出来,至少要在洞内蹭爬两刻钟。

自密道钻出来,就是一人高、十丈长的大隧道。顺着这条隧道一路前行,曲折荡漾,水石莫辨,犹如来到琼宫玉阁,奇幻诡秘。洞府之中还有洞,幽深之处更幽深。如果不是众人手中有地图指引,只怕早就在此迷路了。

隧道的尽头是一片南北对穿的溶洞大厅。这里广阔无边,四周皆是拔地而起的石笋,如莲花、如密林、如卧佛、如神魔……种种天生地长的奇观,就像神灵睥睨着世间万物,真是一片异景。除了脚下奇诡之景外,头顶上也是各种各样的石钟乳,如灯、如塔、如盘龙、如猛虎……数之不尽,言之不竭。

溶洞大厅边缘是落差极大的悬崖，悬崖之下是冰凉的暗河河水，更远处还能看到一条冗长的地下溶洞，犹如怪兽张开森森大口。

众人大步来到悬崖边，遥望着远处暗河上漂游着的一艘乌篷船，船上挂着一盏楠木纱灯。明亮的光晕既可照明，也可传递信号。

从灯笼闪烁的亮度推算，大约在三十丈远、二十丈低之处。如果想要到达那边，附近应该有索道。格蕾丝推断，这边的人在沿着索道下滑之前，应该先会与船上之人用灯笼对信号。只有在确定对方是自己人以后，这样才能安全下滑。

因而他们有必要好好商议一下接下来的安排。格蕾丝向四周招了招手，众人全聚拢过来，正要一起商量细节。这时，忽听一人发出"呃"的痛苦呻吟，紧跟着听到"当"的钢弩落地声，随后又听到人倒地的声响。

杰西卡这才意识到危情，急忙转身。就在这须臾之间，黑暗里响起细密的箭矢破空声，嗖嗖嗖宛如炸锅的蜂窝在作响。不消片刻，数名黑衣人倒地，钢箭与钢弩杂乱跌落，叮叮当当不绝于耳。

"隐蔽！速速隐蔽！"杰西卡一声令下，众人迅速以钟乳石为掩体，各自寻找位置躲藏起来。密集的箭雨不间断地在石壁上炸响，一时呼应着碎石块落地声，于幽暗的山洞里激荡循环。

孙兴衍和李拯达成合作意向后，第一个共识就是除掉那位东印度公司的高层。此人阴险诡诈，不好对付，很容易成为他们的绊脚石，眼下正被宋宽挟持，几乎动弹不得。

"这位朋友应该来自东印度公司吧？"孙兴衍打量着托塔天王，眼神中满是挑衅之色。李拯瞟看此人，冷笑道："不错！他就是跟我合作的那位外夷商人威尔逊。"

数年前，李拯跟威尔逊在一个宴会上有过一面之缘，于是结为好友。一年前，威尔逊忽然造访景德镇，竟然提出了要跟李拯做一笔大生意的构想。于是就有了现在的一切。

谁知就在计划将成之际，半路杀出一个孙兴衍。起初李拯还有些恼恨，觉得自己费心谋划，最后竟败给一个毫不相关的人。

可转念一想，他又有了新的盘算。如果跟孙兴衍合作，他不仅能得到花青秘方，还能借孙兴衍之手除掉威尔逊——这是一招绝好的借刀杀人之法。

毕竟，威尔逊是外夷商人，如果不明不白地死在了跳魁大会上，理藩院追究起来，他这个小班头只怕会难辞其咎。

既然如此，何不顺水推舟，借他人之手杀了威尔逊呢？到时，再把这些人带出去，设法将罪责全都栽赃到他们身上，岂不是一箭双雕？

一念及此，李拯只觉心间浮上来一股畅然之感。只要计划顺利，他不仅能得到想要的一切，还能完美地善后，真是一着妙棋。

"话已至此，两位朋友，也该露一露庐山真面目了吧？"宋宽急抖手腕，用剑斜挑，杨戬和托塔天王的傩面具当即被挑飞，现了本面。

这是两个长相一模一样的外夷双胞胎，清一色的高鼻梁、络腮胡、蓝宝石眼睛，一头蓬松卷发，无不彰显着异域风采。

众人一时诧然，全都看向李拯。莫非，威尔逊不是一个人，而是一对双胞胎？众人的疑惑也是李拯的疑惑。他虽与威尔逊多次合作，可从未见过此人。不过，凭借形体以及身上的诡谲之气，李拯很果断地认定，他们都不是威尔逊。

"你们究竟是谁？"李拯横眉竖目，厉声喝问。两人不卑不亢地看着李拯，既无惊惧，也无答言。李拯大步冲上前，把二人踹倒在地，随即伸手拔出腰上的佩刀。

第十三章
死里逃生

1760年5月10日

黄帝纪元四千四百五十七年

高宗 爱新觉罗·弘历 乾隆二十五年 农历庚辰年 龙年

庚辰年 三月小 廿五日

庚辰年 辛巳月 庚午日

宜：纳采 开市 治病 动土

忌：驱鬼 安葬 出火 分居

孙兴衍瞬间愣了一下，还来不及反应，大刀已在两人身上左挥右砍了几下，当然并不致命。两人这才支支吾吾说了一通话，只可惜无人听懂他们在说什么，料想是某个外夷国家的语言。

"奶奶的！我们上当了！"李拯粗眉紧皱，两眼瞪得又大又圆。急火攻心之下，他高高举起大刀，左右各一刀，挥向这对外夷双胞胎的命门。两人眼前一黑，身子轻飘飘侧躺倒地，登时全死于大刀之下。

李拯收刀回鞘，一双疑虑重重的虎目不停转动，暗暗思索着刚才发生的一些事。当初制订计划时，威尔逊明明提出要扮成托塔天王的样子收尾，为何此刻不在？难道他早已算准一切，正在某个地方注视着所有人？如果真的如此，那眼下的处境就是瓮中之鳖了啊。

"好啊！真是好啊！我们以为傍上了李爷，就能活着离开这里。谁能想到，李爷也成了王八。这下好了，咱们反被将了一军，如何是好？"孙兴衍摊开手，兀自抱怨道。

李拯踏前一步，环视着周围，冷笑道："孙老弟，这都什么时候了，你还笑得出来？我可告诉你，这个威尔逊诡诈多端。如果我们杀不了他，他就会杀了我们。"

此话所言不虚。一个可以把李拯玩弄于股掌之间，而且神龙见首不见尾的人，必定精于算计，图有大谋。谁也不知道，这个威尔逊究竟所谋为何，但有一个可能的揣测——他想让所有人都葬身于龙覃洞。

夜千茉环视着四周烟雾滚滚的山洞，问道："小奸商，你说这个威尔逊会不会已找到火药的埋葬地，妄图把这里炸毁？"言及此，她停下目光看向李拯，冷下声音道："到时，李头翁可就是搬起石头砸自己的脚了。"

这种情况极可能存在。李拯蹙着眉，脸上一片惶恐，暗忖了起来。宋宽扫了一眼李拯，随后把目光伸向更远处，道："怕就怕在，这个威尔逊还有更深的算计。"

一个精心设计的跳魁大会，原本是李拯消灭所有敌手的阴谋。谁知被威尔逊反手一推，立即就转换了局面。此人手段之高明，实在让人难以预料。就在大家无比紧张之际，一阵此起彼伏的嘈杂声在戏台周围响了起来。

随着蒙汗药的药力散去，昏倒在地上的百姓们全都苏醒过来。大家相继站了起来，一看到狼藉的现场，顿觉大事不妙，三五成群地议论纷纷。

三名胆小的百姓率先跑去了出口处，迎面看到一块巨石已把出路封死。就在他们折返回到戏台时，另外四五名百姓刚好过来告知，他们去了入口处，出路同样被巨石封死了。

此时此刻，这里已成为了一座密闭的山洞。就算不发生意外，他们也会被渴死饿死，一些潜伏在黑暗里的蝙蝠、洞螈、狼蛛等动物，兴许会把他们当作美味给吃掉，不久只剩下累累白骨。

"李大人，你这一招可真威风。"吕有德不知何时走到李拯身后，上来就是一句劈头挖讽。原来孙兴衍救下吕有德以后，由于他中了戏台上的迷烟，不幸昏死了过去，直到现在才苏醒过来。

睁开眼的一刻，吕有德看到李拯与孙兴衍等人安然无恙，似有谋划，料想一切是李拯布下的局，这才过来寻他的事。李拯转过身，桀骜地笑道："我当是谁，原来是吕会长，您怎么还活着？"

这话听来语气恭顺，实则杀意满溢。吕有德琢磨出了话中别意，又已知山洞的出入口被封死，了然李拯是铁了心要除掉自己，于是伸手指着李拯,咒骂道:"姓李的!你与洋人勾结,数典忘祖,罪可万诛!吕某今日就算是死了,也要拉你陪葬!"

既然对手要杀自己,无论胜败与否,自己总该出手反击,哪怕死在反击的路途。吕有德撩开大褂,右手拔出腰间的匕首,迅疾地刺向李拯。这把匕首原本是为了防范葛洪亮,没想到会用在这里。

说时迟,那时快。吕有德的匕首还没有触及李拯分毫,整个人就忽然僵住了。他的双目骤然放大,身子宛如一尊雕塑,良久良久岿然不动。待到他低下头时,一把长刀早已从他的身上拔了出来,而他手里的匕首也跟着哐当落地。

"你……"吕有德刚吐出最后一个字,整个人就已软绵绵倒地,几下抽动,睁着眼睛死去。百姓们见李拯杀了人,无人再敢于此逗留,尖叫吵嚷着一哄而散,寻出路去了。

这时葛洪亮刚从看席上醒来,眼看着李拯等人就在戏台前,于是大步下来径直跑向吕有德的身后,本以为能听到离开的路径。可当看到李拯一刀捅杀吕有德后,葛洪亮这才明白,恐怕自己也难逃一死,于是轻轻转过了身,就要逃走。哪知李拯快他一步,迎面相拦,仿佛一面墙挡住了他的去路。

"李拯,你……你如此丧心病狂,不得好死!"葛洪亮伸手指向李拯,满面挂着惶恐之色。他心里无比清楚,这个时候求饶,也不会得到李拯的放过,与其委曲求全而死,反倒不如维持最后一丝尊严。

"吕有德已死,现在轮到你了。"李拯双手持刀,面向葛洪亮,冷冷地说道。葛洪亮双腿一软,扑腾跪倒在地,不停叩头求饶道:"你如果放过我,葛氏瓷号所有的经营权,皆交于你手。你放心,我会找个无人的地方隐姓埋名,哪怕远渡重洋而去也成。总之,我绝不会坏你好事。"

死亡未曾来临之前,葛洪亮为了尊严,尚且说几句有骨气的话。而今死亡临近,他到底是软了下去,不停地磕头求饶。

"一切,都太迟了!"葛洪亮刚抬起头,就感到阴风刮过。随着一片刀刃穿过脖颈,他的人头先落了地,尸体僵了须臾随即轰然倒下,颈部的鲜血宛如泉水恣意井喷。

这一切发生得太快了,宋宽和夜千茉刚跑过来,根本没有机会去阻止,两人已接连毙命。孙兴衍大步跑了过来,一眼扫过两具尸体,摇头叹道:"你这也忒狠了!就算他们有千错万错,也犯不着由你来惩处吧?"

李拯不理会他的指责,只是竖起那把带血的大刀,几近变态地欣赏着上面的血痕。江右商帮的两大掌舵人,均已死在他的刀下。日后的江右商帮,就是他李拯的了。每每想到这里,李拯心里就汩汩激荡着兴奋和痛快。

起初,孙兴衍觉得李拯手段狠辣,性情残暴,心里没少谴责暗骂。可当他看到葛洪亮断头处时,不禁心下微颤。那断头处光滑齐整,不见参差不齐之貌,足可见刀功了得。

这忽然让他想起唐阁一家的死。那十三人也是如此断的头,无论是倾斜角度、刀功巧劲,还是切割的平整度等线索,几乎无不印证李拯就是凶手。

当然李拯已承认，人就是他所杀。只不过，孙兴衍始终没有想明白，案发现场没有出现大片血迹，李拯如何完成的杀人。直到他看见李拯斩杀葛洪亮，心头才猛然有了猜想。

"你手中的那把刀，就是咱们在唐家找到的凶器，也是斩杀唐阁一家的唐刀，是不是？"孙兴衍忽然发问道。

李拯早已承认自己就是凶手，所以对此并无讶然。他只是比较好奇，孙兴衍如何知道自己用这把唐刀斩杀的唐阁一家。

"哦？你看出了什么？"

"我看到，你精心布下了一个缜密的局。"

"缜密的局？"李拯笑了笑，擎起那把刀，道，"杀人就得流血。就算我承认，唐阁一家是我所杀，可你是否知道，我如何动的手？你要明白，唐家客厅并无大片血迹。"

这的确是个关键问题，也是李拯最得意的一处杰作。孙兴衍没有回答，而是从怀里摸出一张叠好的手帕。他掀开几层，内部包裹着几个血块。

那日他在唐家查案时，一路顺着客厅摸到桃树之下，随后血迹消失无踪，只余地上的几个血块。为了弄清楚血块的来历，他就用手帕把血块包裹了起来，一直揣在怀里，只待一个时机拿出来揭露真相。

"只有几个血块，这能说明什么？"李拯蔑然笑了笑，并不以为意。然而孙兴衍仿佛看穿了那些血块似的，一字一字地道："血块的事先不忙说,我先说一下迷烟。戏台周围的所有观众,之所以一个个被迷倒,皆是因为他们中了一种以曼陀罗为原料的迷烟。这种迷烟是把很多曼陀罗煎煮,浓缩以后,挥干水分,从而得到的粉末。有意思的是,唐阁一家也被迷晕过,所用的恰恰也是这种迷烟。如我所猜不错,无论是唐家人,还是这里的观众,全是你一人用烟粉迷倒。"

听到这段分析,李拯只是微微笑了笑,良久过后才点头道:"不错,是又如何?"

只要承认了这个关节,余下的问题也就好分析了。孙兴衍想了想,道:"你用迷烟先把唐家人迷倒,随后拖到桃树之下,而桃树附近应该有你事先准备好的烙铁。你每杀一个人,就用烙铁烫平结疤,这样就不会留下大量血污,只是留下一个个结块。待到完成后,你再把所有尸体拖去客厅,并逐一用白布挂起,一场诡异的无头尸案就此诞生。"

言及此,孙兴衍迈开一步,盯着神情诡变的李拯,又道:"当然,就在你往客厅搬运尸体的过程之中,由于一些尸体的伤口还未完全烫好,于是在地上形成了那片并不明显的血轨。我原以为,血轨是从客厅流向桃树。其实并非如此,这些血轨恰恰是从桃树流向客厅。至于从桃树流向客厅的血量为何逐渐减少,这也好解释,主要是因为鲜血喷涌渐稀的结果。所以,种种推断皆能证明一点,杀人地点不在客厅,而是在桃树之下。"

这个推论可谓精彩。李拯尤为钦佩的同时,也问出了一个问题。桃树之下若是杀人地点,为何桃树下的血迹很少,未形成杀人导致的大面积血迹?又为何尸体身上几乎看不到血迹呢?毕竟砍头杀人时,鲜血一定会喷溅,就算立即用烙铁烫,也会在身上、地面留下大片血水。

孙兴衍早已想好说辞,他伸手指向那把唐刀,冷笑道:"很简单,你用高温烤红这把刀,再动手砍头,不就可以达到这种效果了吗?"

高温钢刀,一刀下去,不仅断口平整,而且断处立即血液凝固,因而不会留下大片血迹,也染不到衣服。然后,李拯再用烙铁把断处烫平,这便是杀人不见血的手法了。

"精彩!实在是精彩!"李拯忍不住鼓起了掌,微想须臾,阴冷地道,"你小子的肚子里,还真有点儿东西。看来,我没看错你。"

孙兴衍摊开手,撇了撇嘴道:"实不相瞒,我真怕你一刀下去,我的脑袋也搬了家。"说完双手插入怀里,嘿嘿笑道,"不过,咱们亲如兄弟,李头翁不舍得下手吧?"

李拯用手帕擦拭着带血的刀,一脸不屑地道:"不好说,你小子太机灵,留你一命,就是在给自己找麻烦。我这个人,最怕的就是麻烦。"

"不麻烦,这怎么能麻烦呢?"孙兴衍走上前去,就像好兄弟一样搂住他的肩膀,笑道,"你不是还要靠兄弟我寻找花青秘方,以及对付威尔逊吗?咱们的敌人还没死,你怎么舍得下手呢?"说着，他嘿嘿笑着拍了拍李拯的肩膀。

眼下，孙兴衍已把所有案情捋清楚，而今最需要的就是离开这座山洞。只有出去了，一切制裁和惩罚才有意义——这是孙兴衍的打算，也是他跟李拯虚与委蛇的原因所在。

"此人是杀人不眨眼的恶魔，我们如何能跟他合作？"夜千茉一把拉住孙兴衍，用长剑指向了李拯，咬着牙道，"就算死了，我们也不能与此人为伍！"

"我现在不想杀人，可如果有人惹我生了气，我的刀可不听使唤。"李拯怒瞪虎目，眉宇之间跳动着腾腾杀气。

夜千茉想到李拯害死这么多人，还间接把兄长梁靖送入监狱。一时气火难消，长剑嗡的一声刺了出去。一把长剑对一把大刀，两人甫一交手，叮叮当当连斗不下十数个回合。

但夜千茉不是李拯的对手。孙兴衍在心里暗暗着急，脚步随着他们的打斗移来挪去，可是自己又帮不上什么忙。他唯一想不明白的是，这样一个劣迹斑斑的飞贼，明明是世人眼中的恶人，怎么会有如此大义和格局呢？

"姑奶奶！你什么时候大义凛然不好，偏偏这个时候闹腾。就算你现在能杀了他，我们如何出去？就算你想让他死，大不了咱们陪葬，可是这满山洞的看客又该怎么办呢？"

孙兴衍心里如此想道，急得额间直冒冷汗。他一来怕李拯杀了夜千茉，二来又怕夜千茉杀了李拯。总而言之，他认为最好的结果，其实是双方罢手言和，一起逃离这片山洞。这时孙兴衍忽然想到，宋宽还在旁边站着，就让他赶紧出手制止两人打斗。

其实在两人交手之前，宋宽一直在捕捉附近的声音。孙兴衍让他出手时，他的耳郭刚好猛然耸动，似乎听到了什么，立刻拔出长剑把胶着对战的二人隔开。

只见他环顾着周围，神秘地道："你们听，有声音。"夜千茉和李拯这才罢了手，一起耸着耳朵寻找声源。

经过半个时辰的交手，杰西卡和格蕾丝已带人消灭了五名杀手，另有十余名隐藏在钟乳石的背后，不知其位置。格蕾丝这时想起，地图上曾标记过，这里是整个龙瞾洞最神秘、最幽邃的地方，有着九峰十八洞的古老传说。

当年徐霞客到此一游，五次入洞考察，历经九死一生，最终才寻得一处逃生之所，侥幸捡回一命。后来不知何种原因，他没有把此洞写入《徐霞客游记》。

不过，当地百姓们的口中却流传着徐霞客说过的这样一句话："龙瞾洞乃自然鬼斧神工之杰作，后人当尽心护佑，万不可叫外人践踏。"

也许，徐霞客是想保护龙瞾洞的完整性，所以没有记入书中，唯恐后人争相参观吧。然而，无论是哪种原因，几乎都能说明龙瞾洞非常独特，而且异常凶险。

此洞主体由山河洞、擎天洞、碧玉洞、玉带河组成。三洞一河全长一千丈，洞中之景，更是集古、绝、奇、伟、壮等于一身。

洞外有泉,洞中有洞,洞中有天,洞下有河。此外还有石笋、钟乳、石柱、石幔、石镰、石瀑、石花等交相呼应,千姿百态,应接不暇。

现在,杰西卡和格蕾丝等人正站在三洞的中间位置。三洞自西向东依次列开,西北方是山河洞,十丈高,两丈宽,形似大象咆哮之口;正北方是擎天洞,十二丈高,三丈宽,形似夔兽暴怒之口;东北方是碧玉洞,十五丈高,一丈宽,形似委蛇进攻之口。

三洞之外皆有山石乱立,而洞内又幽深无际,不时还有阵阵冷气扑面而来,让人不禁浑身微颤。一眼望去,阴森森的兽口之中,仿佛透着不可言说的诡异和恐怖。

洞穴的正南方是高差悬殊的断崖,就像仙人抡起神斧削开的一处地带,崖面极为平整。断崖之下是幽光暗浮的玉带河,这条河曲曲弯弯,一路延伸向不可望穿的远方。

格蕾丝注意到,碧玉洞是三洞之中隐蔽性最好的巢穴。穴口狭窄,仅有一丈,易守难攻,谁也不知道它那漆黑无垠的巢穴内究竟隐藏着怎样的秘密。

如果把那些杀手围堵进碧玉洞里,倒是个绝好的歼敌之法。杰西卡和格蕾丝敲定完计划,马上展开行动。杰西卡负责主攻,先带人绕到杀手们的身后,不着急动手,随时等候格蕾丝的指令。格蕾丝则带人从正面佯攻,下令用箭雨招呼一阵子,然后迅速隐蔽起来。

听到箭矢飞驰的位置,杀手们用力回击。本以为能歼敌,谁知此次回击彻底暴露了他们的行踪。隐藏在暗处的杰西卡,早已预判出杀手位置，火速命人朝所在地猛攻。不消半刻，就听到有人接二连三地倒地呻吟，一些石块、弩机、箭矢等落地的声音也不绝于耳。

杀手们才知上了当，决定不再回击，而是想法冲出包围。虽然他们隐伏在黑夜里，也许难以捕捉到身形，但紧促的步子以及慌乱的逃跑节奏，到底是被格蕾丝注意到了。她朝身后一挥手，众人跟着她与杰西卡的人会合一处。两方一起端起弩机，朝杀手射击。

霎时间，密如飞蝗的箭矢射向杀手的突围之处，嗖嗖嗖震颤着空气。凡是正面突围的敌人，一个接一个毙命，无一生还。余者了然无路可退，只得向侧面的碧玉洞里撤去。

眼看计划已成，格蕾丝给杰西卡递了一个眼神。两人叫手下压低火力，故意放杀手们入洞。移时，其余人全躲入了洞内暂歇，洞外出现两名杀手，大有一夫当关万夫莫开之势。

这场激烈的交战，直到此刻才有了喘息之机。瓮中捉鳖之计，也总算是得手了。格蕾丝凝望着狭长的碧玉洞洞口，红唇微微一勾，回头对一名手下说道："封洞，活捉！"

格蕾丝的黑衣手下们会意，各自快速行动起来。有四人悄悄隐伏到洞口处，先放箭解决了守门的两位杀手。紧跟着，七八名黑衣人合力搬起一块大石，把山洞的出口封死。

与此同时，大家用肩膀顶住立起来的大石，以防里面的人撞击而出。有人趁机从怀里取出迷烟筒，引燃后朝洞里投去。

大石起初一开一合，撞击感就像沉闷的擂鼓声。洞内洞外的双方,比拼着彼此的耐力。直到撞击感渐渐减弱,甚至于丝毫不闻——这意味着里面的人应该全被迷倒了。格蕾丝又让人等了一刻钟,这才下令挪开大石。

随着一股浓烟从洞内冲出来,黑漆漆的窄穴里,幽幽亮起一束微弱的光。格蕾丝和杰西卡用手帕捂住口鼻,紧随一位手持火折子的手下,一起缓步踏入山洞之中。

局促的洞穴只能由四人并肩而行,所以他们每走一步,就会踩到地上的杀手。这些人全已沉沉睡去,有几人手臂、腿肚、胸口等处中了箭。杰西卡下令把这些人捆绑起来,而后一个个沿着洞壁排列好。

经过逐步筛查身份,格蕾丝发现,一人三十五岁上下,腰间别着一把金柄匕首,价值不菲。另外,此人手持钢弩,余者皆是木弩——也许这人是杀手们的首领。

杰西卡俯下身子,用匕首拍了拍那人沧桑的面容,见没有醒来,于是朝身后打了个手势。一个下属马上取下水袋,自那人的头顶浇了下去。一个水袋还未倒完,此人就苏醒过来,努力摇了摇头,一双疲软的眼睛这才缓缓睁开。

"你们是谁?"那人醉眼迷离地望着杰西卡,字句十分软弱无力。杰西卡冲他冷冷笑了笑,道:"想活命,不必废话。我问,你答。"

那人咧嘴笑了片刻,迎面啐骂道:"我为何要听你的?"言语之中,满是不屑。对付顽固的敌人,杰西卡自有办法。她蔑然一笑,道:"别急,你会说的。"说着抓起地上的布团,用力塞入那人口里。不待他反应过来,匕首尖已在他脸上一刀一刀划起来。

每过五刀,杰西卡就会停下手,伸手抽出渗血的布团,问他是什么人,为何在此守卫,以及如何才能联系到断崖之下的艄公?若是不回答,没关系,再反复使用这种手腕。

三十七刀过后,那人终于屈从,气息虚弱地道:"山河洞,灯笼,三盏,两边高,中间低,呈三角之状,维持半刻。如看到艄公回应,明灭各三下,他就会认定是自己人。"

这些线索逻辑严密,信息充足,也许是真。格蕾丝心里略微想了想,当即吩咐手下去山河洞里寻觅,果真找到了三盏灯笼。此外,他们还看到断崖上空半丈处,悬置着一条倾斜向下的黑铁滑道。只要弹跳足够好,就能抓住滑竿顺势下滑,半刻便到艄公位置。

当然在下滑之前,务必征得艄公同意。否则,一旦有人先滑下去,艄公只要察觉到异样,立马就会藏匿起来。因而当务之急,只得先稳住艄公,再派人滑下去将其制服为妙。

格蕾丝和杰西卡聚在一起,你一言我一语,悄悄谋划完思路,正欲下令执行。这时断崖之下忽然传来一阵刺耳的口哨声。两长三短,仿佛是示警之音。

与此同时,宋宽等人也听到一阵奇怪的声音。听方位,似乎源于西南方十余丈高的地方,突然亮起一根火把。

火光映照之下,一位身穿黑色披风的男子,伫立于天然形成的石头巨象头顶,诡谲不可捉摸。这头巨象相当庞大,踩于延伸向半空的钟乳石平台之上,傲然独立。大象两边还各站着同样体型的石巨象,形态不一,合称"三象驰原"。

"威尔逊先生,我诚心与你合作,而你却这样算计好友,有些不厚道吧?"李拯遥望着那个神秘的身形,冷冷地问道。

威尔逊头上扣着黑帽子,遮住了整张脸,远远看去仿佛是一位无面人:"此言差矣。李大人不守诺言在先,两边通吃,我只是以彼之道还施彼身罢了。"

"事已至此,咱们也不必拐弯抹角。自打你寻我,只怕就已想好如何算计我了吧?"

"不,你说错了,我算计你的时间,可要比你想象的早得多。"威尔逊拧转了一下手里的金手杖,停顿了良久,这才微微笑道:"对了,有件事忘了告诉你。你的那个属下,也就是唐阁,早已是我的人。是我让他寻证据举报你,也是我让他吞了你的心血。"

原来早在孙兴衍前去拜访唐阁的那日,威尔逊就已派人抓了唐阁的家人,并以此威胁他背叛李拯,侵吞唐氏瓷号。李拯不明就里,以为是唐阁变了心,遂只好痛下杀手。本以为那是除掉对手,谁知竟中了威尔逊设的局。

当然威尔逊的野心远不止于此,他还打着谈生意的幌子,逐一拜访过葛洪亮、吕有德、陈宪、梁靖等人,并提出他的宏伟计划。谁如果骨子里反抗,他就除掉谁。只不过威尔逊不想亲自动手。他假意与李拯合作,待到李拯帮他除掉所有对手后,再把李拯也除了。如此，岂不是一条省时省力的妙计？

"我本以为，所有人皆是我的棋子。不曾想，你才是最后的布局人。"李拯咬着牙，挺刀指向了威尔逊。

威尔逊轻勾唇角，自得地浅笑。他正想说话，一个身穿夜行衣的手下跑过来，附在他耳边汇报完杰西卡和格蕾丝那边的行动。威尔逊思索须臾，一挥手，那人便退下了。

"就算你掌控全局又能如何？今日，我只求一死，大不了，咱们同归于尽。"李拯放声说道，忽地发出豪气冲天的干笑声。

"好啊！那你不妨试试看……"李拯的大笑声陡然被这样一句漫不经心的话打断。他的笑脸渐渐僵了下来，一双困惑不解的虎目盯着威尔逊，似乎在寻一个解释。

威尔逊依旧没有什么动作，只是发出了阴冷的笑声，一阵阵在空荡的洞穴里盘桓，听来让人毛骨悚然。李拯马上意识到大事不妙，于是连忙从怀里掏出一支烟花，用火折子引燃后指向洞顶。顷刻，一朵五彩莲花飞了出来，自洞顶炸成炫彩光点，照亮了一片黝黑无垠的洞穴。这是火药信号，手下们一旦看到，立即就会点燃火药引线。

李拯早已计划好，如果看到有烟花反馈，他就丢下一枚烟球，趁着浓烟滚滚之际逃走。到时找到艄公，离开此地。可等了半刻，整个山洞寂然无声。

"是不是很意外？"只能听到声音，依旧看不到威尔逊有任何的动作。李拯拿刀的手已开始发抖，一双虎目里闪烁着忐忑。

威尔逊故意拖长说话的时间,就是希望一点点让恐惧在李拯的心里发酵,直到他彻底成为自己的掌中之物:"我的人早已买通你的手下,预先获知火药埋藏地。你的那个手下叫杜建,是不是?"

听到杜建的名字时,李拯蓦然一惊。十年前,李拯见父母双亡的杜建流浪在外,于是提拔他来衙门当捕吏,逐步培养为自己的心腹。李拯对杜建可谓恩重如山,无论如何,他也想不到,最后背叛自己的居然是自己最看重的人。

"你不必想了。任何人看到佳人和金银,只怕都把持不住。更何况杜建此人从小生活贫贱,一心想过富裕的生活。野心如此,恰为我所用。你放心,此人恩将仇报,我已帮你碎尸万段了。"威尔逊轻描淡写地说着。

李拯越往下听越感觉心里激荡着一股怒焰,恨不得立即把威尔逊当场斩杀。只不过当前形势不太明朗,他需要再观察观察。

"为了不打草惊蛇,我的人就潜伏在火药附近。看到你释放信号,一定会有人去引燃火线。只要看到光,无数箭矢便招呼过去,他们顷刻就被射成刺猬,真是可怜。哦,对了,他们全是被你害死的。"说到最后一句话时,威尔逊刻意发出挑衅的语调。

李拯紧紧咬住后牙槽,双目暴喷火焰,凝望着他问道:"你究竟想怎样?"威尔逊突然大笑起来,自傲地摊开双手道:"我不想怎样,只是想跟大家玩个游戏。这游戏很简单,就是看一看,谁能躲开地狱之火。"

听完李拯和威尔逊的对话,孙兴衍大致推算出来。李拯虽然布下了一场环环相扣的大局，可到头来全被威尔逊反制——这不得不说是一次彻头彻尾的失败。此刻只有稳住威尔逊，设法套出更多的信息，兴许才能扭转乾坤。

"好啊！玩游戏我最在行了！"孙兴衍踏前一步，双手插入怀里，仰望着威尔逊笑问道，"不过，这地狱之火究竟是什么东西？"

"不急。地狱之火是最后的表演。在此之前，需要先暖个场。"

"暖什么场？"

"你们有没有听过上古十二尸的传说？这一次，我把他们请来了，就是为了让大家猜一猜，他们谁的身上藏着火药。你们时间不多，只有两刻钟。"威尔逊说着，用拇指弹开怀表盖看了看，而后淡淡地提醒道："现在是戌正一刻，到了戌正三刻，你们还找不到他们身上的火药，火药就会爆炸，并且引出地狱之火。到时无论你们跑到哪里，均无生还之路。诸位如果想活命，还是赶快来寻火药吧。"

威尔逊就像主宰万物生命的天神，非常享受这种操控一切的感觉。说完这段话，笑着转过身，就像幽灵渗入黑夜里消失了。

随着威尔逊的离开，那根照亮他全身的火把也灭了，一切又一次恢复了安寂和黑暗。孙兴衍四下搜寻威尔逊的踪迹，正无计可施之际，遽然发现正前方隐隐闪烁着一双双明亮的大眼睛。他愕然一怵，下意识地退了一步，只见十二个形态各异的怪兽尸体渐渐闪现。这些怪兽尸体来自于《山海经·大荒西经》，每个尸体身上都有一段传奇的故事。

第十四章
十二尸王

1760年5月10日

黄帝纪元四千四百五十七年

高宗 爱新觉罗·弘历 乾隆二十五年 农历庚辰年 龙年

庚辰年 三月小 廿五日

庚辰年 辛巳月 庚午日

宜：纳采 开市 治病 动土

忌：驱鬼 安葬 出火 分居

黄姖尸，一双美眸，全身沤腐；据比尸，无手有足，脖子连皮，头颅在胸前背后摇摆；犁尸，人面兽身，形似夔牛；女丑尸，青衣遮面，浑身烧伤；戎宣王尸，赤色怪兽，马身无头；奢比尸，两只大耳，人面兽身，脖挂青蛇；王子夜尸，不见四肢，徒余胸部；夏耕尸，无头人身；相顾尸，两背相靠，连体人种；窫窳尸，龙首马足；形残尸，无头，以乳头为目，以肚脐为口，手操干戚；

祖状尸，长着大方牙，老虎尾巴，人形怪兽。

如果不是亲眼所见，孙兴衍绝不敢相信，威尔逊真的把上古十二尸请了出来。他瑟瑟发抖地看着那些怪物，颤着声音兀自说道："妈呀，这都是……都是什么玩意儿……"

夜千茉也是哑然变色，惊恐万状地问道："小……小奸商，你不是说，世间本没有妖魔吗？这些……这些怪物是什么东西？"

"我……我哪里知道？"孙兴衍踮起脚看了看，希望找个地方赶紧逃。可这里一片漆黑，几乎看不到任何物体。算了，哪里黑暗哪里钻，总能寻到生机。孙兴衍想罢，无意识拉起夜千茉的手，径直往十二尸没有包围过来的偏角跑去。

他们跑了一会儿，发现一个幽暗的洞腔，也不知是个什么地方，但觉得暂时躲在里面，兴许可避开十二尸的进攻。于是两人靠着洞壁屏息无声，静静等待危险的消失。这时孙兴衍想起来，宋宽似乎没有跟着过来，也不知道他怎样了。咬牙沉思一瞬，起身就要去寻宋宽。夜千茉连忙伸手拉住他，冷笑道："你这个小奸商，功夫不济，如何能救人？我去吧。"说着，举起手里的斩妖剑就要走。

这次换孙兴衍拉住她，一路拽到安全的角落里。夜千茉虽然有些功夫，但面对那些凶恶的上古十二尸，不一定有胜算。此外，夜千茉还是个性情直爽之人，到时为了阻止地狱之火，她甚至会跟上古十二尸同归于尽。既然如此，这场危局就不能让她去破了。再者说，孙兴衍觉得宋宽对自己也有恩。孙家家训有云：有恩必报，有

245

仇必偿。

作为孙家人，怎么能临危丢掉恩人呢？一念及此，孙兴衍紧绷的面容缓缓荡开一抹笑意。他拍了拍胸脯，很自信地说道："实话跟你说，小爷虽然肉身的功夫没有修炼好，但驱鬼除妖的本领，那还是会点儿的。"说完嘿嘿笑了笑。

夜千茉咦了一声，不可置信地问道："你还会除妖？你会什么法术？"一听夜千茉有相信之意，孙兴衍只得快速编了一通说辞，神秘莫测地哄骗道："我会的东西可多了。无论这妖魔来自大清，还是远西诸国，我都有法子杀了它。要是来自大清的妖魔，我就给他们念道德经、佛经、诗经、四书五经；要是远西诸国的妖啊，我就给他们念圣经、青鸟经、英吉利经、法兰西经、奥匈帝国经。哎呀，总之，小爷什么都会，你且放心吧。"

如果换作是一个读过私塾的人，听到他如此胡侃，必定要揭开他的真面目。只可惜，夜千茉自幼混迹市井，哪里知道这些经文的来历，还道真是除魔卫道的咒语。

这些年来，夜千茉经常到酒楼茶舍听说书人讲故事，一些道士念咒除妖的事迹，亦是倒背如流，于是误以为孙兴衍口中的经文就是除魔咒语，心下不禁信了一大半。

可是既然小奸商会除魔咒语，自己跟着他去除妖，一路有个伴，岂不更好？夜千茉当即提出了这个想法，孙兴衍先是微怔，而后忽然耷拉下来脸，摇头叹道："小爷本领不济，时灵时不灵。尤其女子在身边，阴气太重，克我。如果你跟我去了，我再深的道行,那也会被你吸干,到时岂不是害了我?你如果信我,就乖乖待在这儿别动,等我回来。"

"可是……"

夜千茉垂下头,犹豫了良久。她知道时间耽搁不得,最后无比坚定地看着他道:"好吧,小奸商,你一定要回来寻我。"

"放心,放心。"孙兴衍嘴上说着放心,面上也挂着笑容,可心里却害怕得要死。

那些鬼话骗骗夜千茉还可以,自己怎会有如此绝技呢?他一身轻松地走出洞口,刚来到洞外,忽然一阵阴冷迎面袭来,他不禁一哆嗦。

那些怪物不知什么来历,也不知是人是鬼,更不知是妖是魔。万一自己被怪物吃了,抑或被咬死,那得多疼?想到这里,孙兴衍只觉浑身有万虫啮噬,疼痛难捱。

可一想到宋宽还在殊死拼杀,要不是人家,自己早就死了,立即就重燃了斗志。大丈夫能屈能伸,当侠义为怀。尤其他们老孙家,家里还供奉着孙大圣的塑像。孙大圣,棒打凌霄殿,脚踏九重天,何等威风?自己如何能丢了祖先的骨气呢?

一番思想斗争过后,孙兴衍终于一咬牙,安慰自己道:"算了算了!死就死了!老爹,老娘,孩儿不孝了!"他说完紧闭上眼,大声念起《孔雀明王咒》,径直冲了过去。

一阵阵咻咻的口哨声响了半刻,刺耳又绵长,往复不绝。尤其在封闭空旷的山洞里，更是形成了颇为震撼的余音效果。杰西卡与格蕾丝对视过后，已然知道，他们应该被发现了。两人一起看向那个首领，厉声喝问，这哨声是何意。

首领起初不答，只是在冷笑。杰西卡又要故技重施，这次非要把首领的脸划花不可。首领方才意识到，如果不说出缘由，且不说自己性命堪忧，余下的众兄弟们也必定会有生命之忧。万般沉思之下，他只好说起，哨声是舻公所发，那是在询问他们是否遇到危险。

格蕾丝妙目冷凝，立即逼问首领怎样才能打消舻公的疑虑。首领道："半刻内如果无人回复，抑或者听到了错误的答复，舻公就会躲起来。到那时，除了李拯大人的召唤，谁也寻不到舻公的踪迹。"

这则消息无疑是晴天霹雳。要是舻公溜走了，她们不仅计划尽败，甚至所有人都会葬身龙潭洞。一念及此，格蕾丝伸手薅住首领的领口，俯下身来追问："那要如何回复？"

"也许，你们可以回复他，刚才在射击洞顶的毒蝙蝠。此处位于山洞的幽暗之地，常有毒蝙蝠侵扰，倒也能理解。"

杰西卡点了一下头，认为这个办法不错。格蕾丝的拱形眉反而微微泛起褶皱，她想了想，缓缓松开了首领，问道："如何传信？"

"我脖子上挂着一个竹篾哨子。你们吹响它，三短两长即可。"首领低了低头，目光射向胸口处。杰西卡刚想伸手去拿，格蕾丝反而抓住了她的手，先给她使了一个不忙的眼色，随后看向首领,冷冷地道:"吹哨子的节奏,我们把握不好,还是你来吧。"

首领知道她们还在防备自己,倒也并不萦怀。毕竟虎落平阳,只好听之任之了。一双鲜血横流的手,颤颤地伸向胸口处,刚要去抓哨子,忽听远处传来一个阴冷而锋利的声音:"愚蠢!愚蠢至极!"

杰西卡连忙用刀背打掉首领的血手,目光一接上格蕾丝,两人立即转过身去,单膝跪地,恭迎着主人的到来。

"跟了我这么多年,应该知道我做事一向谨慎。"威尔逊慢慢从黑暗里露出一个修长的身形。他虽戴着诡笑面具看不到面色,但杰西卡和格蕾丝还是感受到了主人的愤怒和失望。

杰西卡始终想不明白,她们究竟哪个环节出了错。格蕾丝在微想过后,马上明白过来,不禁讶然变色!这个首领已被他们折磨得气息微弱,如果此时吹响口哨,声音一定孱弱虚浮,只怕会引起艄公怀疑。要是艄公凭借口哨气息判定事态,岂不是弄巧成拙?

"属下一时疏忽,险些酿成大错,请主人惩罚!"格蕾丝立即低下头,身子贴在了膝盖上。杰西卡见她神色慌张,料想事态很严重,也跟着求饶。

杰西卡和格蕾丝虽有着一样的面容和身形,旁人也许看不出细节,但是威尔逊知道,论及智谋和眼力,格蕾丝终究好于杰西卡。

说到底,杰西卡还是太冲动了。

不过,既然两人已认识到错误,威尔逊也就不再追究。他缓缓走到两人身前,轻轻用手杖尖挑住她们的下巴,把她们一一扶站了起来。

"主人，我们现在该怎么办？那个首领气息微弱，必定是不能吹响哨子了。如果我们按照他教的方法去吹，又怕那个诡诈的艄公听出来节奏有变。"

格蕾丝分析着眼前的难处。她忽然有点儿后悔，之前不该对首领下狠手，否则也就不会面临这场困局了。

威尔逊抬起手，示意她先不要说话，然后把手压在手杖顶上，轻轻地拍打，思索着如何破这个局。正如格蕾丝所言，李拯的手下已负重伤，再让这些人吹哨传信，即便方式不错，可也存在被艄公察觉出端倪的风险。

可要是，将计就计呢？

哨子还是让那个首领去吹，但反馈的信息不是射击毒蝙蝠，而是他们遭遇了突袭，危在旦夕，而追兵马上就要过来了。而今李拯也在这里，他们必须火速滑到船上逃离。艄公了然事情紧急，片刻也不得耽误，一定会把船开到滑道末端接应他们。

待到滑向船上后，威尔逊先让人擒了艄公，再逼着他开船逃离，岂不是一记妙招？这真是个简单又安全的办法。想到这里，威尔逊笑了起来。

不对！等等！

威尔士眼睛一眯，浑身透着阴邪之气。如果艄公是个倔强人，死也不降呢？真是这样，就是一步死棋了。

看来，为确保万无一失，还是有必要把李拯给抓了才行。思索到这里，威尔逊豁然明朗的眼睛里杀出了锋芒，一遍又一遍拍打手杖的手这时也忽然停了下来。

跳魁大会的广场西南侧，宋宽手持长剑，正冷冷逼视着已把他包围了的上古十二尸。也许有长剑傍身，暂时无怪物对他突袭。因此，双方这样已僵持了一刻钟。孙兴衍冲过来时，忽见这一幕，立地刹住了脚。

好家伙！十二尸王围攻一个凡人，他可是闻所未闻。孙兴衍站在这些上古妖尸的外围，进也不是，退也不是。上前冲吧，害怕自己也被围困。毕竟，他跟宋宽不同，宋宽有武功，至少能拼命。他呢？毫无缚鸡之力，简直是去送死。不冲吧，又似乎不男人。

正当他万般纠结时，据比尸已甩起断掉的头颅，就像舞起一个硕大的流星锤，笔直地朝宋宽砸了过去。据比尸的脑袋和身子由肉皮相连，肉皮不仅极富弹性，韧性和硬度也很高，就算与剑锋相撞，也不会被刃部切断。

这场怪异的打斗，真是见所未见。即便所有的刀剑比试、空手比试、棍鞭比试等加起来，乃至于各种奇器乱斗，也比不上今日的对决。

据比尸用连着肉皮的脑袋，居然也能打出立舞花、提撩花、单手花、胸背花、缠腰绕脖、抛接等招式，这就更加匪夷所思了。

一人一尸过上十数个回合，依然不分伯仲。其他尸王见据比尸迎战困难，渐渐缩小包围圈，似乎要准备联手攻击宋宽。

这一霎，孙兴衍终于鼓足勇气站了出来，高举起右手大叫道："慢着！"十二尸王听到人声，倏然停下脚步，齐齐转身看向了他。

"喂，小爷我……想……想跟你们好好聊聊。"就算强作镇定，孙兴衍的声音也抑制不住地颤抖，额上已冒起一颗颗豆粒大的汗珠。

十二尸王打量着他，见是个柔柔弱弱的年轻人，料想很好对付，一起投来鄙夷的神色。别说再加上一个孙兴衍了，就是再来个宋宽，他们也有把握全部消灭。随着十二尸王慢慢走过来，孙兴衍也被包围当中。

宋宽见来者是孙兴衍，几乎毫无思索，大步冲到他的身前相护。这位孙兄弟不会武艺，明明已逃出困境，却也能为了义气再度折返相救自己，真的很让人很感动。此等行为，可比肩那关云长、赵子龙。

"孙兄，你怎么又回来了？"两人背靠背，宋宽手持长剑，警惕着随时会出手的十二尸王，孙兴衍却是瑟瑟发抖地东看西瞧。

听到宋宽询问，孙兴衍佯作镇定地答道："怎么，我还不能回来救你？你是不是瞧不起人？"宋宽连忙致歉道："在下并无此意。只不过，这些妖兽实在了得，我有长剑在手，且会些武艺，也难以保全。孙兄虽有大才，可终究不善打斗，只怕会枉死于此啊。"

尽管刘宽说的是实情，可孙兴衍听来总觉得有些刺耳。不过今日在大局前面，他无暇去计较这些不适之言，便道："枉死就枉死吧，能跟宋兄死在一起，小弟也值了。更何况，你若出了事，我们也一定逃不出这些尸王之手。与其受尽折磨，反倒不如拼死一搏！"

一番慷慨激昂的话，无论是字句还是情绪，全都浸着热血和担当。宋宽向来佩服侠义之人，尤其没有想到，这位喜欢逞口舌之快的孙兄弟，居然也有此等豪迈心胸。

如此看来，大英雄大豪杰未必都是武艺高强的勇士，很多文弱之人的骨气会更令人敬佩。

"好！好啊！今日你我二人，且杀个痛快！"宋宽一拧剑柄，忽听嗡的一阵锋刃破空声。他完全被孙兴衍的话调动了情绪，无论结局如何，只希望有尊严地杀出去。

孙兴衍可就不如此想了。

刚才之言，不过是他临危之际给自己打气的话，哪里是宋宽心里的这些计较？他现在害怕极了，仿佛已感受到死亡的迫临，身上的每处汗毛都竖了起来。

偏偏这个时候，宋宽居然打鸡血似的发出"杀个痛快"这样的高亢之言，真是让人又急又气。眼看着危局已定，生死难全，孙兴衍急得如热锅上的蚂蚁，可谓叫天天不灵，叫地地不应。他之所以过来救宋宽，一来是为了自己的做人原则，二来也是为了家训。可真到了营救的现场，他才发现自己是多余的，甚至还会拖累宋宽，不由得叹了一口气。就在这时，他却忽然想起，他们身边似乎少了一个人——李拯不见了！

"李拯那厮去了何处？"孙兴衍扫看完四周问道。宋宽剑眉微拢,也在寻看四处:"此人熟悉这里构造,只怕去找出路了。"

孙兴衍沉思片刻,猛然抬起头,唇角冷冷一勾道:"他跑不掉。"

这话太过古怪,宋宽无法理解,不禁很困惑地看了一眼孙兴衍。孙兴衍双手插入怀里,回了他一个自信的眼神,笑道:"你想过没有?咱们被十二尸王围困,为何你无法脱身,偏偏李拯可以脱身?"

这原本不是一个问题,谁知经孙兴衍一提醒,居然变成了一个问题。是啊,李拯是怎么逃走的呢?可就算提醒至此,宋宽还是满面疑窦,一点儿也想不明白。

孙兴衍摇头叹了口气,兀自说道:"答案只有一个,威尔逊故意放他走的。你想,这四面已被封死,再无出路。唯一的出口,只有李拯知道。所以放他走,也是让其带路。"

"这一切,难道都是威尔逊暗布的局?"直到点拨于此,宋宽才猛然大悟。孙兴衍见他已开窍,也就不再多言。他环顾起四面险峻的地势,苦笑道:"所以,咱们赶紧开溜为妙。至于什么地狱之火,很可能是威尔逊的障眼法。"

也许威尔逊让他们寻找地狱之火只是一个幌子。真正目的,一是为了借机杀了孙兴衍等人,二也是想暗中放李拯离开。

正当孙兴衍暗自思忖之际,忽觉周身阴风瑟瑟,犹如伫立于通风口。宋宽眼睛豁然一亮,手中长剑左右横扫,即见十二具上古干尸已缓缓围了过来。

过不多时，一阵压迫感瞬间席卷了两人身畔。这些上古尸王四肢强壮，眼泛赤红，气息狂暴，一张张血盆大口时开时合，一滴滴口水顺着唇角也都滴到了地上。因为它们的口水腐蚀，地上发出了可怕的声响。

两人只觉浑身一沉，仿佛十二座大山压在身上，完全透不过气。孙兴衍更是吓了一跳，立即躲去了宋宽的身后，并朝着形残尸怯怯地探出一个头。

那是个无头的怪物，胸腹为脸，乳头为目，肚脐为口。此刻，他正左手持盾，右手持斧，一步一步加快速度，凶神恶煞般冲杀过来。

孙兴衍一缩脖子，人刚藏起来，宋宽就已挺剑迎了上去。但听铛的一声，长剑与斧头相撞，嗡嗡嗡声不绝于耳。只此一招，一人一尸便不再动弹。

余下众尸王见有了可乘之机，纷纷手持兵刃围杀而至。宋宽眼锋一凛，右足斜刺穿出，一脚踢中形残尸的盾牌。那形残尸受到强烈的冲击，身子不住后退，一个趔趄摔倒在地。众尸王见宋宽下手狠辣，拳脚功夫也甚是了得，只怕不好对付，于是兵分两路进攻。

黄姬尸、据比尸、犂尸、女丑尸、形残尸、戎宣王尸一起围攻宋宽。六大尸王联手，一招快似一招，一招狠似一招。宋宽左躲右闪，勉强避过凶残的攻势。眼下自救已是不易，哪还有余力去保护孙兴衍？

夏耕尸、相顾尸、窫窳尸、祖状尸、奢比尸、王子夜尸见状，合力去追杀孙兴衍。他们分别从六个方向围剿，试图把他困于死局。孙兴衍一来不会高超的武艺，二来也没有飞毛腿，只得伸手摸了摸腰间的香囊布袋，抓了一把香粉，迎面就撒了过去。

细密的粉粒就像一层缥缈的雾障，遮住了大片的视野，犹如置身于茫茫云海深处。四大尸王眼前一黑，追击的步子也跟着慢了下来。

孙兴衍趁机见空就钻，一遇到进攻的兵器就避到旁侧。凭借灵活的应变，他虽没有受到伤害，但却无力冲出重围，只好再一次躲在了宋宽的身后。

"我算是看明白了，他们敢情摆了一个六丁六甲阵？怪不得咱们费了老大力气，就是冲不出去呢！"孙兴衍大喘着粗气，目光扫过那些奇形怪貌的上古尸体，神色极为惶遽。

六丁六甲阵是茅山宗镇山之宝的阵法。六丁六甲本为司掌天干地支的神祇，其神十二位，在后期等同于六十太岁将军里的六甲太岁神与六乙太岁神。

丁神六位：丁卯、丁巳、丁未、丁酉、丁亥、丁丑；甲神六位：甲子、甲戌、甲申、甲午、甲辰、甲寅。

明王圻在《续文献通考》中写道："丁卯等六丁，阴神玉女也。甲子等六甲，阳神玉男也。"简而言之，六丁为阴，六甲为阳。阴阳互溶，是此阵型的关键所在。

交手之时，宋宽面对的是六甲阳神，每个尸王都出手刚猛，杀机重重。孙兴衍面对的是六丁阴神，故而出手阴柔，表面无险，实则暗伏杀机。

而今这十二个上古之尸不再分组,而是穿插互济,阴阳互守。六丁阴神融入六甲阳神,六甲阳神又支助六丁阴神,从而形成了一个阴阳均衡的包围圈。

"如果那个红毛鬼真的布下六丁六甲阵,咱们要冲出去,只能先找到阵眼。"孙兴衍狰视着这些怪物,独自说道。

阵眼是整个阵型的魂。只有找到阵眼,将其击破,才能破了此阵。孙兴衍推测,阵眼就是此阵的死穴。

"可是,具体来说阵眼究竟在何处?"面对强敌的围杀,宋宽率先挥出一招横扫千军。前来滋扰的三大尸王畏惧剑刃,只得向后侧了侧身子。这个空闲之余,宋宽收回了剑招。待他回身去瞧孙兴衍时,谁知身后已无人影。

这时他听到左后方传来一阵"啊"的叫声,紧跟着看到孙兴衍正被据比尸的肉皮鞭子缠住了脖子。一颗血淋淋的头颅就垂在他的胸前,头上的眼睛、鼻子、嘴巴在不自然地启合,透着一股森森可怖之态。

也许是肉皮鞭子勒得他的脖子太紧。孙兴衍只觉呼吸局促,眼白翻起,张嘴吐舌,嗓子因勒紧而咳嗽不止。一张白皙的面容瞬间涨成红紫色,几近无力挣扎。

再这样下去,孙兴衍必定小命难保了。宋宽思及此,右手握剑,用力投掷出去,刚好刺入据比尸的胸口。他快步冲过来的同时,双手握住剑柄,全力拧转。

只见据比尸的伤口处，鲜血汹涌地喷溅而出，就像一股股剧烈迸射的泉水。随着据比尸中招，那条缠裹孙兴衍脖子的肉皮鞭子渐渐松弛下来。直到当断不断的人头哐当落地，眼睛、嘴巴、鼻子缓缓地闭上。一个魁梧高大的身躯，就这样瘫软了下来。

宋宽舒了一口气，快速拔出长剑的同时，用力斜向上撇划，那条肉皮鞭顷刻被利刃割成两段。孙兴衍因为失去束缚，一个磕绊扑倒在地。

"这不是简单的六丁六甲阵！"孙兴衍从地上爬了起来，一圈一圈解开缠在脖子上的肉皮鞭。他连看也不看，随手就扔，那颗与之相连的头颅也跟着滚远了。

"孙兄弟，你究竟发现了什么？"

"刚才被困的刹那，我忽然想明白。这六丁六甲之中，只怕还融合了十二时辰的排布规律。至于阵眼，当是十二时辰中的某个时辰与十二神中的某个神，两相交合之位。"

这话听起来不太直白，至少不易理解。宋宽一面思索，一面避开形残之尸的巨斧。他转身刺出一剑，形残尸担心中招，避去一旁。趁着空暇之际，宋宽回过头来道："我还是不明白你的意思，你能不能说详细一点儿？"

话音刚落，孙兴衍正要开口，只见窫窳之尸忽然扑过来。直接把宋宽按倒在地，两个马蹄速即高高抬起，用力砸向宋宽的两个手腕。

宋宽惨叫一声，长剑脱手，满脸的痛苦扭曲。就在这时，一阵近乎龙吼的叫声响起，不待宋宽反应过来，窫窳之尸凶悍的大口已啄了下来。

这一口下去，定能把他的脖子拗断不可。好在宋宽反应极快，每当尸王低头啃咬他时，他总能把脑袋侧到一边。此刻，宋宽的脑袋就像一条豆虫，等待着公鸡的啄食。一人一尸，如此斗争了十数个回合。

同伴危在旦夕，自己焉能袖手旁观？孙兴衍一咬牙，双手各摘下一个香囊袋。其中一袋子撒向围冲过来的众尸王，大家花了眼，一起放慢了步子，暂时不会再进攻。

另外一袋子，孙兴衍撒向窫窳之尸。尸王眼前乌黑，不辨东西，故而不能再啄食宋宽的脑袋，只是不停地摇头晃脑，希望甩去眼前香粉。

这可是绝好的反击之际。孙兴衍看到西侧地上放着一块青石，于是弯腰抱起来，摇摇晃晃地走到窫窳之尸的身后。费九牛二虎之力，方才把石头举过头顶。

宋宽原本松了一口气，可在看到孙兴衍之举后，又不禁倒吸一口冷气。因为那块石头太过于沉重，孙兴衍哪里举得动？

只见他刚举过头顶，脚下就已虚浮无力，臂力更是不足，所以无法掌控石头砸落的方向。现在的孙兴衍就像是踩了冰，随时会跌倒，而那块石头也随时会误伤宋宽。

自己未死于敌手，反而将要死于难友之手，宋宽不免生出一丝绝望。唉，那块悬在半空中的石头，怎么看怎么像瞄准了自己啊！

这家伙，既然帮不了忙，那就不帮好吗？死定了！真的是死定了！——这是宋宽发自内心的无奈。他在躲闪窦窳之尸的啄食时，力量已耗尽，现在连闪躲的力气也没有了，只得眼睁睁看着孙兴衍抱起石头砸向自己。

就在大石砸向宋宽的刹那，孙兴衍脚下陡然趔趄，手腕斜偏，刚好砸在了窦窳之尸的后脑勺。那神兽低低鸣叫了一声，还不及转过身来看是谁下的手，身子就重重地栽倒于地。

"完了完了！这下不仅失了手，还把那家伙给害死了！孙兴衍啊孙兴衍，你这是办的哪门子糊涂事！"他以为错手砸死了宋宽，不免自怨自艾起来。

毕竟适才摔倒时，那石头的落向，明明就是宋宽的脑袋。如此大石，重重落下，不砸得脑袋开花、血浆崩裂，都对不起这块石头的重量。一想到这样的凄惨景象，孙兴衍除了自责以外，还生出了不可原谅的难过。

"罪过罪过！老兄，小弟无心之失，真的只是想救你啊！"孙兴衍从地上爬了起来，马上朝窦窳之尸扑倒的地方叩拜。一拜再拜，但是仍感觉难消罪愆。

这时，他的余光瞥见，前方好像没有宋宽的尸身，也没有看到大片的血迹，只是看到了一个庞然大物扑倒在地。

那家伙呢？莫非他没有死？还是已被妖尸给吃了？孙兴衍连忙四下环顾，试图找到同伴的下落。忽然，一只大手拍了下他的肩膀，疲惫不堪地道："我在这儿。"孙兴衍吓了一跳，才一回头，就见宋宽已站在自己身后。

"你小子下手够狠。如果不是老天开眼，让你小子脚下打了滑，恐怕死的真就是我了。"这话虽轻描淡写，但言辞之中不免带着嘲讽。

看到同伴无事，孙兴衍随即笑逐颜开，起身朝宋宽的胸口捶了一下，嘿嘿圆场道："老兄福大命大，这都死不了，以后就算再经历十次八次，那也像是做梦，算不得真。"

"哎，打住。就算是做梦，我也不想做这种噩梦了。以后如果再遇到此事，我宁愿你不要出手，一切交给我便是了。"刚才那幕太惊心动魄，全靠运气而活，可人能有多少运气呢？孙兴衍也知方才自己险些失手，几分尴尬地挠了下头，略有歉意。

"对了，你刚才莫非想说，已发现了他们的破绽？"宋宽知道危险还未解除，于是把长剑横在胸前，以作御敌之姿，孙兴衍也乖乖躲到了他的身后。经过刚才的厮杀，尸王们已然知晓他们的能耐，一起围了过来，决心集体围攻，再也不敢单独出手。

"阵眼必在十二时辰与十二神的交合处。"望着那些面目狰狞的尸王们，孙兴衍无不惊惧地强咽了一口唾液。他良久迟疑了一会儿，方才声音战栗地道："十二尸王共有两重身份：一重是六丁六甲神，一重是十二时辰，这两重身份都被赋于他们之身。我们要做的，就是辨出重合处，那里即是阵眼。另外，身为阵眼的尸王，一定是火药携带者。"

依据十二尸王的站位，孙兴衍大致可以推算出，六丁六甲神是怎样的站位，十二时辰又是怎样的站位，甚至还推算出二者重合后的各自身份。

比如六丁神中的丁卯神、丁巳神、丁未神等，依次对应卯时、巳时、未时等；六甲神中的甲子神、甲戌神、甲申神等，依次对应子时、戌时、申时等。

鉴于据比尸和窦窳之尸已死，眼下只剩下十个尸王。为了保证阵法不变，此阵势必会有两处空缺。尽管这十个尸王企图用圆阵的形式加以弥补，搅乱视听，可如何能躲过孙兴衍的妙目？

第十五章
驯兽之王

1760年5月10日

黄帝纪元四千四百五十七年

高宗 爱新觉罗·弘历 乾隆二十五年 农历庚辰年 龙年

庚辰年 三月小 廿五日

庚辰年 辛巳月 庚午日

宜：纳采 开市 治病 动土

忌：驱鬼 安葬 出火 分居

经过认真观察，孙兴衍已有了粗略的断定。他拉出胸口的怀表打开一瞧，发现是亥正两刻，思索片刻，忽然很激动地对宋宽说道："我知道阵眼是谁了！只不过，还需要再确认一下。宋兄，烦劳你去探个阵。"

宋宽将剑一横，冷笑道："只要有法子破解，探阵又何妨！"说完，依照孙兴衍的指引，疾步冲入阵中。两人密切配合，很快就确认了阵法的变换规律——每隔一个时辰,阵眼便会转到另外一个尸王身上。

上个时辰是戌时,阵眼是甲戌神;而今到了亥时,阵眼就是丁亥神,十二尸王中代表丁亥神的,只有祖状之尸。

这是一个重大发现!有了这个发现,他们就能顺利破解六丁六甲阵了!然而,刚断定出阵眼,还未想好如何对敌,十大尸王又全部扑了过来。

幽幽黑暗之中,只听到鬼厉神嚎,兽叫妖泣。真个是八仙过海,各显神通,又似那群兽兴乱,舞爪张牙。地上飞奔者,迅疾如风;岩洞斜爬者,宛似壁虎。

孙兴衍打不过,也跑不过,只好凭借纤瘦的身形,弯腰闪躲,翻滚避让。有时捡起地上的石块投向众尸王,有时一惊一乍扰乱视听。

众尸王见他是虚张声势,并无拼斗实力,于是齐齐高举武器,一起掷向孙兴衍。说时迟那时快,刚捕捉到凶器迫临,孙兴衍已如泥鳅滑进了一处狭窄的天然石腔。

这里四面皆是石栅栏,仅有一个手臂的宽度出入。那些个头肥大的尸王,无法闯入,只得在栅栏外围看。面对瑟缩在石栅栏里的孙兴衍,大家时而张大嘴巴狂吼,时而伸足抓取,然而却伤不到他分毫。

另外一边,宋宽爬上了一块硕大的天然石平台。为了驱散尸王们的攻击,他不停地挥舞出剑光,不让任何尸王靠近一寸。此地极为险峻，四面又光滑陡峭，尸王们经过数次攀援和跳跃，要么惧于宋宽的剑刃，要么被光石滑倒。无论怎样，全已败下阵来。大家没有更好的办法，只好围在平台之下，蹬足狂吼，凶恶非常。

"喂，老兄，你有没有发现什么异样？"孙兴衍蜷曲着身子瑟缩在墙角，双手环抱着膝盖，一双惊慌的眼睛死死盯着那些尸王。

宋宽虽在疲于迎战，但还是扬声答道："人非常人，兽非常兽。也许，这些妖兽都是患了臆想之症的人所假扮？"

整个冥府的营造是威尔逊的障眼法，所以这十二尸王也是如此之作——这个推断看似合理，可是孙兴衍总觉得哪里不对劲。

他思索了片刻，马上暗自提出疑惑：如果说人形尸王是人假扮，可那些兽形尸王怎么解释呢？它们真的如吃人野兽，尤其那垂涎之态、蹬足之状、飞跃之姿，绝非人能演绎。

这究竟是怎么回事？苦苦思索之下，一无所获。就在此时，孙兴衍忽然看到，每个人形尸王周围，都会尾随一个兽形尸王。而兽形尸王的一举一动，又全在人形尸王的掌控之中——这就像杂技团的驯兽师和猛兽的关系。

莫非，这些人形尸王是驯兽师，那些兽形尸王才是真正的猛兽？一念及此，孙兴衍霎时豁然开朗了。可与此同时，他又陷入了另外一个困境。

这些猛兽不知是豺狼还是虎豹，若是被它们给捉住了，岂不是会被当即吞入肚子，只怕连个骨头也不吐了？一想到这个后果，孙兴衍不禁后脊发麻，一时额上冷汗涔涔。

为了印证这个猜想,孙兴衍假装向外伸了伸手,做了个要挤身而出的动作。两个兽形尸王发现了端倪,双足刨地,忽张血盆大口冲了过来。

先是听到空中传来凶恶的吼叫声,如猛兽发威,如天神大怒。紧跟着,两个庞然大物一左一右,飞驰如箭扑面而至。孙兴衍骇然之余,立即收手。他的指尖刚触及一股浓浓的黏液,应该是某个怪兽的舌头,然后就看到两个兽头惨烈相撞,各自受到冲击,弹飞一丈开外,头上的装饰品碎了一地。

"奶奶的!果然不出小爷我的所料,这些玩意都是真的猛兽啊!"这番尝试,虽说惊险非常,但也算有所收获。

刚才相撞的是一头狮子和一头老虎,也许冲击太强烈了,直到现在还没有复原,仍躺在地上呜呜呻吟。

"老兄!错了,我们全错了!这些兽都是猛兽,那些人全是驯兽师!他们很正常,根本没有患臆想之症。所谓阵眼的祖状之尸,其实是一头猛虎啊!就是倒在地上的那头!"孙兴衍仰着脖子,伸手指向地上的猛虎,冲着宋宽大声喊道。

听到声音后,宋宽当即认真看了过去。果见兽状的尸王很像虎、狼、狮等假扮,至于人形尸王,倒是越看越像驯兽师了。也许是出于心理作用,宋宽信了孙兴衍的揣测。

眼见身份已被拆穿,驯兽师们也就不再遮掩,纷纷脱掉奇形怪状的外饰,卸下一身伪装,逐一露出真面目。一个身宽体胖的中年大汉,踏前一步,裂开嗓门冲孙兴衍粗里粗气地叫喊道:"小子!

爷爷们本想陪你们耍耍，谁知尔等下此辣手，竟杀了我一名兄弟和一头猛兽，此仇不得不报！"

此人生得满面络腮胡，一身腱子肉，是六位驯兽师的大哥，也是本次计划的领头人。原本，他们六兄弟每人带来一头驯服得最拿手的猛兽，这才组成十二个人兽相间的阵营，摆下了六丁六甲阵。

这其中，老大高飞饰黄姬尸，手下雄狮扮戎宣王尸；老二高正饰女丑尸，手下恶狼扮奢比尸；老三高天饰王子夜尸，手下猛虎扮祖状尸；老四高云饰夏耕尸，手下豹子扮犂尸；老五高翔饰形残尸，手下猩猩扮相顾尸；老六高文饰据比尸，手下黑熊扮窫窳尸。

六兄弟皆有分工，手下猛兽也各司其职，彼此照应，配合默契，所以看起来就像真正的上古十二尸，几乎毫无违和感。谁知一番惨烈的打斗过后，宋宽用剑杀死了老六高文，孙兴衍用石头砸死了高文的猛兽黑熊，兄弟六人死了一人，余下五人自然要报仇雪恨。

听完这些人的介绍，孙兴衍才知道闯下了大祸。他连忙双手抱拳，恭恭敬敬地冲五人行起了个礼："几位大哥，不忙报仇，咱们先说两句话？"

"有甚话好说？就算有话，到了阴曹地府，你们再去向我六弟赔罪吧！"这位发话的是老四高云。他一晃手里的长戈和木盾，一脸的杀气腾腾，当即厉声断喝。此人在六兄弟之中，常以忠孝仁义著称。

"诸位哥哥，你们想过没有，威尔逊那红毛鬼子，为何要让你们扮演上古十二尸？"孙兴衍扫看了一眼高云，不作理会，而是面向众人，很真诚地发出这样一个疑问。

老三高天微想，忽然冷冷一笑道："威尔逊先生说龙潭洞有场跳魁大会，因见我们驯兽有道，所以让我们过来凑凑热闹。"

"他让你们凑热闹，你们就过来呀？这也忒听话了吧？"孙兴衍低头嗤笑了一声，故意激怒他们。

老大高飞是个直肠子，仰起脖子，冲着他骂骂咧咧道："小子！你可知我们六兄弟是何人吗？不知我们名号，切勿乱说！"

"哦，你们究竟是什么人？"

"我们是……"高飞刚要发话，老五高翔忽然伸手拦住他。高飞知道，这位五弟一向足智多谋。本次的六丁六甲阵也是老五设计，故而对他十足信任。高翔见大哥侧开半个身子，已把主动权交于自己之手。于是他将目光在孙兴衍身上打量了又打量，方才对众兄弟道："兄弟们，莫要被这小子套走了话儿！咱们现在就结果了他们，为六弟报仇！"

一说起报仇，余下四兄弟相互看了看，仿佛这才明了当下重中之重之事，于是各自操起家伙，也不再废话，就准备动手。五兄弟身畔的五兽看到主人要动手，纷纷重燃起凶火。一个个龇牙咧嘴，恨不得把孙兴衍一口吞了。

"不急！不急！反正都是死，何不听我把话说完？"孙兴衍本想用激将法套一套他们的底，谁知这个该死的老五高翔搅局。

眼下之局，显然不能再用激将之法，转而很委婉嘿嘿笑道："既然诸位不想说，那在下不如猜猜看，如何？"

五兄弟渐渐放慢步子，似乎很想听听他的高见。孙兴衍抓住了他们的好奇心理，于是又乘胜追击道："诸位右肩上都有青蛇文身。想必，大家是青蛇会的人吧？"

五兄弟停下步子，彼此看向各自的右肩，一时满是讶然之色。孙兴衍见他们虽未言语，但已心照不宣，登时了然了大半。

青蛇会是个靠驯兽发展壮大的民间社团。他们明面上走街串巷，依仗驯兽表演挣些薪酬，实际上却是有地盘、有组织的帮会，主要靠走私鸦片来维持运转。只不过，为了打造一个好形象，才以驯兽之名伪装罢了。

青蛇会早年的成员，主要是江湖上的卖艺之人。这些人尤为擅长蓄猴唱戏、弄鼠攒圈、虾蟆教学、蚂蚁斗阵等技艺。

表演场地一般在街面和戏院，有些还会被选派到宫中为皇帝演出。他们世代从事驯兽演戏之业，不少家族的百戏，甚至可以追溯近两千年。

当然，驯兽驯禽的方式并非只靠打骂，他们还有一套独门妙法。比如凤阳猴戏的驯猴师韩七，他的绝招就是给猴子喂食鸦片。只要猴子染上毒瘾，就能很轻易地被驯服。

余下的众驯兽师们，也多是用鸦片来控制各种奇珍异兽，所以才能把极难驯服的虎狼狮豹等，也驯得服服帖帖。

如此来看，走私鸦片，一方面可以给青蛇会带来丰富的经济收益；另外一方面，也可以把鸦片用于驯兽驯禽，从而赚取丰足的演出费用，真是一举两得。威尔逊正是发现了这个秘密，故而才与青蛇会的班主合作，从而谋划了这一切。

听完孙兴衍的这些推测时，高氏五兄弟相互对望，尽皆哑然。他们没有想到，一个看似贪生怕死的小商人，居然有此等见地。

五人头挨头，小声议论了一会儿。但见高翔站直身子，转过脸面向孙兴衍问道："你既已看穿我们青蛇会与威尔逊的秘密，可你是否想过，威尔逊明明有手腕直接除掉你们，为何非要让我们扮演上古十二尸，演这样一出戏，从而把事情搞得这般复杂呢？"

这是个好问题，也是孙兴衍一直想不通的地方。他曾假设过各种原因，比如威尔逊想遮掩什么秘密。抑或者，青蛇会的人想遮掩什么秘密。除此之外还有一种可能，就是威尔逊根本没想过杀死所有人，而是想留一个或多个活口？

想到这里，孙兴衍猛然抬起了头，冷冷笑道："如果我所猜不错，威尔逊和你们青蛇会，主要是想让李拯背负整场阴谋的后果。毕竟此案关系重大，若是一直是悬案，只怕会上达朝廷。既然如此，倒不如甩锅李拯好了。可如果要栽赃李拯，就必须放一名活口出去，这名活口再把所见所闻报官。鉴于山洞已炸毁，官府无法查清原委，又急着结案，必定信了这个活口的话，从而判李拯之罪。到时曲折离奇的案子，只会在卷宗上记下寥寥八字：官商勾结，谋财害命。如果此推断属实，那这个威尔逊的计策就相当高明了！"

一番揣测听来天衣无缝，而且句句切中肯綮。高飞不禁对孙兴衍有了几分钦佩，板着一张脸冷哼道："你小子倒是聪明！原本呢，我们想把活口留给你们仨。对，就是你和那个小白脸，还有那个姑娘。可是,你们动手杀了我的兄弟,这事就不得不另算了!"

原本以为,那个活口会是山洞之中的任何一个人,但绝不可能是他们。为何高飞偏偏说,活口是他们呢?这一点,孙兴衍完全想不明白。毕竟,他们已知威尔逊的秘密。一旦被放出去,岂不是会把威尔逊也供出来吗?

当孙兴衍问出这个问题时,高飞反而摆了摆手,很不屑地回应说,这一切都是威尔逊的意思,他们如何知道?再说,这个问题也不再重要。因为他们已改主意,威尔逊的事暂且放一放,现在只想为死去的兄弟复仇,也就是要把他们三人灭口。

这时孙兴衍想起来,夜千茉还在石洞里等着自己,而她根本就没有参与这场比斗。于是他提出,杀死老六高文和那个猛兽的是自己和宋宽,不关夜千茉的事。可否放了她,由自己和宋宽领死。

四兄弟目光相接,觉得合理,正欲同意,唯独高天并不准许。孙兴衍进一步指出,他们不是要放一个活口出去吗?宋宽和自己领了死,再由五兄弟栽赃给李拯。夜千茉信了五兄弟的话,独自去报官,岂不是完美?

"这法子虽然奏效,但你小子花言巧语,我等信不过。万一这是你的一计,我们岂不是会吃亏?再说了,等把你们全宰了,我等再另以青蛇会的名义去报官,不也一样吗?"高翔睥睨着孙兴衍,随手掷出一个方案。

这些人在外的身份是民间艺人。由他们去报官,的确可以完美闭环。而且还能保证,既不破坏原计划,又能为兄弟复仇——简直一箭双雕。

面对这个方案,孙兴衍暗自咬唇几无办法。这时高云摘下腰间的连发弩机,一枚一枚把弩箭装入箭匣,然后抬起手瞄准了孙兴衍。

此刻孙兴衍正被困于石栅栏里面,出不易出,也别无逃命之地。如果高云连发弩箭,不消射完十支箭,他必定会殒命当场,就算大罗神仙也救不了他了。

"等等!你们觉得,就算杀了我们,威尔逊会放你们出去吗?"孙兴衍额上冷汗如雨,双手抓住两根石柱子,向前倾了倾身子,忽然说出这么一句话。

高云即将扣动悬刀的手一顿,看向了旁边的高翔。高翔示意他先放下弩机,且听孙兴衍怎么说。

只要有了说话的机会,主动权还不是握在他的手里?孙兴衍擦了擦额上的大汗珠,一甩手里的水渍,这才道:"威尔逊之所以让你们化身上古十二尸,其实是为了掩盖一个事实——他与青蛇会有勾结。如果我们不知道此事,而一切都按照他的原计划进行。你们放了我们,而我们也把事情来龙去脉告知了官府,包括李拯和威尔逊勾结,威尔逊才是幕后主谋的秘密。只要威尔逊稍用手腕,一样能够逆转乾坤,反咬是我们诬陷他。到时既能把整个计划完美闭环,还能把我们一网打尽,更能让整个事件看起来无比真实!"

"此话怎讲?"高云抬了一下下巴,不解地问道。孙兴衍看他一眼,随后道:"这个很好理解。如果是放出其他幸存者,再反咬李拯是凶手，就算再真实，也不容易让人相信。说到底，李拯是官府中人，仅凭几个幸存者的一面之词，实难让人相信。可假如中间发生这样的曲折——先由我们诬陷威尔逊，再经威尔逊的合理解释后，反栽赃我们是李拯的同伙。此等翻转，不仅让官府体会到层层剥茧的快感，而且官府还有一层考量——威尔逊是外夷人，处理起来麻烦。倒不如把我们定为凶手，再把主谋定为李拯，岂不更容易，也更少惹麻烦？这才是威尔逊让你们扮演上古十二尸，并且放走我们的真正目的！"

五兄弟听罢，居然觉得很有道理。他们满面皆是困顿不已的样子，一时也不知该如何是好了。孙兴衍见自己的话起了效果，身子向后一仰，长长叹道："现在，我已识破你们的计划，并知晓了威尔逊与你们勾结的事实。你们觉得，依着威尔逊狠辣的手腕，是放你们走呢，还是弃子呢？"

这一句话直戳要害，五人身子霎时一僵，恍然间失了方寸。高正想了想，不无紧张地问道："你的意思，威尔逊连我们也一块儿杀了？"

"你们总算觉悟了。"孙兴衍摊了摊手，神情十足慵懒。以上种种推断，不过是他情急之下胡诌的浑话，主要用于保命。真真假假混杂其中，反而不易看出问题。正因为看不出问题，高氏兄弟五人才忐忑起来，相互之间交换了眼色。

"整个龙簪洞已被封死，别无出路。威尔逊这贼子，之所以让你们布下六丁六甲阵，不过是为了拖延时间，并趁机放走李拯，逼其带路。待到他彻底离开，一定会引燃山洞里的火药。至于说他想留几个活口去报官，以此善后云云。你们成功倒还罢了，若你们不成功，那就是他的一派谎言，最后还会把你们铲除。"说到这里时，孙兴衍朝前探了探身子，神秘莫测地道："他最终的目的很简单，就是把所有人炸死，一个不留！"

这个结论过于震惊，五人听罢面面相觑，久久无法平复心情。片刻后，高飞睁大了眼睛看向孙兴衍，不可置信地问："这些话，可是真的？"

鬼才知道真不真呢！只要能活下来，假的也肯定要说是真的。孙兴衍清了清嗓子，缓缓合上眼点了一下头，而后强作真诚地答道："真！千真万确！所以，眼下咱们应该同心协力，而不是互相杀伐。"

虽说五人对孙兴衍所言也表示怀疑，但他们更愿意信以为真。因为龙謦洞入口的确已被封死，李拯也确实在洞内埋了许多火药。

他们五兄弟到现在还不知道真正的出口在何处，威尔逊也没有提前告知。万一这个洋鬼子真的炸了山洞，岂不便如孙兴衍所说的了吗？

"两位兄弟，你们可有离开的妙计？"老大高飞抱拳向宋宽和孙兴衍分别一敬，然后挥手遣散围攻二人的猛兽，让出一片空阔之地，"两位不妨过来一叙？"

"我二人可是杀了你兄弟的仇敌，谁知你们此时，是不是摆下一桌鸿门宴呢？"孙兴衍把身子往石壁上一靠，浑身散发着不可信任。

高翔哼道:"小子!你刚刚也看到了,如果我四哥扣动连弩的悬刀,你早已小命不保。要想杀你们,我们有的是法子。"

这话倒也不假。高氏兄弟之前迟迟没有下狠手,主要是为了拖延时间,并找机会放他们走。随着高文死于宋宽之手,为了给兄弟复仇,高氏五兄弟才真正动了杀人之心。如果想杀他们,高氏兄弟易如反掌,又何必多此一举呢?

"如果你们能找到出路,那便是救了我们五兄弟。杀弟之仇,一笔勾销。"高飞说到这里时,余下四兄弟纷纷发出异声。于他们而言,高文之死绝不能罢手。

可出于对兄长的尊重,众人议论的声音渐渐压低下来,直到消失不闻。高飞扫了一眼众兄弟,一双圆瞪的大眼睛里浸着杀意,又冷冷地道:"可如果你们找不到出路,咱们新仇旧怨一起算,怎么样?"

"如果找不到出口,大家必然死在一块儿。那时,新仇也好,旧怨也罢,还有什么意义呢?"孙兴衍苦笑着一摊手,显然是同意了这个方案。他侧过身子,从石栅栏里挤了出来,一步一步走到五兄弟中央。

五兄弟确实与他保持着安全距离,并未有出手加害之意。过不多时,宋宽也自石平台上跳了下来,走到孙兴衍的旁边,与他并肩而站。

双方暂时达成合作联盟,一切仇怨,只待寻找到出路后再计较。高飞问孙兴衍，出口如何去寻。孙兴衍反而不慌不忙地说，此事暂时不急，他们须得先找到一个人，而这个人正是夜千茉。上次过来救宋宽，孙兴衍把夜千茉安放在了一个石洞里，也不知怎样了。

大家跟着孙兴衍，沿着黑暗潮湿的小道，一路斜向上攀爬了半刻。直到感觉阵阵阴风刮面，方才知道已至洞前。

孙兴衍朝着洞内探去一个头，小声喊道："小飞贼！小飞贼！小……"两三声过后，不待他再喊，一个黑影倏然蹿了出来。众人以为遇到了强敌，各自抄起各自的家伙什。宋宽更是握紧了长剑，随时打算去解救孙兴衍。

然而那个黑影并未采取攻击，而是紧紧抱住了孙兴衍。一张白皙如玉的面容，牢牢贴在了他的胸前，又急又泣地道："小奸商！你总算回来了。我想着，如果你再不回来，我就要去寻你了。到时，生便一起生，死便一起死。就算你怨我恨我，我也是要去的。"夜千茉搂紧孙兴衍的腰，一颗颗炙热的泪珠落在了他的手背，就像一团团烈火在灼灼燃烧。

良久，两个年轻的人就这样沉默不语。世间万物，仿佛在此刻静止。要不是有人发出了咳嗽声，也许他们会就此沉沦下去，恰如享受着人世间最幸福的欢乐时光。

可说到底，孙兴衍比夜千茉更快清醒过来。他一把推开了夜千茉，向后退了两步，支支吾吾了半晌才道："你……你这个小飞贼！小……小爷我好好的，怎会回不来？你……你休要诅咒小爷！"

"我好端端的，诅咒你作甚？那些妖兽如此凶恶，就你这样短胳膊短腿的废物，不被吃掉才怪！"夜千茉挺起胸膛，言语娇媚之中透着点点怨气。

虽说这些话里溢满了怨怼，但孙兴衍也听得出来，小飞贼那是在格外关心自己。只不过，眼下这种情况，他们就算有无数心里话也不能当面说。

因为身后，六双眼睛正盯着这里。夜千茉察觉不到，孙兴衍可看得清清楚楚。他不停地给夜千茉使了使眼色，夜千茉渐渐会意，身子微僵，这才四下里扫了扫。一群大男人，不怀好意地从黑暗中涌了出来。一个、两个、三个……直到六人把他们包围起来。

夜千茉先是一惊，而后垂下了头，几乎恨不得钻入地缝。孙兴衍也无比尴尬地伸手挠着后脑勺，一直红着脸，不停地傻笑。

尽管宋宽察觉了两人微妙的情愫翻涌，但他更清楚，时间紧迫，不容耽搁，于是迈前一步，圆了个场道："夜姑娘，这几位是高氏五兄弟以及他们豢养的野兽。"

看到高氏五兄弟，夜千茉倒无反应。然而见到那些隐伏在黑暗里的猛兽时，禁不住一哆嗦——她可从未没见过这么多兽怪。好在宋宽把适才的经历说给了她听，夜千茉才知晓了猛兽的来历，心中的恐惧方才舒缓了七八分。

高飞说，威尔逊只给了他们半个时辰，用于拖住孙兴衍等人。至于地狱之火以及十二尸王身上携带的火药云云，不过是一个幌子。

孙兴衍则推测，这半个时辰是威尔逊等人撤离的时间。一旦他们撤离，就会立即引燃山洞里的火药，也就是威尔逊口中的地狱之火。

所以，现在摆在眼前的有两条路：第一，先寻找火药埋葬地点，阻止爆炸，再去寻找出口；第二，直接寻找出口，不去管火药的事。

高氏兄弟没有太好的想法，只希望孙兴衍给个指引，毕竟这两条路就是孙兴衍所想。

孙兴衍认同第二个选择，于是号令大家一块儿去寻出口。唯独宋宽听罢，忧心忡忡地思索很久，最后转身背离众人远去。

孙兴衍喊住他，大声问去往何处。宋宽定住脚，侧过半张脸道："孙兄，你先带大家走吧，我随后就到。"

一向持重知大局的宋宽，这个节骨眼上不该独自行动，他究竟想做什么呢？孙兴衍想了又想，忽然明白过来，这家伙应该是去寻火药的埋藏地，于是问他原因。

宋宽说，山洞里还有几百名百姓。如果只有他们几人逃了出去，这几百人还困在这里，他于心不忍。

孙兴衍规劝他，万一找不到火药埋藏地，那就是陪这些人一起死。更何况找不到的可能性极大，这注定是一条死路。

这个问题，宋宽仿佛早已考虑过。他风轻云淡地笑道："如是，那就一命呜呼吧！"言毕，就要走。可刚迈出没几步，孙兴衍忽然叫住他，大声问道："你到底是谁？"

虽然仅相处了不过几个时辰，可这一身的正气凛然、侠义傍身,绝非常人可有。孙兴衍不禁怀疑起宋宽的身份,而宋宽似乎并不打算告诉他,只是摇了摇头,独身大步远去。

不知身份就不知身份吧。孙兴衍在心里告诫自己,这个朋友,永生不会忘。他一咬牙,依然决定选第二条路,哪怕明知这条路太无耻太混蛋。高氏兄弟只想着自己安然无恙,自然赞成孙兴衍的选择。

就在众人大步要走时,夜千苿忽然抓住了孙兴衍的衣角,充满恳求地道:"我们去帮他吧。"一双动容的目光盯着他,久久地凝望不移。

孙兴衍呆呆地看着她,仿佛从那双眼睛里看到了信任,看到了渴望,看到了崇敬,看到了一切美好的品质。

夜千苿则不同,她在孙兴衍的眼睛里看到了相反的东西,诸如贪生怕死、冷血无情、自私自利等。看着看着,夜千苿失望至极地摇了摇头,然后用力甩掉抓孙兴衍衣角的手,冷冷地道:"我就知道,你这样的小奸商,绝不会有济世救人之心。"她说着,眼中浸满了泪光。

一段发生于十几年前的往事,一点点在夜千苿的眼前滚滚浮现。那一年,夜千苿被亲生父母遗弃,多亏了几个好心人的施舍,方才撑过了最灰暗的时光。

自那日起,她就暗暗发誓,长大后,若成了才、有了钱,一定要接济救过自己的人。可等她长大后,再也寻不到恩人们的影迹。

无论如何,夜千茉已暗下决心,以后劫富济贫的钱,不论多寡,都要拿出一半来散布给好心的穷人们,希望他们都能过好,也算还一个再也还不上的恩义。

这些前来参加"跳魁大会"的人们,多半是家中遇到了重大变故,可又没有更多的钱来治疗病患,故而只得到此求神告佛,祈求赐福。他们已足够苦,如今又遭威尔逊算计,岂不是苦上加苦?

想到这里,夜千茉不再纠葛,扬了扬手道:"算了,你逃你的命吧,我去助他一臂之力!"说着,用力拨开孙兴衍,手提斩妖剑,毅然大步而去。

"着什么急,小爷我说见死不救了吗?"孙兴衍伸手拉住她,迈前一步,转身挡在她的前面。

片刻后,这个男人威严陡生,左手掐腰,右手高高举起握成铁拳,大声下令道:"兄弟们,咱们这就把那些火药给灭了!"

"你不是说要先去找出口吗?万一我们还没找到火药,威尔逊就派人给引爆了,大家岂不白白送死?这条路,我不同意!"高飞第一个提出反对。高正、高天等人也纷纷表示不妥,还说如果孙兴衍执意去做这件事,大家就分道扬镳。

"诸位别急,请认真想一想,寻找出口最好的方法是什么?"这个问题当即把大家难住了。孙兴衍见他们一个个呆头呆脑,也就不再废话,啐骂道:"笨呐!只有先找到威尔逊的人,再逼着他们带咱们出去,岂不是妙计?如果只是无头找寻,只怕还未寻到,火药就全爆炸了,到时一样也是死!再说了,火药埋藏地点不止一处，因而找起来更容易。出口却只有一个，且隐藏极深，哪那么容易找呢！"

"对对对！"这话果然奏效，众人听完齐声附和。原来一件事，只要从不同角度揣测，就会有不同的结果。孙兴衍正是抓住这个契机，及时扭转事态方向，这才力挽狂澜。

第十六章
火井凶焰

1760年5月10日

黄帝纪元四千四百五十七年

高宗 爱新觉罗·弘历 乾隆二十五年 农历庚辰年 龙年

庚辰年 三月小 廿五日

庚辰年 辛巳月 庚午日

宜：纳采 开市 治病 动土

忌：驱鬼 安葬 出火 分居

  暗黑无边的隧道里，一阵并不明显的脚步声橐橐地响起。自从逃出十二尸王的包围后，李拯自觉捡回一命，庆幸之余，一步一步朝着出口方向走去。

  虽然沿途黑暗崎岖，但并未让他产生任何惊惧之感。只要抵达出口，登上小舟，一路划出龙覃洞，就能安全撤离此地。到时，他再吩咐手下人引燃周围的火药。无论是谁，全逃不过这场爆炸。

葛洪亮死了，吕有德死了，威尔逊也即将死去。江右商帮的领袖已死得七七八八，再也无人阻挡他的大道。待到时机成熟，他再以唐氏瓷号掌舵者的身份出山，顺利控制整个江右商帮，并且手握江西的大部分财富，岂不是人生一桩美事？

一念及此，李拯只觉心间激流窜涌，仿佛立马就能实现所有的梦想。边想边走来到一条狭深的石洞口，停下步子，先抬头望了一眼，随后像蚯蚓一般钻了进去。

沿着这条狭长的洞口钻爬半刻，出来即见一个广阔的断崖广场。顺着广场上的索道急速而下，就能到达艄公的船上了。只要坐上船，一切都该结束了。

李拯一边在心里盘算着美好的画面，一边小心翼翼地钻爬。就在即将到达出口时，前方忽然传来一阵细微的摩挲声，仿佛迎面爬过来一个人。李拯赶忙停止了钻爬的活动，并且静止一切声响，神色复杂地看向前方。

李拯不动声色地把身体贴于岩壁，整个人与黑暗融为一体，不仔细很难发现他的存在。这里除了他，便只有十几名安插于此的手下。

他吩咐过，在没有听到哨令前，谁也不许暴露形迹。所以，这阵摩挲声应该不是手下人所发——可那又会是谁呢？

这边正想得出神，忽见一人从隧道前方钻了过来，压低声音问："大人，是您吗？"那人越往前钻爬速度越快，及至李拯所在的幽暗之处时，渐渐停止了爬行，小声而焦灼地说道："大人，祸事了！威尔逊带人闯进来了！"

怎么回事？威尔逊怎么可能知道这里？不！不对！他离开前曾反复叮嘱过手下人，如果他赶来出口，一定会先吹哨提醒他们。他的哨声不响，任何人不能轻举妄动。因而，此人定不是自己的手下，只怕别有来历。

这人究竟是谁？他的手下又去了哪里？

一连串的困惑，不时在李拯脑海里激荡。良久他都没有做出回应，而是悄悄摸出一把匕首，只待那人近到自己跟前之时，迅猛地挟持了此人。

"你是何人？"

李拯躲在那人侧后，并未露面，一把寒气森森的匕首托着那人的下巴。那人静若雕塑，颤颤地发抖道："我……我是您的属下啊，您……您不认识我了吗？"

"我的人？"李拯冷哼一声，提醒道，"没有我的哨声，我的人绝不会提前现身。你既然现了身，想必别有目的吧？"

那人见他识别出了自己的身份，一时间冷汗如雨，浑身颤得更加明显。就算他口上不承认，身子也已出卖了自己。

"饶命！"那人一改方才的从容淡定，忽然变得胆小怯懦起来。这倒很对李拯的路子，因为此人如果怕死，也就容易说出身份来历。

"你们究竟是谁？"李拯问完的同时，匕首轻划了下那人的脖颈，一股鲜血顷刻间喷涌而出。由于没有割到动脉，还不至于死去，只不过要承受剧烈的疼痛。那人更加惊惧起来，用颤哑的声音道："我们……我们是……"

"李大人，别来无恙。"不待那人说到关键信息，一阵熟悉的声音响了起来。伴着声音而来的还有一把匕首，不知是谁从哪个角落里伸了出来，并用同样的手法挟持了李拯。

"是你？"

只略微一想，李拯就已知来人是谁了。这一口蹩脚的中文，不是威尔逊又会是谁。威尔逊见他认出了自己，笑着自黑暗里转出了身子。随后挟持李拯的格蕾丝，也露出了庐山真面目。再度见到老朋友，威尔逊显得很高兴，笑道："实在不好意思，李大人太狡猾了，在下只能出此下策。"

虽然早知李拯会由此而入，但他太过诡诈，只怕会悄无声息地进入隧道，先设法跟潜伏在周围的手下联系，在确定安全后，才会继续前行。

若是嗅到任何不安全的讯息，他会立即逃离，到时就很难抓了。通过逼问李拯的手下，威尔逊问出了他们接洽的哨声。可想到李拯绝非等闲之辈，万一从哨声之外听出端倪，也难实施抓捕。

于是，他想出了这招声东击西之计——即先派人假装李拯的手下，就算被发现了也没关系，这是计划的一部分。

李拯心思缜密，猜疑心重，一定会想办法摸清此人身份。只要他出手挟持，他们就能顺势抓住李拯。所谓螳螂捕蝉黄雀在后，也不过如此了。

"为了抓我,威尔逊先生真是煞费苦心。"李拯扔掉了手中的匕首,一副慷慨就义的模样。威尔逊站到他的面前,低头笑道:"为了杀掉我,李大人不也煞费苦心?"

"落入你手,我无话可说。你想活命,我也想活命,咱们何不做笔交易?"虽是落入敌人之手,但李拯并不觉得已失败。在他看来,唯一的路径只有自己知道,可性命却攥在威尔逊的手中,两人算是互相牵制。所以这笔交易,不仅是必然,而且相当公平。

威尔逊不作理会,轻轻勾了勾唇,别有深意地转过身。杰西卡缓步走了过来,一拳砸向李拯的胃部,只待他张开嘴的刹那,一粒黑色的药丸随即投入他的口中。

"这个世上,还没有人能跟我讨价还价。"威尔逊定住脚,偏过半个脑袋,不怀好意地盯着李拯道:"你吞下的是鸦片丸,分量虽不足致死,但却能让你上瘾。今后,如果你想活命,就得好好听我调遣。否则,没有鸦片丸的日子,相信李大人一夜也挨不过去。"

"你……"李拯赶忙伸手去抠嗓子眼儿,希望把鸦片丸吐出来,可为时已晚。吃下鸦片,也就意味着,今后将彻底沦为威尔逊的奴隶,这是他最不愿的事。

这一生,李拯曾无数次告诫自己,绝不能沾惹鸦片,也绝不会做鸦片生意。因为他的父亲就是吸食鸦片而死,这是他毕生的痛。当年,父亲在临终之前,特意把他叫到床榻之前,反复叮嘱,甚至让他许下重誓,今生到死都不能碰鸦片,包括跟鸦片有关的生意。

原因无他,李老太爷只是希望这个独子勿要断了香火。毕竟,李老太爷一生，已让李家蒙羞，他的儿子断不可也如此。

一开始，李拯并不理解父亲为何如此决绝。因为李老太爷死之前，还抽了最后一袋福寿膏，并说这是家里的味道，他想死之前带走。李拯问母亲，父亲那么痛恨鸦片，为何临终前还要抽？

母亲告诉他，李家院里本来有一口水井，井水清澈纯净，用这口井里的水熬出的烟土香味浓烈，与众不同。李老太爷所抽的烟，几乎都是由这口井里的水熬制，故而他才会说，吸一口烟是记住家里的味道。

为了维系家族的开支，母亲在井水边搭起一个作坊。凡要求熬烟者，须得预付二两银子，久而久之他们家有了些积蓄，也足够李老太爷抽一辈子烟。

可当时有个驿丞的外甥相中了他们家这口井，上门说五十两银子买了他们的井。这明显是抢，李老太爷死守不从。这个纨绔子弟就带人打了李老太爷，最后还是把井抢走了。

这些事发生时李拯已经懂事，因此他自然也知道。自那而后，李家逐渐没落，而李老太爷仍不戒烟。于是一座四合院抽成了砖瓦屋，砖瓦屋又抽成了茅草房，直到后来一家老小，病死的病死，饿死的饿死，唯独这个抽大烟的李老太爷还活着。李夫人无数次劝过李老太爷放弃抽烟，他就是不依，直到临死了才猛然惊悟。

一桩桩、一件件往事，忽然从李拯的脑海里跳了出来，犹如蝼蚁食，犹如万虫咬。他不仅深深记着家族的没落，甚至至死也不敢忘记父亲的叮嘱。

可今时今日，他终究还是违背了父亲遗训，让家族蒙了羞，也让父亲九泉难安。急火攻心之下，李拯想到了求死，于是迈步撞向格蕾丝的匕首。好在格蕾丝反应迅捷，及时抽回匕首，并一掌击中他后脑勺，这才让他软绵绵晕倒在地。

"主人，我们接下来该怎么办？"杰西卡低头扫了一眼李拯，小声问道。威尔逊也看了看昏死过去的李拯，一撇唇角，随后把目光探向远方道："这次药剂量大，两刻内就会发作，到时弄醒他。一旦染上鸦片瘾，就算他想死，只怕也死不了，必能为我们所用。另外，两刻后，务必引爆龙瞿洞，至于具体操作，听我号令。"

杰西卡讶然变色："这件事，不是已交给青蛇会了吗？"

"他们？"威尔逊漫不经心地拧转着右手食指上的一枚黑色钻戒，冷冷地道："截至现在，我还没有收到他们的信号，只怕多半已被策反。不过没关系，他们本来就是棋子，我也该弃子了。"

一言及此，威尔逊那双冷眸骤然紧缩，而后一招手，杰西卡附耳过来，认真听完安排后，叫了五个属下，火速赶回龙瞿洞。

高氏兄弟听完孙兴衍的分析，纷纷同意了寻找火药埋藏地的计划。高飞更是表示，一切全听从孙兴衍的安排。方案敲定后，孙兴衍即刻带众人追上宋宽，说明了来意。

宋宽感激大家的相助，也愿意与之同进退。高翔这时说起，既然一起行动，总要有人领导吧？不然各有各的主意，岂不是一盘散沙？

此话分明是在暗讽宋宽,遇到事极易我行我素。宋宽虽听出了言外之意,但并不介意,只是淡淡笑了笑。高飞说,他觉得孙兴衍头脑最聪明,现在谁也信不过,就愿意听孙兴衍安排。大哥发了话,余下四位兄弟自然别无意见。

夜千茉尽管面上瞧不起孙兴衍,但心里对其还是极为赞许,亦无意见。而今所有的焦点,齐刷刷落在了宋宽肩上。高氏兄弟这一招,分明就是让宋宽表态,也是希望他中途不要再出幺蛾子。

宋宽如何看不出来,于是掷地有声地道:"如果诸位愿意与洞中所有人同进退,不落下一人,宋某虽死无憾。"

高氏兄弟实在没有料想,这个白净高瘦的年轻人,居然还有一副菩萨心肠。高天一抬下巴,问他道:"这位兄弟,那些人的性命与你何干,为何愿为他们赴死?"

宋宽一噎,不知如何作答。孙兴衍瞧得出,宋宽心里必是经历过重大变故,所以才对洞中的百姓饱含深情。可眼下事出紧急,他们无暇去追究这些细枝末节。

于是,孙兴衍迈前一步,胡乱解释道:"这位兄弟是带发修行,乃是出家之人,自然慈悲了些。咱们因于危局,应该多想想下面的安排。"

高氏兄弟互相看了看彼此,觉得言之有理,就问孙兴衍有什么计较。孙兴衍说,他研究过龙潭洞的结构和土质。

一路走来,他们看到了许多大型古动物的残骸。再往前去,兴许还会看到眼睛蜕化的鱼、螃蟹、蟋蟀、娃娃鱼等物种——这些都是洞穴里常驻生灵。

此外还有一个物种，就是永远幽居于洞穴里的"常住居民"——蝙蝠。

高氏兄弟以驯服奇珍异兽闻名天下，他们可驯服天下生灵，譬如水里游的鱼、蟹、鳖，天上飞的鸟、鹰、鸦，地上跑的兽与禽。但唯独，他们驯服不了蝙蝠。

蝙蝠是一种古老的物种，脚部构造与鸟类不同。小型蝙蝠很难站在石头顶部，往往只能头朝下倒挂，因而它们的脚，就像钩子一样挂住岩石的缝隙和凸起。

起飞时，蝙蝠需要先松开脚跌落，并在跌落的刹那展开翅膀飞行。如果洞穴高度不够，蝙蝠就容易直接坠到地面。即便不会受伤，也无法再起飞，于是只能重新爬回高处，再度坠落起飞。这个过程很危险，蝙蝠们不会轻易尝试，所以它们时常栖息于高穹之顶。

"火药埋藏之地，也许在地下暗河附近。暗河的水位与湍急程度不稳定，旱季与雨季可差别十倍，甚至于百倍。有些暗河水流汹涌，有些是瀑布，还有些甚至会形成地下湖泊。一旦地下暗河被炸毁，整个溶洞不仅会坍塌，而且水流会很快侵入任何边边角角的缝隙，到时无一人可活。"

孙兴衍抬头仰望着黑漆无边的山洞，以及周围凹凸不平的石岩，神色凝重地道："暗河流过的岩洞腹腔上空，也许倒挂着蝙蝠。一旦发现异样，大家设法驱赶洞顶上的蝙蝠，以此制造声响。我们听到后，就迅速过来会合。"

这倒是个实用的办法,只不过他们应该分作几路,各自又该去哪里寻人呢?孙兴衍心里早有规划,高氏五兄弟、孙兴衍和宋宽七人分作七处远去,唯独夜千茉不去参加本次探寻任务,因为孙兴衍给她安排了别的事情。

八人小心翼翼地前行探索,每个人都敛气屏息,生怕被附近未知的生物,抑或是藏在暗处的敌人偷袭。与此同时,大家还必须眼观六路,耳听八方,一个幽微的细节都不能放过。孙兴衍安排完任务后就有点儿后悔,因为别人都多少会点儿武艺,他是一点儿擒拿手法都不会。如果遇到敌人,岂不是只有送命的份儿了吗?

为了给自己心理安慰,他弯着腰一边在前面走,一边双手合十念诵着经文,希望佛祖可护他周全。就在孙兴衍沿着东南方向走了十几步后,忽然听到西南方传来密集的蝙蝠叽叽喳喳的叫声,随即又听到了一群蝙蝠扑簌簌飞起的声音。

西南方归宋宽监听,莫非那边出事了?一念及此,孙兴衍脸色微变,大步冲那边跑了过去。这一阵蝙蝠响动,正是被宋宽投掷的石块所引起。原因无他,因为他发现了一行人正在往这边走来,领头者是杰西卡。

杰西卡既没有发现宋宽的存在,也没有察觉到异动,还以为是自己人的脚步声过大,吵到了攀附在岩顶上的蝙蝠,所以才出现了一连串的骚乱。

她抬头大眼一扫岩顶,发现蝙蝠群密集而喧噪。一只只蝙蝠就像黑蝴蝶倒悬在疙疙瘩瘩的岩顶凹槽里,经过地下暗河波光的浮过,忽生一种诡异可怖之感。

杰西卡早有耳闻,这些蝙蝠食性独特。一些爱吃花蜜、果实,一些爱吃鱼、青蛙、昆虫,还有一些喜食动物鲜血,甚至是吃自己的同类。

如果蝙蝠先吸食了有毒动物的鲜血,再去攻击人,那人必定会中毒而亡。一旦遇到这些蝙蝠,只有一种处理方式——俯身趴在地面或岩壁上,只待高流量的蝙蝠群过去再快速离开。现在是晡时,倒还好一些。

若是到了傍晚或清晨,成群的蝙蝠出洞和归洞,黑压压如同乌云密布,无论是躲避,还是听到高频的尖叫声,都会让人终身难忘。

杰西卡抬起手,正要示意大家俯身趴在地上,借以避免蝙蝠群的攻击。突然四周响起了忽近忽远的脚步声,一根根豆粒大的火把也朝这边移近。

杰西卡换了一个手势,纤长的右手先是虚空劈砍,随后握成拳头。手下们明白过来,这是要让他们发动突袭,全部歼灭,一个不留。

众人组装好箭矢,一起抬弩瞄向火光处,随着悬刀一个个扣响,密若飞蝗的箭雨无休无止地射了过来。孙兴衍大声喊道:"卧倒!快卧倒!"这边话音刚落,箭镞就叮叮当当地在洞壁上乱响,碰撞声一阵强过一阵。

一般而言,只要是白天,哪怕洞内是黑夜,蝙蝠们也会安然入眠。只有听到巨大的声响，大到引起岩壁大震动，或者看到强光持续照射，蝙蝠才会成群结队地飞蹿，从而引起不可逆转的骚动。

孙兴衍等人高举的火把之光，以及杰西卡命人发射的弩箭碰撞之声，早已唤醒了这群久居于黑暗里的幽灵。它们一个个从岩壁上坠了下来，就像一头头黑色的妖兽扑面而来。

杰西卡的三名手下没有来得及卧倒，全身即刻黏附上黑蝙蝠，仿佛穿上一件黑羽衣。羽衣上的羽毛起伏跳动，一如大风吹来的效果，还伴随着咯吱咯吱啄肉的声音。三人因疼痛发出凄烈诡异的惨叫，听来宛如身处幽冥地府。

瞬间过后，黏附在他们身上的蝙蝠一哄而散，三人已是血肉淋漓之貌，呆呆僵在原地片刻，倏然倒地。

眼看着蝙蝠群已走远，杰西卡打了一个手势，众人随着她朝西北方向逃窜。这时，忽闻刺亮的口哨声响起，一头猛虎当即如箭般奔了过来。

杰西卡的一名手下跑得慢了些，右臂先被虎口咬住，但听"啊"的一声惨叫，伴随着鲜血喷溅，那只手臂就被拧了下来。凄厉痛苦的叫声，一时之间响彻洞穴。

老虎没有留恋眼前的猎物，吐掉口中的手臂以后，两足发力，踏过受伤人的胸口，径直又冲了出去。少顷，狮子、豹子等猛兽也都追了过来。不论杰西卡的手下如何身手矫健，可终究跑不过这些天地灵兽，一个接一个死于猛兽的大口之下。

孙兴衍跑得很慢，只得紧随在这些猛兽身后，紧赶慢赶地追逐。一片空阔的岩洞腹腔渐渐升起，孙兴衍的视线也更加清晰。

大家全在幽暗的前方停下步子，一根光亮微弱的火折子，此刻正被高高举起。狮子、猛虎、豹子等似乎很怕那根火折子，一起冲着火光龇牙咧嘴，低低地鸣叫，可没有发动进攻。这一切，皆源于高飞的阻止。

"让开让开！"孙兴衍大手拨开两名挡道的高氏兄弟，迎面就看到了杰西卡。经过刚才的激战，杰西卡的手下悉数战死，只剩她自己高举着火折子，仿佛是举旗投降。

"我当何事？原来只剩一个活口了，是该留着。"孙兴衍大口喘了一会儿气，方站直腰板，第一次认真打量这个女子。

上次见面，杰西卡和格蕾丝把他关进了箱子里，差一点儿给献了祭。那时光线昏暗，心里惊怖恐惧，故而没有瞧出这位外夷女子的样貌。

而今细细看来，杰西卡倒也是个漂亮的西方女子。一头乌云般的长发掩映在额上，浓密的眉毛叛逆地稍稍上扬，长而微卷的睫毛之下，长着一双乌黑深邃的眸子，那双眸子里溢出了层层的杀意。

"哼，这里没有活口，所有人都得死！"杰西卡的中文并不流畅，但却可以听得懂表达。她脱口而出的每个字都透着阴森，听来让人不寒而栗。

高飞盯着那根火折子缄默许久，忽然先神色极为复杂地看向孙兴衍，然后低头一扫杰西卡的脚下，这才叹道："这个娘们说，她的脚下是火井。"

火井？孙兴衍遽然变色，不禁仓皇地看向杰西卡的脚下。果然如高飞所言，那的确是一口火井。现在正被大釜盖着，杰西卡就站在上面。

火井里储藏着一种可怕的燃料。高浓度的燃料一旦被引着，将会有毁天灭地的后果。

早在战国时代，蜀人在凿井获取井盐的过程之中，无意间发现了火井。晚至汉代，古人就已会使用火井。魏晋之时，临邛县发现一口火井，夜时光映上昭。

百姓如果想取火，只需向井内投入火种，顷刻便听到响声如雷，火焰宛如蛟龙出海，照耀数十里，大家纷纷用竹筒盛其火光，小心珍藏，可以当作火把走夜路。

如果杰西卡脚下真是火井，只需投下去一根小小的火折子，就会引起大火暴喷。届时发生轰天爆炸，要是再把李拯藏在周围的火药也给引燃了。别说整个龙蓍洞，只怕整座山岭也会被夷为平地！这种威力，绝不可小觑！

一念及此，孙兴衍再也没有了适才的从容，取而代之的却是尴尬的微笑，双手做安抚状，轻声道："这位小姐，莫急，莫急，有什么话，咱们不妨冷静下来，好好聊一聊。"

嘴上说着好好聊一聊，但眼睛已经四下打量了起来。这里有不少大竹架子，一根根臂膀粗细的竹子都是剖开去节，节与节相连之处用漆布合缝。

竹子的一头深深插入井底，露出釜脐的竹子周围被封得严严实实，以恐内部的火气外泄。再往上的部分要曲接，一是为了适应洞穴的构造，二也是方便把竹子延伸到外面去，以便当地百姓利用。

杰西卡踩着的那口大釜，正是火井的井口，也是火气传输的通道。只要她一脚踢飞釜盖，将火折子投下去。霎时天崩地裂，绝无人能幸免于难。

"没有什么好说的。"孙兴衍刚看完周围布局，还没有想到如何对敌。谁知杰西卡已跳下大釜，抬脚就要去踢釜盖。她手里紧紧攥着火折子，下一刻便是把火折子丢下去。

这千钧一发之际，一道黑影倏然飞冲过来，正是高飞坐下的猛虎。只见它腾跃而起，先是用铁头把火折子和杰西卡顶飞，然后双足敏捷的落地，竟然没有一丁点儿声响。

杰西卡在地上翻滚了两圈，忍痛站了起来。摸出腰间的钢弩，抽手一弩，一击射中猛虎的咽喉。猛虎原本要扑过来擒她，悬在半空之中的身子忽然一僵，登时就像投掷的巨石撞到了岩壁之上，脑浆迸裂的同时，也随之发出轰隆大响。那枚箭上淬了剧毒，猛虎才被击中不久，毒液便麻痹了它的心脏，当场死去。

余下猛兽看到老虎死去，一心想着复仇，纷纷双足刨地、龇牙咧嘴，誓要吞了这个狠辣的女子。杰西卡踉踉跄跄地举着钢弩，瞄向了这些猛兽，仿佛在给它们下马威。猛兽们知晓那把弩机的厉害，再也不敢贸然行动，只好与她僵持以待，随时听候主人的安排。

"还我白虎命来！"高天大喊一声，单手举起钢刀杀向杰西卡。刚听到皮筋弹震的声响,眼睛还未捕捉箭的轨迹,高天的心脏已中了一箭。

他的身子微僵,叮当一声,手中钢刀脱手落地,整个魁梧健壮的身板直挺挺倒地。余下四兄弟见老三已死,不由分说,立即摘下腰间的弩箭射向杰西卡,四周满是钉刺之音。

杰西卡矫捷地侧身伏地,堪堪避过乱箭,并伸手掀起釜盖做盾牌。一通乱箭打在了釜盖上,凶猛的冲击力让杰西卡有点儿吃不消,但好在保住了一命。再这么斗下去,过不多时,她就会被射成刺猬,得想个办法才是。

这时杰西卡看到,头顶上方全是竹架,每根竹子里都流通着火气。只要割断竹子,任火气飘散,即便遇到微弱的火种,也会把所有竹架引爆,进而促爆整个火井。

这是个好办法。

杰西卡冷艳一勾唇,心下已有了计较。她先做了个假装去捡火折子的动作,高氏四兄弟迅速把弩机瞄准火折子方向,一股脑儿扣动悬刀。

一时间箭矢急如暴雨,凛如巨风。火折子附近,已被钉成了刺猬。这一波猛烈的攻击,别说射杀一个女人,就是射杀一头猛虎,此时也该得手了。

高氏四兄弟把目光凝注向杂乱丛生的箭阵,本以为会看到一具血肉模糊的尸体,谁知一个人影也看不到,只见那个火折子还闪烁着微光。

人呢？那个西洋女子去了哪里？高氏师兄弟心下一跳，彼此望了望，眼中疑窦万千。

这时，他们听到头顶上空有阵阵咯吱咯吱的声音，就像是有人在用匕首切割什么东西。高氏四兄弟刚抬起头，就见一个人附在了一根竹架上，恰似一只猴子抱着树杈，悬于半空之中。这个人正是杰西卡，她在用匕首切割两根竹子衔接处的漆布，一缕缕带臭味的怪气从断口处飘了出来，呛得不少人艰于呼吸——这种气味正是源于火气。

高氏四兄弟连忙端起弩机，一起瞄向了半空之中的杰西卡。可悬刀还未扣动，那个外夷女子已抱紧一根竹子，轻飘飘俯跃了下来。

这根竹子已被压成弓形，一点点向下坠落。杰西卡一手抱着竹子轻缓缓坠落，一手端着弩机，不时扣动悬刀。

一枚枚箭矢嗖嗖嗖刺入黑暗，急速与众人擦肩而过。孙兴衍、宋宽以及高氏四兄弟只好找地方避让，几乎没有机会反击。

十支箭射毕，箭雨初歇。杰西卡随手丢掉弩机，人已飘然落地。她怀抱的那根竹子的口端，恰好被压到了火折子被丢弃之处。

"不好！快撤！"很明显，这个疯女人是想用火折子引爆竹筒，再以此点燃火井，引发更大的爆炸！

当孙兴衍意识到这个问题时，火焰已点燃了火气，竹架断口处火光冲天。熊熊大火犹如发疯一样，即便无风也在四处窜动，有着吞噬一切的魔力。

一片火焰是赤红色，一片火焰是淡黄色，一片火焰是浅蓝色，还有一片火焰是米白色……大火所覆盖之处，即刻变成黑黑的焦土。

火光遮住了孙兴衍的视线，他早已看不到洞内其他人的踪迹。为了逃命，只好冲出洞穴，四肢大张扑向洞外。洞外是一片暗河，落水后激起层层浪花。

一霎过后，一股巨雷之音轰天响起。剧烈的爆炸把岩石锤塌，仿佛雷神的一记重锤，直砸得山石乱落，洞坑无际。一块块岩石自天而降，落进了暗河里。一波又一波冲天飞起的水花，好似一股股喷泉直上天际。

幸好孙兴衍懂水性，一个猛子扎入深水以后，很快就像个海豚跃上了水面。他抹了一下满面的水渍，不时用双手拨动水面，试图维持一个漂浮的状态。

这场爆炸把安置火井的那个岩洞已完全炸毁，犹如被巨拳锤出一个半球洞穴。高氏四兄弟没有来得及逃出来，只怕现在已全部殒命。

虽说这些人与自己亦敌亦友，可想到大家也一块共患难的分上，孙兴衍心里多少有点儿小失落。除此之外，宋宽也死于这场爆炸之中了吧？

这位兄弟侠肝义胆，宁肯自己死也要去解救洞内的所有百姓，怎可能如此轻易就死了呢？每每想到这里，孙兴衍就感到无比哀恸。

可死者已矣,他不能太过于绝望,眼下还有更重要的事去做。就在一通乱想之际,孙兴衍忽然听一阵拨弄水波的声音渐起,缓缓背他远去。只待回身去瞧,却见声音传来之所,徒余圈圈水波冲至他的跟前。

第十七章
峰回路转

1760年5月10日

黄帝纪元四千四百五十七年

高宗 爱新觉罗·弘历 乾隆二十五年 农历庚辰年 龙年

庚辰年 三月小 廿五日

庚辰年 辛巳月 庚午日

宜：纳采 开市 治病 动土

忌：驱鬼 安葬 出火 分居

还有人活着？究竟是谁？如果是高氏四兄弟，只怕早已大声呼救，断不会走得如此安静和小心。莫非，那个外夷女子并未死去？

也许，那外夷女子引燃竹节里的火气后，知道还要燃烧一点时间才会爆炸，于是趁机跳入暗河，这才捡回一命。

思及此，孙兴衍脸色骤变，不禁为这个女子的行事作风而叹服。

正当孙兴衍出神之时，一个身影从他眼前闪过，很像宋宽。他紧随着外夷女子逃离的方向，慢慢游了过去。

既然宋宽无恙。

由他跟着外夷女子，一定能摸到威尔逊的巢穴。这场局，到头来也不是废局。孙兴衍脸上浮过一丝欣慰，正琢磨着从哪里上岸。

一阵急急的脚步声忽然在岸滩上响起，声音渐近处，一个身形曼妙的女子蹲到了他的身前，正是夜千茉。

几刻前，孙兴衍给夜千茉安排了任务。她完成任务后，因听到惊爆之音，动地之震，火速赶过来支援。

她本担心孙兴衍安危，不免焦灼惶恐。哪里知道，这家伙正漂浮于暗河之上，一点事儿也没有。孙兴衍见是夜千茉过来了，心间先是一喜，但随之而来的是感叹。

"死了，全死了！这个外夷娘们，果真狠辣！为了完成威尔逊的任务，竟舍命引爆火井。最后，兄弟们全被炸死了，那个娘们反而跑掉了。"说到激动处，孙兴衍狠狠砸了一下水面，震飞一束不大的水花。

"你怎么不救一下他们？是不是只想着保自己的命了？"夜千茉暗讽了一句。

孙兴衍倒也不介意，苦笑道："我也不想他们死。他们为了给老三报仇，一心只想着杀了那个外夷娘们，这才白白丢了性命。"

高氏六兄弟重情重义，虽然肚子里都有各自的花花肠子，但那都是对外人。他们兄弟之间，倒是绝对地坦诚相待——这是孙兴衍最感叹的地方。

尽管夜千茉没有经历刚才的凶险,但通过孙兴衍只言片语的描述,还是能感受到高氏兄弟与那名外夷女子的较量,不禁几多唏嘘。

她伸出纤纤玉手,一把将孙兴衍拉上了岸,随后丢给他一块手帕。孙兴衍擦了擦满脸的脏水,深深吸了几口干净的空气,一身的疲惫倒是卸下不少。

"对了,我让你做的事怎样了?"

"一切全在你的算计之中,是不是很引以为傲?"

孙兴衍笑了笑,用手帕擦了擦湿冷的后脖颈。幸好他提前制订好了两个计划,一个是他本人带领高氏兄弟正面尾追杰西卡,一个是让夜千茉和宋宽兵分两路。

夜千茉负责召集所有受困的百姓们,再把他们安置到一个安全的地方;宋宽则负责跟踪杰西卡及手下,只为找到出口。

而今杰西卡潜逃,宋宽也已顺利跟上,相信很快就能摸到威尔逊的老巢。只要找到宋宽,这一切就该结束了。

想到这里,孙兴衍丢掉了手帕,眼神之中浮现出了异样的神采。可这种神采一看到爆炸之处,倏然又变得暗淡。

马上就要离开此地,实该跟亡故的高氏兄弟们拜个别。于是,孙兴衍转过身,虔诚地朝着爆炸之地鞠了个躬。刚欲起身,忽听暗河里响起哗啦啦的划水声。

"孙老弟!孙老弟!"一阵浑厚有力的声音穿过划水声,缓缓飘进了孙兴衍的耳中。他直起身,回头看了一眼暗河,发现高氏四兄弟正奋力向他游了过来。

这四位兄弟真是福大命大,受到如此强烈的爆炸,居然还能安然无恙,也算是一大造化。遗憾是早在火井爆炸之前,老三高天就已被杰西卡的钢弩所杀。

兄弟四人本想为老三报仇,可就在孙兴衍喊出快撤,大步冲出洞穴的刹那,他们各自训练的猛兽先察觉不妙,纷纷踏地而起,一举把主人们推出山洞,自身反被爆炸波及,丧命于乱石之中,四人因此捡回一命。孙兴衍见大家平安无事,喜形于色,赶忙伸手一个个拉了上来,问起如何脱身的,高飞也实言相告,并无半句欺瞒。

经此战役,四兄弟早已明白,宋宽和孙兴衍虽与他们有不共戴天之仇,但这一切都是威尔逊的阴谋,这两人不过是被迫卷入而已。

要不是孙兴衍,他们只怕早已全部毙命。如果想为已故兄弟们报仇,单凭他们四人断不能成,还必须依仗孙兴衍才行。

"孙老弟聪明绝伦,处事果决,实乃大才!若无老弟,我等皆已死于威尔逊之手,如何能有今日命活?老弟救命之恩,永世难报。如果老弟不嫌弃,我等甘愿拜你为大哥!"高飞双手抱拳,撩起前襟单膝下跪。高正、高云和高翔也顺势跪下,一起做抱拳之姿。

"几位哥哥,你们都比小弟年长,阅历也比小弟深,小弟如何受得起?"孙兴衍说着连忙去搀扶四人。哪知他们并不起身,仿佛想用这种姿势胁迫他答应。

眼见此状，孙兴衍确实有些发蒙，并不知这四人是何意。但转念一想，他就明白过来，此番认兄之举，只怕一半真一半假。

如果答应下来，孙兴衍就是他们的兄长，那已故兄弟的仇，自己是非报不可了；可如果不答应他们，四人一定会徒生事端，逼他就范。

这个世上，果然没有白占的便宜。

不过话又说回来，威尔逊现在也是他的敌人，就算不为这些人复仇，单是为了自己，也要与威尔逊一较高下。

既如此，何不顺水推舟，认了这些人为小弟，并借他们之手除掉威尔逊呢？

一念及此，孙兴衍心里暗笑，不再纠结，心中有了决断。不过，他并未立即接受四兄弟的叩拜，而是又推辞了几番。

四人一逼迫再逼迫，孙兴衍只好作势叹道："几位兄弟如此诚心，我若再推辞，那就是瞧不起大家了。这个大哥，我暂且领受了吧。"

嘴上说着很歉疚的话，心里却是美滋滋。他们比自己年长四五岁，自己反而成了大哥？这便宜占得，实在有点儿不像话。

一看到孙兴衍那张虚伪的面容，夜千茱心里门清他在想什么，忍不住挖讽道："你若是他们哥哥，我岂不是他们的姑奶奶了？"

这话不说还好，一说起，登时引起四兄弟的怒意。他们之所以认孙兴衍做大哥，不过是权宜之计，岂是心甘？而今夜千茱故意调侃，分明戳中了他们的软肋，于是纷纷挺身跟她冲突。孙兴衍连忙上前周旋，并以大哥的身份下了命令，双方这才勉强罢手。

虽说剑拔弩张的局面已经瓦解，可当孙兴衍看到这样一幅画面时，实在是有点儿哭笑不得。左边是四个比自己还大的小弟，右边是自封的姑奶奶。左边的小弟各有各的鬼心思，右边的姑奶奶又不是省油的灯，自己夹在中间，真是左右为难。

不过相比令人头疼的人际关系，孙兴衍心里还横亘着另外一件事。火井事故，明明足以把附近火药引爆，为何会只出现小范围的摧毁，并未发生更大的爆炸呢？难道李拯没有埋藏火药，这不过是他的声东击西之计？还是，他把火药埋藏在了别的地方？

此刻威尔逊应该已经获悉爆炸属于小范围，并未波及整个龙潭洞。如果威尔逊已经抓住李拯，并从他的口中逼问出火药埋藏地，只怕还会发动第二次引爆！

"诸位，这次爆炸并未引燃李拯埋藏的火药，也不知道出了什么意外。我们必须找到李拯和威尔逊，方能破解当下之局。所以，我有如下打算……"孙兴衍抬了抬手，高氏四兄弟和夜千茉全都凑了过来，只不过他们谁也看不惯谁，所以相互之间离得很远。

这一次，孙兴衍把高氏四兄弟与夜千茉分开行动。高氏四兄弟负责去安抚幸存的百姓，随时等待他的信号。他和夜千茉则先去寻找宋宽，伺机探寻李拯和威尔逊的踪迹。

依据宋宽随地撒下的白粉，夜千茉和孙兴衍穿过潮湿的洞穴，一步一步爬上峭壁。夜千茉边走边抱怨道："这是什么鬼地方？威尔逊那厮，怎会往这种地方去？"

孙兴衍也不答话，而是扫看着附近千奇百怪的石钟乳、石笋和石柱。过不多时，他笑了笑道："往这里来就对了。"

"哪里对了？"

"你有没有瞧出来，这些石钟乳有何不同吗？"

一经点拨，夜千茉才发现，这里的石钟乳看起光泽剔透、形态奇特。一些仿佛玉柱从顶部垂直到地面，一些仿佛雨云倒挂在天空，一些好似滔滔的浪花，一些又似尖锐的冰凌。然而只是看到壮阔的画面，夜千茉实在看不出哪里不同，于是困惑地摇了摇头。

"你有没有发现，这些石钟乳几乎都是迎着光线向上弯曲生长吗？"孙兴衍伸手指向旁边的一群石钟乳。夜千茉细细瞧了瞧，果然如此，不禁嘴角勾起了笑意。

"还真是呢，这是怎么回事？"

"我也不太清楚。早年我在英吉利访学时，曾见过一位叫赫顿的地质学家。他那时已是一位杂学家，而且修习过法律、化学、医学和务农等专业，所以我们有很多话题。"

这一连串的知识名称，夜千茉闻所未闻，于是让孙兴衍避轻就重，只拣听得懂的说。孙兴衍瞥了她一眼，几分不耐烦地道："简单地说，赫顿告诉我，也许这些石钟乳就像地球上原始的藻类，不仅可以生长，而且还有趋光性。"

经过提醒，夜千茉再看这些石钟乳，果然发现石钟乳的生长方向跟宋宽撒下白粉的方向完全一致，白皙俊俏的面容上，不禁溢出一丝讶色。

"你看出来了，宋宽去了有光的地方。简而言之，威尔逊就在有光的地方。因为有光，也许就有出路。"孙兴衍说完这些话后，大步朝前走了过去。夜千茉不再废话，一步一步跟上他。

两人徒行半晌，一条狭窄的隧道口映入眼帘。宋宽正守在入口处，眼睛不时寻看周围的动静，生怕被敌人发现他的存在。

孙兴衍看到好友后，立即迎了上去。宋宽先问了孙兴衍有无受伤、高氏四兄弟去了哪里、他和夜千茉怎么到这里来了等事。孙兴衍逐一进行解答，最后才问起宋宽，他这边是否监听到什么有价值的消息。

"这条隧道是通往出口的唯一路径。我跟踪那位外夷女子来到这里，眼看着她钻了进去。我已检查过，这条隧道极为狭窄，而且尤其深长。我一来害怕里面有埋伏，二来也怕你们寻不到我，所以留在这里等你们过来。"宋宽朝着隧道口看了一眼，简单扼要地说明了他这边的情况。

孙兴衍双手抱臂，目光凝视着隧道口，神情复杂地道："整个龙謈洞没有被全部炸毁，威尔逊一定不会善罢甘休。为了彻底扫除障碍，这家伙一定还会派人折返。只要我们在此守株待兔，一定会有收获。"

之所以敢下这个结论，主要是孙兴衍笃定，威尔逊这种做事从不留尾巴的人，一定会想办法善后，并且销毁所有罪证。

这条隧道的尽头，实际上是一片空阔的地面。杰西卡单膝跪地，一张灰土蒙面的玉容轻微地战栗，仿佛受到了莫大的惊吓。威尔逊背对着她，徒余下一个伟岸且诡异的身形。良久过后，方冷冷地问："你确定四周的火药并未爆炸？"

杰西卡点头称是，不敢多置一词。威尔逊嗯了一声，冷眉微凝，忽然想起，当李拯燃放烟花信号，要求手下们引燃火药时，他曾派人把打开火折子的人全部射死，而后控制了周围。本以为，那些就是引燃火药的人。殊不知，他们也是信号传递者，而真正引燃火药的人，仍潜伏在他处！

莫非李拯早已发现杜建背叛了他，由此算到威尔逊会用此招，所以才设计了这么个互相牵制之法？威尔逊觉得可恨之际，又在思索起其他方法。后来他发现了火井，就让杰西卡去引爆火井。毕竟，火井是天然的火药，威力巨大，李拯不会放过这个好东西吧？势必会把火药埋在火井周围。如果火药爆炸，火井也跟着爆炸，岂不是威力无穷？

谁知道，李拯并未使出这一招。这个人，真是老谋深算！

威尔逊咬紧后牙槽，深深吸了口气，而后徐徐吐出。呆了须臾，方疾步朝着羁押李拯的方向走去。手下见主人过来了，纷纷让开了道。

幽光之下，但见李拯被五花大绑，双膝跪地，满身皆是大汗淋漓。自从吃下鸦片丸，直至醒来，他的烟瘾发作了，一直在不停地痛苦呻吟。

这种感觉着实折磨人，宛如千万只蚂蚁在伤痕累累的身上慢爬和撕咬，又痒又痛，又麻又酸，死无勇气，活无动力。

"告诉我，你把火药究竟安置在了何处？"威尔逊一脚把李拯踢倒，伸手揪住他的衣领，冷冷地逼问。

李拯虽是疲惫万状，仍旧强撑着最后一丝毅力，不羁地笑道："想知道吗？快给我鸦片丸，我要鸦片丸……"

"你不说，我如何能给你？"威尔逊松开手，直直站了起来。他取出一个青花瓷药瓶，打开后，倒入掌心一粒黑色药丸，而后把瓶子揣入怀中，右手的拇指和食指捏住药丸，拿到了李拯的眼前。李拯爬起来，刚要伸手去抢，反被一脚踹翻在地。

"你给我……我就说……"李拯的语调缓和了下来，明显听得出他的急促和渴求。

威尔逊冷峻地望着他，咬着牙道："我的耐心很有限。"说着翻转手掌，药丸被他牢牢攥在掌心，背于身后。

李拯连忙道："在西北隅归云洞周围！"

归云洞里有一根擎天山柱，乃是龙薴山大溶洞的重要支撑。

如果山柱被炸断，随之而来的便是天塌地陷，乱石横飞，所有洞府皆会被封死。洞中之人就算不被乱石砸死，大火烧死，也会因空气稀薄而憋死。

李拯这一计，当真是高，无须多少火药，就能达成目标。现在，李拯的所有算计，皆握在自己手中，威尔逊无比享受这个过程。

他觉得有必要派人去引燃那些火药。杰西卡吃了败仗，不便再执行任务，只好派格蕾丝前去，并为她安排了六名手下。

七人临行之前，威尔逊叮嘱，引爆火药后，火速折返，并将入口隧道炸毁，绝不能把出口留给任何人。

格蕾丝领命，率人急急而去。威尔逊看着众人远走，待了一会儿，旋即转过身，将手中的鸦片丸抛了出去。

李拯刚作势要接，不料药丸落在了地上，遂只得匍匐前行，活像一只螃蟹。爬到药丸跟前，刚要伸手去抓，一只大脚忽然踩了下来，恰好盖住了药丸。

李拯急火攻心地抬起头，只见大脚竟是威尔逊的，不免怒火冲天："你究竟想怎样？"

"还有最后一件事，你若积极配合，这药就是你的了。"威尔逊俯下身子，望着可怜巴巴的李拯，样子十分轻描淡写。

李拯强压着怒火，无可奈何地问："何事？有屁快放！"威尔逊冷笑道："你就告诉我，如何才能让艄公载我离开？通往外界的路，是否只有一条？"

李拯闻言，马上大声放笑起来："你千算万算，无论计谋如何高深，也终究逃不出此地。没有我，你们所有人，无一幸免，皆要化作厉鬼。我已是将死之躯，得了烟瘾，再难戒除，何不拉你们一块儿去见阎王呢！"

就在火井发生爆炸之时，艄公已闻声躲了起来，眼下不知所踪。

如果想要离开此地，必然要先抓到艄公。威尔逊无处可寻，只好从李拯下手，无论是胁迫，还是虐打，一定要问出艄公下落。

然而，这个关键节点上，李拯像是抓住了最有利的把柄，充满威胁地告诉威尔逊，没有他的命令，艄公绝不会现身。

威尔逊满不介意地表示，他的鸦片丸比断头刀还管用。李拯可以选择不说，他有的是办法下狠手折磨，只要李拯不死，总会吐露真言。

这时，李拯抬起了头，眼睛里先是浮现出挑衅之色，仿佛在说赌一赌看。随后，只听他发出一阵怪异的笑声，森森阴冷。

威尔逊忽觉不妙，眼中精光乍现，刚要采取行动阻止，李拯已奋不顾身站了起来，如离弦之箭，朝右前方的岩石撞了过去。

威尔逊急忙伸手去拉，岂知反应迟了些，只抓住了衣角，生生扯下一块布料。

再回头去看那块岩石，尖凸似一把匕首，这样的冲击力撞在上面，只需眨眼间，李拯就会脑浆迸裂，血溅当场。

这个李拯一心赴死，看来是打算鱼死网破了！威尔逊低头轻声苦笑，方觉已陷入绝境，难以自存。然而片刻后，他没有听到撞击声，不免错愕地朝那块岩石看去。

李拯竟是无恙，撞在了一人胸口之上，正是刚派出的手下，旁边是格蕾丝，此刻单膝下跪，向其行礼。

李拯没死，这场困局也就容易化解了。威尔逊欣喜不已，笑着轻拍了拍格蕾丝的肩膀，为她的及时回来而高兴。

格蕾丝始终低着头，一言不发，更无任何反应。余下六名手下，亦是垂头无言，行为怪异。一刹那，威尔逊忽然感受到一种前所未有的危机感——这些人应该不是自己派出去的手下,只是服饰一样罢了。

不是自己的手下,又会是谁呢?威尔逊的笑容渐渐僵硬下来,然后一步步缓缓后退。说时迟那时快,一把锃亮的匕首朝他刺来,幸好他有所反应,向右避开的同时,顺手举起金手杖,斜刺里还击。

那人转身避让,并用匕首抵挡。只听一阵铛铛的金属撞击声响起,两人连连后退,渐渐站立。威尔逊这才看清来人,面前之人不是格蕾丝,竟是夜千茉。

夜千茉与格蕾丝的身形极为相似,如果不看脸面,只是乍一望身段,还真辨不出差异。至于余下的六名手下,分别由孙兴衍、宋宽、高飞、高正、高云和高翔假扮。

"真没想到,你们的命如此硬,这都死不了?"威尔逊扫看完众人,言辞颇为冷凛。

孙兴衍站直了身子,充满玩味地笑道:"嘿,这是什么话?你这个红毛鬼都死不了,我们如何能死?"言毕,回身打了个手势,高氏兄弟纷纷亮出兵刃,已把威尔逊包围。

要不是孙兴衍等人先制服了格蕾丝及其手下,而后换上他们的衣服,绝无机会接近威尔逊。眼下,双方一时陷入僵持之地。

除此之外,李拯刚才撞在了宋宽的胸前,现在已被宋宽挟持。而夜千茉和孙兴衍,则随时警惕杰西卡等人。

这个局面,倒是对自己极为有利。孙兴衍心下略微松弛,转身打量起威尔逊。一顶黑圆边礼帽，一张银色诡笑面具，下巴尖峭，眉目阴冷，周身披着一袭长长的黑披风，尽显奇异和阴郁之感。尤其他手中拄着一根金色手杖，还颇有几分绅士之态。

"你究竟是什么来历？"孙兴衍抬了抬下巴，问道。

威尔逊把金色手杖往地上一拄，冰冷地扫过众人，轻哼了一声后才道："此事与你何干？"冷笑过后，他忽然发现格蕾丝等人并不在这里，不禁厉声反问道："我的人呢？"

"自然是杀咯！"

"杀了？"

这两个字极为平淡，看不出丝毫的情绪波动。威尔逊知道，孙兴衍这小子诡计多端，越是轻描淡写就越易成真。杰西卡和格蕾丝不仅是一流杀手，而且还通晓各种技能，可谓绝世双姝，更是他的左膀右臂。而今左臂已断，日后行事，自然就困难了些。

杰西卡听到姐姐已故，双目顿生泪雾，就要上前与孙兴衍拼杀。威尔逊一抬金手杖，示意她不要轻举妄动。杰西卡咬着牙定住脚，不甘地退了回去。

"你们以为这样，就能困得住我吗？"威尔逊放下高高举起的手杖，双手压住杖顶，一脸诡异地看过每一个人。孙兴衍佯装从容地看着威尔逊，脑子在飞速运转。这个红毛鬼狡诈阴险，即便自己掌握着有利形势，一样难有胜算。不管怎样，只有先擒住了此人，再一点点逼问，总会有个结果。只是，如何擒他呢？此人虽被自己包围，可难保不会耍诈。

"红毛老儿！"孙兴衍还未想到擒威尔逊的办法，高正突然踏前一步，手中长戈用力击打了一下木盾，怒不可遏地吼道："你害我们兄弟阴阳相隔，生死相离，拿命来！"

高氏六兄弟只剩下四人。虽说他们并非威尔逊直接加害，可却与他设的局有关。此仇，自然要找他报。随着高正挺起长戈，径直刺向威尔逊，高飞、高云和高翔也都手握兵刃杀了过去。兄弟四人分属四个方位，这一记绝杀，绝无人能逃脱得了。

只可惜，他们遇到的并非常人，而是狠辣阴毒的威尔逊。威尔逊唇角才一斜勾，金杖就举了起来。每次见到威尔逊不怀好意的笑，孙兴衍就会觉察到一种即将到来的危险。而今他举起金杖，莫非要行杀机？一念及此，他立地冲高氏兄弟大声喊道："危险！快退下！"可他还是晚了一步。

高氏兄弟原本呈四角之阵，一起用兵刃刺向威尔逊的腹部。即将得手之际，忽见威尔逊高举起金杖，用力按动了杖把上的旋钮。一张金伞立即撑开，随着他四下挥舞，伞面上射出无数密集的钢针。孙兴衍连忙扑向夜千茱，两人平趴在地，堪堪躲过了攻势。

宋宽这边，本想拉倒李拯避险。不承想，此人一心赴死，拉不动，宋宽只好独身伏地。密针飞射之下，李拯满身遍布针眼，躯体一僵，平直地缓缓倒地，虽是凄惨之貌，可仍面朝西南方露出了欣喜笑意。

待到孙兴衍爬起来时，威尔逊和杰西卡等人已消失不见。此时地上躺着高氏四兄弟，他们毕竟是习武之人，早在威尔逊出招的刹那，就已看到了他的奸计。可那时他们却已出招，几乎来不及收，只得侧身倒地。飞针射出的须臾之间，瞬息避过，保得一时安全。

孙兴衍见大家无事，这才放下了心。可是，威尔逊等人去了哪里？总不能凭空消失了吧？正踌躇不安间，只听宋宽谨慎地问道："你们听，那是什么声音？"

众人纷纷站起身来，竖起耳朵聆听，一阵阵钢索滑动的声响充斥着寂寂的洞穴。大家议论纷纷，皆不知是何声响。

"不好！他们应该是沿着绳索滑到山崖下去了。"孙兴衍抬起头，凝视着头顶上的钢索。钢索之下，一个个黑影朝着斜向下的方向滑远。宋宽立即引燃火折子，快步跑至山崖边，伸手照向一望无垠的前方。

前方虽看不清晰，但却能听到头顶有吱吱的钢索晃动声，循声望去，努力辨别，果然看到一行人迅疾向下滑行，而且已有人在对岸边落地。

直到最后一组人也都落下来时，杰西卡吹响了刺耳的哨声。

宋宽这时看到，另有一拨人在追赶更远处的一艘孤舟。他之所以看得到，正是因为孤舟上已被人射中了火箭，点亮着轻微的光芒。

那个划动孤舟的人，应该就是艄公吧？

孙兴衍问出了心中的困惑，宋宽斜望他一眼，点了点头。李拯临死之前，面朝西南方看了一眼。这说明，他应该意识到，艄公已朝西南方逃遁，而且谁也追赶不上。

只要找不到艄公，也就无人知道暗河的最终出口，必死无疑。一想到大家都会陪自己而死，李拯死时才会显得那么从容安逸。

可是，他万万没想到，威尔逊到底是技高一筹，不仅看穿了他的微表情，甚至率人急速划过钢索，锁定了艄公的位置，大有追赶上的趋势。

目下时不待人，大家必须马上划到对岸去，一方面要阻止威尔逊的阴谋，另外一方面也要找到艄公，问清出口。

经过商议，大家决定先由高氏四兄弟和宋宽下滑，以作支援，孙兴衍、夜千茉殿后，协助洞内百姓撤离。

这时，孙兴衍忽然想到，陈冰冰还在山洞里，也不知道在不在人群之中。他大声呼喊陈冰冰的名字，甚至跑到人群里一个个地寻找，始终没有发现踪迹。

这一刻，他想起了陈宪临终前的嘱托，务必找到陈冰冰，并带去万载的外祖母家，而今怕是完不成了。每每想到这里，他就有种无法言说的痛苦。

夜千茉了然孙兴衍的痛苦，但她更知道，解救眼前的人才是关键，于是安慰他先去帮助其他人滑下索道，兴许这其中就能找到陈冰冰呢。

随着高氏四兄弟和宋宽落了地，紧随其后的五名百姓，也跟着滑了下来。四兄弟不作停歇，迈步去追威尔逊，宋宽则负责接应滑行而下的百姓。

由于索道上没有滑车，大家都是脱掉外衣，扭转成绳子，然后揪住两端斜滑而下。当五名百姓全都落地后，宋宽正要去接应下一波人。

这时，忽见一把铮亮的匕首刺来。宋宽瞳孔一缩，向右避让。与此同时，他使出一招反手擒拿，快而凌厉地夺过匕首，一刀把那人封喉。

放倒尸体，宋宽这才看清身后四人。他们并非是百姓，而是身着百姓衣服的格蕾丝及其手下。宋宽等人在隧道口守株待兔时，刚好格蕾丝及其手下出来办事，双方狭路相逢。孙兴衍用计把这些人迷倒，又用绳子捆了，并换上他们的衣服以作伪装，所以才有了后来围擒威尔逊的计划。哪知威尔逊用计诈逃，甚至追赶上了艄公，从而使局势一再逆转。

第十八章
回见天日

1760年5月11日

黄帝纪元四千四百五十七年

高宗 爱新觉罗·弘历 乾隆二十五年 农历庚辰年 龙年

庚辰年 三月小 廿六日

庚辰年 辛巳月 辛未日

宜：订盟 破土 交易 纳采

忌：嫁娶 审案 祭祀 分居

而今格蕾丝等人醒来后，先是逃脱了捆绑，随后混入百姓群里，再换上百姓们的衣服，借机滑了下来，方才有了与宋宽交手的这一幕。

"你们以为，小小的蒙汗药，就能迷倒我们吗？天真！"格蕾丝微微低着头，阴冷无比地勾了一下唇。

两刻前，格蕾丝带人脱困以后，已悄悄去寻到了李拯埋藏火药的地点。他们先将守护火药之人逐一射杀,而后在各处火药埋藏地安置了慢炮。

只等大家顺利滑到对岸来,火药就会立即爆炸。一步即将濒临绝境的死棋,就这样出人意料地峰回路转,再度发挥了它该有的效果——这应该是威尔逊没有料想的吧?

宋宽听到这里时,额间已不自觉地浸出了冷汗。如果大家撤离不及时,岂不所有人都会葬身于山洞之中了?

这边正想着,格蕾丝已打开怀表,盯着滴滴答答转动的秒针,冷笑道:"你们还有半刻命活。到时山崖上的人,谁也跑不掉。"合上怀表,她朝着旁边一个手下甩了个眼色。

那人举起钢弩,引燃头部,俨然成了一支火箭。宋宽以为这是要对付自己,马上做好对敌动作。谁知格蕾丝一勾红唇,随即玉手一放,那只火箭射向了钢索。火头刚触及钢索,顷刻就爆燃起来。一条黝黑粗长的铁链子,宛如火龙一样奔赴无垠的前方。

"你们在钢索上洒了什么?"宋宽回转过身,厉声喝问道。格蕾丝望着那条火龙呆滞了片刻,这才微微笑道:"只是洒了一些火油而已。现在,除了你和我们,谁也下不来了。等到龙潭洞一爆炸,山崖上的所有人,将全化作飞烟!哈哈!"

"卑鄙!"宋宽忍无可忍,长剑一转,就要与格蕾丝拼命。三个手下这时挡在她的前面,扬手抛洒了一把白粉。随着浓雾暴涨,四人很快逃之夭夭。

宋宽努力挥了挥眼前的烟雾,早已不见一个人影。这些人明显不想恋战，也知道此时的宋宽不会去追，首先想的必是解救山崖上的人，因而只以逃离为要。

这种生不如死的折磨，果然才是他们最想要的一种结果！宋宽冲着那些人逃离的方向望了一眼，然后抬头看向那条倾斜延伸的一条钢索火龙。

大火灼烧的钢索上，本来还有人陆续往下滑行。这下被大火点着后，一个个如爆燃的干草，霎时变成火人。一阵阵凄切的叫喊声，久久盘桓在空灵的山洞里，仿佛地狱里的孤魂野鬼，因为遭受了火烤、油煎、斧劈、刀砍等酷刑，从而发出了无尽的呻吟。

一个个火人刚坠入汹涌的暗河之中，就听到冷水灭火的吱吱声，旋即看到一束接着一束的浪花冲上天际。这个场面过于凶险，悬崖上的人再也不敢下滑，纷纷退到钢索之外。

夜千苿走到悬崖边，遥望着倾斜而下的火焰钢索，一时娥眉微蹙，焦灼万状地道："火势凶猛，不可遏制。我们等火势弱下来，再设法逃离吧！"

这虽是个坐以待毙之法，但也是目前最好的办法了。孙兴衍初遇这种情况，急得团团直转，却也想不出更好的策略。

过不多时，火焰钢索的另外一端，忽然飘来了宋宽的声音："半刻后，整个龙簟洞将会爆炸！无论如何，你们都要设法滑下来！"

此话猛然提醒了孙兴衍。

莫非威尔逊的人，不仅找到了李拯埋在龙簟洞的火药，甚至在与他们缠斗的期间,已派人设法引燃?如是这般,大家要想活命,就只能从这条火焰钢索上滑下去了。这个外夷红毛鬼子,果真是狡猾诡诈!孙兴衍咬了咬牙,无比气恼地拳掌一击。

这时,他听到了一片连着一片的哭声。原来大家听说这里即将爆炸的消息后,自觉会命丧于此,于是纷纷抱头痛哭了起来。

那些白发苍苍的佝偻老者们,稚气未除的少年们,大家头挨着肩,此起彼伏的哭声连成了汪洋大海。一些擦脂涂粉、披纱套裙、插钗挂簪的妇女们,两两抱头,掩面啜泣,一阵阵带着绝望的哭声令人心惊心痛。

大家都不想死,他们都是家中有灾的人,之所以到这里来,就是想通过跳魁大会为家人祈福。这些不幸的人,今日又遇到了死亡的威胁,自然是绝望之中压着绝望了。如果想救大多数人,一定要有人身先士卒。

孙兴衍心里这样想着,抬头看向那条燃烧着火焰的钢索。如果把外衣浸湿,用力箍住钢索急速下滑,就能借势挤灭钢索上的火焰。如此一来,后面的人才有机会滑下去。

这个想法刚说与夜千茉听,夜千茉立即踏前一步,毫不犹豫地争做第一人。孙兴衍连忙伸手拦住她道:"你疯了!第一个下滑之人,将会面临被烈火吞噬之险,你不要命了!"

尽管有此风险,但夜千茉并不理会。她脱下外衣,大步找到一处浅水窝,先把外衣浸湿,随后拧成绳朝钢索走来。孙兴衍跟在她身后,正要再劝,忽见一个小少年拉住了夜千茉的裙角。夜千茉微怔了一下，停下步子，蹲到那个小少年跟前，轻轻钳住了他的双肩。小少年泪眼巴巴地看着夜千茉，低低地道："姐姐！我去吧！"

夜千茉略有心酸，讶然问："你去，你去干什么呀？"小少年回望了身后，只见一个老汉正瑟缩在墙角里，整个人颤抖不止，像是染了重病。

小少年噙着唇角良久，这才道："爷爷得了重病，一直不见好。家里的钱全花光了，还是无用。爹娘心下一横，不再照顾爷爷了，将他赶出了家，自生自灭。我看不过去，就把爷爷暂时安置在山上的一处洞里，偶尔拿些吃的给他，勉强度日。几日前，我听说龙璺洞有跳魁大会，凡是参加的人都会得到神灵庇佑，消灾免祸，所以就带着爷爷过来了。我偷了家里的钱，买了两张票。由于李头翁定下规矩，一个家庭只能来一人。于是，我们只好装作互不相识，这才混进了洞里。"言及此，小少年咬了咬唇，无比坚定地道："如果先滑下去的人可以救大家的命，也能救活爷爷的话，就让我去吧！"

夜千茉只觉胸口炙热，两行眼泪瞬间就滚了下来。她噙着泪花，浅浅笑道："傻孩子，你是扑不灭火的，你放心，交给姐姐吧！"说着，站了起来，义无反顾地走向钢索。

"喂，只你一个人，怎么能够？"孙兴衍知道，夜千茉看到小少年时，一定是想到了幼年时受苦受难的自身，所以更加义无反顾。

作为最了解也最心疼夜千荑的人,如何能看她一人犯险?死就死了,若是能跟她死在一起,也算死而无憾吧?

孙兴衍这样安慰自己,大步一迈,相当男人地道:"喂,咱们两个一块儿去!你等着!"他脱下外衣,也在浅水窝浸了水,然后解下腰带,一端系在自己腰上,另外一端系在了夜千荑的腰上,打了个死结。

一切准备就绪,他方才道:"走吧,小爷陪你赴汤蹈火!"

"你这是什么意思?"夜千荑对他的做法大不理解。毕竟,这个小奸商一向怕死,什么时候也如此大义凛然了?

可她并不知道的是,对于孙兴衍而言,没有了夜千荑,何尝不是生不如死?然而这些心里话,如何能对夜千荑说呢?只能一个人咽下。

于是,他玩世不恭地笑道:"只你一人,不顶大用。所以,咱们一起吧。"

"如何一起?"

"咱们用沾了水的外衣箍住钢索下滑,我前你后,中有绳带相连,不仅能滑行灭火,万一你我有个人的滑绳断了,另外一人还可用绳带吊住对方,挽回性命。"

这个方法听来有些道理,倒是思虑周详。看着孙兴衍笑着比画的样子,夜千荑心下微暖,调侃道:"喂,小奸商,如果我们俩都死了,地狱里岂不是多了两个倒霉鬼?"

孙兴衍迎上前,面对这个梨花带雨的少女,温柔地说道:

"不,你我都不会死!"他沉寂了须臾,轻轻在少女脸颊一吻,然后迈开步子走开了。

这凶险万端的刹那,一个突然间的亲吻,霎时让夜千茉怔怔地僵在了原地,一张绯红丛生的面容上顿时晕开了羞涩。

这么多年以来,她还是头一次被男子亲了脸颊,心口间一时跳动着愤怒、炙热、羞赧等复杂的情感,一双硕大的眼睛就这样目视前方。

眼看着孙兴衍走到钢索跟前,用浸了水的外衣箍住了钢索,然后回身对她吹了一声口哨。直到这一霎,夜千茉才从恍惚之间回过神。

"喂,别愣着,赶紧行动!"言毕,孙兴衍大吸一口气,立时跳了下去。夜千茉也不再犹豫,随即跟上。两人就像离弦之箭,火速滑向对岸。

他们头顶上爆燃着的灼灼烈火,先是被在前方急速滑行的孙兴衍箍灭,渐渐呈小火燃烧之势,又经夜千茉箍过以后,火迹方才零星不见。

可就在他们即将下滑到底部时,孙兴衍的滑绳两侧居然着了火,出现嗞嗞啦啦的断裂声响,下一刻就要崩断。与此同时,夜千茉的滑绳也似有烧断之嫌。所幸两人腰间还拴着绳带,万一谁的滑绳崩断,未断的一方,就能硬撑着把对方拖到对岸。

随着火势的蔓延,孙兴衍的滑绳先被烧断。在俯冲之力的作用下,他就像斜抛出去的石子,先是于空中飞行须臾,后被两人腰间所系的绳带拉住，这才免于坠落暗河。

此刻，两人距离对岸已不到五六丈。只需短短十个弹指，他们就能抵达岸上了。可这刹那之间，夜千茉只觉双手上承受着巨大的力量，快要抓不住滑绳两端了。毕竟先前只是承受一人之重量，而今又多了一个孙兴衍。她就算习过武艺，也自是难以承担。

如果再这样下去，两人只怕都会坠入暗河而性命不保。于是，这千钧一发之际，孙兴衍没有多想，抽出腰间匕首向上一挥，斩断了腰绳，急速落了下去。

随着胯间一阵轻松，夜千茉猛然意识到，孙兴衍为救自己，早已选择舍命坠河。这个贪生怕死的小奸商，危难关头，竟然也有此心，这让夜千茉万万没有料到。她忽然想起了刚才那一抹轻吻，又想起小奸商刚说过的话"不，你我都不会死"。

想着想着，夜千茉只觉双手再无力气，径直从高空之中落了下去。两人一前一后跌入湍急的暗河，激起两股冲天水柱，宛如两条水龙腾飞咆哮，最后化作漫天雨花洒到岸上。

山崖上的人见钢索上再无火焰，纷纷你推我赶，用外衣做滑绳，一个接一个地滑了下去。就连那位身患重病的老人，也在一个年轻人的帮助下顺利落地。

这边众人刚站稳脚跟，还不等说上两句话，忽见山崖之上白光刺亮如昼，紧跟着是地动山摇的爆破之音，仿佛雄狮拼尽全力发出的一阵狂吼。

一股股浓烟被强大的力量击飞而出，裹挟着乱石和泥浆自天上倾泻而下，好似法海祭起法器掀起了水漫金山的风暴，又似大雨冲垮了山石从而爆发了泥石流，更似吞噬一切的海啸和地震倾覆天地。

宋宽站在岸上大声喝命大家卧倒，众人按照他的指引双手抱头，一一平趴在地。几个人没来得及卧倒，不幸被乱石击中，但听由近及远"啊"的惨叫声响起，人已跌入了暗河之中。直到狂暴过去良久，宋宽才摇了摇满头的积土，跟跟跄跄地站了起来。

此时的龙瓕洞完全失去支撑。山洞各处都在坍塌，随处可见山石掉入暗河，一浪高过一浪的水柱此起彼伏地激起。

从这种坍塌的速度和规模看，不消半刻这里就会变成一片废墟。可是，孙兴衍和夜千茉偏偏此时下落不明，也不知是生是死。回望那些得救的人，一个个只想着如何逃命，早已忘记刚才为他们箍灭滑道上火焰的恩人是谁。

这种忘恩负义之辈，宋宽向来厌恶，可又不能撒手远去。就在踌躇不定之际，忽听一个小少年尖声大喊道："恩人！是恩人！"

宋宽心下一惊，急忙朝水面看去。只见那乱石掉落的暗河之中，似乎有两个人正往岸边游过来。再细瞧去，原来是夜千茉一手勾住孙兴衍的脖子，一手在拨弄水花。

宋宽几无思索，赶紧跳入水中，一番飞速急游，近至夜千茉跟前，伸手接过昏睡过去的孙兴衍，连同夜千茉一道折返，游上了岸。

经过宋宽的抢救，孙兴衍总算活转过来，只是身体有点儿虚弱。夜千茉倒无大碍，不过呛了几口水。面对漫天滚石，洞府坍塌，孙兴衍强镇心神，开口第一句话就是："撤！快撤！"他号召大家往洞深处走，沿着墙上的白石灰标记，一路前行，就能找到出口。

这是孙兴衍给大家留下的后路。他先让宋宽和高氏四兄弟下去，除了有接应之意外，还是为了让他们分工协作。

高氏四兄弟负责追踪威尔逊的下路，旨在找到出口，并留下线索，以供他们逃离，而宋宽才是真正的接应者。大家分工如此明确，所以在危情到来之际，也能从容应对。

宋宽和夜千荣一左一右搀扶着孙兴衍，身后还跟着拥挤的人潮。

大家一路七拐八转，从宽阔的洞府，步入狭窄的隧道，再从隧道下来，涉水而行，蹚过浅滩和暗河，终于看到远处有微弱的光亮。

宋宽大步走到前面，伸手拨开洞口的杂草，四下望了望，欣喜万端地回过头来道："是出口！我们出来了！"

大家伙一阵欢呼高歌，都在为捡回一命而愉悦。于是乎，纷纷挤出山洞，三三两两地离开这片是非之地，唯独孙兴衍看着他们远去的背影在深思。

此前，他再一次认真核对过人群，没有看到陈冰冰出来。难道这个小家伙已丧命于山洞之中了？

每当想到陈家被灭门，唯独这个患了臆想之症的小孩子还活着，他就觉得万分悲苦。陈冰冰如果还活着，没有了父母的关照，定也不会好过吧？

这种转念只持续了一瞬，很快就被否定。他告诉自己，一切未必。自己不是局中人，有什么资格评价人家的人生呢？想到这里，孙兴衍苦笑了一下。

"你这个小奸商，又在笑什么呢？"夜千茉搀扶着他，在洞口站定。孙兴衍轻咳了一声，苦笑道："我还能笑什么？自然是笑自己傻呗，当然也在笑你傻！"

"我？我哪里傻？你自己傻好了，本姑娘不奉陪！"夜千茉娇嗔地哼了一声，似乎对他的这个评价很不喜欢。

孙兴衍摇了摇头，心中又想起另外一些事，不由得感慨道："咱们舍命救的那些人，几近挣扎于生死边缘。他们倒好，连声谢也没有，就这么灰溜溜地走了。下次再遇到这种事，我真不知道还会不会动恻隐之心。"

"做好事就是好事，何必在意结果呢？"夜千茉呛了他一句，远望着那些兴高采烈离开的人群，心里竟是舒坦明朗。在她看来，做好事不必要求回报，大家开心，她也开心，岂不是很好吗？

孙兴衍看出了夜千茉的单纯，也了然这种质朴的善良多么难能可贵。他只是想不明白，这种自我欺骗的快乐是否对呢？

可是，人这一生，一直活在虚妄的世界里。只要开心，似乎也不无不可。

两个人在想着各自的事，忽然看到一个小少年从他们身后走过来，笑嘻嘻地拍了下孙兴衍的屁股，嘿嘿笑道："大哥哥，你真是个英雄！"

孙兴衍吓了一跳，方知是山崖上那个救爷爷的少年，忍不住笑嗔道："喂，小子，有你这么对待英雄的吗？"

"听爷爷说，摸了英雄的屁股，以后我也能成为英雄！"小少年竖起了拇指，一副神气十足的样子，惹得孙兴衍和夜千茱一阵大笑。

"你以后成了英雄，是不是得留下大名呢？"孙兴衍想问少年的名姓，少年学着大人的模样，假装很成熟地扬了扬手道："不足道也！不足道也！等哪日我成了英雄，大哥哥和大姐姐想不知道我的名字都难！"

这确实是个可爱的少年，至少说起话来灵气十足，非常讨人喜欢。孙兴衍和夜千茱跟他嬉笑了一会儿，直到少年的爷爷过来，千恩万谢了一番，祖孙俩才依依不舍地远去。

望着一老一少的背影，孙兴衍几多感慨地道："算了算了！小爷也不是肚量小的人，只要有一个人知道感恩，这好事就得做下去。"

"如果一个感恩的也没有呢？"夜千茱问了一个复杂的问题。孙兴衍转身望她一眼，沉默了须臾，一瘸一拐地向前走，洒脱不羁地道："那就要看小爷的心情了。"

自从在龙簟洞死里逃生后，孙兴衍和夜千茱的关系似乎迅速升温。两人虽也是平常般斗嘴，但却多了一些肢体打闹。若是孙兴衍装出受伤颇重的样子，夜千茱还会悉心呵护，生怕他受了重创。这两人一路打打闹闹，反而把宋宽晾在了一边。三人及至山涧处，花香阵阵，鸟飞蝶舞，真是个风景秀丽的好去处。

孙兴衍走到岸边，洗了一把脸，仰望着湛蓝的天空，大声吼了两嗓子。夜千茱也跟着他大吼，仿佛这种发泄的方式很解压。两人吼完，孙兴衍忽然停了下来，有些玩笑地道："发泄也发泄完了，咱们该办正事了。"

"正事？什么正事？"夜千苿有点儿茫然无措。毕竟，他们在山洞里历经了千难万险，眼下任何正事都不如舒舒服服地睡一觉更现实。

孙兴衍叹道："你可还记得，咱们为何要入这龙矗洞吗？"

"为了查案啊！"

"为何查案？"

夜千苿怔了一下，恍然道："为了救我哥！"

孙兴衍把手向怀里一插，满面皆是担忧之色："今日是最后期限。再有半个时辰，就是午时三刻了。咱们如果赶不过去，你哥的脑袋就得咔嚓搬家。"说到咔嚓时，也不忘做一个抹脖子的动作。

夜千苿狠狠拍了一下孙兴衍的前脑门，大声啐骂道："我哥的脑袋搬了家，你的脑袋也甭想留着了！走！废什么话！"说完，拉着他就疾步赶路，方向是法场。

走了没几步，孙兴衍忽然定住脚，一把推开夜千苿，来到宋宽跟前，笑道："宋宽兄弟，咱们是否应该重新认识一下？"

早在跳魁大会举行之时，宋宽和夜千苿一起救下孙兴衍。三人简单地认识了一下，并且互报了名姓，但并不了解更确切的信息。而今大家逃出生天，也该正式认识一下了。

宋宽抱拳行了个礼："在下宋宽，京城瓷器商人。我到景德镇来，主要是订购一些货品，方便拿到京城售卖。"

"好巧不巧。在下孙兴衍，广东十三行人氏，也是个瓷器商人,也是来这里订购一些瓷器,到时拿到十三行去售卖。"孙兴衍笑着回应道。

两人对话不温不火,若是搁在平常,夜千茱还有耐心听,而今关系兄长性命,孙兴衍竟如此怠慢,是可忍孰不可忍。

于是她一不做二不休,伸手揪住孙兴衍的耳朵,生拉硬拽地往法场赶。孙兴衍疼得连连叫苦,只好倒退着跟随夜千茱走,但身子却努力面向宋宽,道:"宋兄,方便走一遭吗?没有你,事情难办!"

宋宽苦笑着摇了摇头,快步跟上这两个冤家。夜千茱告诉两人,景德镇的法场在珠光路西北段之南,那边原是南城墙外一块狭窄的不毛之地。

斩首自夏朝起就被列入"五刑"之一。每次行刑前,军队都会到刑场戒严,这次也不例外。早在百姓们到来之前,军队就已围列成阵,严防死守,唯恐有人劫法场。

清朝斩首行刑,用的不是刀,而是双手剑,比一般剑宽大,劈砍力度惊人,可一剑斩落首级。

此时,刽子手早已在刑场内磨刀,等待犯人的到来。在经过提刑、宣判、游街等程序后,犯人终于押赴刑场,跪在了行刑台前。

监斩官是个身宽体胖的中年男人,他端坐在太师椅上,板着脸,远眺着围观群众,时不时也瞥一眼旁边的日晷。

今日阳光甚好,天气温暖,阳气极盛,倒是个驱鬼度魔的好时候。他终于不必担心被斩者晚上阴魂不散,再来找自己索命了。

旁边一个衙役提醒,是时候验明正身了。监斩官点了点头,轻轻一抬手,就见那个衙役站直了腰板,高声喊道:"验明正身!"

两个衙役走到行刑台前,将受刑人的头颅、双臂、胸膛、手掌等处认真核查了一个遍,确定如画押中描述那般,方向监斩官汇报,正身已明。

监斩官抬头看了看太阳,日在中天,时候已到,又见日晷到了午时三刻,当即抓起竹筒里的令牌,向地上一抛。刽子手端起旁边的酒碗,大闷一口,朝着宝剑上喷了出去。

刽子手祭剑完毕,面朝旁边的助手点了点头,然后双手持剑,高举于犯人头顶,助手则揪住犯人的辫子,以保证其头伸直。

眼见监斩官掷下了令牌,刽子手断喝一声:"爷儿!我伺候您走,也是吃哪碗饭办哪桩差!"言毕,举剑就要下手。

千钧一发之际,忽听人群中传来一个尖细的女子声:"慢着!"

众人的心脏这时几乎悬到了嗓子眼儿。正纳罕间,忽见夜千荋气喘吁吁地冲了进来。几个兵丁欲上前拦阻,反被她三两下击倒。

监斩官以为有人劫法场,下令所有官兵去擒她,就地正法,格杀勿论。一时间,双方剑拔弩张,大打出手。为救兄长,夜千荋早已不顾劫法场之险,宁肯舍命,也要奋力一搏。

孙兴衍冲到前面时,起先为夜千荋的莽撞担忧不已,可当看到满地的鲜血,侧躺的尸体,以及地上一颗血淋淋的头颅时,登时吓了一跳。

死了！梁靖死了！他们终究是晚来了一步！孙兴衍红着眼眶，怔怔地看着夜千苿，呆了良久方道："迟了！我们来迟了！"

话音刚落，夜千苿已回转了头，只见地上鲜血淋漓，正是身首异处的梁靖，一时心中大苦，难以置信，嚎啕痛哭了起来。

三个官兵交换了眼神，转动刀柄，就要刺向近乎狂颠的夜千苿。这三刀来自不同的方位，皆刺向她的腹部，若是白刃穿出，必死无疑。

孙兴衍大喊了一声"小心"，冲了过去就要为她挡刀。

说时迟那时快，宋宽凌空飞起一脚，踹中孙兴衍的腹部，后仰撞向夜千苿，两人迅疾弹飞出去。与此同时，宋宽落地，一记扫堂腿，将三个官兵踢翻在地。

明眼人都看得出来，他们明显是一伙，甚至有劫法场的迹象。众官兵见生擒无望，只好纷纷拔出长刀，要把他们砍死于乱刀之下。

孙兴衍忍住腹上的剧痛，侧身扑向浑身发抖的夜千苿，轻轻抚摸着她的长发，低声宽慰道："莫怕莫怕！就算被乱刀砍死，也是小爷护在你的前面！"

兄长之死，已让夜千苿丧失了所有的理智，她就像一个失魂落魄的野鬼，不再有任何的归宿。无论什么话到了她这里，几乎都随风而散。

可是，孙兴衍的这句话，不知怎的就飘进了她的耳中。她噙着泪花，楚楚可怜地望着这个男人，哽咽了片刻，方道："你如此救我护我，宁肯拼了性命，也要保我周全，又是何必？"

孙兴衍紧紧抱住她,希望用自己的后背挡住即将落下来的乱刀:"傻姑娘!若非你,我早就死在了地下暗河之中。你能救我护我,我怎不能救你?"

一向机智多谋的孙兴衍,从来都没有愁虑过,而今就要死了,他反而愁虑起来:"只是,上次你救了我。这次,我实在无能为力,只能先走一步了。"说着,闭上了眼。

夜千茉想推开他,可如何推得动呢?眼见这个男人肯为自己而死,她忽然觉得心间暖烫,任何磨难在他们面前,都不作数。

夜千茉闭上了眼,打算跟这个男人赴一场死亡,一场毅然决然的死亡。

突然,只觉眼前一阵阴暗。再细看时,宋宽已站到他们面前,也不知冲那些官兵亮了什么物件,大家竟是面面相觑,寂然变色。

一个衙役手中托着看不出所以然的宝贝,小心翼翼地跑到监斩官的面前。监斩官起初还耷拉着脸,似乎对这个物件并不看重。

可看着看着,他的脸色陡然大变,慌慌张张地就跑了过来。当跑到宋宽跟前时,一个趔趄摔倒在地,索性就爬到宋宽跟前,扶正官帽,连磕三个响头,求饶道:"下官有眼不识泰山,请大人恕罪!不知钦……"

话还未说完,宋宽马上抢过来话头,厉声道:"这两位有话要对你说。至于你听完以后,还要不要抓他们,可就看监斩大人的裁夺了。"

那监斩官怎敢再忤逆,只得不停地点头称是,然后转身斥退一众衙役们，亲自过来搀扶孙兴衍和夜千茉。

夜千茉不为所动，而是木然地爬起来，踉跄行了一步，扑摔到断首尸跟前，凄烈无比地哭喊道："哥！哥！……"

声音极度悲凉，呼天抢地，呕心抽肠，难以舒展。只余沙哑和战栗的声线，在这样肃穆的场景下荡漾开去。

第十九章
不厌诈伪

1760年5月15日

黄帝纪元四千四百五十七年

高宗 爱新觉罗·弘历 乾隆二十五年 农历庚辰年 龙年

庚辰年 四月小 初一日

庚辰年 辛巳月 乙亥日

宜：安床 作灶 出行 裁衣

忌：赴任 捕捉 移迁 入宅

那监斩官刚扶起孙兴衍，正要去拍打他身上的污土。忽见孙兴衍怒气大盛，一脚将其踹翻在地，冷冷地道："适才她喊'慢着'之时，你为何不停手，仍要行刑？"

监斩官不知这个年轻人什么来历，以为是跟宋宽同等级别，只好爬起来，叩头道："下官怎知是大人到来？若知是大人，就是借十个胆儿，也不敢如此啊！"

贪官之徒，一遇罪愆，只会推诿，本性如此。孙兴衍暗自叹了口气，走到那颗头颅跟前，轻轻蹲了下来，伸手抹掉面上的灰土，本想把头和尸合二为一，再一起给埋葬了。

谁能想到，梁靖的面目早已看不清了，只余下道道或新或旧的疤痕。这一定是狗官们强行殴打所致。一念及此，他强咽下泪水，站起来又踹了那监斩官一脚。

"他的罪名还未定，未辨案情，你们怎能青白不分、屈打成招呢？"孙兴衍字字句句满是怨怼。如果有一把刀握在手里，真恨不得一刀劈了这个狗官。

监斩官很是为难，支支吾吾地辩解道："下官只是个监斩官，如何能断他的案子呢？"说到激动处，两掌一拍，唉声叹道："这是县太爷的意思，下官只是例行公事罢了。再说他一个刁奸犯，人证物证俱在……"

"什么？"孙兴衍讶然不已，立即抢过话头问，"他是什么罪？刁奸犯？"那监斩官吓了一跳，不知所措地答道："是啊。"

孙兴衍又问犯人何名何姓，如何犯的案子，又为何面目全非，变成这般污秽模样。

那监斩官说，犯人年方二十有八，名唤崔波，本地有名的单身汉。五年前，他因见色起意，诱骗十余名女子到山庙之中通奸，人伦丧失，致使数家妻离子散。

十天前，他还欲奸污一名上山拜佛的妇人，因强奸未遂，就将其杀害，埋尸于山麓的一棵老槐树之下。手段极度残忍，区区砍头，实难平复民愤。

汇报完这些事后，监斩官唯恐孙兴衍等人不信，还把差人取来的卷宗交了出来。从卷宗上所描述的犯人样貌看，几乎跟被砍头之人一模一样。

也就是说，梁靖并没有死？

"错了！全错了！梁大哥无恙！"孙兴衍喜极而泣，跑到哭成泪人儿的夜千茉跟前扶她起来，并把来龙去脉悉数相告。

夜千茉诧然之余，连忙去核验尸首。在确认属实后，她气冲冲来到监斩官跟前，单手把他拎起，问起梁靖的下落。

那监斩官只得如实禀明。原来县太爷在审理案件时，因认为梁靖案件存疑，决定等跳魁大会结束后再重审，业已上报，并获得批复。

三人听罢，一番对视后赶赴衙门。宋宽通过出示腰牌，征得了县令的同意，前往牢中会见了梁靖。原本以为，梁靖看到他们会相当惊喜，尤其听到他们汇报葛洪亮、吕有德、李拯等人已死，唐氏瓷号的案子跟他并无关系时，至少应该为自己的冤案昭雪而开心吧？

不承想，梁靖却在牢中自顾自地下起象棋。多亏了孙兴衍在入龙瓢洞之前的关照，他才有机会住宽松一点儿的牢房，并且每顿饭都有肉吃，还有象棋可以下。

毕竟，孙兴衍住过牢狱，太晓得这里面的门道。夜千茉看到兄长安然无恙，自然是欣喜无比，少不了一番打闹。可梁靖只是莞尔笑了笑，却把目光落在孙兴衍的身上。

339

"孙老弟，自从你答应为我破悬案起，我就认定，你必有法子救我。于是，我闲居于狱中，反复琢磨，创下了这'炮炸两狼关'的棋局。哎呀，我思忖了很久，仍是无解。"他两手击撞着棋子，端详着面前的这盘棋，似乎非常慨叹。

夜千茉挽住梁靖的左臂，笑盈盈道："哥！咱们这就出狱，你还下什么棋！走，大家伙儿一块去来福顺吃酒，这顿饭我请了。"

梁靖微微笑着，轻轻挣开夜千茉的手，温和地安抚道："小妹别急。既然都困了数日，也不差这几个时辰了，孙老弟以为如何？"

孙兴衍单手托着下巴，忖虑须臾，这才搓了搓手，笑嘻嘻道："既然梁大哥有此等好雅致，小弟如何能搅乱，那就试上一试？"

不过，在破局之前，孙兴衍说起一段故事。

传闻南宋之时，两狼关元帅韩世忠、韩尚德父子为接应汴梁节度使孙浩，先后单枪匹马杀入番营，歼敌无数，功勋卓著。

金兀术则率兵直取两狼关，梁红玉出战时不敌，只好下令放炮。伴着轰天巨响，两边炸开，两狼关随之炸出一条大路。于是，金兀术趁机率大军抢进了关中，这就是"炮炸两狼关"的故事由来。

听闻此言，梁靖笑眯眯地点头，声称他所创制的这盘棋局，也正是源于此典。两人谈笑之间，已在棋盘上展开了搏杀。

孙兴衍执红棋，梁靖执黑棋。两人推演半个时辰，各自虽都丢了棋子，但并未分出胜负。又过半个时辰，梁靖率先站了起来，朗朗笑道："孙老弟好棋艺，我认输了。"

孙兴衍丢下手里的棋子，也随之站了起来："梁大哥说哪里话，这明明是和棋嘛。"

梁靖笑着摇头道："我在设这盘棋局时，曾用红棋和黑棋反复测试。我有方法让黑棋赢红棋，却没有办法让红棋赢黑棋。孙老弟与我下了盘和棋，岂不是远胜于我吗？"

"非也，非也。"孙兴衍扬了扬手，漫不经心地道："若非梁大哥相让，我早就输了。你之所以放水，只怕是想给小弟一个台阶下吧？"两人聊着聊着，彼此都笑了起来。

经过孙兴衍、夜千茉、宋宽三人作证，再加衙役到龙罾洞里搜寻线索、追捕和拷问李拯的手下、查抄李拯房产，以及对整个案件进行简单回溯，县令总算理清事情的来龙去脉：李拯才是唐氏瓷号的掌舵人，唐阁不过是他手中的棋子。他之所以接下整个跳魁大会的筹办，不过是想炸死江右商帮的吕有德和葛洪亮等人，再嫁祸给已被关押入狱的梁靖。

到时，他再以唐氏瓷号掌舵人的身份出现，顺利继任唐氏瓷号东家，不费一兵一卒，轻而易举地吞下葛洪亮的葛氏瓷号和梁靖的梁氏瓷号，还能把陈宪的颜料铺收入麾下。

更为重要的是，他也能趁机在江右商帮占有一席之地，甚至设法夺得商帮的会长之位。这一切的一切，皆是李拯的算计。

在铁证面前，县令当堂宣布梁靖无罪释放。一场困扰无数人的悬案，此刻终于告一段落。至于最后的真凶威尔逊等人，鉴于县令位卑职轻，证据不足，只能草草收场。

大案完结以后，四人相约去来福顺吃了酒宴，梁靖为感谢孙兴衍的救命之恩，说要为他亲手做一个青花转心瓶，分文不收。

孙兴衍不想欠人情，就要来笔墨纸砚，写下一串字送给梁靖，并说让他回去以后再看。四人举杯欢聊，无意间说起在龙薴洞的经历，孙兴衍颇为自责地喝起酒来。

他无比埋怨自己，当时只顾寻出口，没有好好去找陈冰冰的下落。他明明答应过陈宪，一定要救出陈冰冰。可现在就连陈冰冰是生是死也不知，实在愧对陈宪。

众人安慰完孙兴衍，不知不觉已近黄昏，只得回梁宅休息。梁靖回去后，打开了孙兴衍所写纸条，只见上面是陈冰冰的生辰八字，以及一个地点，另用了两字作解释：花青。

再明显不过，孙兴衍这是在暗示梁靖，陈冰冰的生辰八字加上这个地点，就能找到花青秘方。至于如何找，已不是他的问题了。他希望交给梁靖去做，并希望梁靖能把花青的制造工艺传承下去，不负陈宪的在天之灵。

至此，所有制瓷匠人梦寐以求的花青秘方，落入了梁靖之手。大家在景德镇一块儿闲居了三日，待孙兴衍拿到梁靖做好的青花转心瓶后，他才意识到一个问题——该走了。

早在救出梁靖的那日，孙兴衍就不止一次想过这个问题。可冥冥之中，他真的舍不得走。不仅是舍不得离开风景秀丽的景德镇，更不舍得那一个欢喜冤家夜千茉。

听到孙兴衍说出要离开的消息时，夜千茉同样辗转难眠。可在当晚的饯别酒宴上，她仍旧若无其事，就像送一位普通朋友离开。

其实，只有梁靖知道，这个妹妹太会伪装，面上的风轻云淡，不过是用来掩盖内心的千疮百孔。只要酒宴散去，她必然回到房中喝得酩酊大醉，无论多困仍无倦意。若是念及悲痛之处，忍不住双手抱膝，痛哭到天亮。

这一夜似乎很漫长。夜千茉的泪似乎快要流干了，孙兴衍放在屋子里的十坛酒也快喝光了。天色微亮，他们不得不分别。

次日一早，孙兴衍没有等来夜千茉的送别，只好挎着一个褡裢，悻悻然向梁靖道了别。他左等右等，始终不见夜千茉出来。眼见夕阳即将下山，不得不转身朝北方而去。

正巧宋宽也要往北行，两人暂时结伴，一路交谈，聊起各自的去向。高岭经历的种种，几乎让孙兴衍九死一生。不过好在完成了订单的任务，他想继续去订购东西，言及要去苏州舟山，因为那里是核雕之乡。

根据订单上的指示，他要去当地购置一些竹根、竹节、黄杨、紫檀、象牙、牛角等原材料雕刻的山水人物、花卉鸟兽、神话人物等手工艺品。

除此之外，他还必须找到洞庭帮的会长，设法讨个章，盖在他的采购单上，就像《西游记》中唐僧每到一个地方，都需要各国国王在通关文牒上盖章一样。

宋宽调侃说，唐僧那是国与国间的佛学交流。他不过是个商人，最多是在各省道台所管辖之地经商，连个政治事件都算不上，何必再去讨要十大商帮的章呢？

起初，孙兴衍对此也不太明白。因为这并非他的本意，而是源于洋商郝华德。也许郝华德信不过他，所以用这种方式来考验他？

毕竟，只有拿到当地正品的货物，十大商帮的会长才会同意在订货单上盖章签字。此章既代表了一种权威，也是鉴别货物真伪的凭证。

如果是这种解释，倒也说得过去。

宋宽不再疑虑，但他的心中另有计较。高岭诡案迭起，只有揪出威尔逊才能查清扑朔迷离的案子。可是，威尔逊究竟人在何处，宋宽却无从查起。

两日前，他得到密报，十大商帮内部有人贩卖违禁之物，似乎与洋人有勾结，而疑点最大的是洞庭帮的会长，也就是沈氏家族的族长沈千里。所以，宋宽打算先去拜访一下沈千里，说不定能查到威尔逊的线索。

沈千里是沈万三堂叔之后代。依着沈家的人脉和资源，早在十七八岁时，沈千里就通过垦殖而积累原始财富，并善于利用别人金钱，大胆地竞以求富为务，甚至大肆开展海外贸易，逐渐成为苏州一带的知名商贾。

沈千里颇有些文化造诣，曾连中童生试、乡试、会试第一，后因突生寒疾，错过了殿试，况且其志不在科举，所以后来从了商。

短短十余年间，他就累资巨万，田产遍于天下，更有文士、官员等争相结识，一时风头无两。等到他担任了洞庭帮的会长以后，更是声望陡生，远近闻名。

宋宽去拜会沈千里，孙兴衍不觉得意外。此等传奇人物，谁不愿去结识？只要与自己无关，还能从中获利，他才不愿多操心呢。

另外，如此漫漫长途，人心诡诈，应该觅一个保镖。眼前之人来历不凡，身手了得，若是与之同路，岂不是免费找了一个保镖吗？

一念及此，孙兴衍乐滋滋地笑了起来。两人出了景德镇，打算到浮梁乘船，沿着水路到祁门，到时再转马车去黄山。

及至浮梁城门口，已是黄昏时分。薄暮残阳，寒风萧萧。昔日高耸巍峨的城墙，一时间镀上了沧桑朦胧的意象。

这里行人如织，马车辚辚，喧声四起，不绝于耳，真是个热闹的去处。孙兴衍并未着急随人潮排队检查，反而伫立于城门之下，仰望着拱门上的匾额，呆了半晌。

那是块石匾，几乎与城楼浑然天成，上刻"浮梁"二字，是为浮梁县城。他犹豫了半晌，忽而转过头来对宋宽笑道："宋兄，小弟有件事一直想问你。"

宋宽走到与他并肩的地方，也仰望着匾额，双手抱剑，不发一言。

"你应该知道我想问什么吧？"孙兴衍很直接地说。宋宽也不去看他，冷冷地道："你是想问，我跟朝廷是什么关系？"

"不错。"孙兴衍点了点头，轻叹道，"宋兄聪明绝伦，小弟想什么，你心里可都门清啊。"

宋宽抽了一下唇："此事，早在解救梁靖时，你就已有了揣测吧？之所以现在问，只怕这一路上，你心里反复斟酌，终于想明白了一些事，并且非问不可？"

"一点儿也不错。"孙兴衍叹了口气。

起初，孙兴衍还在为捡到一个免费的保镖而开心。可走着走着，他反而觉得不是那么回事。因为他一直认为，宋宽就是朝中的钦差大臣。

不然，为何一亮腰牌，那些官员全都乖乖听命呢？

另外，宋宽跟官员们的对话也很神秘。当着孙兴衍的面时，大家说的都是表面之言；可若远离他时，又会不断地窃窃私语。任何官员见到他，无不恭敬谨慎，战战兢兢。

这一切的迹象，无不彰显着宋宽非凡的身份。

可他究竟是不是钦差大臣？如果是，他来景德镇有什么目的呢？当然，这属于朝中机密，不是一个普通子民应该打听的。

无论怎样，孙兴衍总觉得与此人同行，就是在自己身上安置了一颗定时炸弹。

就在孙兴衍捏着下巴沉思不语之际，宋宽反给了他一个肯定的答案："我是皇家钦差，到此秘查一桩案子。"

没想到，宋宽会和盘托出实情。然后，他顿了顿，又很神秘地道："其他的事，你无须知道。你也可以就此跟我分道扬镳。不过，有件事我要提醒你，你要去寻十大商帮的会长，我也要去。"

这个家伙三两句话，就把他们的关系挑明白了。要么同道前行，若不违背原则，大家互相协助；要么便是路人，再见之时，刀剑无情。

孙兴衍的原则是，宁肯多交一个朋友，也不要树一个敌人。再说，这家伙是皇家钦差，是万岁爷身边的红人，如果处好了，指不定还能博一个大造化，何乐而不为呢？

"原来宋兄真的是钦差大人，小弟失认！失认！大大罪过！"孙兴衍抱拳行了礼，眼眉辗转之间，即刻笑嘻嘻地道，"小弟是个正儿八经的好商人，讲究公正买卖，信誉为王，岂会做出格之事呢？至于损害家国利益，更是无从谈起啊！"他笑嘻嘻地为自己辩白，顺便勾起宋宽的肩膀，无比近乎地道："宋兄既然是钦差，那就是万岁爷身边的大红人。咱们兄弟之间，只怕日后少不了往来。"说着，比了一个互相交心的动作。

宋宽推开他，将剑横在彼此之间："你我，还是保持些距离的好。"

孙兴衍脸色一僵，马上明白过来，这是个很有原则的家伙，也是个戒备心极强的人。面对此人，不可太过于套近乎，否则会引起对方的反感。

思及此，孙兴衍嘿嘿笑了笑，轻轻拍了拍宋宽的两肩，仿佛是弹去他身上的灰土："成！那就听宋大人宋钦差的。"

宋宽道："为方便彼此，你我还是称呼本名吧。"

"成！成！"孙兴衍非常客气地一抱拳，笑道，"直呼其名，未免太生疏了些。这样吧，我称呼你阿宽，你就叫我小星星吧。"

宋宽睥睨了他一眼："阿宽尚可，小星星实难叫出口。"

"什么小星星？依我看，你随我一起叫他小奸商得了！"两人正聊得起兴，忽听身后传来一个女子之音。

他们定睛一瞧，竟是个女扮男装的姑娘。不是别人，正是夜千苿。只见她穿一件天青马褂，系一条月白标布褡包，下边是二蓝夹袍子。

夜千苿转到孙兴衍的跟前，玉手拧住他的右耳，用力拉到自己面前，冷冷地道："你这个小奸商，如此就走了，怎不跟本姑娘告一下别？"

孙兴衍疼得嗷嗷直叫，不得不屈身过来求饶道："姑奶奶！您关上了门，我敲打十数次就是不开，我能怎么办？"

"那你不会留封信，道个别吗？"夜千苿乜斜着他，一时拔高了嗓门。

这真是弥天大冤。孙兴衍心里有苦难言，但是他知道，跟女人狡辩，就算是对也必须认错，否则永远不可安宁。他向来觉悟极高，识时务者为俊杰嘛。马上笑脸赔礼道："我错了，姑奶奶我错了。我现在就给您写信，立刻马上就写，您能松开手吗？"

"这还差不多。"夜千苿轻哼着松开了手，一副舒然自得的样子，"信呢，你就不用写了。本姑娘决定，打今儿起要跟你一块儿浪迹天涯。咱们日后可就是并行天下的道友了。你有什么话，路上跟本姑娘好好交代便是了。"

这个小飞贼居然要跟自己周游天下？那日后岂还有安宁之日？孙兴衍以为听错了，沮丧着脸问："您要不再考虑一下？我就是个小奸商，哪有本事跟您一块儿周游天下。"

夜千茉双手背后，郑重地望着他，充满诡异地笑道："我知道你是小奸商，我也是个小飞贼啊。放心，咱们俩仗剑江湖，谁也不敢欺负你我。"

　　这两个冤家一见到面，吵吵闹闹个没完。不过，宋宽也看得出来，他们都很喜欢对方，只不过用玩笑的方式维系关系罢了。

　　作为一个看透男女情感的人，他只是苦笑着摇了摇头，径直朝城门走去。孙兴衍和夜千茉打闹着，也一块儿跟上他的步伐。

　　夜千茉之所以来寻孙兴衍，并打算跟他浪迹天涯，早已经过深思熟虑。这么多年来，她一直有个心愿，就是寻到亲生父母，并亲口问问他们，当初为何抛弃自己。

　　由于种种原因，她常年滞留于景德镇，未曾踏出此地一步，几多遗憾。昨日孙兴衍与她告别，她才忽然意识到，该去寻亲生父母了，更该设法了却这段夙愿。

　　然而，她又有疑虑。

　　她并不知道，这次的草率之行，究竟是为了寻亲生父母，还是因为不舍孙兴衍，又或者兼而有之。不论怎样，她是坚定的。

　　临别之前，她担心梁靖伤心，匆匆写了一封信。信的内容极简，画了一只猫和一扇门。猫的前足已踏出，正回头凝望。门上悬着一块匾额，上书"梁记瓷号"四个大字。

　　她把自己比喻成流浪猫，并把梁记瓷号比喻成暂栖的家，而回头则是不舍，信的右下角还写了这样四个字——永生兄妹。

　　这封信很奇怪，梁靖看到后既好笑又心酸。

他们虽不是亲生兄妹,但十余年的相处,彼此都是真心相对,胜似亲兄妹。"永生兄妹"四个字,足可以看出夜千苿的真心。

"这个臭丫头,永远也长不大。"梁靖反复盯着这封信,一下子陷入了两人在一起时的种种回忆,眼角不觉间微微湿润。

这时,门口忽然响起一阵急促的脚步声。他知道有客人造访,连忙把信纸折好,刚抬起头,就见仆人做了一个请的手势,引三个人缓步踏入房内。

两边是高挑女子,黑衣束腰,婀娜妩媚,笑里藏刀;中间是个男子,戴着银色诡笑面具,身穿一袭黑色连体长袍,手里还挂着一根金杖。每每举步行走,总挂着不屑万物的泰然之感。来人正是杰西卡、格蕾丝以及威尔逊。

威尔逊在堂前站定,用蹩脚的中文说道:"梁东家,别来无恙。"梁靖扫看三人,微微一笑,漫不经心地问:"威尔逊先生今日造访,有何贵干?"

"没有贵干,就不能过来了吗?"威尔逊找了一个太师椅坐下,双手压于金杖之上,冷冷地笑道,"这里没有别人,你与我也不必遮掩,咱们有什么话,不妨好好聊一聊。"

"哦?"梁靖微微抽唇,几分惊奇地看向他,"不知,威尔逊先生想聊什么呢?"

"事已至此,咱们不妨打开天窗说亮话。"言及此,威尔逊看了一下房门。杰西卡马上会意,当即把门关好。与此同时,梁靖也把仆人赶了出去。

待到四下寂然无声，威尔逊才笑着说道："我有一个终极目标，就是联合十大商帮成立可与东印度公司抗衡的商会。谁挡我道，我就断谁的路。此事，梁先生应该猜到了吧？如今葛洪亮和吕有德的下场，想必你也很清楚了。梁先生是聪明人，应该明白我在说什么。你现在已是江右商帮的会长，好不容易暖好了座儿，应该不希望看到悲剧重演吧？"

面对如此挑衅，梁靖也缓缓坐到另外一张太师椅上，淡淡地道："此等祸国殃民之事，葛洪亮不愿做，吕有德也不愿做，梁某人如何能做？"

"为何不能做？"威尔逊轻轻拧转着手杖，面上皆是鄙夷之态，"整个计划虽由我一手置办，可若没有梁先生的妙谋，在下如何能胜？"

这话像是某种试探，梁靖眼中顿时浮上些许惶然。威尔逊觉察到异样，但并未揭穿，反而笑着补充道："如果在下没有猜错，梁先生才是整个计划的最终幕后推手吧？"

一言及此，梁靖瞳孔一颤，虽是默然无声，但却在不停地揉搓拇指上的玉扳指，冷静地想着事情。威尔逊瞥了他一眼，仍泰然自若地道："其实，你早就知道，葛洪亮、吕有德、李拯等人皆不是善类。他们每个人都机关算计，野心勃勃。比如，葛洪亮一心想做江右商帮的会长，甚至一统三大瓷号的经营权；吕有德想跟县衙属官达成某种合作关系，彼此互利互生，一起赚大钱；李拯希望借一石二鸟之计，既可除掉葛、吕二人，又能借势证明，他才是唐氏瓷号的真正掌舵人，更想顺利拿下江右商帮的会长之位，坐拥整个江西的财富。"言及此，威尔逊呵呵笑了起来，待笑完以后，满是杀气地肃然道，"谁又能想到，他们三人加起来，也逃不出你的掌心。你早已算到，这些人迟早会死于我的计划。既如此，你何不顺水推舟、静观其变呢？于是，李拯设计害你，本打算让你背黑锅，成为一头任人宰割的羔羊，而你呢，将计就计，利用孙兴衍这步棋起死回生。你识人不错，此子果然聪明灵秀，不仅识破了我的计划，甚至还能逃出生天。哦，对了，梁先生最妙的地方还在于，这小子就算再聪明，也一样是你的棋子。因为自始至终，你这个掌舵人，从来都没有露出半点儿狐狸尾巴。"

一席话说完，梁靖揉搓玉扳指的手也停了下来。他笑着站起身，朝着门外做了一个请的手势："该说的也都说了，如果先生仍执意让梁某人做有违大清黎民的事。那么抱歉，恕不奉陪！"

这明显是下了逐客令，态度相当决绝。虽是碰了壁，但威尔逊似乎早有准备，思虑须臾，方扶手杖站了起来，神色不惊地道："不急，我等你答复。至于考虑时间，且为十日吧。这十日，我恰好还有事做，咱们不妨多给彼此些空间。十日后，我来听你的答复。当然，也可能是来给你收尸。"说到最后这句话时，面向梁靖笑了笑，径直朝门外走去，格蕾丝和杰西卡随即跟上，三人很快就消失不见了。

梁靖负手，看着三人远去的方向，默默地沉思，心情极为复杂。半个时辰后，管家忽然走了进来告诉他，陈冰冰已找到。据从山洞中逃出来的人说，当时陈冰冰混迹在一群小孩子之中，获救以后，自个儿摸回了陈宅。

是日晌午，梁靖就去了陈宅。孙兴衍在留下的纸条中已写明，花青秘方藏在陈宪的书房中。可他几乎把书房翻找了一个遍，并无收获。

这时，他忽然想起了陈冰冰的生辰八字，又听到头顶挂钟的打鸣声。于是在想，陈冰冰的生辰八字所对应的时刻会不会是破局的关键？

带着这个困惑，他把钟表指针拨回了陈冰冰出生的那一刻。果不其然，但听咔吧一声，表盘垂下，匣腔之中暗藏红色布包。

他拿出来打开一瞧，乃是关于花青秘方的记事簿，不禁欣喜万状。临走之时，陈冰冰在门口堵住了他，双手掬着红色的颜料，问他要不要喝花青？

梁靖缓缓蹲了下来，轻轻擦去他唇角的鲜血，只说了一句"以后跟叔叔生活吧"，就牵着陈冰冰的手，领回了家。

# 第二十章
人眼核雕

1760年5月26日

黄帝纪元四千四百五十七年

高宗 爱新觉罗·弘历 乾隆二十五年 农历庚辰年 龙年

庚辰年 四月小 十二日

庚辰年 辛巳月 丙戌日

宜：余事勿取

忌：诸事不宜

苏州乃古地，五千年来的文明一直源源不绝。上有姬姓周氏族人避位让贤，千里南奔；下有秦汉以来州、郡、县之繁荣，名播天下。

尤其到了明清之际，各种手工艺品行销天下，盛极一时。孙兴衍素来对姑苏心向往之，只是因为不得机会，所以多半流于臆想。

今日抵达苏州，仰观宇宙之大，俯察品类之盛，方知范成大那句"上有天堂，下有苏杭"，果真名不虚传。

三人来此后，本想先去拜会沈千里，谁知此人经商在外，并未归来。无奈之下，孙兴衍提出，去拜会核雕大师柯百岁，希望集齐一个关于"赤壁之战"的核雕系列。

柯百岁居住于绿竹园。绿竹二字取自《诗经》中《卫风·淇奥》一句"瞻彼淇奥，绿竹猗猗"。园林占地八亩余，园的中心位置为一水池，池南有"小丛山竹轩"花厅一座，为待客聚宴之处。

池北有书房和画室，如"看松读画轩""集虚斋""殿春簃"等。水池虽占地面积不大，但由于采取了以聚为主的方式，加之池岸低矮，池中不植莲藕，天光山色，回映池中，却有烟水潋漪的水乡情趣。

孙兴衍站在濒池的亭榭之中，遥望着水阁、石桥、假山、花台、老树和花丛等景致，心中一时慨叹千万，方才知道苏州园林名不虚传。

三人在仆从的引领之下，终于来到池北的集虚斋之中。他们才踏进房门，就见堂中央的椅子左首坐着一个七旬老者。

老者发须全白，颔下之须无风自动，别有一种雅量和气质，正是柯百岁。柯百岁热情接见了他们，并用苏州特产的碧螺春招待大家。

说起订购"赤壁之战"的核雕系列作品时，柯百岁表示并无问题。孙兴衍与之讨论了价格，柯百岁也觉得满意，两人一来二去之间，定下了这笔交易。

可当柯百岁问及货物要卖给谁时，孙兴衍轻轻放下手中端着的茶盏，笑着说道："在下此番到苏州购置货品，也是受人之托。"

柯百岁也放下茶盏，一番温和自在之态，"哦，此人是谁？"

"此人名郝华德，乃是东印度公司的大班。"孙兴衍端着架子回应道。这么多年的经商生活，已练就了他独特的谈判技巧。

柯百岁言辞多为肃穆，孙兴衍也以肃穆待之。尽管交谈起来甚是费劲，但却能赢得对方的好感。

前面的交谈倒是很顺利，可听到"东印度公司"和"大班"两个词时，柯百岁脸色唰一下变了，冷哼道："这么说，三位是那洋人的走狗了？"

走狗二字实在刺耳，夜千茉听罢，登时站了起来，伸手指着柯百岁骂道："老头儿！我们念你是长者，所以一再恭敬。你这般骂人，又岂是待客之道？"

柯百岁也不理他，兀自端起茶盏抿了一口茶，讥讽道："几位是大清子民，却要为洋人办事，可不就是走狗吗？"话音刚落，他愤怒地把茶盏摔到桌面上，扬声道："几位快请吧，柯某人还有事做。"

三人不解何意，面面相觑，似乎在等一个说法。宋宽更是直言道："柯先生，我们不过是来谈笔生意，并未做任何对不起大清之事，您为何如此愤恨？"

眼看宋宽言辞温和，彬彬有礼，倒是个有素质的年轻人，这才解释道："敝人早在拜师之时，就曾当着祖师爷的画像发过毒誓，今生绝不给洋人做一个物件。否则五雷轰顶，天诛地灭。"

谁也不知道柯百岁的祖师爷为何定下此等规矩,但就算这条门规已逾三四十年,也依然在柯百岁的心间长存,不可撼动。

舟山之大,能人贤才辈出,既然柯百岁不愿意做,那就只好去找别人了。三人离开绿竹园后,只能到他处问一问有无人会这项技艺。

这期间,宋宽多次到沈宅拜会沈千里,可得到的答复始终是未归来。无奈之下,宋宽只好跟着孙兴衍去寻技艺精湛的核雕工匠。

两日下来,他们拜访了周边所有的核雕匠人们,大家都声称做不了"赤壁之战"系列核雕,只有柯百岁及其弟子们会做。

可柯百岁及其弟子并不揽这个活计,真是件头疼的事。三人在铜罗街上一家小吃摊围桌坐定。夜千苿一口气点下油氽紧酵[1]、松鼠鳜鱼、响油鳝糊等传统小吃,孙兴衍又多要了一碗鲜肉小馄饨和糖粥。大家吃饱了肚子,径直走上了一座白石桥。

桥的南岸分布着铁匠铺、竹匠铺、木匠铺等铺房,北岸分布着布店、杂货、糖果、肉类、油酱、茶馆等商铺。

两岸的街道上行人如织,碧绿的河水之中更有船只繁忙,橹篙相撞。一些百姓家里所产的粮、茧、丝、绸、酒、羊、禽、蛋、蔬菜等物,常常堆放在一辆牛车上,拉到镇上售卖。

如果竖起耳朵,还能听到百姓们饮茶闲聊、听书听戏。阵阵婉

---

[1] 油氽紧酵:又称紧酵馒头,江苏的时令小吃,个头比较小,经油炸的一种以鲜肉为馅的苏式食品。

约动人的昆曲,更是悄无声息地飘进耳朵里,令人脑海里顿时浮现出江南水韵。

孙兴衍站在桥头,远眺这些人间烟火,道:"宋兄,你看这铜罗镇,看似繁华,实则规模略逊于吴江七大镇,但却居于三小镇之首。不知宋兄,可知这三小镇之名?"

宋宽笑了笑,道:"铜罗、八坼,以及横扇。"

严墓塘绿水悠悠,穿铜罗镇而过,思源桥和枫桥等横跨河上,别有一番韵味。孙兴衍发现难不倒宋宽,也就不再言及铜罗镇风俗,随口说起一件他想了很久的事:"依我看,咱们还得再去一趟绿竹园。柯百岁如果还不答应,我只能退而求其次,套一套他徒弟们的口风了。师父不愿意做,徒弟们总有人愿意做吧?"

"你这是要挖人墙脚吗?"夜千茉忍不住插了一句嘴。

"怎么,你看不惯,又要教训我一番?"

"才不是呢。那个柯老顽固上次骂咱们走狗,我到现在气还没消呢。你说得对,他如果不答应,咱们就挖他的墙脚。到时候,你用钱砸他徒弟,我不信这些人见钱不眼开。"

夜千茉和孙兴衍你一言我一语,聊起来没完没了。不过在宋宽的提醒之下,两人还是重新收拾起心神,一起又往绿竹园而去。

仆人引领三人来到集虚斋门口,用力敲了敲门,发现房门紧锁,于是很困惑地看了孙兴衍等人一眼。

"你刚才还说,得知我们过来,柯先生有请,怎么突然锁了门?"孙兴衍盯着那位仆人,神色凝重地问。那仆人一脸无辜地摇了摇头，道："小的也不清楚。也许，老爷他出去有事，过不多时就回来了。"

"出去应该在门外上锁，为何是屋内上栓？"宋宽问出了一个最大的疑惑。他走近那扇格栅门，一只眼贴于门缝，目光穿过昏暗的光线，缓缓扫过屋内模糊的环境。

看到青砖地板时，宋宽眼睛陡然一亮，立即向后退了一步，一脚踹门而入。屋子里并无别人，只见庭中青石地板上躺着一具尸体。

那人身穿西湖色洋菊熟罗衫，一色的裤袜，踏着紫棕色的毡底网线鞋。一张枯瘦的面容上褶皱丛生，正是柯百岁！

柯百岁死了，死得很蹊跷，身上没有一丁点儿的伤痕，不像是中毒，更看不出死因。唯一奇怪的地方是，他的左眼球有些肿胀，不太自然。

"这是怎么回事？"孙兴衍看着那个一脸惊慌的仆人问道。那仆人哪里知道，结结巴巴地回应道："小的……小的……小的也不清楚。"

宋宽这时已步入屋内，一遍又一遍检查了其他地方，并无线索。不过，屋西侧的一扇楠木老窗打开半边，估计凶手就是从这里逃走的。

孙兴衍看了一眼正在查看窗户的宋宽，已了然凶手的离开方式。他更好奇柯百岁究竟死于何种原因，于是他蹲下身子，自褡裢里取出一把镊子，轻轻敲了敲柯百岁那颗肿胀的左眼球，竟十分坚硬。

如果是真眼，断不会是如此触感。孙兴衍想罢，用镊子小心翼翼地夹住眼球边缘，一点点拉了出来。眼球周围沾满鲜血，一滴滴落在了地板上。夜千苿看到这血腥的一面，双手立即捂住双目。

孙兴衍举起那颗遍布鲜血的眼球，居然发现是一颗惟妙惟肖的核雕。凶手一定是先杀了柯百岁，而后用刀子挖出了他的眼球，清洗干净面部以后，再把这颗假眼球塞了进去。

可凶手究竟是谁？他为何要这么做？如此雕工栩栩如生，只怕是一位技艺精湛的核雕匠人。一切的谜团，似乎全都凝聚在了这枚核雕眼睛之中。

一阵橐橐的脚步声渐渐打断了孙兴衍的沉思，不待他缓过神，一群手持铁尺的衙役冲了进来，领头者是一位黑壮如熊的年轻捕吏。他高傲地扫过孙兴衍、夜千苿和宋宽，厚而大的手掌朝后一挥，道："绑了！抓回衙门！"

"你们为何抓我们？"夜千苿踏前一步，十分不服气地质问道。

年轻捕吏看也不看她，趾高气扬地问道："几日前，你们是不是来过这里？"

"来过，如何？"

"你们有没有跟柯先生吵了一架？"

"吵过，又如何？"

"你们是不是一直在找能做赤壁之战的核雕匠人。因寻而不得，只好折返绿竹园？"

"如是，又能怎样？"

年轻捕吏这才看向夜千茱,一双不耐烦的眼睛粗粗打量完她,随即又在孙兴衍和宋宽身上微顿,这才道:"寻核雕匠人而不得,挟私报复,杀人灭口。现在可是明白了?"

"这位头翁,您还没验尸查案,如此草草定论,是不是欠妥当呢?"孙兴衍迈前一步说道。如果说李拯是揣着明白装糊涂,就算有能力破案,也懒得为民造福的话。眼前这位捕吏,只怕就是真糊涂。

年轻捕吏微微想了想,笑意神秘地走到孙兴衍跟前,道:"你们不来之前,柯先生一点儿事都没有。你们来了以后,他就神秘死亡。这,做何解释?"说完这句话时,年轻捕吏看了一眼旁边踌躇不安的夜千茱,又转向孙兴衍道:"据我了解,这几日,柯先生从未见过任何陌生人,自然也不会与他人结仇。不是你们,那你们说,凶手是谁啊?"

这位年轻捕吏不去查看线索,单单仅凭交往经历,居然就妄下结论,实在让人愤恨不已。不过,衙门办案为出政绩而频出冤狱,倒也是常有之事。

孙兴衍咬了咬牙,刚想开口忿怼。这时宋宽走到他的前面,先取下腰牌,随后在年轻捕吏眼前一晃,道:"叫你们县太爷过来。"

衙役们看不懂腰牌来历,宋宽厉喝道:"看不懂,派一人拿去呈给你们县太爷。我们走不脱,一切等你们县太爷定夺便是。"

年轻捕吏觉得在理,就派人拿去呈给了县令,自己则留在这里看守他们。两刻后,一个中年男人,头戴阳文镂花金帽,身穿练雀官服，一步并作三步地跑了进来。他一边往屋子跑，一边口中连连呼喊："钦差大人到此造访，卑职有失远迎。"

前脚刚迈进屋子，后脚跟没来得及跟上，一个趔趄扑摔在地，那顶阳文镂花金帽滚得老远。年轻捕吏赶忙捡起地上的帽子，双手把县令扶了起来。

县令抢过年轻捕吏手中的帽子，还不及戴正，立即怒颜呵斥道："有眼不识泰山的狗东西！钦差大人到此，竟也不识得？"

听闻此言，年轻捕吏才知来人官衔不低，双膝扑腾跪下，一口一个"钦差大人饶命"。夜千茉双手背后，一步一步走到年轻捕吏跟前，狐假虎威地说几句训斥的话。

宋宽已走到孙兴衍跟前，几分凝重地道："孙兄弟，这场悬案，只怕还得你出手。"

"你这是什么意思？我来这里不过是订购核雕，又不是查案的官吏。这事与我无关，我又何必蹚这趟浑水呢？"孙兴衍从褡裢里取出一个圆木盒，拧开盖后，把带血的核雕眼睛放了进去。虽说这是物证，但此核雕技术高超，尤其是打磨抛光技术，简直出神入化。

一般而言，核雕要先用砂纸进行打磨，既要磨掉刀痕，让作品看起来更加圆润，又不能减弱作品的艺术感染力。因而要顺着橄榄核的纤维方向一点点把刀痕除去，从而保证清晰的轮廓和线条。经过打磨以后，下面就是点油，即在橄榄核雕上洒一些液体油，保证核雕整体色泽和谐。这一步完成后，再用颜料一点一点把核雕填涂成眼睛的色泽,所以这枚核雕眼才会看起来惟妙惟肖,宛如一只真眼睛。

孙兴衍很喜欢这只眼睛的雕刻工艺,尽管是物证,也不管了,于是趁其不备打算带走。宋宽早已瞧出他的心思,道:"孙兄拿走物证,莫不是想把案子查清楚?"

孙兴衍脸色一红,连忙道:"我只是帮你收着物证,下次破案若需,我再送还与你。"宋宽摇了摇头,苦笑道:"孙兄,你号称百工圣手,天下奇工巧术,莫能逃出你的法眼。这场大案,非你不可。"

"怎么说着说着又绕回来了?"

"孙兄,莫怪我多言,我再提醒你一句。威尔逊不知去向,只怕他又故技重施。正如我们之前分析过的那样,威尔逊的目的,不仅仅是想取得江右商帮的支持,实现他的生意远景。我妄揣,他真正要对付的也许是十大商帮。简而言之,他要说服十大商帮的会长,全部听从他的号令。"

早在为梁靖洗刷冤屈之时,宋宽和孙兴衍就曾审问过李拯、葛洪亮、吕有德等人的随从。这些随从偷听过他们主人的谈话,虽是零星之言,但经过孙兴衍和宋宽两人的拼凑,渐渐勾画出了威尔逊的野心。

尽管不知道这个威尔逊为何要掌控十大商帮的会长,妄图打造怎样的生意王朝。但是孙兴衍已预感到,一路走下去,一场场杀戮会不间断地涌现。

这些话是当时他与宋宽亦真亦假的玩笑之言,而今被宋宽再度拿出来说，忽然让孙兴衍一时颓然。

宋宽见话起了作用，又道："我的意思，柯百岁的死，也许跟沈千里有关。正如葛洪亮的死、梁靖的险些丧命，皆跟吕有德有关。如果你不查清此事，只怕你也休想拿到'赤壁之战'的系列核雕了。"

这一席话字字戳中孙兴衍的软肋。他直起身，伸手拍了拍胸前的褡裢，笑道："我算是发现了，你这家伙心眼忒多。你就是想让我帮你破案，可又不好直言相求，于是美其名曰，这是在帮我自己。"说完，他双手向怀里一插，苦笑道："我暂且帮你一把，权当信了你了。"

"多谢孙兄弟。"宋宽抱拳，诚挚地向孙兴衍行了一个礼。孙兴衍微怔，神色凝重地看向他，问道："万岁爷安排你做钦差大臣，想必在查一件大案。而这件案子，是不是与十大商帮有关？"

"有些事，知道得越少就越安全，尤其像你这样的商人。我希望你能明白我的苦衷。"

朝廷要查办的一定是政治大案。自己一个小商人，还是少掺和为妙。一念及此，孙兴衍几多无奈地叹道："好吧。我不问你的事，但我也有个条件，你也不能太过问我的事。"

一个钦差大臣微服私访，难免会例行公门规矩，从而妨碍他发财。他所谓不要过问他的事，也是警告宋宽不要妨碍他发财。

为了尽快破案，宋宽无暇在这样的小事面前过多计较，于是爽快地答应了。孙兴衍应下查案后，首先取出那枚人眼核雕，认真查看了雕工。

可以确定，凶手一定是左手执刀。尽管凶手打磨技术高超，但还是有一两处刀痕未彻底磨掉。这些刀痕上的线条是自右往左划切，用放大镜观瞧，可以看到有瑕疵的划痕朝向左侧或者左下侧。

孙兴衍还从核雕眼球里刮出了烟油和细碎的烟叶，说明凶手很喜欢抽烟，而且是旱烟。如果是抽旱烟，进一步推算，凶手极可能有一个烟袋。

更为重要的是，眼白处的抛光相当细腻、润滑，富有手感，就算是孙兴衍这样的"百工圣手"，也看不出是如何用布轮打磨的。

为了查明这项技术，孙兴衍让县令牵头，请教了当地著名的核雕匠人陈伟贤。这位陈师傅告诉众人，如此手艺只有柯百岁自己做得到，别人如何能会？

这就奇怪了。难不成这个核雕，就是柯百岁自己雕刻的？

这种情况也不无可能。假设柯百岁左眼受伤，影响美观，有碍容颜，于是他请郎中挖去病眼，自己则雕刻了一颗栩栩如生的眼球，安装在了左眼眶里，也说得过去吧？

只是，柯百岁的徒弟们说，柯百岁之所以能雕刻出奇、巧、怪的核雕，就是因为他的眼睛异于常人。经他之手的核雕，细微之处就算放大数十倍，依然清晰可见。其雕刻的技术当以毫厘计算，令人难以置信。

如此雕刻大师，若是眼睛出了问题，如何能完成各种复杂的雕刻？可不是柯百岁本人，又会是谁呢？

正当大家陷入迷茫之时，孙兴衍想到了柯百岁的众弟子。他把柯百岁的所有弟子叫到了集虚斋，一一审问。大家都表示没听说过柯百岁左眼负伤，甚至是安置了核雕假眼之事。当问及核雕抛光技术时，众人纷纷表示，这的确是柯百岁的独门技艺。

这究竟是怎么回事？孙兴衍想着，目光逐一扫过众弟子。直到他看见一双怪异的眼睛。那双眼睛毫无生机，毫无波澜，甚至沉静如死。

师父去世了，弟子们的眼睛也许愤怒，也许悲伤，也许冷漠，也许暗喜……可是，如果一双眼睛太过于冷静，一点儿情绪都看不到，反而显得异于常态。

难道此人在刻意遮掩某种情绪吗？再联想到核雕眼球的抛光技术，只有柯百岁做得到。如果不是他自己，那会不会是他的徒弟所为？

面对如此困惑，孙兴衍并没有直接去询问这位徒弟。

听其他徒弟们介绍，这位神情异样的徒弟叫柯友刀，因眼睛生来就有疾，而且五丈之外难辨人容，所以双目无神，不算怪事。

徒弟们还说起，十九年前，柯百岁在大雪封山的冬季，于舟山桥北捡到一个婴儿，由于婴儿无父无母，无依无靠，柯百岁就认他当了干儿子，并以柯为姓，取名友刀，常伴于膝下。这些年来，父子俩相处融洽，并未有半点儿矛盾。

柯友刀相当尊重柯百岁。随着年纪越大，这种孝心也越浓厚，常常为柯百岁清点器具、收拾物料、洗衣做饭等，无所不及。

然而奇怪的是，即便柯百岁终生未娶，膝下无子，也不打算教给柯友刀最精湛的刀技。因为此事，父子俩曾大吵过一架。但自那以后，他们又恢复了往日的相处。

孙兴衍趁机追问，柯友刀有没有爱好。大家说他很喜欢抽旱烟，但一般是开工之前抽，不开工就不会抽。柯友刀曾说过，只有抽了旱烟，他的手才会像被神仙附体，可以雕刻出惟妙惟肖的珍品。

因而尽管柯友刀天生患有眼疾，但雕刻出来的东西并不比常人差，甚至在柯百岁的一众弟子之中也算是翘楚。

既如此，柯百岁为何不传授给他顶级的雕刻之技，反而愿意传授给比他差一些的弟子呢？这个疑问，一直困扰在孙兴衍的心间。

为了一探究竟，孙兴衍安排夜千茉去柯友刀房中秘密搜查，试图寻些线索。一个时辰后，夜千茉折返回集虚斋，自怀里摸出一个茶壶大的水晶雕像，模样正是柯百岁。

起初，大家以为柯友刀因对养父无比孝心，所以刻了养父的雕像以示敬意。可当孙兴衍拿到雕像，反复掂量以后，感觉整个水晶球内部并不严实，只怕有空腔。

于是，他轻轻拧转了雕像衣服上的十枚铜纽扣。每颗纽扣都拧到底，一刹过后，忽然自雕像腹部弹出一个水晶抽屉，一颗鼓胀的眼球赫然封存于屉内！

毫无疑问，这颗眼球便是柯百岁的。这又是怎么回事？雕像腹腔为何会藏着柯百岁的眼球？宋宽讶然问道："莫非，这个柯友刀就是凶手？"

孙兴衍叹道："所有的证据都已指明，他就是凶手。不过，我很好奇，他为何要这么做？"夜千茉听罢，直言道："这还不简单，抓了来，大刑伺候，看他招还是不招！"

这种方式，虽说有些粗暴，但也颇有效果。孙兴衍、夜千茉和宋宽三人思定，决定先回吴县县衙审讯案子。

吴县县衙坐北朝南，存房百余间。大门四间，大堂面阔六间。木制构件上全以花鸟彩绘，姿态各异，栩栩如生。

门外两根黑漆大木柱上嵌木联一副："欺人如欺天毋自欺也；负民即负国何忍负之。"大堂中间悬挂"吴县正堂"金字大匾，匾额下为知县审案暖阁。

阁正面立一海水朝屏风，上挂"明镜高悬"金字匾额。三尺法桌放于暖阁内木制的高台上，桌上置文房四宝和令箭筒，桌后放一把太师椅，其左为令箭架，右有黑折扇。暖阁前左右铺两块青石，左为原告席，右为被告席。

孙兴衍端坐于一把太师椅上，左首站夜千茉，右首站宋宽。县令半躬着腰，毕恭毕敬地站于高台左下方，余下衙役等则分两列依次排开。

不到半个时辰，柯友刀就被一众衙役抓到府衙大堂。孙兴衍一拍惊堂木，厉声喝问道："堂下所跪之人，可是柯友刀？"

柯友刀把头压得很低，只应了一个"是"字。孙兴衍点了点头，又道："你为何要杀自己的恩师兼养父柯百岁？"

这一声喝问，直惊得柯友刀睁大了眼睛，忽而抬起头，惶恐不安地道："大人这是说哪里话？我怎会有此歹心？"

一般而言，凶犯被抓后，往往都会抵赖。毕竟承认的结果就是受惩，这几乎是人之常理。孙兴衍也见怪不怪，随手抓起一根令箭，漫不经心的在拇指上轻轻转动着："那好，我问，你来答。"

"是！"

"你爱抽旱烟？"

"是！"

"你是左撇子？"

"是！"

"好！"孙兴衍目光一凛，把令箭拍在了法桌上，直起身来道："其一，柯百岁的左眼被人挖走，强行塞入一颗核雕眼球。我从上面发现了烟叶碎屑和烟油，这说明凶手喜好抽旱烟。其二，核雕上有一两处刀痕，线条是自右往左划切，其中有瑕疵的道口朝向左侧或者左下侧，说明凶手是个左撇子。其三，整个核雕的抛光技术，只有柯百岁及其弟子才懂，放眼整个舟山再无他人。三条线索合聚，你还有何话可说？"

这三条线索果真无懈可击。柯友刀听完身子一泄，四肢软绵绵地松垮下垂。孙兴衍缓缓坐回太师椅，又把夜千茉从他住处搜到水晶雕像的事也说了出来，另外拿出柯百岁的左眼给一众人瞧了瞧。

"我招。是我，是我杀了他。"柯友刀一缩脖子，两行热泪一滴滴落在了青石地砖上，碎成一粒粒晶莹的光。

"柯百岁好心救下你，并把你抚养成人，你为何忘恩负义，用如此阴毒手法杀了他？"夜千茱忍无可忍，上前一步问出了心中疑虑。

面对审讯，柯友刀意外地冷静。他几乎都没有反驳，只是哭着哭着就笑了起来，冷冷地道："要杀要剐，悉听尊便，莫要废话！"

孙兴衍向前倾了倾身子，双手压于法桌，俯视着跪在地上的柯友刀，道："你以为柯百岁膝下无子，就会把整个核雕家业传于你。可是，他却从不教给你秘传技艺。这让你产生怀疑，他是不是要弃你不顾，转而把家业传给其他弟子？"

这样的推测让柯友刀微微一怔，眼神之中飘过些许的不自然。孙兴衍捕捉到了这样的微妙变化，料想是猜对了。

于是接着分析，柯友刀一直在谋划杀害柯百岁的计划，只是没有找到合适的替罪羔羊，所以迟迟未动手。

原本，他可以陷害自己的师兄弟，但他的师兄弟每个人都家大业大，背后还有靠山；即便没有靠山的人，几乎也不容易寻找到动机。

就在此时，恰好从广州十三行而来的孙兴衍找到了柯百岁。两人本来相谈甚欢，可涉及原则问题时，双方大吵了一架，仿佛有莫大仇怨。

这是一个可以利用的机会。于是柯友刀将计就计，不仅杀了柯百岁，甚至还把灾祸嫁给了孙兴衍等人。如此神鬼不觉，完美闭环，岂不是一个妙计？

第二十一章
案中大案

1760年5月26日

黄帝纪元四千四百五十七年

高宗 爱新觉罗·弘历 乾隆二十五年 农历庚辰年 龙年

庚辰年 四月小 十二日

庚辰年 辛巳月 丙戌日

宜：馀事勿取

忌：诸事不宜

除此之外，柯友刀还有一个小算盘。虽然柯百岁对他有养育之恩，但这么多年来一直把他当工具呼来喝去，从不肯传授真技艺。就连刚入门的小匠人，只怕都比他学的东西多。

即便柯友刀对核雕有极高的天赋，哪怕眼睛并不好用，也依然凭借感觉雕刻出精湛的物件儿，但柯百岁仍旧不把他放在眼中，甚至认为他的技艺不入流。

如此环境之下，就算柯百岁对自己有养育之恩，就算他是自己在这个世上唯一的亲人，就算他在苏州舟山有极高的威信，就算他的弟子遍及天下，就算他声名远播……

任何的荣耀和伦理关系，都无法洗除柯友刀对柯百岁的厌恶。直到，这种扭曲的厌恶之感变成了犯罪。

就在孙兴衍等人找到柯百岁，并跟他大吵一架后，柯友刀忽然意识到，这场真正的杀机终于要开启了。只要杀了柯百岁，他就能以养子的名义继承核雕事业，也能垄断整个舟山的核雕技艺。不日，他将会成为最有名的核雕匠人，他甚至认为自己会比柯百岁做得还要好。谁知，这个天衣无缝的计划，最后还是被人识破了。

讲到这里时，柯友刀握紧了拳头，两边后牙槽紧紧咬着，一张神色紧绷的面容上浸着无尽的杀机。这段杀人动机明朗，旁人听来无比残忍，但孙兴衍却还体悟到一种可悲。

"你只是看到了养父的严厉，可你是否知道，他为何要对你严厉呢？他又没有亲生子嗣，所以，你虽是他的养子，但也是唯一能继承他衣钵的人。他何必跨过你，再去选其他的继承者？你可否想过，你不仅怀疑错了对象，甚至杀错了人呢！"

这个问题柯友刀曾想过，可他迟迟想不出答案。孙兴衍从太师椅上起身，一步一步走到他的跟前，先弯下腰轻轻拍了拍他的肩膀，然后双手负后，远眺着门外的满园景致，摇头叹道："你自幼患有眼疾，不适合长时间劳作，柯百岁害怕你日日投入核雕事业，害瞎了双目，所以不让你从事任何有关核雕的事宜。这件事，你应该想得到吧？"

"他不是不想直接告诉你，而是他很明白，你这种人很执着，越是不公的事，你越要奋斗到底，绝不悔改。所以，与其说得那么煽情，倒不如横加阻止你好了，大不了日后会被你记恨。可他始终相信，你长大了成熟了，就会理解他的一番苦心。"听到这段描述时，柯友刀晦暗的目光里浸出了一丝怀疑。这种怀疑之外，似乎还夹杂着一丝悔意。

孙兴衍顿了顿，又道："另外，他平素里，也绝非是想羞辱你、侮辱你、谩骂你，更绝非是把你只当作工具，不停压榨你的才华。他反而觉得，自己年事已高，膝下无子，手下还有偌大的产业，将来如果交给你继承，真担心你能否挑起大梁？你一生太顺了，没有挫折，也就无法应付挫折。毕竟，轻而易举拿到别人十辈子也拿不到的东西，他是真害怕你守不住啊！于是，柯百岁想到了用这种冷漠的处事方式，磨炼你的品格，培养你的毅力！于你而言，可谓百利而无一害！"

这番话具是孙兴衍几日来，通过调查柯百岁的弟子们，再整合各种线索总结出来的。有些话，柯百岁或直接或含蓄地向弟子们传达过，有些则是孙兴衍的推断。

不过，弟子们看得出来，师父对柯友刀是发自真心地疼爱，也愿意等师父百年了，一心跟着这位少主人打拼。

谁也没有想到，在如此畸形的成长环境之下，柯友刀的性情严重扭曲，继而犯下杀害养父的罪行。尤其当孙兴衍把从柯百岁家中搜查到的一封家书交到柯友刀手中之时,他才真真正正地意识到,自己误解了养父的意思,不禁失声痛哭起来。

这封家书实际上是一封遗书,一封早已看透死亡,并提前做好准备的书信。信上早已言明,柯百岁决定把核雕家业全部交给柯友刀执掌,还提出让一十三名弟子全力相助他,一起把舟山的核雕技艺传承下去。看罢书信,柯友刀歇斯底里地哭了起来,直到泪干心死,这才万般悔恨地说出了他的杀人计划。

"养父患有胸痹之症,这件事只有我知道。他之所以不告诉别人,正是害怕被他人谋害,可见养父该有多么信任我。"柯友刀的声音暗沉下来,一张面容虽活犹死。

安寂了片刻后,他抬起了头,又道:"我把洋地黄和地高辛等草药碾成强心药粉,加重剂量,做成平常药丸。在养父犯病之时,我亲手喂给了他。不出一个时辰,养父便心跳剧烈,就地打滚,意外猝死。"

怪不得从柯百岁身上寻不到致命伤,原来还有此中关节。孙兴衍暗自忖度,回身看着这个诚心忏悔的年轻人。

"杀死养父后,我也曾有过慌张,但心中的恨远大过眼前的恐惧。每当想到,但凡拜入养父门下的弟子,无一不学到他最精湛的雕工,而唯独我学不到。一想到这些,那一份排挤和孤独就难以抑制地跃上心头!"

"当然,我如果想学一些技艺,也可以去师兄弟那里讨教。可那又能怎样呢,终究无法弥补我内心的裂痕!我才是他的养子!我未来可是要继承他衣钵之人！他为何这般待我！"柯友刀仰天发出痛苦的呐喊，既有对过去那段记忆的控诉，也有对知道真相以后的悔恨。这种复杂的情感，一下又一下冲击着他的心房，就像一刀又一刀经受着凌迟之刑。

"既然如此，我何不一不做二不休，把他杀了，并把他最引以为傲的眼睛也挖了去，让他下半辈子就算投胎，也做不了核雕匠人！"说出这句话时，柯友刀只觉心里在滴血，一种前所未有的痛苦层层塞满了他的胸腔，直到压得他喘不过气。宋宽和夜千茱互相对望一眼，诧然、震惊、愤恨等神色，阴晴不定地浮现在彼此的脸庞。

"你们可否想到？我不仅挖走了养父的左眼，还把这颗眼睛藏在了我为他庆五十岁寿辰时亲手雕刻的水晶塑像里面，也算是弥补我多年来内心所受压抑的之苦。"

自己的一时错判，居然杀死了这个世上最疼爱自己的人，更是唯一的亲人。这一身的罪行究竟用怎样的惩罚才能洗去？一念及此，柯友刀只觉悲痛和悔恨渐渐塞满了胸口。

孙兴衍低头扫了一眼柯友刀，摇头叹了口气，刚要迈步踏上三尺法桌。忽见柯友刀伸手入怀，掏出一把攮子。宋宽大呼一声"小心"，以为这要刺杀孙兴衍。

可那把攮子在空中静止了须臾，猛然扑哧一下，刺入了柯友刀的胸口。夜千茱和宋宽皆是一惊，但他们根本来不及阻止这场突如其来的自尽。

一场精心谋局的暗杀，就这样看似轻易地破了案。可孙兴衍、夜千茉和宋宽并无喜色，彼此皆是忧心忡忡。县令说他们为吴县除了大害，今晚要在春熙楼设宴为大家庆功。

孙兴衍向来喜欢热闹，这场案子弄得他心情不好，早就想去吃吃花酒消消晦气。夜千茉厌恶花红柳绿之处，不仅自己不去，甚至还威胁孙兴衍也不能去。

孙兴衍左右为难，看向了宋宽，希望他帮自己解围。宋宽的心思全放在洞庭帮会长沈千里的身上，自然也无心去吃花酒。于是，这次好吃好喝的机会，只能就此泡汤。县令无法，只好安排人带他们去三堂两侧的眷属宅院歇息。

三人在仆人的带领下从大堂两侧的议事厅穿过，路过大堂后侧的两间衙皂平房，再转过一扇重光门，忽见门上悬挂"天理国法人情"金字匾额。

"宋兄，你久居官场，一定知道咱们大清县衙的建筑构造吧？"孙兴衍走在前面，目光扫过两侧的重檐双回廊配房，正面为琴房，面阔五间，房前有一棵桂花树，树高三丈，枝繁叶茂。宋宽也扫看了附近的建筑一眼，微微笑道："坐北朝南，文左武右，前朝后寝，狱房居南，是也不是？"孙兴衍笑道："不错不错，宋兄一看就是行家。"

两人说着，已来到堂后院落两侧的配房周围。这里前后檐下皆有回廊，正面为迎宾厅。出迎宾厅又一进院落，正面为三堂，左右为回廊式配房。

看到这片建筑,孙兴衍忍不住又赞道:"东吴之地是个好地方啊!宋兄看,整个建筑群融长江南北风格于一体,规模宏大,布局严谨,深邃森严,变幻无穷,实在是妙啊!"

夜千茉听他一路絮絮叨叨,总是有说不完的话,可没有一句是自己听得懂甚至能插上嘴的,于是抬手拍了一下他的肩膀,啐道:"小奸商!你是不是怨我打扰你吃花酒了,所以在这里跟宋兄弟聊来聊去,就是不理我呢?我跟你说,少跟我耍花花肠子,要是你把本小姐惹急了,看我不撕烂你的耳朵!"说着就要上手去拧他的耳朵。孙兴衍连忙躲到宋宽旁边,两人闹闹打打一团乱麻。

过不多时,三人来到眷属宅院附近。这里开阔幽静,气氛肃穆,院中植一株南天竹,四季常青。仆人把三人引进了屋中,出去后带上了门。

孙兴衍找了个凳子坐下,喝了两碗茶。今日说了太多话,他还没有来得及好好喝一些水。夜千茉坐在他的对面,打趣着问道:"柯百岁已死,柯友刀也已死,你这赤壁之战的系列核雕怕是做不成了吧?"

孙兴衍扬了扬手笑道:"这你就多虑了。柯百岁又不止一个徒弟,死了一个柯友刀,不还有好几个弟子吗?你们放心,一定有人感念我替他们恩师报了仇,前来酬谢我。说不定分文不花,我就把东西给拿到了。"

"你可使劲吹吧!我看你就是贪便宜贪多了,整日做白日梦。我可告诉你啊,我哥说过,一个人贪多了便宜,下辈子就会变成阿猫阿狗,整日讨食吃。"夜千茱冲他嘟了嘟嘴吧,一脸的不屑和嫌弃。

两人的斗嘴,一个字也没有飘到宋宽的耳朵里。他端起茶盏僵在空中良久,一直在思考孙兴衍说过的那句话,"一定有人感念我替他们恩师报了仇,前来酬谢我"。片刻以后,宋宽瞳孔一缩,忽然问孙兴衍道:"孙兄,你是不是在等刘天蟾过来?"

听到刘天蟾的名字时,孙兴衍蓦地笑了出来。果不其然,自己的小心思看来是瞒不过这家伙了。孙兴衍转着手里的粉彩茶盏,眼睛一直盯着冒着热气的碗沿,道:"调查柯友刀之前,我曾看过刘天蟾的档案。此人是柯百岁大弟子,尊师重道,忠厚老实,重情重义,深受师弟们推崇。他见我们为柯百岁沉冤昭雪,必定会带领一帮弟子过来答谢。"

"吹,你可劲吹!"夜千茱转过了头,几乎懒得再搭理这个自恋的家伙。这时门外响起了凌乱的脚步声,随后先听到仆人说了一句"宋先生、孙先生和夜姑娘正在屋里呢",紧跟着便看到房门被打开,十二名身穿粗布麻衣的糙汉子走了进来。

"孙先生大恩大德!我等没齿难报!"一个体壮如牛、满身横肉的中年男子,先扑通跪倒。身后十一名大汉也都随之双膝跪倒,一片黑压压的人低着头默默无言。

这位领头者,正是柯百岁的大弟子刘天蟾。孙兴衍让他们站起来回话,刘天蟾才让众师弟们参差不齐地直起身。有了近距离相见,宋宽终于看到刘天蟾样子。整个脑袋好似一个南瓜,生得肥头大耳，右脸上长着一颗醒目的黑痣。

"诸位不必客气。江湖人行侠仗义，不计较回报。"孙兴衍特意点了点回报的字眼，就是希望他们明白自己的需求——设法给他做一套"赤壁之战"的系列核雕。

刘天蟾低下了头，黑黝黝的脸上涂满了为难。孙兴衍迈开半步，颇为感慨地道："哎呀，古人说得好啊，儒以文乱法，侠以武犯禁。其行虽不轨于正义，然其言必信，行必果，已诺必诚，不爱其躯，赴士之厄困，既已存亡死生矣，而不矜其能，羞伐其德。孙某人不是为官者，就是一介侠士。路见不平，拔刀相助，此乃在下之原则也。虽说柯先生对在下多有误解，但在下十分仰慕柯先生之大名，所以为了还柯先生一个公道，就算舍生取义，自也心甘。"说到这里，孙兴衍激动地拍了一下胸口。但拍完以后，他又十分失落地垂下了头，叹道："只可惜，我再也见不到柯先生了。那次相见，反成了最后的一面。"

这三言两语之间，既包含着自己对柯百岁的仰慕之情，又展现了孙兴衍大度和侠肝义胆的品质，直听得那些弟子们心潮澎湃，一个个愿唯他马首是瞻。

"唉！孙先生，我知道您有个心愿，就是要做一套'赤壁之战'的系列核雕。恩师在世时，我们是万万不敢给您做。今日恩师已仙逝，您又是我们的大恩人。就算违背了祖师爷遗训，我刘天蟾也愿一个人承担！"说完这句话，他缓缓回过了身，十分有煽动性地对众师弟们道："孙先生大恩大德，我等无以为报，不过是做个系列核雕，有何不可呢？"

当年祖师爷掷下金句，任何徒子徒孙都不能为洋人做玩意儿。谁如果违背，就把谁逐出师门，永不录用。几十年来，他们的师父柯百岁也一直在恪守这样的门规。如今，恩人提出想要一组核雕，还打算卖给洋人，这不得不说有违师门遗训。

可想到若非恩人协助，如何能大仇得报呢？恩人之情，势必该还。另外，早在来寻孙兴衍之前，大家也都已谋定好了。师父去世后，柯氏核雕随之消亡。自今日起，他们要创建自己的门户，不再隶属于柯氏，也就不必再遵循旧的门规。

在刘天蟾的煽动之下，众人纷纷表示愿意为孙兴衍做一套"赤壁之战"的核雕。只是这套核雕制作工艺复杂，至少需要五日的打磨。

不过是等区区五日，并无不妥之处。再说了，他们来到苏州以后，还未好好欣赏一下周围的风景，刚好用这五日的时间游玩一番。

夜千苿和孙兴衍结伴而行，吃吃喝喝，倒也潇洒。唯独宋宽一直居于房中，不肯与他们一道出去游玩，不知在思索何事。

第五日，黄昏，夕阳晚照，红霞满天。身处山上的柯宅，别样美丽。由于山上盛产橄榄，可就地取材，用于核雕，所以柯百岁便在此修建了庭院。

这座庭院入口处以修竹、紫藤点缀湖石及笋石，一片春日山林之景。步入院内可见湖石假山，曲折幽邃，妖娆多变。尤其一些黄石堆叠的假山，山势峻峭，老柏盘根，经过夕阳的晚照，仿佛是一片染了赤血的红山。

柯百岁的一众弟子，早已在观景小院里恭候多时。孙兴衍、夜千茉和宋宽刚进来，大家一起上前叩谢恩人们，一番寒暄过后，这才纷纷携家带口地离开此地。

这里原本是他们研习核雕之处，也是他们的梦想的开启之地。随着恩师的仙逝，他们选择离开，各自奔向老家，重新繁荣核雕之技。

望着那些一个又一个远去的背影，孙兴衍心中颇多感慨，叹道："人生在世，有个事做，远比坐以待毙好得多嘛！"梦想的存在不正是如此吗？

夜千茉瞥了他一眼，冷嘲道："人家是鸿鹄之志，小人只有小人得志罢了。"孙兴衍本来好好的心情，听了夜千茉的评点，立即就蒙上了灰。他把褡裢往身后一掀，刚想怒怼两句。这时刘天蟾走了过来，双手托着一个紫檀木盒，笑道："恩人，您要的'赤壁之战'系列核雕，我与众师弟已做好，烦劳您验收。"

这一天，孙兴衍等了好久。他连忙走上前，双手接过紫檀木盒，掀开一瞧。一个个核雕神态各异、惟妙惟肖，宛如置身于千余年前的赤壁战场。

一桩心事总算完了，孙兴衍提出要支付订购的费用。刘天蟾立即义正词严地道："我们师兄弟先前就已言明，为孙先生赶制此物，分文不收。"孙兴衍又执意让了几次，刘天蟾仍是不受，也只好作罢。

三人在刘天蟾的引领之下，步入一座亭轩，分别围着石桌坐定。刘天蟾泡了一壶上好的白龙茶，起身给孙兴衍添了一盏。孙兴衍抿了一口茶，问道："老哥，你也要走吗？"

"我是师父的大弟子，而今师门中落，无人继承门庭，我这个大师兄，总要扛起万千重担。"刘天蟾放下茶壶，轻轻叹了口气。

孙兴衍竖起大拇指，赞道："有担当，有魄力，是个真男人！"夜千茉哼了一声，紧跟着冷笑道："你什么时候，也能像人家一样，有这觉悟。"

"今天小爷心情好，不想跟你废话。"孙兴衍侧过半张脸，故意不去看夜千茉，闷闷地喝起了茶。看到孙兴衍无可奈何的模样，不知为何，夜千茉就是觉得爽快，忽然嗤笑一声。宋宽却无两人的闲适，他看向刘天蟾，问道："刘兄，你可知道，沈会长何时归来？"这时孙兴衍放下了茶盏，同样慎重地问道："是啊！我还等着沈会长签章呢。"

"您还别说，我正想跟您说这事。"刘天蟾笑道说，"适才沈会长差人过来说，他刚刚归来，说要请我到府上一叙，商议我们柯氏核雕坊今后如何重建的问题。诸位恩人如果有空，可一道前往。"

这可真是天大的喜事。孙兴衍心里想着，自己的签章问题解决了。宋宽则心里想着，他终于可以见一见这位洞庭帮的会长，询问一些事宜了。

在刘天蟾的带领之下，三人一起去了位于舟山东南隅的沈宅。沈宅坐北朝南，七进五门楼，大小房屋一百余间，分布于街道三十丈长的中轴线两侧，方圆二十丈，相当气派。见到沈千里时，孙兴衍很意外。此人看上去瘦高，皮肤白皙，一身的书卷气，丝毫没有商人特有的圆滑和世故，甚至能从他的身上看到少见的风骨。

沈千里请孙兴衍三人入上座，又让仆人看了茶，方问起他们的来历。经过刘天蟾的一番解说，再加上孙兴衍的补充，基本上了然了全部情况，大家更是把柯百岁命案的经过也说了一个遍。听罢，沈千里无不哀伤地叹道："柯老是舟山有名的匠师，家门出此变故，在下深感悲痛。"言及此，眼眶已是湿润泛红。

众人纷纷默哀了须臾，又听沈千里说起，他刚从广州十三行回来，初步计划跟东印度公司合作，将舟山的工艺品卖到西洋去，在拓宽销路的同时，也想把中华文明传播到世界各地。这种思路，明显跟柯百岁的陈腐思想形成巨大反差。如果柯百岁在世，只怕要跟沈千里势不两立。不过在孙兴衍看来，这种审时度势的格局，倒是没有错。

当问及刘天蟾的看法时，此人也无异言，甚至认为一个时代有一个时代的任务，他师父一生都在捍卫核雕艺术的纯洁性，本没有错。可总要有人把这项技术传播到外面去，也总要让外夷之徒看到中华文明的博大精深。到了他这一辈，有责任去完成这个梦想。

一师一徒，半月不到，竟是两个天地。柯百岁在世时，柯氏核雕只传于华夏，休让蛮夷得了便宜；柯百岁去世后，徒弟掌管，那就是另一番情况了。

不过，这些都跟孙兴衍无关，毕竟这是人家的私事，他一个外来者管这些作甚，倒不如好好哄得沈千里盖了章，签了字，然后拍拍屁股走人。

事实上，孙兴衍也是这么干的，大家没聊几句话，他就绕到了自己的行商文牒上，软磨硬泡地让沈千里完成了签盖，收好以后就想走人。

这时沈千里提出，要跟宋宽单独说几句话。两人一道去了偏室，约莫过了半个时辰，他们才笑着走出来。夜千茉很好奇，宋宽究竟是何方神圣，为何官见了怕他，商见了也敬他？孙兴衍嚼着葡萄，一口喷出籽，漫不经心地道："这不干你的事，总之啊，一路上有他在，咱们啥都不缺。有吃有喝，有人保护，还有免死金牌。"说完嘿嘿笑了起来。

这番话，马上让夜千茉听出了弦外之音，不禁诧然问："你的意思，他是万岁爷的人？"孙兴衍差点儿被呛到，小声嘘道："姑奶奶，没证据你可别瞎说！他是谁不重要，重要的是，你少说话，咱们就少麻烦。"夜千茉听得懂，也觉得有道理，立即捂住了嘴巴不再说话。

三人告别沈千里后，原本以为会就此分别。至少，孙、夜二人目标明确，要寻找订单货物，虽不知道宋宽身负什么秘密，但也该去做他的事了吧？

哪里知道，当说起彼此的去向时，听闻孙、夜二人要去潍县寻访风筝大师，宋宽竟也表示要走一遭潍县。如果说来苏州是巧合，那么这次去潍县，为何还要跟着呢？他究竟是真的跟自己顺路，还是别有目的？

虽说有这家伙跟着，算个保镖，一路护佑，甚是安全。可不了解对方的意图，万一此人对自己不利呢，那就得不偿失了。经过种种的考量，孙兴衍小心翼翼地提出，要不大家分开走吧？宋宽轻轻一笑，也不说话，径直朝北走去。

花圃周围遍植着竹树，而竹树又被一片小溪环护，可见水色渺茫的平地水乡风光。这里中部有一水池，环一楼、一堂、少量亭轩，建筑极少。

园林西南隅是一座黄石山峰，沈千里站在山顶的北山亭之中，远眺着青石街上已走远的三人，面容复杂，不可捉摸。

这时刘天蟾一步一步拾级而上，近到沈千里跟前，小心行了个礼，道："沈会长就这样放他们走了，是不是太可惜了？"

沈千里没有回头，仍负手站着，挺直了腰板。刘天蟾摇头叹道："您应该早就知道了那个宋宽的身份。有他在，咱们的大业难成呐。"

"大业？什么大业？"沈千里忽然意识到不对劲，不禁转过了头。刘天蟾仍是一张掬着笑的面容，低低地道："您不是想跟东印度公司合作，打算把大清的艺术品卖给洋人吗？这还不算大业吗？"

沈千里哼道："原来是此事。"

刘天蟾嘿嘿笑了笑，马上驳道："不！也不全是此事，您难道不记得了，威尔逊先生曾来过，还想跟您开展更深入的合作呢！"

"你是说那件事？"

"不错。"

"你怎知我跟他的密谈？"

"我为何不能知道？"

谈话至此，沈千里忽然睁大了眼睛，诧然良久方才道："莫非，你已跟他……"一句话还未说完，刘天蟾已露出了阴邪的笑容。

沈千里刚要再说，忽听山峰之下传来管家老头儿低哑的声音："老爷，快……快走……"一把白刃穿透老头儿胸口，紧跟着又拔了出来。杰西卡再补一脚，老头儿受踹前趴倒地，瞪目而死。

杰西卡散开一条道，威尔逊从其身后走了出来。在那具尸体面前定住脚，俯视着微微一笑，然后朝山峰而去。

这时护院们手持木棍冲了过来，围成一个圈，似要把他们三人全歼。杰西卡和格蕾丝快而凌厉地解决完了所有护院，几乎没有给他们留下任何一个呼救的机会。

一场拼杀过后，只能看到萧索的院子里，鸟飞鸦叫，黄叶零落，外面的人不知里面发生了什么，还以为相安无事。威尔逊一步一步走上了山峰，迈入北山亭内。刘天蟾恭敬地避开一条道，引他来到沈千里的跟前。两人相望，各自眼中，都有故事。

"沈会长，我可给足了你机会，是你不珍惜，非要跟我作对！"威尔逊的话丝毫不留情面，显然是来讨一个结果。

"我说过无数次了,正常贸易,沈某人自然欢迎。可若是那件事,遗祸苍生,恕难从命!"沈千里的话很坚决,就像此刻他的人,直挺挺面对着威尔逊,临危不惧。

威尔逊冷抽了一下唇:"那就没有什么好说的了。"一挥手,示意身后的杰西卡行动。沈千里忽然伸手制止,打量了他们一眼,问道:"有些事,总要让我死个明白吧?"

"你想知道什么?"威尔逊问道。沈千里看向他,想了想才问:"柯百岁之死,究竟与你们有没有关系?"

威尔逊瞥了一眼刘天蟾,道:"你问他吧。"沈千里把目光转过来,刘天蟾换了一副自负自傲的面容,冷哼道:"实不相瞒,我早就想瓜分柯百岁的家产了,只因中间横亘着一群别无二心的师弟,还有一个唯命是从的养子,太过于棘手,所以迟迟未动手。"

刘天蟾神色一凛,看着沈千里迈前一步道:"后来,我想到了一个借刀杀人之计。首先,我揣测出柯百岁想把家产留给柯友刀,所以就算动手杀了柯百岁,偌大的家业也与我无关。若是先杀了柯百岁,再杀了柯友刀,只怕余下的师弟们会设法揪出真凶,家产最后落入我手里的可能性也不大——这些都不是好计谋。"

言及此,刘天蟾回过头,一双凶恶的眼睛里浸着诡诈和狡黠:"可如果借刀杀人呢?情况就不一样了。我先向柯百岁提出了所谓'以恨为爱'的教育方法,逼着柯友刀记恨柯百岁,之后再向柯友刀暗中传输柯百岁坏话,故意放大他的恨意,最好激怒成一股杀意。整个局势,那就完全不一样了。"言毕,一阵阴毒的笑声忽地响起,直听得沈千里浑身寒毛直竖。刘天蟾笑完,又道:"我明白,柯友刀是个聪明人,不会愚蠢到立即就痛下杀机,而是在等一个机会,寻找一头替罪羔羊。刚好,孙兴衍等人跟柯百岁大吵一架,柯友刀就利用这个机会杀了养父,再嫁祸给孙兴衍等人,甚至还把养父的眼睛挖去珍藏,行为病态又扭曲。哈哈!柯友刀越变态,师弟们就对他越痛恨,再加上大家本是从外地过来学技艺的,彼此都有回家乡发展之愿。如今师父去世了,大家也没有再待下去之意,势必会纷纷回归故里。整个柯氏核雕的产业,岂不全落入我的手中?"说到这里,刘天蟾右手握成铁拳,双目死死盯着自己的拳头。

这一段叙述实在遍布阴谋算计,纵是驰骋商海数十载的沈千里,也不免觉得血腥悚然。他道:"柯百岁就算死也不会知道,自己身边居然会有如此阴险狡诈的小人。"

刘天蟾仰起头,哈哈大笑道:"胜者为王,败者为寇。我如果不这样做,一辈子也休想有出息。可如果这样做了,拿下整个柯氏核雕的产业,再把你沈家的产业逐一兼并,到时你这个洞庭帮的会长之位,也要乖乖让给我坐!"

直到这一句话,沈千里才明白过来,刘天蟾早已与威尔逊同流合污。威尔逊知道说服不了自己与他合作,于是就想扶持刘天蟾取代自己。

"好啊!你们两人狼狈为奸,不仅算计了柯百岁,也早已把我算计进去了。"沈千里向后退了一步,阴郁着脸指着他们说道。整个舟山除了他之外,只有柯氏核雕有号令各大商号的威信。沈千里如果不幸离世,柯百岁也意外死亡,洞庭帮会长之位,只要小施谋断,自然落入刘天蟾的手中。到时威尔逊的诡计,岂不是轻而易举了?

一念及此,沈千里只觉胸口有烈烈火焰在燃烧,刺痛之感瞬间遍及全身。遥想先祖沈万三,因为被人诬告赘女婿顾学文与蓝玉通谋,立时变成大案。不仅顾学文的父亲和兄弟被杀,就连他的妻族,包括沈万三的儿子沈旺在内的一大批人,也都被屠戮殆尽。沈氏家族,自此凋零。

回首那些遥不可及又近在咫尺的往事,沈千里猛然惊觉。一场荣华富贵背后,也许牵动着太多利益和权势的博弈。人这一生,谁也无法在富贵场和权力场之中游刃有余。到头来,博得个寿终正寝,只怕都算好的了。

可仰望着早已沉落的夕阳,沈千里心里还是塞满了种种的不甘。他并非是不甘于家财败落,而是觉得自己被一个外夷人算计,实在是无颜面对列祖列宗了。

"泱泱华夏,悠悠千古。生亦何欢,死亦何苦啊!"沈千里那双肃杀凛冽的眼睛里,缀满了悲楚,字字都是无可奈何。今日局面要想安全脱身,只怕已无可能了。思及此,他一阵凄苦大笑过后,忽然纵身一跃,朝着山下跳了下去。

第二十二章
纸鸢盛会

1760年6月2日

黄帝纪元四千四百五十七年

高宗 爱新觉罗·弘历 乾隆二十五年 农历庚辰年 龙年

庚辰年 四月小 十九日

庚辰年 辛巳月 癸巳日

宜：祭祀 沐浴 安床 纳财

忌：打猎 放飞 明火 祈福

这座山峰十余丈高，肉身若坠下去，必成为一团血泥。杰西卡本想上前拦住，反被威尔逊伸手制止。杰西卡不解何意，威尔逊走到沈千里一跃而下的地方，俯视着下方那一团血肉模糊的尸体，冷笑道："这样不更好吗？沈会长不小心失足坠亡。"

众人明白了他的意思，纷纷表示高明。如果动手杀了沈千里，只怕还要设计一些死因，易出漏洞。可如果他跳山而死，那就容易裁定了，分明就是失足摔死的嘛。刘天蟾思索片刻，问道："不知接下来，您有什么打算？"威尔逊双手压在手杖上，轻轻拍打，微微仰着头道："你的会长之位，我已基本上拿下了。只要有钱，有权，这都不算事。当然了，我也说过，我们的计划，我要把它做大！所以，但凡是碍路的杂草，能割就给割干净，割不动的，连根拔起。这些事，你心里清楚，我不必多嘱咐。"刘天蟾低头称是，毕恭毕敬。威尔逊顿了顿，银色的诡笑面具微抖，又道："眼下十大商帮已拿下其中两大，还剩八个商帮的会长。这些人，我要慢慢地玩。除此之外，我还要把那些素有绝技的手工艺人统统收入门下。谁若不从，谁就只能等死喽。"说着，伸手抓起一片落叶放在掌心，轻轻一吹，叶子飘飘然飞了起来，一路飞向了正北方。

四月十九日一大早，卯时刚过，一条自南而北的黄土大道上还无行人走动。一辆马拉轿车正徐徐碾过，而坐在前面赶车的正是孙兴衍。

这辆轿车是孙兴衍花二十两银子购置的，主要为了运输货物。车厢是木制弧形顶棚，顶部铺竹制席盖，用于防风隔热。

席盖外包一层车围子。一般而言，赤色为女眷，蓝色为男子乘坐。购车时，夜千荣非要买一个大红色围子，自觉那样才好看。孙兴衍说钱是他出，车围子就该他说了算，一口咬定蓝色。除此之外，他们还购置了冬天用到的厚绒布车围子、夏天用的轻薄绸缎围子、雨天用的油布防雨围子。由于是第一次买车，夜千荣心情相当愉悦，一遍又一遍抚摸着车篷罩披镶的花边，就像她是这辆马拉轿车的主人一般。

过了前面的界牌，马上就要抵达徐州。徐州地形以平原为主，平原总地势由西北向东南降低，中部和东部存在少数丘陵山地。

马车行至云龙湖附近时，但见东面是郁郁葱葱的云龙山，西面是高低错落的韩山和天齐山，面南望去还能看到一抹绵延黛色的泉山和珠山，可谓是三面环山。

当年苏轼任徐州知州，时从宾佐僚吏游览云龙山和云龙湖。众人站在山上或湖边，放眼远望，一片洼地，犹如一条荒草丛生的大沟，其沟三面环山，一面临城。

苏轼在《答王定民》诗中写道："笔踪好在留台寺，旗队遥知到石沟。"台寺是台头寺，石沟就是云龙湖。

孙兴衍紧紧一拉马缰，马车缓缓地停了下来。他把马鞭抬手一扔，刚好掉入车辕上捆绑的插筒，然后卸下两辕之间横搭的一脚凳，踩着凳子下了马车。

"喂，小奸商，你做什么去？"夜千茉掀开车围子，探出来半个身子。孙兴衍扭了扭腰带，几乎看也不看她，急不可耐地道："我要去放水，你在这里等我。"

听到"放水"二字，夜千茉低头一笑，脸色微红，只敦促他速战速决。眼看着孙兴衍跑入了草丛之中，她才下来马车，自车厢前车盘子之下抱出一个小箱子。这个箱子原本用于放置茶具或烟具，而今被她用来放置一些吃食和胭脂水粉。

夜千茉打开箱子，一个个小木抽屉里放置着花汉冲的护肤美妆产品，诸如滴珠宫粉、银珠油等赫然在列。平日里，夜千茉都是一副男子打扮，谁见了都会以为是个十七八的瘦小伙子。可自从跟孙兴衍结伴出行以后，她忽然也在意起自己的形象。

就像几日前，他们一块儿去买车。车行东家笑着调侃，他们小两口儿是不是要出远门。虽然夜千茉挺直了身子，竭力反驳这种可能，但心里却是为之一喜。

她其实并非不想做回一个女子。只是兄长告诉她，女子要守规守距，遵循三从四德。她向来是反感极了，所以不如一身男子打扮来得快乐。

今日不知为何，她忽然极想做回一个女子。她把瓜皮帽摘下，把棕色的大褂脱下，然后换上一件藕色纱衫，青纱裙子，穿上一双宝蓝缎绣花厚底弓鞋，又梳了一个燕尾头。

孙兴衍放水归来，忽见车厢前背对着自己，站着一名妙龄少女，不禁呆住了。女子身形曼妙，微微向右侧着身子，逆着光在温柔地梳理乌黑的发髻。即便没有看到面容，只是见到那白皙如奶洗的纤长脖颈，就已是如见仙女出浴，心下猛然大跳。

夜千茉回转过身，嫣然一笑道："怎么？不认识我啦？"虽说孙兴衍知道此人就是夜千茉，可那笑靥生春、娇媚无匹的模样，到底是让孙兴衍为之一颤。

一个野里野气的市井小贼，怎么会忽然变成一个仙女，这让他万万不敢想。更不敢想之处，夜千茉褪去了平素的拿腔作势，反而多了女子的温柔和娇媚，实在是变了一个人。

"你……你今天受什么刺激了？"孙兴衍也不知该如何回答，只是支支吾吾地蹦出这么一句话。夜千茉把梳子放回小箱子，又把一层层小抽屉推了进去，然后才道："我本是女子，就算伪装得再像男子，一经明眼人看出，兴许会招惹麻烦。咱们一路上风波不断，还是小心谨慎些为妙。"

这话却也有理。两人每过一处地方，都要经受入城排查。如果夜千茉一直是男扮女装，万一被守城官兵瞧出端倪，只怕会疑虑他们身份有异。她换回了女装，两人倒也可以扮一次小夫妻，兴许可以解决很多麻烦。

孙兴衍这边正想着，忽听一阵马蹄声哒哒而近。两人神色一紧，齐齐看向身后。一匹黑马奔腾将至，马上之人，身穿马甲，洒绣滚脚套裤，马鞍一侧挂着一把宝剑。

"孙兄弟，夜姑娘，咱们又见面了。"宋宽在两人跟前一勒马缰，那匹高大的黑马立即抬起马蹄，险些踢到孙兴衍的面前。

经此一吓，孙兴衍骇然退了两步，一脸的厌恶恼恨。宋宽冲他微微笑了笑，翻身下马，目光在夜千茉身上微顿。他没有料到，这个独来独往的女飞贼，精心打扮过后，倒也是个眉目如画的俏女子。

眼看宋宽眼神不对劲，孙兴衍连忙冲到夜千茉跟前，就像一座大山把她完全遮住，生怕被宋宽看了去。

"宋兄，你不是说有事要处理吗，这么快就处理完了吗？"孙兴衍扬起下巴问道。宋宽低头一笑，道："处理得差不多了，但还有些事，我要急着去潍县一趟。"

"说来说去，咱们又同路了？"孙兴衍对宋宽一直是顾虑重重。他既想利用宋宽这个钦差的身份，一路骗吃骗喝，享受高官接待。可又怕他管东管西，影响自己发财。

而今见宋宽看夜千茉的目光不纯，顾虑就更甚了，于是又道："宋兄，你骑马而来，脚程很快。如有要事，最好立即赶去处理。咱们虽顺路，但我俩的马车太慢，一起行去的话，只怕会耽搁你的大事。"

这话外之意，分明是不欢迎他。不过，宋宽倒不计较这些琐事，他手里还有更重要的任务处理，于是上马，面朝两人一抱拳道："在下本想与二位同行，实在有要务在身，只得先走一步。咱们潍县见。"随即，一打马鞭，扬长而去。

尽管遣走了宋宽，但孙兴衍并未觉得心情舒坦。据他所知，钦差大臣沿途交通主要靠驿站提供的驿马，还有随带司员等一并驰驿前行。

这个家伙为何独来独往，一个司员也没带？只怕这里面有点儿蹊跷。这忽然让孙兴衍想起，康熙四十一年九月发生的一桩案子。

当时镇筸生员李定等叩阍，奏红苗任意杀掠，总督、巡抚讳匿不报。康熙帝诏侍郎傅继祖、甘国枢，浙江巡抚赵申桥驰驿前往湖南察审。

此后从康熙爷到雍正爷，凡是各省遇到大案，一旦上达朝廷，必定会遣钦差大臣查办。这些钦差大臣出京时，兵部都会进行勘合，也就是验证一些准许驰驿的符契。

兵部还会奉旨咨行地方督抚，督抚即转饬首驿，州县递驿，迎送钦差随员和仆从，照例均需乘驿马而驰。如果各地官员迎接不当，将会受到朝廷严惩。

乾隆五年，四月，御前侍卫明赫从泰山进香回京途中，经过营汛，墩房坍塌，未见有兵丁守驿。回到京师以后，明赫把这件事汇报给皇帝。乾隆立即下令巡抚等人审明覆奏，巡抚称，当时守卫兵丁，因为看到明赫乘马驰行，不及身穿号衣，站班伺候。

这种托词让乾隆帝异常愤恨，训斥道："岂有明赫业已到境，而汛兵[1]尚未得信之理？"于是革去巡抚之职，拔去花翎，加恩降为三品卿衔，即予休致。

除此之外，朝廷严令禁止钦差需索地方，所以钦差每过一站，应该取地方官印结，注明"照例供应夫马，并无额外多索"字样，县未出结，便不敢行。这主要是因为一旦需索，就会受到严厉处分。

以上种种都能说明，一个钦差大臣奉皇命南下查案，至少要有司员陪同，还要有一定的迎接规矩。如果宋宽是钦差大臣，为何他既没有司员，也没有下属官吏迎接呢？就算他不亮明身份，兵部应该早就把消息下达各地方了吧？为何地方上似乎并不知道有钦差驾

---

1 汛兵：防汛的士兵。清代屯戍和巡防各汛地的绿营兵，称为汛兵，由千总、把总、外委直辖。

临呢？这里面究竟藏着怎样的秘密？

一念及此，孙兴衍猛然惊觉，这个宋宽的身份只怕并不简单。而今白莲教和洪门等异端组织四起，此人谎称钦差，另行他事，也未可知。总之，一路上还是小心为妙。

孙兴衍和夜千茉简单吃了些东西，赶着马车北上枣庄。一路穿过滕县、邹县、兖州、泰山、历城等地，经转淄博，顺利抵达潍县。

这一路上，他们购置了许多清单上的货品，原本宽裕的车厢，渐渐连夜千茉也塞不下了。孙兴衍这时想起，也该请一个镖师把东西护送回广州了。

不然东西越积越多，只怕途中有个闪失。刚好他们到达潍县时，听闻当地百姓说起，县西南有一家镖局，唤名王遂镖局。该镖局创始人名王遂，早年客居京师，为人佣仆。

其人力大无穷，单手可举起大栅栏关帝庙前重达五六百斤的石狮，跃上一丈多高的墙垣，人称"神勇"。年少之时，他曾在燕、赵为盗。他劫道有一个规矩，先把铃铛系于箭杆，去掉箭镞，跃马郊外，伺机劫道。

一旦看到客商车队路过，立即射出响箭，以锵鸣之音警告车队。行道客商，一遇劫道，都倾囊献赀以保全性命。后来王遂因与同辈人起了龃龉，弃去强盗身份，回到家乡潍县，开了一家"王遂镖局"。

两人赶马车至镖局门口，迎面看到一座高大齐整的门口，条砖砌筑，硬山顶装有脊饰，额枋处有精美木雕。两扇板门涂刷黑漆，还未入院内，就已感觉到肃穆之气。孙兴衍下马向门子说明押镖事宜，一名门子把马车牵去后院，另外一名门子引领二人进了院内。

首先映入眼帘的是一面内照壁，正面中央是一个赤红大"镖"字。照壁前有一辆极具镖局特色的独轮车，两侧各有一木箱，各插一面写有"王镖"的旗子。

夜千茉是飞贼出身，极为关注屋顶和外墙四周。她发现，这些地方设置了"更道"，并有台阶通往建筑的屋顶，用于防御和巡逻。

东部厢房之外，还有一道围墙。围墙与建筑之间用土坯填实，上铺青砖，作为"更道"。另外，所有檐口位置设置了铜铃。只要有人翻墙进入，就会触动这些铃铛，从而达到警报之音。

"哪位兄弟要押镖？"一阵浑厚有力的声音先飘了过来。随着声音渐渐逼近的，还有一群镖师铿锵有力的脚步声。他们具是赤裸上身，满是腱子肉，穿着青布衫裤。

镖师们走到孙兴衍和夜千茉跟前时，忽然缓缓朝两边散开。人群之中，现出一名中年男人。只见他上身是灰色粗布短褂，足蹬缎靴。

尽管个头不高，但肌肉极为结实，尤其左脸上一道暗红色的闪电疤，可一窥这位镖师当年的腥风血雨。

孙兴衍看得出来，这位左脸留着闪电疤的男人，必是王遂无疑了。于是踏前一步，拱了拱手道："王师傅，久仰大名。"

"你就是从广州来的商人孙兴衍孙兄弟？"王遂比孙兴衍矮半

头,所以跟他说话时,必须仰起头来看他。

孙兴衍适当地弓下腰,尽可能与王遂保持同一个高度,嘿嘿笑道:"不错。在下正是粤商孙兴衍。我这里有一批货物,急需您护送回广州。当然了,在护送之前,我还要去一趟杨家埠,订购一批风筝。待到那批风筝也到位,一起押送过去吧。"

"好说好说。"王遂双手负在身后,迈开步子走到孙兴衍一侧。他略微想了想,这才开口道:"从潍县到广州,那可是横跨了大半个国疆。这价钱,可不低。"

"只要您按时送达,价格不成问题。"孙兴衍早已摸清。从潍县到广州,约莫四千里路,要走一个月。这价格折算下来,顶多一百八十两银子。虽说价格高昂,但全由郝华德垫付,他只需开个票具即可,也就不觉得心疼。

由于初到潍县,孙兴衍和夜千茉并不熟知本地的风土民貌,刚好想找人讲说一番。王遂既然在此土生土长,倒是很好的了解窗口。

商定完押镖事宜后,王遂请二人进屋一叙。彼此签订了契约,又把定金付了,这次押镖任务才算告捷。鉴于已至午饭时间,王遂为尽地主之谊,差人去鸢飞客栈,请了当地最顶级的厨师。

过不多时,一张枣红八仙桌上,就摆满了丰富的菜品。荤菜可见琵琶鸭、芝畔烧肉、临朐全羊、红扒羊头等,主食有鸡鸭和乐、肉火烧、马松饼等。

孙兴衍一路都在赶车,实在太饿,风卷残云吃了个饱足。王遂用草纸夹起一个精肉火烧,啃了半口,一股热气从饼里喷出,肉香味扑面而来。

"孙兄弟,潍县名吃朝天锅还没上呢,你怎么就吃饱了?"王遂又咬了两口肉火烧,肉汁顺着焦黄的面饼流了出来。他赶紧把大嘴凑过去吸了吸,很满足地闭上眼,享受这一刻吃食的美妙。

夜千茉不太喜欢满桌的荤菜,反倒对朝天锅极为好奇,就问朝天锅是不是支起一口大铁锅,在里面放满炖菜——这似乎是她对北方最直接的印象了。

听到这里,王遂乐呵呵笑了起来,道:"夜姑娘,你这就有所不知了。所谓朝天锅,乃是用鸡肉、驴肉煨汤,以煮猪下货为主。面饼要烙得薄而软,放于茅囤子备用。吃的时候,你把喜欢的肉卷到面饼里,就着小料吃。这小料也很讲究,葱段要切得长短一致,咸菜疙瘩要用秘汁腌制调好。对咯,还要喝一口鲜汤。这鲜汤配以葱末、香菜末、醋、胡椒粉和辣椒面等小料,一口下去,别提多么受用了。"

这边刚说着,两个仆人已把朝天锅端了过来。一个茅囤子里放热腾腾的面饼,一个放各类猪下货,余下是几碗小料和一大碗鲜汤。夜千茉按照王遂的提醒卷好饼,先吃了一口,只觉清香扑鼻,再用瓷勺舀起青绿的汤汁送入嘴里,一种前所未有的暖意袭遍全身。

"王师傅,我来这里也不全为了吃。您能不能说一下,这潍县都有哪些手工制品,我也好了解了解,下次购置到广州十三行售卖。"孙兴衍卷了一块饼,咬了一大口,咀嚼着嘴里的美食说道。

王遂放下手里的肉火烧,用草纸擦了擦手上的油,笑道:"扑灰年画，孙兄弟可曾听过？"孙兴衍摇了摇头，一脸的闻所未闻。王遂道："这种年画起于明时，作画之前，艺人先打腹稿，并用柳木炭条起线稿，再用画纸在线稿上扑抹复印，一稿可以扑数张，于是便有了扑灰之名。此画最讲究手绘的技法，大涮狂涂、细心巧画、描子勾拉、粉脸、涮手、赋彩、开眉眼、勾线、涮花、磕盐菜花、描金、涂明油等一整套工序下来，才能画出一张漂亮的画。除此之外，高密剪纸、临朐奇石、杨家埠木版年画、聂家庄泥玩具等等，简直数不胜数。不过，"言及此，王遂神秘一笑，道，"这些都不是最顶级的手工艺品。"

夜千茉讶然变色，以上精湛的手工艺品，早已让她叹为观止。难道最高明的手工艺品，竟比上述提到的还要厉害不成？

"您是想说，杨家埠的风筝吧？"孙兴衍问道。王遂抬起头，无比自傲地道："古人云：南苏州，北潍县——这已人尽皆知。古人又云：二百支红炉、三千砸铜匠、九千绣花女、十万织布机——那也并非浪得虚名。由此可见，潍县乃集天下能工巧匠于一处。"说到这里，王遂顿了顿，又道："孙兄弟应该听说过，风筝古称为鸢，而潍县又名鸢都，可见其风筝的影响力。一个风筝若想扎好，需要用到多种技艺，手法极为繁复。放眼天下，唯有潍县白狼河沿岸的杨家埠村匠人的手艺最为精到。"

孙兴衍道："这些我早有耳闻。我还听说，每年四五月间，这里还会举行民间或官办的风筝赛会，就连许多外地的风筝商贩和风筝艺人也会慕名而来。"

王遂点了一下头，道："不错。哦，对了，明晚在白狼河畔将会举行一场纸鸢会，届时潍县八大风筝家族要争一个'纸鸢世家'的名号，你们可以去看一看。"

　　虽说潍县杨家埠村的风筝远近闻名，但除杨家之外，潍县还有李、赵、刘、王、段、马、谢七大制风筝家族。当然，这其中要属杨家风筝扎得最好，同时也最奇诡。

　　王遂说起，今年的风筝比试极为罕见，并非正当的风筝扎制技艺切磋，甚至还会决生死。这话太不能让人理解了，风筝比试就风筝比试，怎会还涉及人命呢？

　　王遂见他们都是从外地而来，不太了解潍县的情况，于是侃侃而谈道："这你们就不知道了。事情要从三个月前说起，那时山东巡抚王恺之给万岁爷敬献了一架龙凤纸鸢，万岁爷很是欣赏，就写了一幅名为'纸鸢世家'的匾额赠与制造者。"

　　"可是，那架风筝是由八大家族合力制作而成，御赐匾额交给谁都不妥。于是，王恺之询问万岁爷，当如何处置。万岁爷表示，潍县每年都举行纸鸢会，今年纸鸢会的胜出者，便有资格拥有此匾。"

　　"王恺之自京师回来后，将此事交给了潍县县令谢安办理。谢安不敢怠慢，一字不差地传达了圣意。八大家族合计完，认为有必要拼死夺匾。毕竟，谁如果拿到了万岁爷御赐的金匾，谁家便是天下无二的纸鸢大家，其他家族怎还有生存空间？他们全是自负绝技的匠人，绝不肯服一点儿的软。与其被折磨而死，倒不如痛痛快快地为绝技而死。"

说到这里，王遂垂下头叹了口气，道："这是一种我们普通人难以理解的匠人精神，就像战国时的侠客赴士之厄困。因而，他们定下了一种奇特的比试方法——载人放飞。"

"你的意思是说，风筝上载人？"夜千茱张大了嘴巴，说出了一个从不敢想的揣测。王遂道："是啊，每架风筝上都装有武器，既可用于表演，也能用于进攻。他们比试之前，都会签下生死状。是死是活，各安天命。"

在匠人们眼中，匠技便是一种至高无上的信仰，他们可以不要命，但必须保证信仰不被玷污。太多匠人都愿意为绝技而死，就像古人愿为信义而死一样。此种气概和魄力，一般人断难体会。想到这里，孙兴衍苦苦一笑。这种匠人精神，他似乎比常人要更易体会。

这日夜里，孙兴衍和夜千茱住在了王遂镖局。次日一早，两人去杨家埠订购了十几架筒子风筝，经几个镖师的襄助，顺利用马车拉回了镖局。

孙兴衍又清点了一下所有货品，确定全已订购齐全，表示过一日就能走镖了。王遂向他担保，六月初之前，必定把东西安全送达他的牙行。

孙兴衍致了谢，即时离开了镖局，并决定带夜千茱去看当晚的"纸鸢会"。由于时间还早，两人沿着白狼河游历了一番，吃了些当地小吃，才于黄昏时分赶去杨家埠。

此时杨家埠的广场上人山人海，摩肩接踵，几无空隙。走近了看，倒是能分辨出哪些人携老扶幼，哪些人是妇女公子，哪些人又是商摊小贩。

风筝比赛的地方设置在白狼河附近。那里有一片绵长无际的青草地，四周并无建筑，也不曾植树，就是为了每年的放风筝比赛。

随着黄昏渐渐退去，赤红的云霞一点点被黑幕遮住。四面八方，一片漆黑。过不多时，广场周围的一根根火把、一盏盏灯笼全亮了起来。皎洁的月光照在这片本就明朗的地带，更显得明亮如昼了。

一些商贩看到了商机，今日凌晨就推着木板车过来摆摊。为了方便顾客看到吃食，他们在木板车旁边的竹竿上挂起了油灯，一片亮光笼罩着精美的包子、肉火烧、糖葫芦、扒菇、炸串、烤串等食品。就算远隔两三里之外，也能闻到裹着油香的各色肉味。

孙兴衍拉着夜千苿，沿着人海挤了又挤，希望赶到前排观看比赛。不过于夜千苿而言，看比赛重要，吃美食也重要。她买了一把糖葫芦和两袋炸串，打算边吃边看比赛。

"孙兄弟，夜姑娘，我们又见面了。"听到这阵熟悉的声音，孙兴衍无须揣测，就知又遇到了宋宽那尊瘟神。夜千苿回过头，嘴里撸了一口炸串，只见宋宽双手抱剑，一脸微笑地朝他们笔直地走来。

"宋兄，只怕你到这里，已多时了吧？"孙兴衍迎上前，笑着问道。宋宽点头道："不错，我来了已五日。"

"啊？你就算骑马，也不可能这般快吧？"夜千苿嘴里咀嚼着美食,有一搭没一搭地问道。她哪里想过,自己跟孙兴衍紧赶慢赶,一路上不是吃吃喝喝,就是去购置货物,自然无法与宋宽连夜奔驰相比。

"别说你们不是赶马车,就算骑马,也会比我晚一日。"此话并非吹嘘。宋宽的马是一等一的汗血宝马,产自土库曼斯坦科佩特山脉和卡拉库姆沙漠的阿哈尔绿洲。经过三千年培育,此马早已是世上最古老的马种之一。奔速极快,一匹可抵达普通马三匹。

三人这边正说着,忽见广场空地上渐渐聚集了八大家族的匠人们。大家在各自的区域组装起各自的风筝,随时等待官吏下达放飞指令。

放飞广场的正北方,谢安及潍县众官僚分尊卑长幼,一字排开坐定。他们面前摆着一张张方桌,桌上放置着瓜果茶点,随时有婢女过来添茶换食。

这时,一名衙役跑了过来说,子时已到,可下令放飞了。谢安这才站起身来,远眺着前方停顿了须臾,忽然一抬手。那个衙役立马明白过来,手里的铜锣用力一敲,一阵刺耳的声音飘向远方的同时,一阵尖亮的大喊声也响了起来:"起飞!"

杨、李、赵、刘、王、段、马、谢家族的匠人们,十余人为一组,各自牵拉着自家的放飞绳,一步一步快速飞驰。不久后,八架风筝缓缓地升了起来。这些风筝全为巨型毛竹结构,大的一百丈长,三十丈宽;小的也有八十丈长,四十丈宽。

每架风筝无论是从竹料选材、卯榫设计、绸绢粘糊等技艺,还是从颜料选用、手工绘染、挂线试飞等工艺，几乎都是精益求精。

既有艺术上的夸张与色彩斑斓，也有真实而富有质感的写实性。仅就竹料的选材，就要严格规范到贮青、去油、劈分、浸泡、打磨等步骤。任何一个步骤出现缺失，竹子的弯曲环绕感，以及风筝的坚固性都会大打折扣。

这八架被放飞的大风筝，全部取材于神话传说里的八大妖兽。每个妖兽都凶恶万端，仿佛它们的诞生，就是为了迎接这一次拼命的搏杀。

一架腹心挂着"赵"字灯笼的异兽水麒麟，率先冲于前方。此妖兽马身龙头，生于蛮荒万载寒潭，性喜吞噬妖物，能御万水，可慑群妖。这边刚平稳驰行，一架挂着"李"字灯笼的异兽九婴紧追不舍。这是一头狮身蛇头的九头怪物，既能喷水又能喷火，诞生于北方深万丈、阔千里的凶水之中。

雄踞第三的是腹心挂着"赵"字灯笼的异兽应龙。此物为龙中之精，故长出了长翼。传闻是黄帝的神龙，讨伐过蚩尤。名列第四的是腹心挂着"刘"字灯笼的异兽鲲鹏。由于鲲鹏生得硕大无边，刘家便把鲲鹏做成了长出双翼的巨鲸之状，倒也应景。

第五名是腹心挂着"王"字灯笼的异兽夫诸，形似白鹿，但有四角，表面温和，实则凶恶。所到之处皆为水患，可怕至极。第六名是腹心挂着"段"字灯笼的异兽赤鱬，人面鱼身，音如鸳鸯，生活于即翼之泽，食之可治百病。

以上六家妖兽风筝互争高低，排名情况一时多有变化。唯独腹心挂着"马"字灯笼的异兽冉遗鱼很是奇怪,似乎有意避开密集的竞争地带,一头扎入黑暗无边的远方。此物蛇首鱼身,生有六足,目如马耳,形状奇诡。随着它的远去,风筝上的光芒也在渐渐消失。

六家大风筝一边比斗一边争速之际,一架腹心挂着"谢"字灯笼的异兽鲛人直冲入各家交汇之地。这是一个人面鱼身的妖兽,不仅有手有足,而且啼声恍如婴儿。虽然鲛人面容和善,但攻击力强盛,箭矢激射,火焰喷吐,样样在行。一时之间,原本黑暗深邃的夜幕,此刻已是妖兽遍布,风云变色,就像一场旷世大战即将来临。

各架大风筝边沿都垂挂着各色灯笼,每架风筝的色系也都有所不同。水麒麟是深蓝色系、九婴是深棕色系、应龙是暗金色系、鲲鹏是墨绿色系……

不过,各大风筝的主打色系普遍阴森,光芒笼络风筝全身以后,无形间衬出奇诡狰狞的妖兽模样。不仅妖兽的轮廓棱角分明,甚至一根根毛须也分毫尽现。

一开始,各大风筝是比较温和的竞速,随着竞速的方式越来越野蛮。九婴率先喷吐一口烈火,碗口粗细的火柱烧着了鲲鹏的后翼。

不过是眨眼的工夫,鲲鹏浑身就遍及大火。那些乘坐鲲鹏的匠人们,一个个从大风筝上掉了下去。忽听砰砰几阵巨响,无一例外摔成了肉泥。

那条牵拉鲲鹏的粗长麻绳被引着火后,就像大火龙飞速奔向地上三十余名牵拉者。大家见火势不妙，四下寻地方逃走。鲲鹏因无人牵拉，迎风而去，越飞越高，一头冲向了云霄深处，奔入了本该属于它的仙界。只可惜，这个世上没有仙境。就在鲲鹏飞到人们还能捕捉的高空时，忽然炸成一团蘑菇火焰，一颗颗火球朝着四面坠落凡间。

刘家族长刘德才见心爱的鲲鹏化作飞灰，一时恼怒不已，本想怒骂李家诡诈多端，暗生奸计。可由于彼此签了生死状，白纸黑字言明，一切事故各安天命，也只好强忍不发。

李家族长李生单手背后，站在牵拉风筝的绞盘前，不经意地冲刘德才阴冷浅笑，仿佛觉得这一切都在预料之中。

第二十三章
诡计空间

1760年6月2日

黄帝纪元四千四百五十七年

高宗 爱新觉罗·弘历 乾隆二十五年 农历庚辰年 龙年

庚辰年 四月小 十九日

庚辰年 辛巳月 癸巳日

宜：祭祀 沐浴 安床 纳财

忌：打猎 放飞 明火 祈福

九婴一共有九个头，就像《西游记》所记载的九头虫，打死一头，还有一头。如今七大家已折损一家，还有六大家，他完全有信心胜这场局。

这时，忽听刘德才冲天高喊道："烧得好！烧得好啊！"李生预感不妙，不禁抬头朝天上看去，忽见夫诸射出九条火箭，直直刺中九婴的九个蛇头。

九个蛇头先是静滞，骤然间，一个接一个的蛇头惊天爆破，随后是整个狮身的爆炸。一团被火光照亮的蘑菇云，轻缓缓地扩张，无数的火球从蘑菇云里弹飞出来，向着四面八方跌落。风筝九婴的腹心有九个操作员，这下全部葬身火海，无一幸免。

李生诧然之余，怒火中烧，伸手指向不远处的王家族长王鹤立，大声咒骂道："王鹤立！你不守赛约，施以毒手，此番比赛，我李生第一个不服！"

王鹤立是个大腹便便的老人，个子不高，脸滚圆，但看上去很有气势。他不屑地看向李生，冷冷地道："李东家毁了刘东家的鲲鹏，怎么不说是施以毒手呢？这下反过来咬定老夫。莫不是恶犬被逼急了，见谁都咬？"

李生向来不吃亏，大手一挥，招呼弟子们去教训王鹤立。众人持棍拿棒，刚要一起迈步行动。大弟子忽然揪了揪李生的衣袂，示意他停下脚，抬头去看。

一张宛如涂了黑漆的夜幕之中，段家的赤鱬不知怎么回事，忽然失去了方向，急速撞向了王家的夫诸。两大风筝上的灯笼被巨大的冲撞力挤破，引燃了毛竹和绸绢。

霎时光芒万丈，两大风筝化作两颗火球。一前一后的剧烈爆炸声过后，夫诸和赤鱬纷纷化作无数火焰坠落下来，也分不清哪些火焰源自夫诸，哪些火焰源自赤鱬。

杨家的水麒麟成功避过乱溅的火球，径直北去，并不断喷射火束。这些火束击中了谢家的鲛人。鲛人飞速下坠，但在落地前射出一支火箭，刚好点燃了水麒麟身上的绢布。

水麒麟里的五名操作员连忙去扑火，早已不去管什么进攻。如果此时耽搁了扑火，不出两刻，就会全部烧着，到时无敌人进攻一样自毁。

赵家的应龙见机会来了，又朝水麒麟发射出两支火箭，分别击中其左右两翼。水麒麟再无招架之力，急速俯冲而下。刚坠入白狼河的刹那，一阵爆炸轰然震天，仿佛哪吒的混天绫搅动了东海龙宫的海水，一浪高过一浪的水花朝周围冲过来，击倒不少附近的看客。

这场激烈地斗争过后，天空暂时归于安寂。因为杨、李、刘、王、段、谢六家的风筝全部败北，只剩赵家的那架大风筝孤傲地盘旋，仿佛宣告着自己就是最后的胜者。

赵家族长赵正朝四周的乡亲们一抱拳，行了几个礼，最后又朝其他家族的族长也行了礼，说了句承让，便要去招呼弟子们去收回风筝。

夜千苿仰望着天上的那条应龙，有些悻悻地叹道："这场比赛，就这么结束了吗？虽然惊心动魄，可总觉得少了点儿什么。"

"不错，确实少点儿东西。"孙兴衍双手抱臂，浓眉紧锁，笔直站着，盯着西南隅，似有深思。夜千苿也看向他看的地方，困顿不解地问："少了什么？"

"马家。"孙兴衍的字很凝练，夜千苿听到这两个字时，立时也有了惊怵之感："没错！刚才打斗实在激烈，不少风筝爆炸，然后急速坠落，我们看得太认真了，竟是把八大家族的分布情况给忘记了。如今，杨、李、刘、王、段、谢六家已败，只剩了一个赵家，其实还有一个马家。赵家定是以为，天空中只有自家的风筝灯火通明，便只是自己胜了。殊不知，真正的对手就隐藏在黑暗里，到现在还没有现身。"

孙兴衍没有回答，仍是盯着西南方向。宋宽踏前一步，将手中长剑朝那个方向一指，微微笑道："孙兄莫非一直在关注马家？彼时，我们都已被适才的火斗所吸引，而你却盯着那个不起眼的马家风筝，一点点看着它隐匿，甚至消失。"

无人应答，只是看到孙兴衍的目光，时而西转，时而东偏，时而移往西北，时而又到了东南。谁也不知道他在看些什么，因为他所面向的地方只有一片漆黑。宋宽马上明白过来，他这是在死咬住马家的风筝，一瞬间的走神，也许都会错失目标。

马家风筝一开始没有参战，甚至用黑布遮住形迹，就是在等乱战过后，大家还未从惊险的场面中缓过神，还没察觉到它的存在之际猛然袭击。这一击，不仅有偷袭之效，还能轻而易举地拿下纸鸢大会的头筹，可谓一箭双雕。

"不好！它要行动了！"孙兴衍终于开了口，与此同时，大声对赵正喊道，"快拉牵引绳，朝东南隐蔽！"

这阵声音虽足够大，赵正也听得清楚，可并没有放在心上，以为是年轻人的口无遮拦，仍让下属们正常收拉引线。

孙兴衍见状，再次拔高了嗓门道："马家冉遗鱼！小心！它要攻击了!"

如果说刚才的提醒,并未让赵正认清危险,那么现在,一经推算过后才想起来,原来马家的冉遗鱼还未出现过。

赵正面容失色的同时,转而看向马峥。

这个留着山羊胡,穿着挖云镶边马甲、洒绣滚脚套裤的瘦高男子,右手揪着胡须,一脸坏笑地看着他。良久以后,此人忽然向天空指了指。

看来要有大事发生了!

赵正忽觉不妙,立即下达命令,吩咐绞盘前的手下们,朝东南调整风筝的飞向。五个人合力握紧推转杆,用于控制麻绳的收放。另有十人一起拉拽麻绳,尽全力把风筝向东南方向偏移。

这一刹那间,西北方向遽然亮起两盏大红灯笼,形似马耳,赤血满身——那不是别物,而是冉遗鱼的一双大眼睛。

随着那双血目刺亮到极点,黑暗中渐渐惊现出一个巨型蛇首。那蛇的大嘴里不时吐出一条长长的红色信子。信子忽长忽短,忽隐忽现,犹如真蛇在攻击猎物之前吐露舌头。过不多时,冉遗鱼的身子也显现出来。整体呈纺锤形而稍又扁平,活脱脱是一条大鱼之身。

众人惊呼不可思议的同时,长长的蛇信子就像缚仙索,先是在空中自由旋转飞驰,随后居然把异兽应龙,从头到脚捆绑了起来。

移时,蛇头先向后一倾,仿佛是在积蓄能量。随即大口一张,喷出一团烈火。长信子被火引燃,急速燃烧,直到引燃了已被捆着的异兽应龙。

噼噼啪啪一通爆炸，五颜六色的光芒转瞬炸出千万颗火星。应龙彻底变成一条冲天火龙，庞大的身躯在空中舒缓扭转，而后伴着轰鸣爆炸而坠落，直到完全沉入白狼河。一阵冷水灭火的声音过后，再也不见其形迹。

"好你个马峥！螳螂捕蝉，黄雀在后，真有你的！"赵正双手握成铁拳，怒目狰视着马峥。一双铜铃大的眼睛里，似乎快要溢出了怒火。

马峥也不见怪，看上去很平和，微微笑道："赵东家此言差矣。疆场之上，兵不厌诈。只要胜出，又何必在意手腕呢？"

这场比拼，八大家族全使出了看家本领，除用到阳谋之外，也用了不少阴谋。谁也不敢说，谁的手腕更光明。故而马峥的胜出，大家就算有各种怨怼，也只能吞进肚子里。

眼见大败特败，王鹤立再也不愿多逗留，遂朝身后的众弟子们一扬手，道："走！"他步子迈得很大很急，几十名弟子纷纷跟上。王鹤立这一走，余下六大家族族长也坐不住了。大家伙也一脸怨气地纷纷撤离，似乎无人去关注接下来的授金匾事宜。

待七大家族走得差不多时，谢安方从观看台上笑着走了下来。他朝马峥抱拳道完了喜，又挥了挥手，当即命人把匾额移交给马峥。

马峥的弟子们小心翼翼地托住匾框，就像托着一个刚刚临世的婴儿。大家心里不仅忐忑，同样也很激动，一片欢呼雀跃之音哗然响起，好不热闹。

赏完御赐金匾，谢安又把皇帝的口谕传达下来，钦点胜出者为御用匠师，不必入职京城三十作，可算是宫外匠人。

胜出者，不仅享受宫内匠人的一切津贴，甚至还特许他们定期到造办处学习，抑或采办物料。至于具体的安排方案，则由造办处员外郎亲自制定和审批，足可见皇帝对潍县风筝的重视。

得到了御赐金匾，同时还获得朝廷的津贴，这是多少匠人梦寐以求的结果。马峥自然高兴，他今晚要在醉春楼大摆筵席，届时请潍县众官僚、豪绅等不醉不归。

就在马峥美滋滋地跟谢安攀谈之际，孙兴衍忽然走上前，抱拳行礼道："诸位官爷，诸位豪绅，诸位东家，不知醉春楼一叙，可否带上在下呀？"

众人皆是潍县有头有脸的人物，从不与外人相会。今见孙兴衍面容年轻，横竖不过二十五岁，从未见过，只料想是哪家商人的公子爷，所以并未把他放在心上。

倒是谢安留了个心眼，因害怕得罪某个权贵之子，就问他是何人。孙兴衍如实说，自己是从广州十三行而来，打算到这里定制一架风筝，不知马峥大师可否相助。

众豪绅一个个趾高气昂，声称马峥接了御赐匾额，那就是皇帝的匠人。一个来自广州的牙人，怎敢让皇帝的匠人做东西？真是活得不耐烦了。

更有甚者直接挖讽他年轻，不懂规矩。今日是大喜之日，不易动手，就权当没有发生，命令他速速退下。

如果不是看出了马峥有问题，孙兴衍也懒得蹚这趟浑水。在他的认知里，一些事可以得过且过，但身为匠人却违背匠人精神，这就是他所不能容忍的了。否则，如何对得起他"百工圣手"的大名？

孙兴衍厚着脸皮踏前一步，一脸自信地扫看过众人问道："如果这位马东家不要御赐金匾，是不是他就能给我做风筝了呢？"

这话听起来真好笑。金匾是皇帝御赐，又是马峥靠真本事赢来的，人家为何不要？夜千茉也觉得他有点儿异想天开，遂偷偷拉拽他的衣角，示意不要闹得太僵。

谢安在官场混迹多年，所见的自与旁人不同。他揣想此人敢放狠话，要么脑袋不好使，要么背后有大树乘凉。然而无论是哪种情况，他最好都不要去惹。

于是，谢安笑着反问："这位小兄弟，御赐金匾可不是小事，你一定要想清楚了再说，别因小失大。"

孙兴衍朝谢安一抱拳，行了个礼，道："谢县太爷提醒。我今日敢说，自然是有证据在手。我最后一次问马东家，你要不要帮我定制一架风筝？如果你不同意，不小心得罪了在下，我这张嘴把不住门，可就全都说出去了。"

这话明显是一个下马威。如果此刻答应，便是屈从了一个外来的牙人，以后如何在潍县混？再说，马峥向来瞧不起牙人，认为他们都是偷奸耍滑之辈，又怎会听命于孙兴衍呢？他又没见过孙兴衍，也跟其无交集。今见此子嚣张跋扈至极，以为是来敲诈勒索的，不禁冷冷地哼道："尔是何人，也敢在此撒野？我敬你是外来远客，不曾动怒，遂与你谈笑两句，此乃山东人好客之风。你不要得寸进尺，以为好客就是无所不帮了。你若还在这里胡搅蛮缠，我便告你敲诈勒索，交由谢大人惩处。"

"哇！好吓人呐！我还没有开口，你直接就给我定罪了。"孙兴衍做了一个吃惊的表情，回头看了一眼宋宽。

宋宽知道孙兴衍并非胡来。毕竟，这家伙最怕麻烦，更不会无故结仇。他站出来多管闲事，只怕发现了什么重大玄机。宋宽看好戏似的双臂抱剑，冷冷地逼视着周围的人群。

"行了！我没空跟你胡掰。简单说吧，你们面前这位御赐匠人，实际上是整场大会的刽子手。"孙兴衍伸手指着马峥，一口气说出了他的论断。

这句话听来轻描淡写，众人谁也没有当真，纷纷哈哈大笑起来。唯独马峥稍显不适，呵斥道："你胡说什么！"看到对方发怒，孙兴衍表情略有无奈，似乎已料到这种反应。

不过，当马峥意识到大家都不当真时，心里也就平静了许多，冷冷地道："八大家族的东家都在生死状上签了字。大家各安天命，死伤勿论，白纸黑字，天地可鉴，诸位大人也可鉴。如果你是想说这件事，那我想你可就弄错了。一个外来牙人，不晓我们潍县风俗民貌，有何资格大言不惭？识相的，快些滚开，不然休怪我无情！"

"呸！我呸！"孙兴衍双手掐腰，大声道，"那好，既然你如此坚定，我就让你输得心服口服。诸位，请随我来！"说着，转身挥了一下手，就要带着大家到七大家族风筝坠落的地方去。

这时马峥给身边的手下使了眼色，两人渐渐趋近孙兴衍。

与此同时，夜千茉也跟在他们身后，见二人要动手，踩脚踢裆，几乎未见再出手，两人就已疼得团团转，不得不退了下来。

马峥见手下吃了亏，反诬告是孙兴衍的人先动手，当即派余下弟子们一起回击。从眼前局势看，三十对三，胜算毫无争议。再者，谢安做官时间比较长，跟马峥走得很近，又见孙兴衍是一个外来牙人，并没什么背景，于是睁一只眼闭一只眼，权当不见。

就在打手们把三人团团包围以后，宋宽这才拔出长剑，两道冷光倏然闪过，两名打手肩部中招，闪开一条道。宋宽挺剑冲了出去，径直奔向谢安把人挟持。

本以为宋宽又会亮腰牌，岂料这次竟是动手劫持朝廷命官。不过这些都不重要，重要的是，孙兴衍已知道，宋宽一定有办法控制住全场，并留给自己足够的破案时间。

果不其然，宋宽控制住谢安后，第一句话便是："孰是孰非，且听他把话说完。你们如此着急动手，难不成有不可告人的秘密吗？"

虽被挟持，但谢安仍是高高在上的样子："本官乃一县之长，你如此行凶，便是犯了挟持朝廷命官之罪！大胆刁民，你难道不想要命了吗？"

"就算是死，也可以拉上你。你都说了我是刁民，一条贱命换一名高官，值！"宋宽浑不在意地一笑，剑眉扫过围过来的衙役。大家都不敢轻举妄动，全在等谢安的吩咐。

谢安心里很清楚，这种行走江湖的人，多半是亡命之徒。跟他们摆谱，讨不到半分好。倒不如顺着，勉强捡回一命。

盘算好得与失，谢安只得顺从了宋宽所言，允许孙兴衍等人去察看现场。马峥及众弟子们也别无办法，一起跟了过去。

失事地点在自南向北而流的白狼河。不少风筝残骸正漂浮于水面，映着耀眼的火光，可见烟尘滚滚，一片狼藉。孙兴衍跳下水，轻轻蹚过浅滩，捡起一片还未烧完的绸绢。

虽说灰土遮蔽，难见本来面目，但经他用小刀刮，还是从上面刮下来一些白色的半透明粉末。这些粉末放于刀面之上，可见隐隐闪烁着绿色的光芒。

确认此物来源为何以后，孙兴衍没有急着解释，而是吩咐衙役们去河里打捞没有烧干净的绸绢，最好把另外七大家的残骸全部找到。

不出半个时辰，衙役们就把几十件风筝残骸打捞上岸。然后，大家按照七大家族的风筝类别，逐一有序地摆开。

孙兴衍一一眼看过残骸后，从褡裢里取出柳叶钢刀，一件残骸一件残骸地去刮，再把刮下的所有东西，一点点儿装进青花瓷药瓶之中。

直到觉得刮得差不多了，他才胸有成竹地站了起来。面向众人，高高举起手里的药瓶，道："我知道是怎么回事了。"

众人无不哑然，一小瓶的烧灰能说明什么问题？孙兴衍并不理会大家的揣疑，而是看向马峥，问道："我想马东家应该知道，我这瓶子里装的是什么东西吧？"

"还能是什么东西?一瓶烧灰罢了。"

"马东家就是聪明,一猜必中嘛!"

"一堆烧灰,就是你要找的罪证?"

"不错。"孙兴衍放下手,仔细打量着那个药瓶,淡淡地道,"这虽是一堆灰土,但又不是一般的灰土。这种东西被外夷称之为磷,在咱们大清,说法可就多了。它燃烧时,大家叫鬼火;不燃烧时,就是一块石头,又被称为火石。"

说起磷,孙兴衍反而滔滔不绝起来。他向众人表示,磷是在康熙八年,由邪马尼[1]汉堡的一位名叫布朗特的商人炼制而成。那时炼金术盛行,布朗特希望对五十桶人尿与沙子混合物加热,以期炼出黄金。可黄金没有出现,反而炼出一堆像白蜡的物质。布朗特很喜欢这种新东西,遂把它命名为磷。磷的发现距今近一百年,对于曾在欧洲各国留过学的孙兴衍而言,并不算稀罕物,而于大清百姓们而言,这也就是一堆粉末,几乎和灰土等同。

听完孙兴衍的普及,马峥立即笑出了声来:"你说了这么多,就是想告诉我们,这堆烧灰来自外夷吗?"

"还没完呢,别急。"孙兴衍取出一根火折子,引燃后于刀面周围轻轻烧烤。过不多时,再把白粉撒上些许。奇迹出现了,几乎是白粉掉落的刹那,竟然剧烈燃烧起来,生成一股绿色的火焰,宛如鬼火。与此同时,大量的黄烟滚滚升腾。孙兴衍赶忙丢掉

---

1 邪马尼:现在指的是德国。

柳叶刀,并用衣袖遮住口鼻,提醒道:"这玩意儿有毒,大家小心了!"

一些人选择相信孙兴衍,学着一块儿捂住口鼻,不相信的人,在闻到一股大蒜气味过后,纷纷表示头疼头昏,全身无力,恶心呕吐,更有甚者出现了上腹疼痛的现象。

"放心!这玩意儿的剂量很小,死不了人,就是有点儿不舒服。"孙兴衍弯下腰,看着早已蹲在地上,几乎快要把胃都吐出来的马峥。

"为了拿下'纸鸢世家'的金匾,你也是相当地拼命了。"孙兴衍盯着那张痛苦的面容,一字一字地道:"首先,你花了大价钱,从邪马尼买来了这些磷粉,而后悄悄在另外七大家的绸绢上均匀涂抹,就等着决赛之时,只需一点儿的火,便能把他们全部毁灭。其次,你根本无须出手,暂时先隐匿于黑暗中,静观其变。待到他们自相残杀,只剩下最后一家时,你再轻轻地发射一支火箭,就能把那家彻底摧毁,真是妙啊!"

这个推论让马峥蓦然一震,仿佛是戳中了软肋。孙兴衍捕捉到了他的情绪变化,不屑一笑后,又道:"只要到了人发热疾的温度,磷粉就会汹涌地燃烧,不可遏制。水扑不灭,甚至在水里也可以燃烧。另外,涂了磷粉的风筝,就算不点灯笼,直接潜入黑夜,也会显现出不太明显的绿光。只要有绿光,你就能锁定风筝的形迹,一网打尽。因为在常温之下,磷的自然光就是绿光。"

这真是个致命的弱点。马峥以为无人发现,不想还是被这个年纪轻轻的广州商人瞧出了破绽，真是有些遗憾。

"当然了，各大家族并不如你一样诡诈。大家只是想凭真本事拿下金匾，所以都是光明正大地比拼。至于你，唉！"说到这里，孙兴衍摇头叹道，"成也萧何败萧何！你的人兴许在撒白磷时没有清洗干净衣着，所以才会在风筝上残留了不少白磷粉。我正是依靠着这些白磷粉所发出的绿光，才能在你隐匿黑暗之中时，依然可以锁定你的位置。"

"你有什么证据证明七大家族风筝绸绢上的磷粉是我找人涂的？"如果没有可信的证据，马峥绝不会承认。

孙兴衍料到了他会辩驳，遂直起身招了招手让夜千茉凑过来，嘱咐了几句话。夜千茉冲马峥做了一个鬼脸，大步走到他的徒弟们身边，一个一个打量和寻找。直到锁定人群之中，一个个子最矮、很不起眼的黑胖年轻人，这才缓步走了过去。

马峥脸色微变，仿佛有些诧然，但很快又强作镇定地看向那个年轻人，道："罗山孩儿莫怕，师父在此，谁也欺负不了你。有什么话，你不妨如实说。"

罗山身着酱色对襟马褂，下身是元色缣丝裤。在夜千茉的推搡之下，唯唯诺诺地走到孙兴衍的跟前。

"这位兄弟，那个长着一张狭长马脸的马家师父，真的是你师父吗？"孙兴衍先扫了一眼马峥，而后面向又黑又胖的罗山。

罗山哪里会想到，孙兴衍竟然当众说自己师父长着狭长马脸？虽然师兄弟们平日里也如此说，但无人敢当着师父的面议论。

罗山低着头道："你没有证据，休要辱我师父！"

"证据？"孙兴衍微微一笑，朝着夜千茉点了点头。经过提醒，夜千茉当场会意，自怀里掏出一把匕首，径直朝罗山走过来。

罗山以为这个疯女子要对自己下狠手，直吓得魂飞魄散。刚才他见识过，这个疯女子看似柔柔弱弱，力气倒是不小，自己并不是对手。就在他怯怯无措之时，忽见夜千茉抓起他的右手，用匕首刮了刮他的指甲盖，并把刮下来的东西撒在一卷白布上面。

虽说这些人在撒粉时，应该清洗过双手，但渗入指甲盖的东西，一时半会却清洗不干净。孙兴衍之所以让夜千茉揪出这位弟子，也是看他指甲盖最长，刮出来的东西一定最多。

眼见人证物证俱在，马峥不好再狡辩，只得急中生智破口大骂道："罗山啊，你真是糊涂！咱们比不过人家，自甘认输便是，你何必要出此下策呢？你这样，可叫为师如何是好啊！你可知道，一旦被人识破，不只你家破人亡，为师也要诛九族啊！"

真是个好师父！一见计划败露，立马就甩锅。如此看，此人定是攥着徒弟的把柄，所以才会肯定，徒弟会心甘情愿为自己替罪。

果然，罗山纠结了许久，忽然扑通跪在地上大哭道："师父，千错万错皆是徒儿之过！请您好生照料徒儿的父母，徒儿再也不能孝敬您了！"

一面说一面连磕三个响头，良久良久地思索过后，罗山咬着牙缓缓地站了起来，一身的慷慨赴死之貌。这个年轻人先前还很怯懦，但不知为何，此刻眼中更多的是坚定。

罗山无比坚定地表示，自己就是整个阴谋的谋划者。白磷是他所买，在七大家族的绸绢上涂抹磷粉，也是他的想法，这跟师父一点儿关系也没有。

"说完了？你说完，我可就说了。"孙兴衍的每个字都很诡异，让人捉摸不透。罗山听起来有些惊怵，马峥心下也不由得忐忑。大家全看向他，就像在等待一个不知结果的宣判，每张脸上不过在用漠然遮掩罢了。

"这位小兄弟，你知道哪里有卖白磷的吗？你知道一指甲盖的白磷多少钱吗？你懂得邪马尼语吗？除了邪马尼人之外，你是否知道，哪位大清商人会贩卖这种毫无用处的东西吗？"一连串的问题很尖锐，只有亲自参与购买并实施计划的人，才能回答出来。很显然，罗山根本无从答复，眼睛只是在不停地闪烁。

"如果只有你手指甲里有，也许是你一个人的行为。可是，你的师兄弟们的手指甲里也有，那就不简单了。"一言及此，孙兴衍的目光在罗山和马峥身上反复跳跃了一会儿，冷冷笑道，"怎么样，马东家，要不要逐一检查一下你徒弟们的指甲盖？"

这个小子心思过于缜密。马峥怔了片刻，犹如被闷雷劈了脑门，忽然间不知所措。孙兴衍察觉到了他的异色，摇了摇头笑道："再说了，罗山的动机呢？仅仅是为了帮你取胜拿到金匾吗？他为何要帮你做此事，他明明有父有母，难道他跟父母的情感比不过你一个师父吗？他怎会为了你而让全家涉险呢？更重要的是，他上哪儿去弄那么多的钱买白磷呢？"这些疑问，马峥一个也回答不出，一时愕然不语。

"至于你的动机及作案的可能性，我想不必再重复了吧。"孙兴衍说了最后一句收尾的话，双手负在身后，微微弯下腰盯着马峥。

"你难道以为，我所做的一切，仅仅是为了一块金匾吗？"马峥转换了语调，一张复杂的面容上隐隐浮动着谁也瞧不出的哀伤。

这个计划牵连甚广，他也知道万一败露，不仅拿不到金匾，甚至还会面临诛九族的风险。毕竟这是欺君瞒上，可不是随随便便的罪行。然而即便如此，他也要挺身而上。

他们家族的风筝，实在位于八大家之末流。数年来遭受着潍县同行的欺压，早已是忍无可忍了。人若不在绝望中爆发，就会在绝望中死亡。

这次赐匾，不仅是在争风筝世家的头把交椅，也是在为未来拼一个光明的前途。如果马家失败了，以后只会被兼并，绝无第二条出路。忧心到这个前景，马峥才会出此下策。

眼见希望被摧毁，即将面临家破人亡、妻离子散，更有可能是被诛九族，马峥凄楚地笑了起来。他松开支撑在地上的手，任由身子倒于草地，一个人望着天空大笑。

笑着笑着，他的目光陡然变得阴森，登时爬了起来，双手死死掐住孙兴衍的脖子，就像个厉鬼逼问他道："你好好看戏，何必多管闲事？你可知道，一个真相背后，也许将会是下一件事的假象。人啊人，一旦身处这个世俗，又有谁是干干净净的？"

这突如其来的举动，蓦然让孙兴衍大惊变色。他之所以多管闲事，就是不想让一些匠人经受欺诈和算计，这是他心底始终坚守的原则。为了这个原则，即便冒着生命危险去做一些事，他也在所不惜。

"老兄！老兄！咳咳，你可要轻一点儿，真把我掐死了，可就没人能救你了！"就算面临死棋，孙兴衍也在想着如何起死回生，而起死回生最好的法子，便是突出自己的价值。

可马峥根本不信他所言，冷冷道："事已至此，大局已定，你如何能救我？反正都是死，老子拉你垫背！"说着，硬要下手先掐死他。

两只如虬枝的枯手，拼尽了全力，一点点地扣合，一点点把孙兴衍的呼吸阻断。直到他脸色憋得紫红，一根根青筋突兀浮现，一双灵动有神的眼睛趋于死寂，不自然翻起了白眼。宋宽正挟持着谢安，相距甚远，无法及时相帮。夜千茉被马峥的几个徒弟拦着，也无法上前拦阻。困于死局，孙兴衍渐渐无望地闭上眼。

"他在那边！"就在这时，一根根豆粒大的火把刺亮了夜空。七大家族的东家带领众弟子们，一起朝白狼河这边的放飞广场蜂拥而至。

第二十四章
百工迷局

1760年6月2日

黄帝纪元四千四百五十七年

高宗 爱新觉罗·弘历 乾隆二十五年 农历庚辰年 龙年

庚辰年 四月小 十九日

庚辰年 辛巳月 癸巳日

宜：祭祀 沐浴 安床 纳财

忌：打猎 放飞 明火 祈福

  七大家族的东家听说幕后真凶是马峥，而自己的弟子们全是受他算计而死以后，心中愤愤难平，誓要过来复仇。

  眼见四面八方的人潮簇拥而来，马峥的眼眶里泛起红光，既悲壮又无奈地笑道："看到了吗？这就是结局！就算你有通天彻地之能，哪怕说服万岁爷赐我不死。这些人，焉能放过于我？今日，我要与你同归于尽！"这阵声音越发战栗和阴冷，马峥下手越来越狠，孙兴衍只觉面容红涨，呼吸无力，一个字也发不出来了。

这下真的是死翘翘了。自北上以来，他经历过无数次死亡，可没有哪次会像现在一般，简直是因为多管闲事而死。回忆起短暂的一生，孙兴衍似有不甘。他的眼珠渐渐翻白，呼吸越发虚无，直到连视线也开始模糊了。

一霎窒息过后，他即将面临死亡。可死亡的前夕，天空中忽然惊现一阵火光，一支火箭不知从何处飞来正中马峥的咽喉。

这支箭上的流火仿佛蜡油坠落，刚触及马峥的外衣，一下子就烧着了。他整个人发出凄烈地惨叫，身子居然像干草疯狂爆燃起来。

趁着这个空闲，孙兴衍赶紧挣脱开，朝着夜千茉跑去。他疏通了一下喉结，尽量让呼吸变得顺畅。待到呼吸有了起色，眼神不再模糊，他才看向马峥。

空旷的草地之上，马峥大睁着双目，两手作掐人之姿，活活如一尊僵硬的雕塑。一阵阵痛苦的呻吟，悲烈地从雕塑里发出，仿佛人声，又似鬼号。这尊雕塑浑身在燃烧，直到化作一架黝黑骨架，而后轰然倒地，碎成七零八落的骨块。

"这……这到底是怎么回事？"事情不仅发生得突然，甚至过于蹊跷。他们没有看到箭矢的来源，一切危机都隐伏在黑暗之中。

夜千茉走到孙兴衍跟前，伸手扶住了他。孙兴衍怔怔地盯着化作飞烟的马峥骨骸，思考了许久之后，神色肃然地道："也许是白磷。"

"又是白磷？"刚才看孙兴衍做实验时，夜千茱就感受到了一种前所未有的惊惧。而今听说白磷连人也能顷刻烧成白骨架，更是觉得不可思议："这东西真的这么厉害吗？"

　　"这里面不只有白磷，恐怕还有其他助燃物。"孙兴衍边想边说。这时他忽然想到什么，面容大变，道："不好，这里有毒，咱们快撤！"

　　刚才只顾着说话，反倒忘记白磷一旦燃烧，就会产生致命毒烟。为了避开毒烟，孙兴衍拉起夜千茱的手，一路朝就近的土丘跑去。

　　这是一片黄土丘，杂草遍布，青石乱弃，几株小树零星种植，就像一座小型的土山。宋宽也挟持着谢安上这座土丘，眼看他无处可逃，于是松开了手。

　　"看清楚了？"宋宽一抬下巴，转向了土丘之下的放飞广场。马峥的几个徒弟没来得及跑路，兴许是吸了毒烟，横七竖八地倒了一片。

　　此时广场上一片狼藉，无论是马峥的弟子们，还是县衙的一众署吏和捕役，大家都是能跑便跑。远处的七大家族见广场上情况不妙，纷纷在附近定住了脚，一起遥望着这边。

　　马峥的死实在诡异，莫非得罪了神明？谢安被眼前的场面惊得双腿发颤，右臂轻轻擦去额间的冷汗，不住点头道："看清了，看清了。若无几位相助，下官只怕早已被歹人算计。别说头上这顶乌纱帽了，只怕九族也要被诛了。"

"你这狗官！说得比唱得还好听。你别以为本小姐瞧不到，就在比赛之前，你明明跟马峥窃窃私语，也不知说了什么话。反正自那以后，马峥的人偷偷换上了衙役的衣服，光明正大地去检查另外七大家的风筝去了。如果本小姐所猜不错，一定是你收了马峥的贿赂，准许他这么干，他才有机会在七大家的风筝上动手脚。否则，以八大家互相提防的情况看，马峥哪里有机会下手呢？"夜千茉向来眼神机警，也许跟她多年的偷盗经历不无关系。这一席话无不揭露了马峥是如何动的手，以及怎样朝七大家的风筝上撒的磷粉，同时也让七大家的人无从察觉的。

谢安见阴谋败露，了然他们不会放过自己，于是慌张地转身就逃。哪知毒烟就像沉重的雾气，一点点地朝土丘上蔓延。谢安只管逃命，也不去理会烟雾有无毒了，才冲下去跑了十几步，身子猝然一僵，整个躯体如受电击，抖了良久，前趴在地昏死了过去。

"我们现在该怎么办？"看着已死的谢安，宋宽有些无措地问孙兴衍道。

这些浓郁的黄烟从滚动速度看，不出一刻，就会吞没整座土丘。如果不采取办法，他们将会如谢安一样死去。

"水！有没有水？"孙兴衍问。夜千茉微想，解下腰间的水袋交给他。孙兴衍接过水袋说道："听着！我们从身上扯下几块布，洒上水后，捂住口鼻，一鼓作气冲出去。之后，我们再跳入白狼河，一起游到对岸去。对了，你们都会游泳吧？"

宋宽说会，夜千茉也说会。孙兴衍这才放心地道："好，这就好，你们会，我不会，辛苦二位待会拉我一把了。我这人害怕呛水，小时候去河里抓鱼，差点儿被呛死。"

虽是万分危急的关头，夜千茉还是被他逗乐了，又是好笑又是好气地道："喂，小奸商，本小姐可是要提醒你了。万一真的被水呛到了，可也不关我们的事。"

"怎么不关！"孙兴衍急了，忍不住指着她怒嗔道："我可要告诉你了。万一我真的呛了水，醒不过来，我可是要乖乖的。我不要宋宽那家伙的乖乖，非你不可！"

要乖乖便是接吻之意，一般男子纳了妾时，才会在洞房花烛夜时说这样调情的话。夜千茉自幼在市井中长大，耳濡目染过太多这种事，以为孙兴衍是在耍流氓，当即扇了他一巴掌，嘟着嘴娇怪道："你这小贼，太也过分！"

孙兴衍捂着红肿的脸，茫然地看向宋宽，心道："要乖乖是进行人工呼吸啊，我都快被呛死了，自然要有人给我灌气，总不能找这个五大三粗的男人吧？"

这边正闹着，忽见一阵凄烈的哭叫声响起。宋宽寻声看去，只见西北方向燃起了一片大火，火焰正是绿色。一股股滚滚的黄烟直冲云霄，仿佛是遭受火攻的战场。

"白磷！还是白磷！"孙兴衍这次差点儿惊掉了下巴。他本以为，白磷最多烧死一个马峥，何曾想到，居然把周围的人全点着了。

这就像一根火把丢到了干草堆，不消片刻，每个人都会疯狂地燃烧起来。一片连着一片的枯草烧得有多快，这附近的人就燃烧得有多快。更何况，大家也不一定死于火烧，甚至还有可能死于毒烟。

众人大声嘶叫着拼命奔跑，凄烈惨嚎之音，宛如身受地狱的刑惩。有的人对白磷知之甚少，大步狂奔到白狼河畔，希望借冷水熄灭身上的大火。谁曾想到，人刚跳入水里，就像跳进了油锅。顷刻间剧烈爆燃，比之前燃烧得更快更激烈，一霎之间化作了森森白骨。

"白磷不能见水！如果见水，立马就会引起二次燃烧！"看到眼前一幕幕的惨状，孙兴衍心里无比沉痛。

"那还等什么，咱们快走吧。"火势只会越烧越旺，夜千茉希望尽快离开这片是非之地。孙兴衍也正有此意，于是从身上撕下几绺长布条，打算洒了水后，捂住口鼻，大步冲下土丘。宋宽并无行动，反而注视着广场上一众烧着的火人，神色怪异地道："等等，那些好像是刘家族长及其弟子们。"适才那位跳入水中灭火的老者，正是刘家族长刘德才。

"难道是八大家之中，有人早早布下了这场局？他的目的是要把另外七家连根拔起，独霸一方？"孙兴衍喃喃着，因为他实在想不出别的原因。也许，这个人早已看穿了马峥的毒计，因而将计就计把所有人烧死，而后再嫁祸给马峥？

"那是李家？"夜千茉远远看到，写着"李"字的旗帘幌子正在被绿火吞噬。所有人都被无情点燃，一个个淹没进这片绿色的海洋之中。

"那是杨家！"

"那是王家！"

"那是段家！"

"还有谢家！"

三个人你一言我一语，分别从不同视角寻找着各大风筝世家的痕迹。随着李家的所有人被绿火淹没，正在逃亡的杨、王家、段家、谢家等百余人也无一幸免地被大火点着。

无论大家如何嘶叫、奔跑、地上摩擦、河里翻腾等，就是扑不灭火，反而只会让火势更加旺盛。面对这样的地狱之火，一旦把人烧着，只有等死，再无任何反抗的余地。

人的生命恍若秋天的枯草，烧着一小片，经过大风的加持就会连着燃烧。今日适合放飞，风向良好。可也适合助燃，风向也很好。这位幕后布局之人，真是处心积虑。

"错了！我们都错了！"这一切的幕后真凶，并非来自八大家族，也许另有他人。看着土丘之下的那片地狱之景，孙兴衍叹道，"八大家族被利用了，所有人皆是棋子。"

"此地不宜久留，我们离开再议。"宋宽伸手扯下三条布条，夜千茉赶紧打开水袋，浇到了上面，二人各自缠好口鼻。眼见孙兴衍还在发呆，夜千茉只好帮他缠好。而后，宋宽在前面带路，夜千茉拉着孙兴衍，三人急速朝白狼河狂奔而去。

从土丘到河边，相隔十丈的阔地。此刻地上全是被烧着的火人，有的正在地上打滚摩擦，希望擦灭火焰；有的到处狂奔，脚下踏火，双手舞火，浑身上下无一不是火；还有的烧焦了脸庞，鲜血与白骨交融，颧骨突显，下颌全是骨架，早已成为腐烂的僵尸之状。

宋宽挥剑斩去扑向他们的火人，试图帮大家杀出一条道。夜千茉也拔出了匕首，左刺右划，尽全力护好自己和孙兴衍。

两刻拼杀过后，三人赶至河边。那些燃烧的火人见他们安然无恙，以为有扑火之策，一大片涌了过来把他们包围。

"救我！救我！"每个人都发出撕心裂肺的呼救声。他们不是敌人，也不是恶魔，更不是鬼怪，而是一些被歹人毒害、无法自救的百姓。面对这种人，三人变得非常复杂。既有无法施救的负罪感，也有难以脱身的紧迫感。

这些被烈火灼烧的人，一点点缩小包围圈。如果再想不到好办法，三人很快也会被点燃，到时只有死路一条。

"我来掩护！夜姑娘，你带孙兄先杀出去！"宋宽把剑横在胸前，注视着张牙舞爪的火人们。夜千茉略微沉忖，冲他点了点头，说了句"小心"，就扶着孙兴衍朝河边杀去。

宋宽大声喊道："我有灭火之策，你们快些过来！"说着朝相反的方向奔去。一些脑袋清醒的火人，以为他真有灭火之策，遂跟了过去，还有一些不清醒的，抑或者疼得无法辨别言语的，仍旧朝孙兴衍和夜千茉猛扑。

"你还有力气打滚吗？"夜千茉踢飞两个火人，并朝着冲过来的一人刺去一刀，随即一脚蹬开。孙兴衍只觉脑袋昏昏沉沉，但也听得清她的话，遂答道："还可以，你、你要干什么？"

"那好！"刚说完，就见夜千茉一把推倒孙兴衍，然后如踢蹴鞠，朝他的腹部猛踹。河边正是斜向下的滑坡，就算不补这一脚，也会自动下滚。可这一脚下去，翻滚的力度就更大了。孙兴衍受此一击，恰如被推倒的木桶，连着撞翻七八个火人，一起跌入河里。

　　火人们被冷水一激，吱吱吱引起二次复燃，仿佛把烈酒倒入火坑里，爆燃响声不绝。孙兴衍不敢探出头，生怕被毒烟熏到，只得憋着气潜入水里。夜千茉见孙兴衍已成功坠入白狼河，心下算是宽了心，纵身起跳，一如游鱼蹿入河里。

　　十余丈开外的土山丘之巅，威尔逊遥望着那片大火，十分享受这次的杰作。他曾跟八大家族谈过合作，试图逼他们交出制造风筝的绝技。

　　这些人死也不从，宁肯绝了传人，也不愿让洋人学走老祖宗的技艺。无可奈何之下，威尔逊只能小施计谋，利用八大家族内斗的矛盾，再利用马峥大量购置白磷、妄图杀害七大家的阴谋，索性一不做二不休，除掉所有人，并把线索引向马峥。

　　随着马峥的死，一切都将不存在。至于他为何非要索求风筝绝技，实则别有安排。这个安排，他秘密筹划了十年，直待有朝一日告竣。他不急，他有的是时间。

　　为了除掉所有人，威尔逊首先收买了潍县县令谢安，要求让他下令，但凡参会的人员，皆要定制服饰。毕竟，这是为争夺御赐匾额而举行的比赛，一定要注意仪式感。

八大家族每家出资五十两，用于定制衣服，一共凑得四百两白银。谢安扣走一百两，余下的才给威尔逊。在谢安看来，这是一次不错的交易。殊不知，这次交易不仅灭亡了八大家，甚至连他的小命也丢了。

威尔逊出主意购衣服是假，暗中命手下在衣服上涂抹白磷粉是真。只要周围温度高于热度，一些人就会自燃。待到七大家族的人折返，本要找马峥讨回公道的刹那。

马峥的自燃，触发了更大的危机。一个人连着一个人烧起来，周围温度渐渐升高。大家仿佛置身火炉之中，几乎无从逃命，一个个化作累累白骨。

"主人，孙兴衍、夜千苿和宋宽三人已逃脱。属下查到行踪，要不要动手解决了他们？"杰西卡走到威尔逊身后，恭敬地汇报完情况。

威尔逊双手压于金手杖，长久思索了片刻，这才道："这三人各有所用。大事未成之前，先不急着处置他们。"听闻此言，格蕾丝微微想罢，迈前一步，低着头道："孙兴衍那小子实在聪明，万一被他瞧出端倪，我们岂不是……"

不待格蕾丝再往下说，威尔逊已抬起了手。他注视着西南方的一片树林，就像看穿了树林里的所有生灵，微微笑道："他不过是一颗好用的棋子。手在长在我身上，我想什么时候毁了这颗棋，就什么时候毁了他。只不过，这一次千里伏杀，他实在帮了我大忙。以后我们的事还有很多，留着这小子，兴许还有大用。"

河水悠悠，夜色冷冷。白狼河对岸是直可参天的白杨树林。边地的野草棵棵粗壮，迎着清风悠悠地招展。

一只大手伸向河岸，用力抓住一根树藤向上拉，直到把自己费力地拉上了岸。宋宽吐了一口的污水，摇摇晃晃站了起来。经过刚才的搏杀，他已身心俱疲，而今又被冷水浸遍了全身，不免感到狼狈和乏力。

宋宽站在岸边，四下里张望了张望。这里几无人烟，一切是那么安静。忽然，他目光一凛，发现前方草地上躺着一对男女。两人浑身已湿透，衣服上粘了不少水草，远远看去就像两条刚刚被丢到岸上的死鱼。

宋宽赶紧跑了过去，先两人拖到宽裕的地方，又去搜集了些干草堆成堆。他原本想用火折子点火，无奈已湿透，只好取出备用的火石，这才点燃了一团象征着生命的火焰。

良久以后，孙兴衍先咳嗽着醒来，紧跟着夜千茉也醒了过来。两人看到四野茫茫，白杨林立，草木轻摇，而宋宽就坐在对面，生火取暖，方知已脱险。

"那些人怎么样了？"孙兴衍强撑着身子坐了起来，脸上没有一点儿血色。宋宽把一根树枝扔进火堆，拍了拍手指河对岸道："你瞧，那边就像战场，黄烟滚滚，绿火灼灼，早无生还者了。"

"这么可怕！"夜千茉右手捂住左肩，艰难地坐了起来。可因为左肩刺痛，她花容一皱，啊了一声险些跌倒。好在左手撑住了地，这才勉强坐稳。

"小飞贼，你受伤了？"孙兴衍本想过去看望她，可自己几无力气，只是微微挣扎了挣扎。如果没有自己的拖累，她也许不会受伤吧？

一念及此，孙兴衍脸上不觉间浮上来一丝歉意。这点儿小伤，夜千茉倒是不放在心上，苍白的唇角强挤出一丝笑意道："没事儿，刚才跳下来时，不小心被火人抓了一下。刚才宋大哥已帮我上了药，无碍了。"

虽说夜千茉说得轻描淡写，但看到她原本活泼灵动的样子，一下子变得娇媚柔弱，实在是心疼。这个要强的姑娘，只有身心疲惫到一定程度，才会是此状了吧？孙兴衍这边正想着，忽听夜千茉对宋宽笑道："多谢了，宋大哥。"宋宽抬手把一根柴木丢入火堆，道："不客气。"霎时，火焰燃烧得更旺盛起来。大家还活着，一切就还有希望。只是，有件事孙兴衍想不明白，此时越陷越深，不吐不快。

"也许，我们一开始就是别人的棋子。"才说完，他就否定了自己，摇头叹道："不，不是我们，而是我。"

宋宽朝他点了下头，道："不只是你，至少也包括我。"想了一会儿，他忽然又问出了一个极为严肃的问题："孙兄，你一直对我的身份很感兴趣。可你是否知道，我究竟来自哪个机构呢？"

夜千茉抢过话来道："你能执一面腰牌就救下我哥，想必是来自京师的钦差大臣吧？"如果不是钦差大臣，那些高官为何只看到一面金牌，就会立刻服软呢？

这个揣测，倒是没有错处。宋宽也很认同，笑笑道："夜姑娘说得不错，我的确是钦差大臣，奉万岁爷之命，前来秘密调查一桩案子。"

"什么案子？"孙兴衍问。宋宽沉思了一会儿，抬头凝望着满树的杨叶，良久，他没有说话，只是在沉思。待到他想开口了，方看向孙兴衍问："我可以相信你们吗？"

"这个问题的答案，你不应该问我们，而应该问自己。你的心里已有了答案，是不是？"孙兴衍知道宋宽这样问，那是因为他选择了相信。

"看来什么也逃不过孙兄的法眼。"宋宽还是一脸心事重重的样子，就算是笑，也有着难以遮掩的悲凉。

"这一路，咱们相互扶持，历经多少生死之险，也算是异父异母的亲兄弟了。"孙兴衍咯咯笑了起来，就像一个十足可爱的小兄弟。他笑完，又继续说道："既然如此，咱们就该敞开心胸，彼此都不要隐瞒的好。我呢，比较简单，自广州北上，就是为了订单上的货物。小飞贼也比较简单，随我一起浪迹江湖，并无所图。倒是你，说实在的，我一开始很怕你。我怕你是钦差大臣，专办经商大案，万一抓了我的把柄，我岂不是要遭殃了？当然，你也曾对我说过，只要不违背家国原则，一些小偷小摸不会看在眼里。可是我怕啊，这商人一旦跟官做了朋友，要么互相利用，要么互相残杀。像你这么正直的人，只讲刑律，怎么可能会利用我呢？所以，我心里想，万一你真的是钦差，那我就是第一个被你残杀的人。宋兄，你是否理解小弟当时的心情?"

无论是什么话,似乎从孙兴衍的口中说出,总觉得有点儿诙谐。宋宽倒也不见怪,他已习惯了这家伙的表达方式,微笑着摇了摇头。

"我理解,但我也知道,你是个讲原则的人,也是个胸怀抱负的人。什么事该做,什么事打死也不能做,你心里有数,我也有判断。我相信,我不会看错人的。所以,我选择相信你。"宋宽终于吐露了心底的声音。

三人打开了心扉,自然要触及彼此的秘密。孙兴衍沉虑片刻,又一次问道:"那么,你是否可以告诉我,你自京城南下,究竟为了查什么案子呢?"

这个问题显然有点儿尖锐。毕竟,宋宽是钦差大臣,所稽案子是朝中机密,旁人无权获知。可对于孙兴衍而言,又不能不知。

经历了这么多事,他渐渐发现,自己每到一地,该地就会发生匪夷所思的案子。难道说,他手里的订单跟宋宽所查的案子有关?宋宽自江西一路跟着自己,是否已知这份订单的秘密?他必须问个究竟。

在宋宽来看,他也有必要说一说此事。这些时日的相处,他除了要信任二人之外,也需要他们的帮助。宋宽拍了拍手上的积尘,神色凝重地看向远方,说起一件诡异的事。

去年九月初二日,乾隆帝看到了两广总督的一则奏章,文书中提及,英吉利国大船终年在零丁洋及大屿山等处停泊,名曰趸船。

凡是贩卖鸦片者，一入老万山，先以三板艇驳赴趸船，然后登船商议买卖，省城的包买户们谓之窟口。大家议定完价格，一块儿到夷馆兑价给单，再雇快艇至趸船凭单交土。这种快艇叫作快蟹，也名扒龙。快艇中器械完备，可用于作战，也可用于自救。每艇上有壮丁百数十人，行驶如飞，敏健有余，兵船追拿不及，实为头疼。除此之外，各洋商等货，税课较重，也多由趸船私行售卖，因而这里面的问题相当复杂。

大清的海防例禁非常严苛，岂容夷船逗留，售私漏税？另外，鸦片流毒内地，危害甚大，不得不查。于是，乾隆帝震怒，要求实力查拿，务使根株净尽。

然而广州十三行内部盘根错节，外夷商人与十大商帮之间只怕也有勾连，另外还可能涉及官商勾结，只治表难以治本。

为了彻底根除祸端，乾隆帝便派宋宽以钦差大臣的身份查理此案。当然这个钦差大臣的身份在表面上也有隐藏，就是来十大商帮为乾隆帝挑选寿辰礼品。

由于此案太复杂，牵连人群庞大，宋宽经过谨慎考虑，决定先调查十大商帮。等到收集到足够多的证据，并且理清交易流程后，再去广州十三行。

有了这样统揽全局的观念，查起来也才更便宜。

听到这里，孙兴衍一拍大腿，径直站了起来，义愤填膺地道："鸦片涂毒万民，实在可恨，该查，必须彻查！"

这么多年的留学生涯，也让孙兴衍看到了太多的资本逐利。他心里很清楚，下面的人为了金钱和利益，可以视一切生命如草芥；上面的人为了权力和欲望，也不惜睁一只眼闭一只眼。而今朝廷有惩恶除毒之心，他自然是心潮澎湃，拥护到底。

可转念一想，自己不过是个小商人，朝中大事如何管得着？不禁微微一笑，马上清醒过来。只见他又缓缓坐了下来，拾起地上的一根柴木，丢进了火堆之中。

"不过话又说回来。宋大人，你只怕盯我很久了吧？"这话并非是凭空揣测。如果宋宽不是早就盯上他，只怕也不会时时跟随，顺路而行。

宋宽并未否认，抽了下唇角："也不能算跟。一来，你要去找十大商帮盖章签字，也要去订货，咱们顺路。"

"二来嘛，我替你回答。"孙兴衍看着他，认真想了一会才道，"咱们每到一地，顶级匠人遇难，各大商帮危机。也许，这不是巧合，只怕有人在制造一场阴谋。你怀疑，安排我过来订购货物的那个洋人，有问题。"

"不错。"宋宽没有否认，点头道，"这也是我想把一切先告诉你的原因。数日以来的相处，我摸清了你的全部底细，也知道了你的为人。我相信，你会考虑清楚后果，也愿意帮我完成这件大事。"

此事干系重大，如果订单真有问题，他就不能再做这个买卖了。当然，他可以选择立即回广州，退了订单，哪怕亏点儿钱，也必须彻底与郝华德划清界限。

从此，就在他的顺兴行当一辈子的牙行东家，也不见得不好。可是，他的心中到底泪荡着一股热血。至少人这辈子，应该做点儿有意义的事吧？不然，圣贤书岂不是白读，有再多的钱又有什么意思呢？重要的是，他已知道很多人将会面临生死大难。如果这个时候抽身，眼睁睁看着那些人死去，良心上也过不去。

现在的他，至少应该先了却该了却的事，等救下了该救的人后，再撤离吧？

更何况，自己已是局中人。那个黑暗之中的神秘大手，已利用他一步步完成阴谋，又岂是他想退便能退的？一旦自己退出，兴许也有生命之虞。

经过内心深处的种种纠结，孙兴衍暂时有了较为清晰的决定——查明一切。

"也许，订单上的每处记载，都不是轻易所定，只怕跟万岁爷要查的那股不明势力有关。在江西时，除了货品名称，订单上只写了唐氏青花转心瓶和江右商帮会长两行模糊的条目。后来李拯、唐阁、陈宪等纷纷遇难，还牵涉出以洋人威尔逊为首的外夷势力。

"到达苏州舟山后，订单上有洞庭商帮会长和顶级核雕的记录，结果柯百岁等人遇难，也不知沈千里如何了？我所猜不错，咱们走了以后，沈千里也遭了难。"

孙兴衍刚说完这句话，宋宽立即补充道："不错，我安排在舟山的暗桩，昨日已告知我，沈千里已死，现在的洞庭商帮会长是柯百岁的大弟子刘天蟾。"

沈千里遇害，孙兴衍并不意外。可柯百岁的大弟子刘天蟾成了洞庭商帮的会长，这就难以想象了。不过，孙兴衍无暇去计较这件事，又道："我们来到潍县后，订单上记录了八大风筝世家的条目，并让我订购一批筒子风筝。于是八大风筝世家、潍县县令谢安等人亦没能逃脱厄运。也就是说，凡是订单上所列人员，终将会遭逢大难？"

这个观点，宋宽基本同意。他想了想，补充道："眼下最重要的事有两个：一是根据订单上所列人员名录，及时通知他们避险；二是查清郝华德与威尔逊的身份，再想办法揪出幕后真凶以及他们的阴谋。"

"这两件中的任何一件，只靠我们三人，绝办不到。"孙兴衍提出了现在最大的困难。谁知宋宽并不以为意，道："你放心，只要找准了方向，会有人相助我们的。"

"纵然你是钦差大臣，可一旦离开京城，很多事依然无法行动。毕竟，人在外地，几无人手。如果我所猜不错，你还有另外一个身份。那个身份才是你最强大的后盾，谁也伤不到你分毫。"孙兴衍目光里闪烁着自信的锋芒。

经过这些日子对宋宽的观察，他的心里已有了一个推断。只要他大胆地说出，再去观察宋宽的眼神和举动，基本上就能断定是真是假了。

宋宽看着他，并无任何表情，反倒是孙兴衍凑了过去，贴在他的耳边说了几个字。宋宽微微怔了一下，还是没有任何表情。待到孙兴衍坐直了身子,用一副不怀好意的笑容看向他时,才见宋宽苦笑着摇了摇头道:"孙兄,等事情完结了,我会告诉你答案。现在,无论你猜什么都没用,我无可奉告。"

面前这个俊俏的男人,不管是眼中也好,还是行动也罢,丝毫看不出反常之处。没有反常,说明揣测是错的?孙兴衍纳罕之余不禁一时纠结。忽然,他又想到,那种人行为诡谲,隐蔽极深,同时又谙熟人性,没有反应,岂不是最大的反应吗?

第二十五章
死亡剧社

1760年8月10日

黄帝纪元四千四百五十七年

高宗 爱新觉罗·弘历 乾隆二十五年 农历庚辰年 龙年

庚辰年 六月大 三十日

庚辰年 甲申月 壬寅日

宜：塑绘 开光 入殓 启钻

忌：伐木 出海 上梁 出行

"你不必说了，我已知道答案。"孙兴衍与宋宽一番对视。两人彼此沉默了一会儿，忽然全都神秘莫测地笑了起来。这一阵笑容，早已说明，孙兴衍揣测对了。

既然一切事情都已明白，他们也该踏上查询订单人员之路了。孙兴衍拿出订单，三人放于火光下细细揣摩了一番，决定先在一卷《皇舆全览图》上绘制行进路线，最好可以串成一条直线，不至于再折返，抑或多走冤枉路。

从四月二十一日出发，一直到六月初八日，他们先后拜访了刺绣大师李婷、剪纸大师郝磊、泥塑大师张恒、花丝镶嵌工艺大师查术、錾刻大师康健……三十余名工匠师父，无一例外，全部殒命。

除此之外，他们也去拜访了粤商、徽商、晋商、陕商、浙商、闽商、甬商等商帮的会长和理事等人。有些商帮并无异色，正常运作，有些商帮的会长和理事离奇死亡，还有些商帮的人员失踪。

三人虽然也在尽全力查找证据，可最后的结果几乎完全一样：由于各大工匠师父形成了自己的商业团体，为了争夺商帮的会长之位，这才设下层层迷局，即商帮会长与顶级匠人之间互相争斗，甚至暗布杀局。

最后的结果相同，工匠及众弟子殒命，会长和理事也同归于尽。

从表面上看，无论是证据还是杀人手段，全都指向了这样的杀人动机，即个体商户与商帮团体之间的利益较量。

乍一看，似乎没有什么问题。毕竟已发展壮大的商户，抑或者在本地有权威的商户，几乎都有竞选会长的意图。

可如果所有的迷案都是这种动机，而发生的时间和密集性又如此之高，就不得不让人怀疑，这里面是否有人为操作了！

越往下想，孙兴衍和宋宽就越觉得蹊跷，可又没有任何线索，也没有发现任何的诡计。忽然之间，一切陷入了僵局，就像一个人很期待光明却不小心坠入黑暗。

就在两人踌躇不定时，夜千茉适时提出，他们不妨去广州十三行碰碰运气，只要寻找到郝华德，也许便能一窥究竟了。这个建议很快得到了宋宽和孙兴衍的支持。

三人于六月初十日起，自西安出发，直至六月三十日才赶到了广州十三行，并先在孙兴衍的顺兴行牙行落了脚。由于那时天色已晚，再去十三行已来不及，只好休整了一夜。

次日一早，三人赶去广州十三行街区。到达黄埔碇泊处时，迎面看到朝阳初升。黄橙橙的光芒浮过高耸巍峨的大船，可见桅杆参天，帆布飘飘，船身如山，脊峰突峻。

随着他们大步急奔，身畔依次划过五艘英吉利船、四艘瑞典船、六艘法兰西船、四艘丹麦船、三艘荷兰船……所有外夷船只都能运载十二万斗到十五万斗的大量货物。

从黄埔往城郊约二百四十丈之外，一座码头赫然浮现眼前。这座码头由砖和灰泥整齐修筑而成，码头上便是各国商馆或是船货管理员的住所。

这些商馆门前，全立着一根根高高的旗杆，升起本国旗帜。放眼望去，五彩斑斓，依稀可辨别出荷兰、法兰西、英吉利、瑞典、丹麦等国旗。

这些商馆建筑奢靡，除了有一流的餐饮宴会厅之外，还有大小不一的套房。由于英吉利与大清贸易最频繁，所以其建筑群也最大。

孙兴衍带领两人来到一座宏伟的外夷大楼面前。门前立着一杆迎风招展的英吉利国旗。这里是英吉利馆，起造于康熙五十四年，英吉利的贸易人员长期在此驻守。

商馆前廊采用白石结构的多里克、科林斯柱式阵列,一根根笔直粗壮的柱子撑起整座建筑,宛如来到了古老的雅典卫城。

一楼采用墙柱组合体与拱券结合的底座结构,二楼采用纯石柱廊的框架结构。整体建筑雪白典雅,一派高贵素雅之气。

英吉利馆西侧还有一众外夷建族群,在各处阵列分布,大量采用拱券、双柱、直坡屋顶、砖石垒砌墙体等西洋结构,一眼就能瞧出与众不同。

三人及至门口,刚要往里去,两名水手走了过来。这两人身形高大,全戴着灰色圆顶帽,露出水手领,下身是喇叭裤。一人白面无须,一人满脸络腮胡,各有特点。

孙兴衍出示了牙人进出证,这两人才引领他们进来屋子,沿着石梯上了二楼,那里是东印度公司的办公区。

就在上楼的空当,孙兴衍问起两名水手,是否认识郝华德,两人纷纷表示不认识。孙兴衍只好作罢,退一步靠近宋宽,小声介绍起东印度公司的人员构成。这件事宋宽昨日就问过,孙兴衍说等到了英吉利商馆,看到那里的环境才能说明白。

"一般而言,英吉利商馆由主席、司库、出口货物总管和入口货物总管组成特别委员会进行管理。此外有三名船货管理员和十名录事。"孙兴衍言简意赅地说道。

宋宽想了想,问:"三名船货管理员究竟分管何事?"

"一位执行副司库及行商事务,一位执行司账职务,一位执行秘书职务。"

"十名录事呢？"

"为首的担任助理秘书，其次是办公室总管、校对员及进出口船货管理员助理，余下的才是名副其实的抄写文卷的录事。"

宋宽微微想过后，道："这些就是英吉利商馆的人员构成了吧？"孙兴衍点了一下头，不过随后又说道："每名船货管理员的房子很漂亮，他们有四间漂亮的屋子，我曾经去过一次。他们的公共公寓就在前面，推开窗便是清澈的河流，你看。"孙兴衍隔着窗户向外一指，宋宽看了出去，果然是一片优雅的所在。

"余下房间在陆上约十八到二十七丈处。咱们这里看不到，不过我可以说与你听。那片宽阔的院子里，两边是套房，每套又各自有独立门户，还附带一个小花园，更有各种便利的设施。这群外夷佬可真会享受。"孙兴衍说着，轻轻叹了口气，仿佛极为羡慕。不过羡慕过后，随即是一片鄙夷声，"不过，这里是咱们大清的地界，他们只是来这里住，并非长居。咱们想赶他们走，那可是一纸文书的事。当然了，除了属于英吉利的商馆外，这边还有其他商馆，全是咱们大清子民的房产，主要用来出租给欧罗巴洲各国的船长，以及来广州做生意的商人和外夷人。"

听到这里，夜千苿很小心地问道："这个郝华德不是叫大班吗？你说的这些管理人员之中，没听到大班这个职务呀？"

孙兴衍笑了笑，也小声回应道："大班是粤语的日常口语词，主要用来指代商船中的管货和处理商务的货长。所以啊，根据他们职位高低，分别称为大班、二班、三班。刚才引领我们进来的那位，估计也就是个三班。"

"刚才我们进来时，这两位三班不是说，他们不认识什么大班郝华德吗？咱们进去拜访他们主席，只怕也不一定有收获吧？"夜千茉首先提出了最棘手的一个问题。

孙兴衍低下头沉思须臾，忽然又抬起头来道："这是我最害怕的事。万一这一切都是局，万一这个郝华德根本就不是东印度公司的大班，我们该怎么办？"言及此，三人都沉默了。因为此前的种种经历，已让大家感受到了危机。

"是与不是，我们问下这个商馆的主席就确定了。这件事，终究要有一个确定的结果。"宋宽扫看着四周英吉利构造的布置，心下油然生出一种一往无前的魄力。

三人交换了一个坚定的眼神，不知不觉已来到了主席的会客室。两名水手各拉开一扇棕漆大门，迎面看到一间装潢豪华大气，更多是惬意和浪漫的办公室。

四面有希腊风格的多立克柱装饰，一些挂镜线、腰线、壁炉、尖肋拱顶、灯盘等装潢无不彰显着英吉利的审美。

房间左首的正中央，一面硕大光滑的墙壁上挂着一幅油画。墙壁前安置着一张小叶紫檀的办公桌，主席坎贝尔正坐在桌前批示文件。

坎贝尔是一位纯正的英吉利人，四十岁左右。一头亚麻色卷发，两颗浅色大眼睛，面部棱角分明，高挺的鼻梁之下，还颤动着两片扁薄的嘴唇，嘴里叼着一个巴掌大的桃木烟斗。他的前襟堆叠，里面是白衬衫，外面是前短后长的黑色燕尾服，另着一件高腰西裤，看上去颇有绅士的味道。

"三位先生，你们要找的郝华德，并不是我们东印度公司的大班。我想，你们也许被骗了。"听完孙兴衍的询问以后，坎贝尔朝后面的椅子上倾了倾身子，吧嗒吧嗒抽了两口烟，烟圈罩住了他的头。

"尊敬的主席先生，我们的这批货非常着急，等着出手。如果郝华德还不现身，岂不是要烂在手里？唉，既然他不是贵国的人，想必一定是瑞典、荷兰等东印度的大班了，我们再去那边瞧瞧吧。"孙兴衍叹了口气，明知问不出个结果，说着转身就要走。

这时坎贝尔欠了欠身子，冷冷笑道："我看不必了。"他先抽了一口烟，而后缓缓吐着烟圈，"孙先生想必听说过康熙二十五年时，两广总督、广东巡抚与粤海关监督经商议后所发布的《分别住行货税》文告吧？"

这封文告孙兴衍看过数遍，文告中提出要设立金丝行和洋货行两项货店。如果是到广东本地兴贩一切落地货物，需要交纳住税，报单皆投金丝行，再到税课司纳税；如果是从外洋贩来货物及出海贸易货物，分为行税，报单皆投洋货行。待到出海时，洋商自行到关部纳税。简而言之，如果郝华德存在，确实要订这一批货物，只需到金丝行看一看有没有他提交的货物清单，就知道一二了。

孙兴衍马上明白了坎贝尔"不必了"的意思，立刻朝他一拱手，急匆匆地离开了。三人到达金丝行时，孙兴衍开门见山地问，三月份左右是否有一个叫郝华德的人提交过订货单,并于七月左右交货交税。相关官员核实了资料后回复,并未查到任何信息。也就是说,这个郝华德根本就不存在,一切果真是一场局!

从金丝行出来,三人恰好路过税课司。如果生意顺利的话,孙兴衍就可以拿着报单去交税,而后走正常的程序交货收尾款。

而今,他这单生意泡汤了不说,还被无意间卷入一场阴谋之中,真是晦气又忐忑。他不知道这是一场怎样的阴谋,也不知道究竟是什么人在操控全局。

他只是在纠结,也在彷徨。事已至此,自己是退出,还是继续下去?毫无疑问,他一路思索过后,脑海里只有一个答案——退出。

他不是宋宽,没有官职在身,他完全可以凭心选择。再说,当初在北方,他就说过一句话,等了结了十大商帮的事,他再也不牵连进来,从此回到顺兴行当一个小小的牙人。一念及此,孙兴衍只觉急火攻心,伸手掏出怀中盛放报单的木盒,狠狠朝地上砸了下去。

"奶奶的!老子不干了!爱谁谁,这件事跟老子没关系了!"孙兴衍就像个孩子一样抱怨起来。这时逆着熙熙攘攘的人流,走过来一个黝黑的年轻人,正是裴山。他走到孙兴衍跟前,开口便说,牙行来了一个十分漂亮的西洋女子,点名要找他。

孙兴衍很纳罕,自己已小半年没回牙行了,究竟是什么人来寻自己呢?他左思右想不得,只好向宋宽一抱拳,很直接地道:"宋兄,数日相处,很高兴结识你。接下来的路,小弟是陪你走不下去了。咱们就此别过，你行你的光明事，我过我的小日子吧。"说着，转身就走。夜千茉本想喊他，见孙兴衍走得干脆，也只好朝宋宽一拱手，快速跟了上去。

宋宽早料到是这个结果。他并没有太多的情绪变化，只是有一点点儿哀伤。目送完孙兴衍等人走远以后，宋宽心里想，这张报单上也许还有线索，于是蹲下身捡起那张报单。

这时他瞳孔一缩，无意间看到，木盒底部还有夹层，于是从里面翻出一封用英文写就的信。好在宋宽也研习过一些英文，倒是能看得懂。

尊敬的孙先生，感谢您这几个月的帮助。我想您看到这封信的时候，已经开始质疑我的身份了吧？其实，我并不是东印度公司的大班，我也不是洋商，我只是想约您演一出好戏。我想，等这场戏闭幕，您将不再是小小牙行的代理人，而会成为整个大清的百工圣手，就像您自封的这个称呼一样响亮！亲爱的先生，我是真诚地想邀请您加入我们的剧团——死神社。我相信，在我们的帮助之下，您的盛名不仅明耀大清，将来更能照亮世界。对了，我也要提醒您，千万不要试图拒演，千万不要去查我是谁，您只需要按照要求做事就行。否则，您将会捅出大篓子，至于程度多大，后果多么严重，别急，咱们慢慢地玩！

郝华德亲笔。

看完这封信,宋宽心下一阵冷战。这个郝华德不仅身份神秘,甚至还创造了一个"死神社",这里面究竟暗藏怎样的玄机?眼下所有线索皆与孙兴衍有关,只有跟紧他,兴许才能捋清事情的来龙去脉。思及此,宋宽立即奔去孙兴衍的牙行。

早已躲在拐角一隅的夜千苿看着宋宽远去,这才放心地闪现出来。她向身后回了一下头,一个头戴斗笠的卖梨老者,粗布麻衣,敞胸露怀,肩上挑着竹编梨筐,一瘸一拐地走了过来。此人来到夜千苿的跟前时,夜千苿忽然把一张纸条丢进梨筐,冷冷地道:"我会盯紧他们。至于那个计划,现在可以行动了。"

卖梨老者说了一句"小心",而后拉着长长的吆喝声向前走去。再往前走就是目的地码头。

码头的道路两旁堆积着无数的货物,仿佛一座座巍峨险峻的山峰,一排排整齐有序地列开。一个个光着膀子、穿着灰色短裤的码头工人,肩上扛着一口口大麻袋,一步一步登上船梯,朝着甲板上走去。

这里的船只非常多,各个国家的商船也都停歇于此。夕阳红透了半边天,万里蔚蓝,海鸥翱翔,别有一番波澜壮阔之感。

老者走到一艘巍峨的货船跟前,庞大的船体就像怪兽的身躯,遮住了温暖的阳光,反而留下一大片阴凉。这是英国的"麦士里菲尔德号"商船,主要来大清进口茶叶。

船体的偏角,一个英国模样的年轻人在抽烟,只是烟头没有点着。老者凭此断定,这是自己人,就把信交给了他,而后一瘸一拐地走远了。

那个英国年轻人没有停歇，马上跑向甲板，待走到尽头时，方将信交给身穿黑披风的威尔逊。看完整封信，威尔逊微微笑了笑，把信递给旁边的中年男子。

此人是汉人模样，只不过面容蜡黄，皱纹丛生，眼球浑浊，头发全掉光了，只剩下几缕白丝，就像杂草一样生在发顶。

"冇辫先生，您看，咱们接下来该怎么办？"威尔逊试探性地问。

这个叫冇辫的中年男子抬起头，遥望着远方的海鸥和下沉的夕阳，笑了笑，发出低沉浑厚的声音道："威尔逊先生编排的戏如此精彩，在下也想凑凑热闹。"

"好！先生是痛快之人，在下也不能太悭吝。"威尔逊拍了拍手，只见两个英国水手抬过来一口木箱子，放于甲板上，打开后是一瓶瓶上好的干红。

威尔逊俯身拿起一瓶干红，掂在手里看了看，倏然摔在地上，竟洒出来无数黑色的圆球颗粒，就像一粒粒黑色的大米。

"不瞒先生。这艘船上有十五个库房，其中有两个库房共存了三百箱干红，每箱干红里藏着的那可都是宝贝。您就是抽上三辈子，也是抽不完呐。更何况，我还要把这些东西全部撒到大清的各个角落，您觉得再长出来的新宝贝会有多少？"说到这里，威尔逊张开双臂，哈哈大笑起来道："到时漫山遍野，全是财富，宝贝，金山银山！"他的笑声非常爽朗，在这样空旷无边的甲板上，除了他们几人，只有风才能听见。

这时，一阵嘟嘟的号声响了起来。威尔逊收敛起笑容，看向了声音飘来之处。西南方向，两艘快蟹船正朝着他们气势汹汹地开了过来。

此船两侧有成排的桨橹，外形活似蜈蚣和螃蟹。船体漆成红黑两色，无风举桨，起风扬帆，必要时桨帆并用。船的每侧有二十多具船桨，每具配两名壮汉，一起摇动驰行。

这种快蟹船在水上行走如飞，主要利用奇快船速来追赶猎物——这些船是清政府用来剿捕海盗以及走私分子的官船。

一定是大清的官员们发现了什么端倪，这才会派两艘快蟹船一起执行任务。毕竟，自黄埔到东莞虎门的航道，一共有要隘七处，每处只有一艘快蟹船守卫。

而今两艘一起巡察缉捕，看来事情非常严重！

这一刻，威尔逊不再兴奋，心思重重地遥望着远方缓缓逼近的官船，一时间眉宇紧锁，微微鼓起了眼袋。

（第一部完）